JN266618

二見文庫

唇はスキャンダル

キャンディス・キャンプ／大野晶子＝訳

A Winter Scandal
by
Candace Camp

グレイディへ

謝辞

どの本も、大勢のかたがたの数々のはたらきがあってはじめて、書棚にたどり着くことができます。いつものように、編集者アビー・ジィンドルのすばらしい仕事に感謝しています。そしてポケット社のみなさんにも。今回あなたがたは、ほんとうにがんばってくれました！

また、エージェントのマリア・カルヴァイニスと彼のスタッフにもお礼を申し上げます。あなたたちなしでは、ここまでたどり着けなかったでしょう。

そして夫のピートにも、いつもと変わらず心からの感謝を捧げます。本を書く以上にたいへんなことがあるとしたら、本を書いている人間と一緒に暮らすことではないでしょうか。

唇はスキャンダル

登　場　人　物　紹　介

アルシーア・バインブリッジ（シーア）	教会区牧師の妹
ガブリエル・モアクーム（ゲイブ）	貴族。プライオリー館の所有者
ダニエル・バインブリッジ	教会区牧師。シーアの兄
ミセス・ブルースター	牧師館の家政婦
ダマリス・ハワード	未亡人。シーアの友人
イアン	フェンストーン伯爵の子息、ウォフォード卿。ガブリエルの友人。シーアのはとこ
エミリー	イアンの妻。レディ・ウォフォード
マイルズ・ソアウッド	ガブリエルの友人
アラン・カーマイケル	ガブリエルの友人
ジョスラン	ガブリエルの妹
ハンナ	ジョスランの女中
アレック・スタフォード	ロードン卿。ジョスランの元婚約者

1

身を切るように寒い十二月の夜、地主の屋敷には明かりが煌々《こうこう》と灯り、入口を飾る緑の枝がクリスマス気分をいちだんと盛り上げていた。ポニーが引く教会区牧師ダニエルの軽装馬車が屋敷の前で停まると、厩番《うまやばん》が急ぎ足で近づいた。ダニエルは彼に手綱《たづな》をわたしたあと、屋根のない馬車の反対側にまわり、妹が降りるのに手を貸した。クリフ邸までの道のりは凍《こご》えるように寒く、シーアは脚にひざ掛けを広げ、頭にフードをかぶっていたにもかかわらず、冷たい風のために頰をピンクに染めていた。暖かな室内に足を踏み入れると同時に、例によってめがねが曇ってしまい、外してレンズを拭《ふ》いてから、ふたたび鼻の上に戻さなければならなかった。

「ダニエル牧師！　アルシーア！　よく来てくださいましたわ」地主の妻、ミセス・クリフがふたりを熱烈に歓迎し、シーアの両手をぎゅっと握りしめた。ミセス・クリフは夫と同様、恰幅《かっぷく》のいい体格で、ずんぐりとしたからだに緑のベルベット地のドレスをまとっていた。胸もとが深く開いたドレスから白い胸がこぼれ落ちそうで、はらはらさせられる。今夜の装いの仕上げは、真珠の首飾りとひじまである白い長手袋、そしてくるりとカールした長い孔雀《くじゃく》の羽根からなる緑の頭飾りだ。

彼女のわきにいる地主本人は、妻とくらべればはるかに地味な装いだったが、心のこもった歓迎ぶりは負けていなかった。彼はダニエルの手を力強く握りしめ、シーアにたいしては、優雅にというよりは熱情をこめて頭を垂れた。「ようこそ、ダニエル牧師。ようこそいらっしゃいました、ミス・バインブリッジ。お越しいただき光栄です。名士であられたお父上も、あなたがたおふたりのことをさぞかし誇らしく思ったことでしょうな」

それにたいしてダニエルがお辞儀だけですませようとしたので、シーアはあわてて感謝の言葉をつけ加えた。「おやさしい言葉をありがとうございます。兄にとって、父が聖マーガレット教会のために成し遂げた偉業に少しでも近づくことがなにより大切なのは、充分心得ております」

もっとも、シーアがじっさい心得ていることはといえば、ダニエルにとって年がら年じゅう父ラティマー・バインブリッジと比較されるのが、いらだちの種になりつつあるという事実だった。父は崇高な精神の持ち主だっただけでなく、だれより博識な人だった。シーアもダニエルも、父ラティマーが、自分の期待を下まわる子どもたちに多少の落胆をおぼえていたことは知っていた。ふたりの姉ヴェロニカは、娘としての資質すべてに恵まれ、その美貌と陽気さゆえ、結婚にも恵まれた。だからヴェロニカが知的探求心を持ち合わせていないからといって、父が気に病むことはなかった。一方のダニエルとシーアは、どちらかといえば学者肌だった。もっともダニエルは牧師として人間の魂を探求するより、ローマ時代の遺跡のほうに興味津々《しんしん》で、シーアは残念ながら女性だ。だからシーアには父の跡を継ぐことができなかった。そしてダニエルは、聖マーガレット教会の義務を受け継いだものの、父が期待していたほどの時間と関心を職務には注いではいなかった。

「ダニエル牧師のことですから、クリスマスのお説教に熱心に取り組んでらしたところでしょうね」ミセス・クリフがいたずらっぽい笑みを浮かべていった。「ダニエル牧師のありがたいお言葉をうかがうのが、楽しみでたまらないわ」

　じつはその説教の大半を書いているのがこのわたしであることを知ったら、ミセス・クリフはどう思うかしら、とシーアは想像をめぐらせた。もちろんそんなことを口にするつもりはなかったが、ほかにいうべき言葉が思いつかなかったので、とりあえずほほえみ返した。今夜のシーアは、いつになく集中力を欠いていた。

「さあ、どうぞどうぞ。クリスマスのスープを召し上がれ」とミセス・クリフがいって、シーアを細長いテーブルの前に案内した。そこには湯気の立ったスープが用意されていた。

「これを飲めば温まりますわ」

　従僕がシーアの外套《がいとう》を受け取ってくれたので、彼女は小さな陶器のコップを両手で包みこみ、その温《ぬく》もりを堪能《たんのう》した。パーティの主催者であるミセス・クリフがぺちゃくちゃとおしゃべりをつづける一方で、シーアは香料がたっぷり加えられた芳《かぐわ》しいスープに口をつけた。マデイラワインの強烈な風味に目がうるんできたが、熱気がのどを通過するにつれ、からだの内側がじわじわとよろこびに満たされていく。ついでに、神経からくる胃のねじれを解きほぐしてくれればいいのだけれど、と彼女は思った。こんなにぴりぴりするなんて、わたしもばかね。そう思いながらも、反乱を起こそうとする神経を鎮めることができなかった。

「とてもすてきな装いですわ」とミセス・クリフが話をつづけた。「身だしなみもきちんとしてらして、落ち着いてらっしゃる。娘たちにはいつも、アルシーア・バインブリッジを見習いなさい、あれこそがレディのふるまいというものよ、といい聞かせているんですのよ。あのかたは思わせぶりな態度をとったりしないし、若い殿方といちゃついたり、髪型がうまくいかないからといつまでも騒いだりしないのよ、あのかたには、世のなかには見た目以上に大切なことがあるって、ちゃんとわかってらっしゃるのよ、とね」

「そうですか」シーアはつぶやくように応じつつ、そこに暗にこめられた侮辱については考えまいとした。長年にわたる鍛錬《たんれん》の成果だ。自分が十人並みの器量であることは、昔からわかっている。だからそれを指摘されたからといって、他人を責めるわけにはいかない。

「もちろん、うちの娘たちはまだまだ若いので、見た目のことばかりを考えてしまうのもしかたありませんけれどね。家にある鏡では足りないんじゃないかしら、なんて思うこともあるくらいなんですのよ」そういうと、その中年女性はいかにもおかしそうに笑い、舞踏室の片隅により集まってくすくす笑いながら活発におしゃべりする娘たちのほうに目をやった。四人の娘たちは全員白いドレスを着こみ、いかにも有力者の娘といわんばかりにリボンやひだやフリルでたっぷり飾られていた。

あの娘たちが、ほんとうにこのわたしを見習うよう教えられているのなら――シーアは自分の質素な灰色のドレス姿を見下ろしながら思った――成功しているとはいえないわね。

「今夜のお嬢さまがたは、みなとても愛らしいですね」

「ありがとうございます」ミセス・クリフがシーアに満足げな笑みを向けた。「なかなか美しい光景でしょう? 娘たちは、今夜の〝とても特別なお客さま〟のことで、すっかり興奮しておりますのよ。あなたはもう浮ついたお年ごろはとうに過ぎてらっしゃるのだから落ち着いたものでしょうけれど、わが家のうら若き乙女たちは、期待のあまり気を失いそうな勢いなんです。このわたしですら、モアクーム卿のご到着が待ち遠しくてたまりませんもの。あなたはちがうでしょうけれども。だってあなたは、フェンストーン伯爵のご親戚ですものね。でもわたしは、高貴なかたがたをおもてなしするのは、生まれてはじめてなんです」

「親戚といっても、遠い親戚ですけれども」とシーアは慎み深くいった。彼女の父親が伯爵の末息子の末息子だったことから、父親とフェンストーン卿とはいとこ同士になる。それはつまり、シーアたちも高貴な血筋を引いていることはまちがいないとはいえ、彼女の家族は貴族生活の仲間入りをするほどの財産を受け取っていないということでもある――もちろん、ラティマーやシーア自身が上流社会の一員に加わりたいと願うことはなかったが。「そんなふうにわくわくなさるのも、無理ありませんわ」とシーアはミセス・クリフにいった。「クリスマスの舞踏会にモアクーム卿をお招きできたなんて、正真正銘の大手柄ですもの。ここにいる全員が、彼に会いたくてうずうずしていることでしょう」

　モアクーム卿というのは社交界でも名高い独身男性で、数週間前、このあたりでは〝プライオリー館〟として知られる、かつてフェンストーン伯爵が所有していた館を購入していた。もとの所有者フェンストーン卿はめったにプライオリー館を訪れなかったが、モアクーム卿は二週間前に数人の友人をともなって到着し、館に滞在していた。以来、チェスリーの町では、モアクーム卿と彼の友人たち、そしてプライオリー館のうわさ話でもちきりだった。身分や年齢、住んでいる地域にかかわらず、だれもがこの新参者にかんする話を仕入れ、だれもがモアクーム卿についてひとつでも多くの逸話《いつわ》を聞きたがった。

「白状しますけれど――」といってミセス・クリフが身をよせ、ほんの少し声を低くした。

「自分でもうまくやったものだと思っていますの。つまり、あの若い殿方を、まだうら若き乙女たちのもとに招いたこと。まあ、不愉快なうわさ話も耳にしますけれど……それでも――」彼女がぱっと表情を明るくした。「なんといいましても、あのかたはフェンストーン卿のご子息のご友人ですもの。現に、伯爵のご子息ご本人も、いまあのかたと一緒にプライオリー館に滞在してらっしゃるそうじゃありませんか。フェンストーン卿も、モアクーム卿若い紳士なら、若気のいたりもありましょうしね。でしょう?」彼女の目が陽気にきらめいた。「もちろん、あなたのようなお嫁入り前の娘さんに、こんなことを話したりしちゃいけませんわよね。でもあなたは、もう小娘とはちがいますもの。それでもまあ……」

シーアは、夫人ののんきさに少々むっとした。シーア自身、自分が完璧な〝行かず後家《ごけ》〟だと思われていることは充分承知していた。二十七歳という成熟した年齢に達しながらも、理想的な花婿《はなむこ》候補……いや、〝理想的ではない〟花婿候補からも、プロポーズらしきもののひとつも得ていないことを考えれば、人からそう思われてもなんの不思議もない。それでもシーアは、そんなふうに見放されることをまだ受け入れられずにいた。女は何歳くらいになれば、そういう考えを甘んじて受け入れるようになるのだろう。シーアは、はかなげな声で夫人に応じた。「ええ、そうですね。わたしと話すときは、なんの遠慮もいりません。わたし、もううら若き乙女の年齢をとうに超していますから」

「あなたは、昔からとても分別のある娘さんでしたわね」ミセス・クリフは、シーアがみずから認めたことがうれしげだった。「さあ、そろそろ楽しんできてくださいな。わたしのような年寄りと話すのは、もう充分でしょう。若い人のところにいらしてください。お友だちのミセス・ハワードもすでにいらしてますのよ。いまはどこにいらっしゃるかわからないけれど」ミセス・クリフが漠然とあたりを見まわした。

「あら、そうなんですか？」シーアは気分が明るくなった。「それでは、彼女を探してみます。ありがとうございます」

シーアは広々とした舞踏室を歩きまわりながら、だれかにうなずきかけたり、笑みを向けたり、ときおり足を止めて話しかけたりしてばかりいたので、なかなか先へ進めなかった。チェスリーで生まれ育った彼女は、住民によく知られた存在なのだ。大きな部屋の奥まったあたりに、ダマリス・ハワードの姿があった。ミセス・ディンモントと、地主の末の弟の妻と一緒に立っている。

「シーア！」ダマリスがシーアに笑顔を向けた。

ダマリスは、豊かで艶《つや》やかな黒髪を複雑なかたちにひねり上げてアップにし、ピンで留めていた。彼女のアーモンド型の目は、ラベンダーにも似た、青みがかった灰色のめずらしい色合いだ。きょうはその瞳が、濃い紫色のおしゃれな絹のドレスのおかげで、いちだんと映えている。なめらかな白い肌が、黒髪とあざやかな目の色彩とみごとなコントラストを描いていた。髪にちりばめられたダイヤモンドのきらめく粒をのぞけば、彼女の装飾品は、黒玉の耳飾りと、そのほっそりとした首に飾られた黒玉と象牙《ぞうげ》のシンプルなカメオだけだった。例によってダマリスは、チェスリーのような人里離れた地域に住むには、はるかに美しく、洗練された女性に見える。

ダマリスがここで暮らすようになってからまだ一年にもなっておらず、彼女がどこの出身なのかを知る者はいなかった。人の好奇心を惹《ひ》きつける、どことなく謎めいた雰囲気をほのかに漂わせる女性だ。その深みのある低い声に、訛《なま》りはいっさい感じられない。生まれがいいのはまちがいないのだが、彼女が自分の家系について口にしたことは一度もなく、本人曰《いわ》く未亡人ではあるが、亡くなった亭主のことを知る人間もいなかった。その話しぶりから、ロンドンやバース、さらには外国の街に詳しいようだったが、どこが故郷なのかが彼女の口から語られたことはない。だから彼女について多くを知る人間はひとりもいなかったが、本人にこそこそしたところがあるかといえば、まったくないので、みな、ダマリスの人生の詳細をほとんど知らないながらも、なぜか彼女のことをよく知っている気分にさせられるのだった。

ほんの一瞬、シーアはダマリスの高貴な紫のドレスと、芸術的にまとめ上げられた髪型にかすかな羨望《せんぼう》をおぼえた。そのどちらも、自分にはとうてい手が届かない。シーアにはあんな豪華なドレスは買えないし、万が一買えたとしても、去年つくった上質のドレスがあるのだから、ほんの二、三回着るだけのために舞踏会のドレスに散財するなんて、ばかげている。それに教会区牧師の家族は、つねに人の目を気にしなければならなかった。牧師の妹が浪費したり、つまらないことをしたりするわけにはいかないのだ。

それに髪型にかんしていえば——ちっともいうことを聞いてくれないくせ毛を生まれ持った運命に毒づいたところで、意味がないのはわかっていた。彼女の髪は、ヘアピンで留めようにも頭からぴょんぴょん跳ねてばかりいて、やがて怪物のようなありさまになってしまう。そんな手に負えないたてがみを抑制するには、三つ編みにして頭のてっぺんにきっちり巻きつけてしまうのがいちばんだった。そうしたところで、特別、魅力的に見えるわけではなかったが、少なくとも実用的ではあった。

シーアがめがねをかけているのも、同じ理由からだった。数年前までは、いちばんのチャームポイントだった大きな灰色の目が目立つよう、パーティのたびにめがねを外すことが多かった。しかし年月とともに、そんなことをするむなしさを乗り越えるようになった。ディナーの席についたとき、もしくはパーティに参加するとき、ほんの三フィート先も見えないなんて、ばかばかしいにもほどがある。それに、ほんの数時間ほどいつもの自分とはちがうふうに見えたところで、どんないいことがあるというのか？

ダマリスが、一緒にいたふたりの女性のもとを辞し、笑みを浮かべながら近づいてくるのを見て、シーアはほんの一瞬抱いた美への羨望をわきへ押しやった。父もつねにいっていたではないか――肝心なのは心と魂だ。

「シーア。助けてくれてありがとう」ダマリスがシーアにするりと腕を絡《から》め、その場から遠ざかりながら小声でいった。「モアクーム卿の話題に埋もれそうになっていたところなの」

シーアはくすりと笑った。「そうでしょうね。チェルトナムからうさんくさい女たちを馬車いっぱいに連れてきた話を聞かされた？　それとも、夜、ものすごく怪しげな方法で荷馬車いっぱいぶん届けられたブランデーとエールの話かしら?」

「彼の地下室にこっそり運びこまれたお酒の話? チェスリーでは、その話にまゆをひそめる人はいないんじゃないかしら」とダマリスが切り返した。「まあ、さすがにその量を聞けばまゆをひそめる人がいるかもしれないけれど。でもちがうの、ミセス・ディンモントがクリフ家の若奥さまにしていたのは、シャンデリアのろうそくを射撃競争の的にしたっていうお話よ。それにたいして若奥さまのほうは、彼のもとに女中がひとりもいないのは、自尊心のある女性ならあの館ではたらくようなまねはしないからよ、っていうお話で対抗していたわ。もちろんおふたりとも、あの伝説的な紳士に会えるのが待ち遠しいっていう点では、同じ意見だったけれど」

「みなさんそのようね」シーアは自身の小躍りする神経については考えまいとした。「なにしろ資産家のうえに独身なんだもの。その事実が、倫理面の問題に勝るのはまちがいないわ」

「彼の顔立ちも一役買っているはずよ。堕落する前の天使ルシフェルに負けない美男子だと、みんなが口を揃《そろ》えているもの」

「ええ、そうね」シーアは頬が熱くなるのを感じたので、手袋を見下ろし、小さな丸ボタンを輪にかけ直した。

「モアクーム卿にお会いしたことはある?」とダマリスがつづけた。「わたしはないのだけれど」

シーアは肩をすくめ、集まった客たちに視線を向けた。「彼のご友人のウォフォード卿は、わたしのはとこにあたるの。もっとも、そのイアンのことも、あいさつを交わす程度にしか知らないけれど」

ダマリスが、なにやら思案するような目でシーアを見つめたが、友人が自分の質問への答えをはぐらかしたことを奇妙に感じていたとしても、それを口にはしなかった。「いずれにしても、わたしも彼にぜひお会いしたいとは思っているわ。ただ、あの人たちの話を聞かされるのは、もううんざり。それより、もっと興味深いお話をしましょう。今週、本が届いたのよ。だからぜひ今度うちに見にきてちょうだい」

「ほんとうに？　すてきだわ」

「バイロン卿の『ドン・ジュアン』の一巻と二巻も入っていたわ」シーアがそれになにも応えないので、ダマリスは驚いて彼女をちらりと見やった。「シーア？」

「え？　あ、ごめんなさい」シーアは顔を赤らめた。「ちょっとぼんやりしちゃって」

「だいじょうぶ？」

「ええと、その、もちろんだわ。今夜はなんだか気もそぞろで。ごめんなさい。あなたの話していたこと、聞いていなかったみたいね――届いた本のお話だったわよね？」

「ええ、バイロン卿の新しい本を手に入れたの」

「ほんとうに？」シーアはよろこびに目を見開いた。これで、それを聞いた自分がなんの反応も見せなかったことに、ダマリスがあそこまで驚いた理由が理解できるというものだ。シーアはどん欲な読書家なのだが、チェスリーでは、ダマリスが来るまで、兄のダニエルをのぞけば書籍への愛を分かち合える人間がひとりもいなかった。しかも兄の趣味は、もう少し学術的な方面だった。亡き父が好んで読んでいた歴史書、さらには哲学書や宗教書も、どれもすばらしい本ばかりだ。シーアは、父や兄がロンドンから取りよせる本すべてに目を通した。しかし同時に彼女は、詩や小説、諷刺《ふうし》文学などを読むのも大好きだった。ところがそうしたたぐいの本は、家の書斎ではまずお目にかかれない。だからダマリスとはじめて顔を合わせ、会話が本の話題におよんだとき、シーアは友人を見つけたことを確信した。「『ドン・ジュアン』て、ものすごく衝撃的なんでしょう？　きっとそうよ。でもやっぱり、読むのが待ちきれない」

ダマリスが声を立てて笑い、シーアも笑い声を上げたが、やがてこういった。「あなただからいうんだけど、わたし、兄の信徒のみなさんにとって、あまりいいお手本になっていないのかもしれないわ」

「でもあの人たちは、けっきょくのところダニエルの信徒であって、あなたの信徒ではないのよ」

「そうね。それでも、わたしにもある種の義務があるから」シーアは知らず知らずため息をもらしていた。

「あなたにその本を貸したこと、だれにもいわないって約束するわ」

「あなたはまだ読んでいないの?」

「まさか、届いたその夜に読んだわよ! もちろん、あとでもっとじっくり読み直してみるつもりよ。でもとにかく、すばらしい作品だわ。期待を裏切らないって保証する」

「そうでしょうとも。貸してくれるなんて、うれしいわ」シーアは舞踏室の入口あたりにちらりと目をやった。クリフ夫妻があいかわらず客を迎え入れている。ふと、入口にたびたび目をやっているのが自分ひとりではないことに気づいた。どうやらだれもかれもが、ミセス・クリフの〝とても特別なお客さま〟をいまかと待ちかまえているようだ。

「モアクーム卿が現われなかったら、ミセス・クリフのパーティがだいなしになるわね」ダマリスがシーアの視線の先を追っていった。

「ひとりの人間の登場にここまで注目するなんて、どうかしているわよね」シーアは、盗み見していたところを見つかったことに、少しばつの悪さをおぼえた。彼女は意を決して入口に背中を向けた。

「たしかにそうだけれど、それでも、どうしても気になってしまうものよ」

シーアはあたりにさっと目をやり、壁際に並んだ椅子に腰を下ろす人々に気づくと、小さなため息をもらした。「クリフ家のお母さまにごあいさつしないと。一緒に来る?」

ダマリスがくすりと笑った。「ありがとう。でも、今夜はもうそのお務めは果たしたの。だからメドゥーサのお相手は、あなたひとりでどうぞ」

シーアは、ダマリスがギリシャ神話の魔物を引き合いに出したことに、口もとをゆるめずにはいられなかった。ショールをはおって部屋に集まる客をいかつい表情でじろじろ見つめているその年配女性は、じっさい相手を石に変える魔力を持っていそうだ。「たしかにあなたにとっても、あの人のお相手は恐ろしいものかもしれないけれど、子どものころの失敗をいちいち彼女に知られているわたしの身にもなってちょうだい！」

シーアは友人に別れを告げると、部屋の奥に進み、年配のミセス・クリフにあいさつをしに向かった。

「お会いしてうれしいですわ」長年におよぶ鍛錬の成果で、そんな礼儀正しいでまかせが口からすらすらと出るようになっていた。「お元気でいらっしゃいますか」

「ふむ」老女がシーアに不吉な視線を投げてよこした。「棺桶に片脚入っているわりには、それなりに元気にしていますよ」彼女は杖で床をどんと叩くと、隣りの椅子に向かってあごをしゃくった。「さあ、おかけなさい。そんなふうに立っていられると、首が痛くてしかたないじゃないの」

シーアは老女の隣りに腰を下ろした。ここからなら入口を見ることはできないので、ちらちらと視線をやらずにすみそうだ。

「みんな揃ってまぬけだこと」老いたミセス・クリフがそういい放ち、舞踏室をにらみつけた。「みんなこぞって、けっきょくのところ自分たちとたいして変わりもしない紳士をひと目見ようと、わくわくしている。まあ、少なくともあなたは、みんなほどまぬけではないようね」

シーアは、その中途半端な褒《ほ》め言葉にどう反応したらいいのかわからず、ただうなずいた。

「うちの孫たちを見てごらんなさいな――リボンやらレースやらで飾りつけられて、もったいぶった態度をして。どうせあの子たちには見向きもしない、ロンドンのめかし屋のために。あの子たちの浅はかな母親があおるものだから――ロンドンの貴族が、チェルトナムより先には行ったこともない田舎娘に関心を示すとでもいうのかしらね。しかも、あの子たちのなかに美人がいるとでもいいたげじゃないの。いつもいっていることですけれどね、だれが見てもただのガラスでしかない人間が、とびきり上等なダイヤモンドのふりをしても、まぬけに見えるだけなんですよ」老女がシーアをふり返り、こくんとうなずきかけた。「でもあなたは、自分にふさわしい格好をしているようね。きちんとしていて、浮ついたところがない」

例によってシーアは、胸をぐさりと刺された気分になったが、ここではかなふるまいをしてはだめよ、と自分にいい聞かせた。今宵《こよい》、彼女自身がスローガン――〝まぬけに見えるくらいなら、やぼったく見えるほうがまし〟――として掲げていたことを、地主の老いた母親が口にしたからといって、彼女を責めるわけにはいかない。

「うちの嫁にはそこらへんのところがわかっていないのよ。マリベルが娘たちの頭にくだらないことばかりを叩きこむものだから、あの子たちも、まともにものが考えられなくなっているんだわ。この一週間、マリベルときたら大騒ぎだった。自分が手にした獲物に満悦していたかと思うと、けっきょく彼が来なかったらどうしよう、とおろおろしてばかりで。いっそ彼が来なければ、いい気味だわ。なにしろ嫁は、彼が招待を受けてくれたって、そこらじゅうに吹聴《ふいちょう》してまわっていましたからね」

「そうはおっしゃっても、まさかお嫁さんが落胆するのを本気で望んでらっしゃるわけではないでしょう」

「さあ、それはどうかしらね」老女はその黒光りする目でちらりとシーアを見やったあと、深いため息をもらした。「まあ、そうね、たしかにあなたのいうとおりだわ。そんなことにでもなれば、嫁は来週いっぱいぶつくさいってばかりいるでしょうし、それを避けるためにも、わたしは部屋に閉じこもっていなければならなくなるでしょうから」

シーアは自分の手を見下ろし、ついゆるんでしまいそうになる口もとを引き締めた。

「ところで、教えてちょうだいな」と老女がつづけた。「今度のクリスマスに、あなたのお姉さんは戻ってくるの？」

「はい」シーアはにこりとした。「それをものすごく楽しみにしているんです。姉にも、姉の子どもにも、めったに会えないので。活発にはしゃいでまわる子どもたちと一緒にいるのは、いつだって楽しいものですわ。みんながいると、家がとてもにぎやかになって、いかにもクリスマスらしい雰囲気になるんです」

「海軍の妻になると、どこかの港町に縛りつけられてしまうんでしょうね」

シーアは、ポーツマスはこの世の果てではない、という点は指摘せずにおくことにした。

「姉は、もうあと何日かすれば到着するはずなので、うれしくてたまりません」

「きれいな娘よね、ヴェロニカは」老女が考えこむようにいった。「結婚相手に恵まれたのも、当然でしょうね。それでも、ヴェロニカは社交界に出たのに、あなたはそうしなかったということには、どうしても納得がいかない。あなたのお父さまにも、そういったんですけれどね。『ラティマー牧師、末の娘さんをなおざりにしています。彼女にもみんなと同じように社交界に出て、夫を見つける権利があるんですよ』ってね」

「わたしは家で必要とされていましたから」シーアはどこか頑《かたく》なに応じた。「それにわたし、ロンドンの社交界にはあまり興味がありませんでしたから」

社交界には出たくなかった。それは本心だ。シーアは、世のなかの人たちと同じように、いや、それ以上に、自分はロンドンで成功するだけの容姿を持ち合わせていないことを認めていた。ヴェロニカのほうは、だれもが認める一族一の美女だ。シーアが、赤でも茶色でもない、なんとも形容しがたい髪をしているのにたいし、ヴェロニカの髪は豊かな深い赤褐色で、白くなめらかな美しい肌とみごとなコントラストを描いていた。しかも、そばかすひとつない、美しい肌だ。それにたいしてシーアは、庭に出るときボンネット帽を忘れようものなら、すぐさま頬にそばかすが浮かんできてしまう。それに、めがねの奥に隠された、シーアのくすんだ灰色の目と、求婚者がこぞって「ブルーベルの花のよう」と表現したヴェロニカの目とでは、比較にもならなかった。ヴェロニカのからだはふっくらとして女らしいのにたいし、隣りに立つシーアは背がひょろりと高く、まるでコウノトリのようだ。だから父が決めたように、シーアを社交界にデビューさせるためにお金を費やすなど、意味がなかったのだ。いずれにしても、父が書いた説教を清書したり、家事を取り仕切ったりと、教会区牧師の生活をつつがなく進めるために、シーアは必要とされていた。

「ばかおっしゃい。ロンドンに行きたくなかったなんて、わたしが信じるとでも思ったら大まちがいですよ。わたしはきのう生まれたばかりではないのですからね。とんでもないわ」ミセス・クリフが甲高い笑い声を上げた。「でもあなたは善良な娘さんだから、お父さまが批判されるのには耐えられないんでしょうね」

入口のあたりがざわつき、部屋じゅうががやがやとしはじめた。シーアは顔を上げた。いきなり、期待に脈が速まってくる。

「あら？」ミセス・クリフが声を上げた。「どうしたのかしら？　ついに彼が到着したの？　そこにすわっていないで、立ってなにがどうなっているのか、見てちょうだい」

シーアはよろこんでいいつけにしたがった。すっくと立ち上がってみたものの、彼女と入口のあいだに大勢の人間が立っていたので、なにも見えなかった。招待客全員が入口のほうに顔を向け、そちらにじりじりとより集まっていた。

「たぶん彼が到着したんだと思います」とシーアは老女にいった。「でも、ここからではよく見えなくて」

老いたミセス・クリフが顔をしかめ、いらだたしげに杖を床に叩きつけた。「かまいませんよ。どうせ嫁が、わたしに紹介しようと連れてくるでしょう——マリベルは、わたしの鼻を明かしたくてたまらないんですから。おすわりなさい。なにも気づかなかったふりをしましょう。いつでも、どうでもいいという顔をしておくほうがいいのよ」

「はい」シーアはふたたび腰を下ろした。彼女は、自分がこの偏屈な老女に共感しているのはどうしてだろう、と思わずにいられなかった。

「マリベルから聞いたけれど、クリスマスイヴにあなたが計画しているという、キリスト降誕劇について話してちょうだい」

「とてもすてきな催しになると思うんです。ホルステッド＝オン＝リーチの聖トマス教会でも去年行なわれて、大成功をおさめたそうですから」

「ぞっとするわね」と老女が鼻を鳴らした。「うちの孫にマリアを演じさせるなんて、どういうことになるか、あなたがちゃんとわかっていればいいんだけど。もちろん、あなたに選択の余地はなかったんでしょうけれどね。自分のところの長女が選ばれなかったら、マリベルが死ぬまであなたを悩ませるでしょうから」

シーアは、それについてはなにも言及せずにおくのがいちばんだと判断した。代わりに、上演の準備についてあれこれ報告することにした。リハーサルのたびに起きる災難が、ミセス・クリフのとげとげしたユーモアのセンスを刺激することは承知のうえだ。シーアは話しながら、目の前でくり広げられる舞踏会のようすを絶えず見守っていた。先ほど入口のほうに集まっていた招待客たちは、船首がかき分ける水面のごとく部屋の中央あたりで分かれはじめ、まもなく、クリフ家の嫁が、背が高くて黒っぽい髪をした男性をしたがえてゆっくりと部屋をめぐっているのが見えてきた。ほかにもふたりの男性が一緒だったが、シーアの目に入ったのは、ミセス・クリフがへばりつくようにしている男性だけだった。

彼の豊かな黒髪が、彫りの深い顔からうしろになでつけられていた。まゆも髪と同じ黒で、大きくて強烈な黒い目の上にすっと切りこんでいる。うわさどおり、罪深いほどの美男子だ。筋肉質の体格に合わせて優雅に仕立てられた、黒の上着とズボン。まっさらな白いネッカチーフがシンプルに巻かれ、サファイアの飾りピンで留められている。それ以外は、右手にはめた金の紋章指輪のほかは、いっさい装飾はなかった。長身で肩幅の広いその男性は、人に注目されていることに慣れた人間特有の、自信たっぷりの歩きぶりだった。

ガブリエル・モアクーム。シーアは、これほど激しく鼓動していたら、心臓が胸から飛びだしてしまうのではないかと怖くなった。からだの末端の血流がすべて、さっと中央に集まったかのように、顔が蒼白になる。彼女は、つつがなく、礼儀正しくあいさつをする心構えを整えるためにも、必死になって考えをまとめようとした。一行はゆっくりと移動しており、ミセス・クリフがそこここで立ち止まっては、自分が仕留めた賞品をいちいち招待客に紹介している。シーアの隣りでは、彼女の義理の母親が低い声で笑っていた。

「あの人の注目を、四人の娘にできるだけ向けさせたいところなんでしょうけれど――メグはまだほんの十六歳なのよ。あわれな雀だわ。孔雀を捕まえられるかもしれないなんて、くだらないことを頭に叩きこまれたものだから」

シーアは、モアクーム卿の目がどんより曇っていることに気づいた。にたにた笑ってばかりいるクリフ家の娘たちがつぎからつぎへと登場することに、茫然としているのだろう――舞踏室にいる、婚期を迎えたほかの女たち全員についても、同じように感じているのはまちがいない。そう思うと、シーアは思わず笑い声をもらし、少し気が楽になった。ところがそのあと、ミセス・クリフがくるりと向きを変え、背後にほかのふたりの紳士をしたがえて、シーアがすわっているほうに向かってきた。

「義理の母、ミセス・ロバート・クリフをご紹介いたしますわ。お義母《かあ》さま、こちらが本日の誉れ高きお客さま、モアクーム卿です。そしてご友人のサー・マイルズ・ソアウッドと、ミスター・アラン・カーマイケル」シーアのはとこ、イアンは一緒ではないようだ。

ガブリエルが一歩足を踏みだし、老女に礼儀正しくお辞儀をした。「はじめまして、マダム。地主の母君ということは、相当お若い時分にご結婚なさったのでしょうね」

老いたミセス・クリフが短い笑い声を上げた。「あら、お顔立ちが整ってらっしゃるだけじゃなくて、口もずいぶん達者だこと」

「お義母さま！」嫁のミセス・クリフが顔をまっ赤に染め、あわてて先をつづけた。「それからこちらの麗《うるわ》しいお嬢さまは、ミス・バインブリッジです」

シーアは震える脚で立ち上がった。「ごきげんよう」

モアクーム卿は彼女をふり返り、いかにも関心のなさそうな目をちらりと向けながら「どうも、ミス・ダンドリッジ」といって軽くお辞儀をしたあと、ミセス・クリフとともに先へ進んだ。

モアクーム卿のふたりの仲間が代わる代わる彼女にお辞儀をし、同じようにまちがった名前で呼びかけてきた。シーアは彼らの言葉を聞くでもなく、本能的にうなずき返した。胸のなかに生じつつある、堅く、冷たいしこり以外、なにも感じられなかった。

ガブリエル・モアクームは、わたしをおぼえていないんだわ。

2

男たちが去ったあと、シーアは椅子にどすんと腰を戻した。

「まあ、たしかに美男子ではあるわね。評判もあながちまちがっていなかったということでしょう」老いたミセス・クリフがシーアをふり返った。「だいじょうぶ？　なんだか顔色が悪いけれど」

「いえ、あの、その――ど、どうかしら。ちょっと失礼いたします。外の空気を吸ってきたほうがよさそうですわ。ここはなんだかむっとしていますから」

シーアはミセス・クリフの返答をほとんど待つことなく、いちばん近い扉からするりと抜けだした。廊下を少し進んだところで、小さな部屋にさっと逃げこむ。部屋のなかは、廊下の明かりがかすかにもれてくるくらいで、あとはまっ暗闇だった。彼女は椅子にすわりこんで背もたれにからだを預け、目を閉じた。

ガブリエル・モアクームは、わたしのことをおぼえていなかった。こちらに目を向けたとき、ほんの少しでも気づいたようすはなかった。彼がどんな反応を見せようが、覚悟はしているつもりだった。彼がわたしを見ても、はっきりとは思いだせない可能性はあるとわかっていたし、名前をおぼえている可能性はまずないだろうと思っていた。なんといっても、フェンストーン卿のいちばん上の令嬢の結婚式で彼と顔を合わせたのは、もう十年も昔のことなのだから。それでもシーアは、モアクーム卿がなにもかもをおぼえていた場合のことも覚悟していた。恥ずべき出来事の一部始終をおぼえていた場合も、さらには、彼があの夜のことをうっかり口にすることすら、覚悟していた。あの日シーアは、あらゆる意味で、はじめての舞踏会を経験したのだった。ヴェロニカがいつものように光り輝いていたのにたいし、シーアはただながめているだけだった。若く端整な顔立ちの紳士が、彼女に気づいてくれるのを、期待すると同時に、ひどく恐れてもいた。あれ以来何年も、シーアはしばしば彼のことを、甘い夢のように思い描いてきた——二度と見ることのない、懐《なつ》かしい夢のように。

彼にとってはあのときの出会いなど取るに足らないことなのだとわかっていながら、彼があのときの自分をほんの少しも思いだしてくれないという事態は、さすがのシーアも予想していなかった。このわたしと一緒に踊ったことを、このわたしに口づけしたことを、まるでおぼえていないとは。

シーアはひざにひじをつき、両手に顔を埋めた。恥辱のあまり、身が焼かれそうだ。あの夜のことは、彼女の脳裏にいまでもくっきりと刻みこまれていた。ところが彼にとっては、きれいさっぱり忘れてしまうほど些細《ささい》なことだったようだ。もちろん、彼がわたしと同じくらいあのときのことを鮮明に記憶しているだろうとは、期待していなかった。なんといっても彼は、ロンドンの独身貴族なのだから。彼があのあと、大勢の——いや、何百という数の女たちと口づけしてきたであろうことは、想像にかたくない。一方のわたしは……行かず後家のアルシーア・バインブリッジにとって、口づけされたのは、あのときが最初で最後だった。なのに、彼にしてみればごくごくふつうのことで、ほとんど意味がなく、ほんのかすかな記憶にも残らず、わずかに心を騒がせることすらないほど簡単に忘れられるような出来事だったと思うと、恥辱にかっとからだが熱くなった。

シーアは椅子の背にもたれた。心が、モアクーム卿にはじめて会ったときの、フェンストーン・パークでの遠い昔の夜へとさまよいはじめた。

シーアの父ラティマー・バインブリッジは、フェンストーン伯爵のいとこにあたる。ラティマーの父親が一家の末息子で、伯爵の父親が長男だったのだ。やがて末息子だったラティマーは、一族の伝統にしたがって聖職者の道に進んだ。生活費は伯爵から受け取っており、ラティマーの死後は、そのまた息子が伯爵から受け取ることになった。シーアの家族は、伯爵家とはまったく異なる世界に進んだものの、バインブリッジ一族がなんらかの理由で一族のカントリー・ハウスであるフェンストーン・パークに集結するような特別な機会には、ラティマーとその妻、さらには子どもたちも招待されていた。

十年前、伯爵のいちばん上の娘が結婚したときも、そんな機会のひとつだった。フェンストーン・パークには親族や友人たちがあふれ返っていたので、シーアは姉のヴェロニカだけでなく、母親とも同じ部屋に泊まることになった。ラティマーとダニエルも、同じくらい小さな部屋に一緒に押しこまれた。彼らは屋敷でもいちばん古い棟に押しやられ、ヴェロニカは、自分たちがほかの大半の娘たちとはちがって、流行の最先端をいくドレスを着ていないことを痛烈に意識していた。シーアにしてみれば、正直、どうでもいいことだった。髪をアップにし、丈の長いドレスを着て、おとなとしてあらゆる祝いごとに参加できるだけの年齢に達していることが、とにかくうれしかったのだ。なにしろその三年前は、子どもたちの一団と一緒にされてしまったのだから。

婚礼の前日、夜食のために階下に向かったとき、シーアは美男子ガブリエル・モアクームを見かけたものの、当然ながらモアクーム家の跡取りとははるかに席が離れていたし、食事のあと、全員が音楽室や応接間でよりくだけた交流をしていたときも、彼の注目を惹こうなどとは夢にも思っていなかった。チェスリーでは、あれこれ住民の世話を焼いてばかりいたシーアのことを、恥ずかしがり屋だと思う人間はひとりもいなかった。しかしそのときのシーアは、フェンストーン・パークの大きさと優雅さ、そしてそこに集まったきらめくばかりに洗練された人々を前に、すっかり怖じ気づいていた。それに、自分には社交の場で自慢できるようなものがなにもないことは、自覚していた。若い女にとって唯一大切なもの、すなわち美貌という点で、シーアはほかの女たちにはかなわなかった。だから彼女はヴェロニカの隣りでおとなしく腰を下ろし、美しい姉が、つぎからつぎへと若い男性と親しげに話をするのをただながめていた。

一度、ヴェロニカがだれとも話をしていないときをねらって、シーアは姉に身をよせ、広げた扇子《せんす》で口もとを隠してささやきかけた。「あの若い男性はどなた？　ウォフォード卿と一緒に立っているかた」シーアはそういって、はとこのイアンと一緒にいる、若く端整な顔立ちの男性に向かって頭をひょいと傾《かし》げてみせた。

姉はシーアの示した方向に視線をやったあと、同じように扇子を掲げて口もとに浮かんだ笑みを隠した。「あら、ガブリエル・モアクームよ。お父上が亡くなれば、あのかたが爵位を継ぐことになるわ。ウォフォードとは長年のご友人なの。結婚相手には、最高ね。お顔立ちが最高に美しいだけでなく、相続する財産もたっぷりあるって話だから」ヴェロニカが小さくため息をもらした。「わたしたちにはとても手の届かない相手だと思うわ」

「いえ」シーアは頬が熱くなるのを感じ、視線を落とすと、扇子をねじった。「そういう意味じゃないの——そんなこと、考えてもいなかったわ。ただ……どなたなのかしらと思っただけ」

彼女はふたたび視線を上げた。ついつい、ガブリエルに目がいってしまう。彼は、シーアが家に持っている衣装すべてを合わせても買えないような、豪華なサテンのイブニングドレスをまとった女性ふたりと親しげに話していた。シーアは、胸がきゅんとするような、奇妙な感覚をおぼえながら、その光景をながめていた。そんな贅沢《ぜいたく》な望みを抱くんじゃない、と父親にたしなめられそうだが、そのときのシーアは気にしてなどいられなかった。その一瞬は、サテンとレースのドレスを身にまとった、澄んだ青い目のか弱い金髪の令嬢になりたくてしかたがなかったのだ。

翌日、シーアはガブリエル・モアクームの姿をいちいち目で追っていた。結婚式では、礼拝堂で彼女の六列前に腰を下ろすモアクームを見つめ、廊下ではほかの若い男性と一緒に笑いながら歩くモアクームを見つめ、屋敷の南にある庭の長椅子に腰を下ろし、黒髪を陽射しにきらめかせているモアクームを見つめた。一度、彼がこちらにさっと視線を向けたので、シーアはあわてて目をそらした。恥ずかしくて、頬がまっ赤に染まった。じろじろ見ていたことに、気づかれたかしら？　行く先々で彼の姿を探さずにいられないことを、悟られてしまったかしら？

その夜、シーアはいちばん上等なドレスを着こんで舞踏室に下りていった。ただしいちばんといっても、じつはシーア自身のドレスではなく、その前月、地元で行なわれた祝宴でヴェロニカが着たもののお下がりだ。それでも、持っているドレスのなかではいちばん上等だった。ヴェロニカがその年の社交界デビューに向けてあつらえた新しいドレスを着ていたおかげで、運よく譲ってもらえたのだ。ヴェロニカの深い鳶《とび》色の髪と青い目に合わせた青いドレスではあったが、シーアの容姿もそれなりに引き立ててくれた。それにヴェロニカがどうしてもというので、彼女に髪をセットしてもらうことにした。姉はシーアの長い巻き毛を頭上で結わえて垂らし、ピンから飛びだしがちなやわらかなおくれ毛を、顔のまわりにふわりと漂わせてくれた。シーアは最後にほんの少しだけ気取ってみようと、めがねを外して箪笥《たんす》の上に残していった。

めがねがないと、ほんの三フィート先がぼやけてしまう。最初は、階段を下りながら、視界の狭さに少し恐怖を感じた。それでもヴェロニカのあとについて舞踏室に入り、目の前の群衆がぼんやりとした不鮮明な色とかたちにしか見えないことに気づくと、むしろ肩の力を抜くことができた。じっさい、周囲の人間を目にできないというのは、かなり快適だった。砂から頭をひょいとだしたダチョウのようなものね、と思うとおかしかった――だれのこともはっきり見えずにいると、こちらのことも人に見えていないような気分になる。

彼女はいつものように、広い舞踏室の壁際で、ヴェロニカと母親の隣りに陣取った。小規模なオーケストラが部屋の隅で音楽を奏《かな》で、彼女の目の前では男女のダンスとおぼしきぼんやりとした色つきの影が動いていた。まもなくヴェロニカがダンスに誘われ、ヴェロニカと同じように気さくで優雅な社交術に恵まれた母親も、ミセス・サー・ジョゼフ・シモンズとの会話に夢中になっていった。熱気がこもるなか、シーアは扇子をしきりにあおぎながら、ガブリエル・モアクームはなにをしているのかしら、と想像をめぐらせた。鼻先からほんの数フィート先までしか見えないおかげで、今夜はしきりに彼の姿を探すことで恥をかかずにすむのがありがたかった。

　しばらくたったころ、シーアは母親の声で空想の世界から引き戻された。「シーア、レディ・フェンストーンがいらしたわ」

「え？」シーアは、頭のなかでくり広げていた黒い目をした紳士の夢想を渋々放棄し、母に目を向けた。ミセス・バインブリッジの目の前に伯爵の妻が立ち、シーアを見つめていた。そしてなんとそのわきには、ガブリエル・モアクームが立っていた。

　シーアとしては、驚愕のあまり口をあんぐり開けてしまわないようにするのが精いっぱいだった。「ど……どうも」シーアがさっと立ち上がった拍子に、ひざの上から扇子が音を立てて床に転がっていった。「あ！」

　シーアは扇子を拾おうと身をかがめたが、それより早くモアクームが拾い上げていた。しかし彼は扇子を彼女に差しだすことなく、いかにもおかしそうに目を輝かせながら、シーアをにこやかに見つめるばかりだった。シーアは、扇子を受け取ろうと手を差しだしていいものかどうかがわからず、ぎこちなく手をねじり合わせ、ふたたび伯爵夫人に顔を向けた。その年配の夫人にきちんとお辞儀をしていなかったことを思いだした彼女は、ようやくひざをちょこんと曲げてあいさつし、さらにぶざまな姿を見せてしまったことにみじめさを嚙みしめた。

伯爵夫人は、いらだっているのかおもしろがっているのか、口角をゆがめていた。夫人はシーアに小さくうなずきかけたあと、口を開いた。「ミスター・モアクーム、ご紹介いたしますわね」伯爵夫人が若い男性をふり返った。「ミスター・モアクーム、こちら、いとこのミセス・ラティマー・バインブリッジと、ミス・アルシーア・バインブリッジです」

「はじめまして」ガブリエルがシーアの母が差しだした手に向かって礼儀正しくお辞儀をしたあと、シーアに向かって頭を垂れた。「ミス・バインブリッジ。お会いできて光栄です。ぼくと踊っていただけますか？」

シーアはぽかんとした顔を向けた。「わたしと？」

伯爵夫人が小さなため息をつき、アリス・バインブリッジがあわてて言葉を添えた。「あら、すてきじゃないの。行ってらっしゃいな、アルシーア。わたしのお相手をしてくれるのはうれしいけれど、わたしならひとりでいてもだいじょうぶだから」

シーアの頰がみるみる紅潮していった。わたしには優雅さというものが徹底的に欠けているし、ミスター・モアクームはそんなわたしを笑っているに決まっている。彼が礼儀正しく、こちらに関心があるような笑みを浮かべているように見えなくもなかったが、その目がきらしているのは、きっと笑っているからにちがいない。彼がそこまでユーモラスに反応してくれたことを、むしろありがたく思うべきだろう。レディ・フェンストーンにここまで引きずられて、壁の花となった親戚の娘にダンスをいやいや申しこむことになったいきさつに、機嫌を損ねていたっておかしくない状況だというのに——シーアには、そういういきさつであることがちゃんとわかっていた——彼は軽蔑するようなそぶりはほんの少しも見せていないのだから。それでもシーアは、彼にぶざまで滑稽《こっけい》だと思われてしまったことが、悔しくてしかたなかった。じっさい自分が滑稽に見えていることはいやというほど自覚していたので、なおさらいらだたしかった。

「わかりました」シーアはいかにも不承不承な声を出してしまったが、自分ではどうしようもなかった。

モアクームはまゆをわずかにつり上げたものの、なにもいわず、腕を差しだしてきた。シーアは彼の腕に手をかけると、指が震えていることに気づかれませんようにと祈りながら、彼と一緒にフロアに向かった。彼とこれほど近くにいるというだけで、かすかに息切れしてしまう。彼のからだが発する熱と、ブランデーと葉巻がほのかに交じったオーデコロンがかすかに漂ってくる。友人たちと一緒に喫煙室でブランデーのグラスを傾けつつ、葉巻を口にくわえる彼の姿が脳裏に浮かんできた。彼のあの唇も、たばことお酒の香りがするのかしら。ふとそんなことを思ったシーアは、横道にそれてばかりいる自分の思考が恥ずかしくなり、ふたたび頬を紅潮させた。

「扇子を返していただけないかしら」シーアは不機嫌な口調でいった。

彼はくすりと笑うと、扇子をひょいと宙に放り、器用に反対側の端を受け止めた。「いや、だめだ。これはかたとして取っておこう」

「かた？　なんのために？」シーアは顔をしかめて彼を見つめた。

「笑顔のかた、がいいな」彼が小ばかにするように、まゆをぴくりと動かした。「そうでもしなきゃ、きみの笑顔を引きだせそうにないから」

　近くで見るとよけい美男子に見える。ありえないほど、美しい顔立ちだ。びっしりと生えたまつげは黒く、それでなくとも黒い目を底知れないほど深く見せている。と同時に、生き生きときらめかせてもいる。シーアはからだの奥深くで、なにか温かいものが渦を巻くのを感じ、顔を背けずにいられなかった。「変なことおっしゃらないで」

「ほらね？　もうきみのことを怒らせてしまった」彼は扇子を彼女に手わたしながら、わざとらしくため息をついた。

「怒ってなんていません。意味のないことばかりおっしゃるから」

「でも、そういうものじゃないのかな？」モアクームがにやりとした。「だれもかれもが、パーティでは意味のないことばかりをしゃべっている」

「それなら、どうしてみなさん、パーティになんて行きたがるのか、わたしには理解できないわ」シーアは、彼の笑みを見て、からだの奥深くにさらに奇妙な反応が引き起こされるのを感じつつも、きつい口調でいった。

「人間がみなそこまで生真面目なら、たしかにパーティなんて行くべきじゃないだろうね。

でも意味のないことを多少話すくらいなら、楽しく時間を過ごすことができる。それがレディの笑顔を引きだせるなら、なおさらだ。さあ、ミス・バインブリッジ、扇子を救って差しあげたお礼として、ほんの小さな笑みだけでも見せてもらえないかな？」

「あなたがおっしゃっているのは、みじめな壁の花からわたしを救出したお礼ということでしょう」横目できっと彼をにらみつけたとき、シーアはその顔に驚きが浮かんだのに気づいた。「ミスター・モアクーム、まさかあなた、若いレディ全員がフロアで踊る機会を手にできるよう、レディ・フェンストーンに強要されたことがわからないほど、わたしがうぶだとは思っていませんよね」

「きみはぼくのことをよく知らないようだ、ミス・バインブリッジ。ぼくが人からなにかを強要されるなんてことは、めったにない。それがぼくの数多い欠点のひとつだということは、大勢の人がよろこんで認めてくれると思うよ」

「でも、わたしに紹介してくれって、レディ・フェンストーンに頼んだわけではないのも事実でしょう」シーアはそっけなくいった。自分がどうしてそんなことにこだわるのかよくわからなかったが、こちらは彼の厚意を誤解していないと知らせることで、プライドを守ろうとしていたのだろう。

モアクームが彼女をまじまじと見つめたあと、口を開いた。「たしかに、頼んだわけではない」彼はそこで間をおいた。「しかし、ためらったりもしなかった」

シーアはなんと応じたらいいのかわからず、顔を背けた。幸いふたりはダンスフロアに到着しており、それ以上言葉を交わす必要に迫られることはなかった。シーアは彼と向かい合わせの位置につき、いまロンドンで大流行しているワルツではなく、カントリーダンスがはじまろうとしていることに、ほっと胸をなで下ろした。当然ながらヴェロニカはワルツを習得し、シーアにも教えてあげるといい張っていたが、田舎町ではあいかわらずはしたない踊りとされていたため、シーアは一度もワルツを踊ったことがなかったのだ。しかしカントリーダンスなら地元の祭りで何度か踊ったことがあるので、あとはここで恥をかかないことを祈るばかりだった。

それに、非常に入り組んだ激しいステップだったおかげで、パートナーと会話する暇がなかったのもありがたかった。シーアは正しいステップを踏むことにひたすら集中し、できるだけモアクームの顔を見まいとした。モアクームが彼女とはちがって軽やかにステップを踏んでいるのが、しゃくに障《さわ》った。さらに悔しいのは、彼をちらりと見やるたび、やはりいままでと同じくらい興奮をおぼえてしまうことだった。ダンスのなかでたがいの距離が近づき、手をのばしててのひらを合わせたときは、息が詰まるほどの胸の高鳴りをおぼえた。

踊りが激しいせいよ、とシーアは自分を納得させようとした。激しく踊っているから、頬が赤くなって、胸がどきどきいっているんだわ。しかし彼女の本心は正直だった。こんなふうに胸を高鳴らせながらも落ち着かず、熱気と冷気を同時に感じてしまうのは、ガブリエル・モアクームのすぐ近くにいるせいなのだ。

ダンスが終わると、ふたりは礼儀正しくお辞儀をした。モアクームが彼女に腕を差しだし、彼女の紅潮した顔に目を走らせた。ふたりしてダンスフロアをあとにすると、モアクームがなぜかフランス戸を抜けて石畳の歩道に彼女を連れだした。シーアは仰天のあまり、黙って彼についていくしかなかった。あたりを見わたすと、ほかにも数多くの男女が舞踏室の熱気から逃れてテラスを散歩していた。それなら、これが醜聞《しゅうぶん》になることはなさそうね。モアクームによって引き起こされる不安と興奮にそわそわしながら、シーアは彼とテラスを散歩した。階下の庭園が、通路の花々のあいだに設置されたランプの明かりに照らしだされていた。なかには、噴水のところまで歩いていく大胆な男女もいた。

「あの――どうして外に出てきたのかしら?」とシーアはたずねた。またしても優雅さに欠ける声ではあったが、シーアにはほかにどうしたらいいのかわからなかった。モアクームが、舞踏会主催者である伯爵夫人に敬意を表するために自分と踊ってくれたということは、理解できた。しかしそのあとさらに散歩に連れだす理由は、よくわからなかった。

モアクームがちらりと彼女に目を向けた。驚いたような、おもしろがっているような顔をしている。レディ・フェンストーンに紹介されて以来、彼は何度かそんな表情を浮かべていた。「舞踏室が暑かったから、外の新鮮な空気を吸うのもいいかなと思って」彼は足を止め、彼女に半分からだを向けた。「戻りたい?」

シーアは、母親の隣りの椅子に戻ることについて考えた。「いいえ」彼がかすかな笑みを浮かべた。「よかった。ぼくも戻りたくないから」

ふたりはそのまま階段を下りて庭園に入り、その奥にある石づくりの手すりの前でようやく足を止めた。シーアは庭園を見わたしつつも、すぐ隣りにモアクームがいることをひどく意識していた。扇子をいじりながら、両手をどうしたらいいのかよくわからずにいた。ここでなにかをいうべきなのはわかっていた。ヴェロニカならここでいうべき言葉を心得ているのだろうが、シーアの頭に浮かぶのは、庭園の美しさや夜風のすがすがしさといった、くだらない言葉だけだった。

しばらくしてから、彼女はモアクームをちらりと見上げてみた。彼は手すりにもたれて彼女を見つめていた。屋敷からもれる弱い光が彼の顔の下半分に差しかかり、あごと口もとが照らしだされていたが、逆に目もとは暗くなっていたので、その表情を読みとることはできなかった。シーアは、彼のあごの浅いくぼみをちらりと見やった。ありえないほど魅力的だ。彼女はそこから堅い唇へと視線を移し、そちらはさらに魅力的であることを認めずにはいられなかった。こんなことを考えてはだめよ。わたしはヴェロニカとはちがうのだから、夫を夢見たり、この人の美しい顔立ちや、この人のたくましい肩にほれぼれしたりしても、しかたがない。ヴェロニカはいかにも女らしかった。ふたりの母親のように、リボンやらレースやら笑顔やらがよく似合っていた。一方のシーアは、昔からどちらかといえば父親似で、勉強好きで、博識で、感情よりも思考を重視するタイプだった。彼女がもっとも興味を惹かれるのは人間の頭脳であって、男性の唇が描く曲線などではないはずだ。

シーアは、頰の赤らみがあたりの暗さでごまかされることを願いつつ、顔を背けた。「ごめんなさい」

「え？　なにが？」彼がさっと背筋をのばし、わずかに近づいた。心底困惑している声だった。

「わたし、あまり話し上手じゃなくて。慣れていないの」――彼女はなんとなくテラスと屋敷のほうを手で示した――「こういうものには。だからきっと、ものすごく……」

「ものすごく、なんだい？」彼女が先をつづけようとしないので、彼がうながした。

「退屈なんじゃないかと」そういってシーアは彼をまともに見つめた。窮地に陥《おちい》ったから恥じらうようなまねをするなんて、わたしにはできない。

モアクームが短く笑った。「退屈だって？　愛しのミス・バインブリッジ、きみは退屈さとはまちがいなく無縁だよ」

「どうしてそんなことをいうのか、理解できないわ」彼女はいくぶんけんか腰になった。「気を遣《つか》ってもらう必要はありませんから。わたし、いうべき言葉をなにひとつ口にしていないんですもの。わたしが鈍感で礼儀知らずなのはまちがいないわ。よちよち歩きができるようになってからこのかた、知らない男性と踊ったことなんて一度もないうえに、いまは決まり文句すら口にできずにいるなんて」

彼の低いふくみ笑いはどこか温もりがあり、シーアはからだの奥深くが心地よく刺激されるのを感じた。「ぼくが、いわゆる決まり文句を耳にしなくてむしろうれしいといったら、意外だろうか」

「あら、わたしのいっている意味、わかっているはずよ」まったく男というのは、腹が立つ。「自分の悲惨なほどの社交的無能ぶりを認める人間のことを、笑ったりするものじゃないわ」

「じゃあ、ほかにどうしろと？」暗闇のなかで彼の歯がきらりと光った。「たしかにぼくは、子どものころから知り合いではない数多くの女性と踊ってきたし、決まり文句もさんざん聞かされてきた。だから正直にいわせてもらうと、気持ちのいい晩ですね、とか、風がさわやかですね、とか、楽しいパーティですね、とか、そういう決まり文句を聞かされずに庭の静けさとすがすがしさを楽しめるのは、じつに心和《なご》むことなんだ」

「そういう決まり文句のすべてを口にしかけながら、けっきょくいいだせなかっただけよ」

「いわないでくれて、ありがとう」彼がかがみこんで親指と人さし指で彼女のあごをつかみ、シーアを驚かせた。「歳はいくつ、ミス・バインブリッジ？ まだデビューしていないよね」

「ええ」シーアはやっとの思いで返答した。彼の行動には、驚かされると同時に興奮させられる。こんなことをしてはいけないのはわかっていたが、ここで身を引くつもりもなかった。

「十七歳」

彼がにこりとした。「ロンドンの独身男性には、ちょっとした驚きが待っているというわけだ」

決して褒められたわけではない、とシーアは思ったものの、彼がさらにかがみこんで彼女に口づけした瞬間に、頭から思考がすべて吹き飛んだ。

長くも、深くもない口づけだったが、シーアには人生ではじめての経験であり、それを全身で感じた。唇がじんじんとして、心臓が肋骨《ろっこつ》に叩きつけられるようだ。彼の唇はやわらかくて温かく、彼の香りが鼻孔を満たした。シーアはふと、彼の首に腕をまわし、からだをぎゅっと押しつけたいという強烈な欲望にかられ、われながら動揺した。

モアクームが頭を上げ、一歩あとずさった。彼はお辞儀をすると、彼女に腕を差しだし、母親のもとまで送り届けてくれた。シーアとしては、なすがままにされるよりほかなかった。以来、ガブリエル・モアクームとは一度も顔を合わせていなかった。

今夜までは。もっとも彼は、彼女のことをおぼえていなかったが。

シーアは手を顔にやった拍子に、涙が頬を伝っていることにはじめて気づいた。自分でも不愉快になり、手袋をはめた手で涙をさっと拭《ぬぐ》った。ロンドンの女たらしが自分に気づいてくれなかったからと自己憐憫《れんびん》に浸りながら、こんなところでぼんやり過ごすなんて、もういいかげんうんざり。シーアの心に救いの怒りがこみ上げ、胸のなかを岩のように陣取っていた心の傷を押しやってくれた。モアクーム卿が大昔にわたしと顔を合わせたことをおぼえているると思いこむなんて、悪いのはわたしのプライドだわ。でもガブリエル・モアクームはいかにも無礼だったし、横柄な態度をとっていた。わたしのことをおぼえていなかっただけでなく、ミセス・クリフから紹介されたほんの数秒後だというのに、こちらの名前を正確に口にすることすらしなかったじゃないの。このあたりの人間なんて、どうせ自分にはなんの価値もないと思っているのでしょう。あの男は、いかにも退屈そうなうつろな目をしていたし、いかにも偉そうな顔をしていた。きっと、こんなところにはいたくないと思っているのよ——酒場にでも出かけて酒でも飲みたいと思っているに決まっている！　貴族だからというだけで、善良で実直なチェスリーの人々より自分のほうが偉いと思っているのだ。そんなモアクーム卿がわたしのことをおぼえていないのも、無理からぬ話。きっと会ったときから、関心を向ける価値もないと思っていたにちがいない。

シーアは椅子のなかで背筋をしゃんとのばし、スカートの前をなでつけた。大広間に戻らなければ。自分は、暗い部屋に隠れて傷口を舐《な》めているような人間ではない。それでも、広間に戻って、モアクーム卿がダマリスやクリフ家の娘たちと踊るところをながめる気には、どうしてもなれなかった。それに、ミセス・クリフが気を利かせて、わたしのような壁の花とも踊るよう、彼に強要したりすれば、もっとひどい事態になる。そんな恥辱を受ける危険を冒すつもりはなかった。

ろうそくが一本目についたので、火を灯してみると、やわらかな光が部屋の内部をほんのり浮かび上がらせた。扉の裏側に本棚があるのに気づき、シーアはうれしくなった。まもなく、彼女は開け放たれた扉から見えない位置にある安楽椅子に腰を落ち着け、読書に熱中しはじめた。数分後、だれかが廊下を近づいてくる足音がしたので目を上げると、扉から兄がおそるおそる顔をのぞかせていた。彼の表情がぱっと明るくなった。

「ああ、シーア！　おまえも逃げだしていたんだな。広間のあたりは騒々しすぎる」ダニエルが部屋に入ってきた。「本を見つけたのか？」シーアが本棚を指さすと、ダニエルがふり返った。「おお、これはすばらしい」

彼は本棚を丹念に調べ、やがて一冊の大著を選びだすと、シーアのいちばん近くの椅子に腰を下ろした。ふたりのあいだのテーブルの上では、枝つき燭台のろうそくが燃えていた。そのあとふたりは舞踏会が終わるまでずっとそこで過ごした。夜にたびたびしていたように、気兼ねのいらない静寂のなかで読書に没頭したのだ。シーアはふと兄を見つめ、にこりとした。わたしはいい人生を送っている、と自分にいい聞かせる。どこぞの女たらしにおぼえていてもらえなかったからといって、意気消沈するなど、ばかげている。わたしの人生は秩序正しく進んでいるし、急《せ》く必要もなく、目的は定まっている。わたしはとくにこれといった野心を抱いているわけでもなく、友人や家族に恵まれている。なんでも好きなことができるのだ——もちろん、身分相応の範囲内ではあるが。ガブリエル・モアクームの態度をめぐって不満を募《つの》らせたり、悲しみに沈んだりするいわれはない。いずれにしても彼とは、もう二度と顔を合わせることもないだろう。だからそのうち、わたしだって忘れてしまうにちがいない。

「えらく退屈だったな！」アラン・カーマイケルが、モアクーム卿とともにプライオリー館の応接間に入りながら、そういい放った。すぐあとにサー・マイルズがつづいた。ガブリエルはそのまままっすぐ酒のデカンタが並ぶサイドボードに向かった。アランは暖炉のそばにあるひじ掛け椅子のひとつにどすんとからだを投げだし、仰々しくうめき声を上げた。「きみのいうことを聞いておけばよかったよ、イアン。ここに残っていればよかった」

べつの椅子でからだをのばしていたウォフォード卿ことイアンは、クッションに足をのせ、片手にブランデーグラスを持ちながら、その優雅なまゆを一本ひょいとつり上げた。「だからいっただろう」

「それほど悪くもなかったさ」とサー・マイルズがいって炉棚にひじをつき、友人たちににやりと笑いかけた。いつでも陽気にきらめく彼の目と、短く刈りこまれたくせのある髪は、どちらも金色がかった茶色だった。ガブリエルほどの背丈はないものの、彼もがっしりとした体格の持ち主で、紳士にふさわしくボクシングの技を磨いているおかげで、広い肩とたくましい腕をしていた。「ダンスもしたし、若いレディたちもいた。それに、地主殿が喫煙室で出してくれたホットカクテルが最高だった」

「そうだな。しかしあのレディたち、見ただろう?」とアランが応じた。「ずらりと並んだクリフの娘たちときたら! 十人はいたな」

「四人だったと思うよ」ガブリエル・モアクームが、それぞれのグラスにブランデーをたっぷり注ぎながらいった。「みんな、見た目も、ドレスも、どこか浮ついたところも、すごく似ていたから、たくさんいたように見えたんだろう」

「帰省したときはいつでも、そういう田舎じみた催しに耐えなきゃならないんだ」とイアンがいった。「だからこんな場所にとどまるつもりはさらさらなかった。父がここを売ってくれて、このうえなく感謝しているよ――もっとも、それをきみが買ったというところが、いまひとつ理解できないがね、ガブリエル」

「なにをいうんだ」ガブリエルが屈託のないしぐさで、その美しい顔を笑みで輝かせた。「まわりを見てみろよ」彼はふり返り、アランとマイルズにグラスを手わたした。「これほど心穏やかに孤独を楽しめる場所が、ほかにあるとでもいうのか?」

「文明がない場所でもあるがね」とイアンがものうげに応えた。

「文明がなんだ。ぼくは、間借り人や不動産管理人と交渉する必要もなく、義理の母親の機嫌を損ねる心配もせずにひきこもっていられるような家を持つほうが、よっぽどいい」

「そういうしがらみがいやなら、どうして地主が開催したクリスマス舞踏会に顔を出したんだ？」とイアンがたずねた。

「いい質問だ」ガブリエルは顔をしかめた。「ミセス・クリフに部屋じゅうを引っ張りまわされて、このあたりに住む独身女性にいちいち紹介されていたとき、ぼく自身、そう自分に問いかけたさ。じつのところ、夫人はほかの町からも何人か招き入れていたんじゃないかと疑っているくらいだ。五分がたつころには、自分の名前をいうのに精いっぱいで、相手の名前を口にする余裕すらなかった」

イアンが笑い声を上げた。「ちゃんと警告したろうが！　このあたりで娘の結婚相手を探している母親全員が顔を揃えて、婚期を迎えた——と同時にばかばかしいほど退屈な——娘たちを紹介されることになるのは、わかりきっていた」

「きみはもう結婚しているんだから、なにも問題はなかったろうに、イアン」とマイルズが指摘した。

「たしかに。しかしだからといって、退屈させられることに変わりはない」

「きみたちみんな、美しいチェスリーの町にたいする評価が厳しすぎると思うな」とマイルズが軽い口調でいった。「ぼくは舞踏会を楽しんだよ。クリフ家の姉妹が目障りだったとはいえ、ミセス・ハワードが目の保養になって、その埋め合わせ以上のことをしてくれた」

「たしかに彼女は美人だ」とガブリエルも同意した。

「黒髪の、あの愛らしい人か？」とアランがたずねた。「彼女は鳩のなかの孔雀さながらだったよな」

「だれだって？」イアンが立ち上がり、サイドボードにグラスをおきに向かいながらたずねた。「ここチェスリーに美人がいるって？　ぼくにはおとぎ話にしか聞こえないがな。黒髪の妖婦がいるなら、忘れるわけがない」

「たしか、数カ月前に越してきた人だ」とガブリエル。

「へえ。でも、どうして？」

ガブリエルが笑った。「たぶん彼女も、心穏やかに孤独を楽しめる場所を探していたんじゃないか？」

「そういうことなら、いやというほど楽しめるだろうな」イアンが皮肉たっぷりに応じ、ふり返ってサイドボードによりかかった。「さてと、紳士諸君……今夜、ほんもののお楽しみをするつもりはあるのかな？」

「なにか考えはあるのか？」とガブリエルがたずねた。

「ルー、ホイスト、ブラックジャック（いずれもカードゲーム）――なんでもござれだ。きみの執事から聞いたが、地下の貯蔵庫に酒の瓶や樽がいくつかあったそうだ。いったいいつの酒やら。ちょっと下りて、われわれの好みに合いそうなものがあるかどうか、見てこようと思っていたんだが」

　ガブリエルが肩をすくめた。「どうぞご自由に」

「ぼくもつき合うよ」アランがサイドボードからろうそくを取り、ふたりして部屋から出ていった。

ガブリエルは自分とマイルズのためにブランデーのお代わりを注ぎ、ふたりで暖炉の前の椅子に腰を落ち着けると、脚をのばして暖を取った。

「あまりに退屈な夜でなかったことを祈るよ」とガブリエルが声をかけた。「地元の人たちと顔を合わせるのは、悪くないと思ったんだ」

マイルズがふくみ笑いをもらした。「ぼくは気にしていないよ。ぼくの場合、イアンのように高度な洗練さは求めていないからな。五人の女きょうだいと育てば、こういう催しに参加するのには慣れっこになるものだ。ぼくがマイルズ卿ではなく、サー・マイルズにすぎないおかげで、結婚相手に嘱望《しょくぼう》されずにすんだことも、ありがたかった」

「きみは結婚について考えたことはあるのか？」ガブリエルが考えこむようにしていった。

「できるだけ考えないようにしている」マイルズがにやりとした。「どうしてそんなことを訊く？　まさかどこかの娘に入れあげてるなんて、いわないでくれよ」

「いや、それはないさ。まあ、いつかは結婚するだろうが……」ガブリエルは肩をすくめた。

「あまり心惹かれるものだとも思えないな」

「イアンの結婚を目《ま》のあたりにしていれば、そう思うのも無理はない」

ガブリエルは友人をちらりと見やった。「イアンはそんなに不幸なんだろうか？　本人はなにもいわないが……」

「しかし、もうすぐクリスマスなんだぞ。ところがやつは、奥方と一緒にフェンストーン・パークで過ごすどころか、ここでわれわれと一緒にいる」とマイルズが話の先を読んだ。

「それがなにかしらを物語っているんだろう。本人にたずねたことは一度もない。まあ、あいつがとりわけ不幸だとも思えないが」

「しかし、とりわけ幸せそうにも見えないな」

「あの夫婦が恋愛結婚ではないことは、周知の事実だ」

「だからといってなにかちがいがあるのか、ぼくにはよくわからない」ガブリエルが苦々しい声を出したので、友人が横目でさっと彼を見やった。しかしマイルズがなにかいうより早く、ガブリエルが先をつづけた。「イアンのやつも、そもそも恋愛結婚なんて期待していなかったんじゃないかな……あるいは、そんなことにさほどこだわっていなかったんじゃないかと思う」

「たしかにロマンチックな男じゃないからな」

「それにしても、もっといい相手がいたかもしれない。もっとあいつに似合いの相手が。あいつの父親がギャンブルに狂って、イアンの未来を奪ってしまわなければ」

「フェンストーンは、自分のことしか考えない男だ」マイルズがため息をつき、残りのブランデーをあおった。「昔からそうだった。しかしもう終わったことだ。少なくともエミリーと結婚したことで、あいつの父親は借金を清算できたじゃないか」

ガブリエルが鼻を鳴らした。「いまのところはな。しかし自然のなりゆきからいって、伯爵は所有財産の徹底活用に戻るはずだ」

「つまり、フェンストーンがまた足を踏み外し――」マイルズが言葉を切り、さっと背筋をのばしてガブリエルを見つめた。「きみがこの館を買ったのは、そのためか？　イアンの父親がさらに重ねた借金を清算できるように？」

ガブリエルは肩をすくめた。「一族の領地のほかにも、田園地方に居場所がほしいと思っていたからさ」

「そうだろうとも」マイルズがさもわかったような顔をした。「まあ、きみのおかげで伯爵の債権者をしばらく食い止めておけることを祈っているよ。父親が借金まみれになったら、イアンが気の毒だからな」

廊下から足音が聞こえてきたので、ふたりは会話を中断した。まもなくイアンが戸口に現われた。両方の腕に酒瓶を抱えている。

「なにがあった？」とガブリエルはたずねた。

「蜘蛛《くも》の巣と埃《ほこり》がたっぷりあった」と、イアンのうしろからアランが答え、上着の袖口を払った。

「それから、上等なアルマニャックの樽だ」とイアン。「持ってくるには大きすぎた。明日にでも、従僕に引きずってこさせよう。しかし一時しのぎに、まずまずのコニャックを見つけたよ」

「それはけっこう」ガブリエルは立ち上がり、イアンとアランが部屋の反対側にあるテーブルに向かうのを横目に、上着を脱ぎ捨てた。「カードを出してくれ、マイルズ。葉巻はどうだ？」ガブリエルはサイドボードから葉巻入りの箱を取りだし、イアンが最初の酒瓶を開けるあいだ、みんなにまわした。

男たちはテーブルのまわりに腰を落ち着け、マイルズがカードを切りはじめた。ガブリエルがグラスを掲げた。「紳士諸君！　今夜と、この先のはるかに陽気な夜に乾杯！」

3

クリフ家の舞踏会が終わってからの数日間、シーアは例年どおり、クリスマス前のめまぐるしい準備に追われていた。来るべき祝日のために掃除や料理をする使用人たちを手伝うだけでなく、教会のいつもの雑事もこなさなければならなかった。父親が亡くなる前の数年間、彼女は父の秘書の役割をこなし、父の説教を読みやすく清書したり、父の蔵書を管理したり、教区民のさまざまな相談役になったりしていた。そんなことから、教区民はなにか問題が生じるとまずはシーアに持ちこみ、そのあと彼女から牧師に伝えてもらうのを習慣とするようになっていた。ラティマーの死後、聖職禄《せいしょくろく》がダニエルに引き継がれても、教区民はあいかわらずシーアを頼っていた。ラティマーとはちがい、ダニエルはシーアが持ちこむ話にほとんど興味を示さなかったので、やがてシーアはすべて自分ひとりで対処するようになっていた。

モアクーム卿のことはできるだけ考えないようがんばったものの、彼がいかにも退屈そうな目を向け、彼女のことをちっとも思いだしてくれなかったときのことが、どうしても脳裏に舞い戻ってしまうのだった。あれからの数日間、彼女を訪ねてくる人のほとんどが、クリスマス舞踏会と風変わりな新参者のことばかりを話すものだから、なおさらつらかった。

二日後、ミセス・クリフが訪ねてきた。表向きは婦人補助会の話をしに来たのだが、じっさいは自分の大手柄をもう一度自慢するためだった。ダニエルのクリスマス礼拝の説教を考えていたシーアは、ミセス・クリフとその妹ミセス・ディンモントがモアクーム卿の数々の美徳をあげつらねるのを聞きながら、ぐっとこらえて口を閉ざしていた。

「ほんとうにすばらしい紳士だと思いませんこと、アルシーア?」ミセス・クリフが相手の返答を必要とすることはまれなので、シーアがそれに同意せずにいたところで、彼女は気づきもしなかった。「お義母さまですら、とてもりっぱなかただと褒めてらしたくらいですのよ」

「とても美男子だしね」と、ミセス・ディンモントが会話におけるいつもの役割を演じてつけ加えた。

「それにあの物腰といったら! でも、あの見たこともないほどかたちのいい脚は、それ以上にすてきだったわ。あら、もちろんあなたのようにきちんとした若いお嬢さんが、そんなことに気づくはずはないでしょうけれど」

「まあ、いやだ、お姉さまったら!」ミセス・ディンモントが口に手をあてて忍び笑いをもらした。「なんてことおっしゃるの! もちろん、そんなことがあるはずはないでしょう」

彼女はミセス・クリフから顔を背けて言葉をつづけた。「でも、お姉さまのいうとおりね。ダンスフロアであそこまで優雅に踊る紳士は、ほかにいないわ」

「お友だちのみなさんも、とてもいいかたばかりで」とミセス・クリフが寛大なところを見せた。「サー・マイルズがいちばん魅力的ね。それでも、モアクーム卿とはくらべものにもならないけれど」

「ほんとうね」ミセス・ディンモントがこくんとうなずいた。「まったく、くらべものにもならないわよ」

「わたし、あのかたがうちのデイジーと一緒にいるのを見て、ものすごくうれしかった」

「その前に、お姉さまがあのかたと踊っていたじゃないの」妹がからかうようにいった。

「もう、アデルったら……」ミセス・クリフが妹の腕をふざけたようにぴしゃりと叩いて笑い声を上げた。「あのかたが礼儀をわきまえてらしたってだけのことよ」

「それでもお姉さまとあのかたのコティリヨン・ダンス、おみごとだったわ」

ミセス・クリフがにこりとして、あごをかすかに持ち上げた。「わたしだって、ステップのひとつやふたつ、まだおぼえていますもの。でもモアクーム卿が関心を示したのは、まちがいなくデイジーだったわ。四人の娘全員と踊ってらしたのよ。末娘のエステラとまで。あの子ったら、大はしゃぎしてしまって。でもあのかたの目を引いたのは、まちがいなくデイジーよ。うちのお屋敷でまたモアクーム卿の姿を目にしたとしても、わたし、ちっとも驚かないわ。そこのところをおぼえてらしてね」ミセス・クリフがしたり顔でうなずきかけた。

シーアとしては、あそこまで退屈そうな顔をして、横柄な態度をとっていたモアクームが、デイジーにほんの少しでも興味を抱いたとは思えなかった――彼が、くすくす笑ってばかりいるだけの、ウィットのかけらも持ち合わせていない娘が好みだというのでもなければ。あのパーティで彼がだれかに惹きつけられたとしたら、ダマリスにちがいない。その美貌に加えて知的な会話もできる女性なのだから。ミセス・クリフが三週間近くもうわさしつづけていた、あのきざな悪党など、デイジーのような純真無垢《むく》な娘の夫にはこれっぽっちもふさわしくないことを指摘しろ、とシーアの心の悪魔がせっついてきた。しかしシーアは、そんな卑《いや》しいことはするものかと抵抗し、ミセス・クリフとその妹が立ち去るまで、ただにこやかにうなずきながら辛抱していた。

しかし、これでもうモアクーム卿の話を聞かされずにすむと思ったら、大きなまちがいだった。というのも、翌日パン屋に出かけたとき、モアクーム卿と彼の友人のひとりが二輪馬車で大通りを競走し、パークソン大佐を馬車もろともあやうくひっくり返すところだったという逸話を聞かされるはめになったからだ。おまけにその日、教区の病人のひとりを訪ねていったところ、その老いた女性の娘から、プライオリー館の若き紳士たちが地下貯蔵室から酒樽をつぎからつぎへと引っ張り上げさせ、年代物のブランデーを味わったという話を、午後いっぱい詳細に語り聞かされた。

ようやく解放されて自宅に戻ったシーアは、ほっと胸をなで下ろした。自宅なら、少なくともモアクーム卿の話題を耳にしなくてすむ。なにしろダニエルは、プライオリー館の住民にはいっさい関心がないのだから。自宅なら、暖炉の前で読書しながら、心地のよい静かな夜を過ごすことができる。静寂が破られることがあるとしたら、ダニエルがサイレンセスターのローマ遺跡について書かれたとりわけ興味深い一節を、彼女に読んで聞かせるときくらいだ。

シーアは小さなため息をもらした。まあ、そちらもとくに心躍る時間の過ごしかたではないかもしれないが、少なくともそれなら毎度のことであり、モアクーム卿にかんする話題を耳にするたびにおぼえるいらだちも感じずにすむだろう。それにしても、わたしとはいっさいかかわりのないあの男についてここまでいらだちを募らせるなんて、ばかな話もいいところだ。彼の態度にほんの少し心が痛んだのはたしかだけれど、そんなことはどうでもいい。ガブリエル・モアクームが友人たちと一緒にロンドンに戻れば、すぐに彼のことなど忘れてしまうに決まっているのだから。

それに——と彼女は念を押した——わたしにはお楽しみがたっぷり待っているじゃないの。クリスマスは、一年でもいちばんお気に入りの祝いごとだ。明日は早朝から出かけて、家と教会を飾るための新鮮な木の枝やヒイラギを切ってこよう。昔から、その作業が大好きだった。それに一日か二日すれば、姉が姪《めい》と甥《おい》を連れて到着するはず。そうすれば、わが家は願ってもないほどにぎやかになるだろう。

翌朝、太陽が東の地平線上に顔を出す前から、シーアは緑の枝葉を探しに出かけた。小さな荷車をうしろに引きながら、橋をわたって教会の前を通過する。そこから野原を横切って、その先の森に向かうのだ。森なら、赤い実をつけた香ばしい聖なる枝がたくさん見つかるだろう。小丘を登ったところで、ふと、馬に乗ってこちらに向かってくる男の姿が目に入った。まだ遠く離れていたが、シーアは、その長身で乱れた黒髪の持ち主がだれか、すぐに気づいた。ガブリエル・モアクームだ。町から自宅に向かっているらしい。シーアはぴたりと足を止めた。

彼女はあたふたとあとずさり、木立の陰に身を隠した。地平線がすでに明るくなりはじめていたので、馬とその上に乗る人物の細かい部分が見えてきた。彼は肩に何重にもケープがついた厚手のおしゃれな大外套をはおっていたが、胸の前がはだけ、ボタンをはめていない上着と、ほどけたまま首にだらりと垂れかかるネッカチーフが見えた。帽子はかぶっておらず、髪は乱れ、あごのあたりにうっすらと無精ひげが生えている。馬を歩かせながら大きくあくびし、手で顔をこすりつけていた。

早朝に馬を走らせに出かけたわけではなさそうだ。どう見ても、町で夜を過ごしたあと、自宅に戻っているところだろう。彼が夜を過ごした場所なら、想像がつく。しばらくは酒場で飲んでいたにちがいない。酒場が店じまいしたあとは……シーアは背筋をさらにのばし、あごを引き締めて口を真一文字に結んだ。わたしには関係のないことだけれど、モアクーム卿が、みんなのいうような、酒好きで、放蕩で……不埒な男であることを示す証拠が必要だとしたら、いままさにそれを目のあたりにしているようなものだ。

モアクーム卿のほうは、彼女の方角にはちらりとも目をくれずに通り過ぎていった。シーアは息をひそめ、彼の姿が見えなくなるまでじっと待った。そのあと止めていた息をふうっと吹きだし、荷車をがたごと引きずりながら先を急いだ。怒りにまかせて足を踏みだしていたため、歩調がどんどん速くなっていった。なんて大胆不敵な人なの！　図々しいったらありゃしない！　こんな時間に帰宅しているところをだれかに見られても、かまわないと思っているのね。自分のよこしまな行動を、万人に見せびらかしているようなものじゃないの。暗闇にまぎれる手間すらかけないなんて。もちろん、そんなことをしたからといって彼の不埒な行いが許されるというわけではないけれど、せめて恥と思う気持ちが少しはあることくらいは示せるだろうに。最初から、彼がそういうたぐいの男であることを心得ておくべきだった。そもそも、彼にほんの少しでも真の紳士たるところがあったなら、ずっと昔のあの晩、このわたしに口づけなどするはずがないではないか。当時のわたしは純真だったので、彼が放蕩者《ほうとう》だということがわからなかったのだ——まあ、放蕩者といういいかたは当たっていないかもしれない。放蕩者といえば、もう少し歳を取っているような気がするから。それでも、彼が遊び人であることはたしかだ。遊び人で、不埒で、不良なのは、まちがいない。

シーアは、自分が歳と知識を重ねてきたことに感謝した。もちろん、彼がわたしにどんなかたちであれ迫るようなことはないだろうが——そもそも、昔、彼があんな行動に出たということ自体、わけがわからない。それでも、いまのわたしならあの男の魅力に抗《あらが》うことができる、あの男の正体をきちんと見分けられるというのは、なによりだ。いまなら、たとえ彼が口づけしようとしたところで、わたしはそんな状況に追いこまれるようなまねもしないし、ただそこに突っ立って押し黙っているようなこともしない。そうよ、もしそうなったら……そうね、どうしたらいいのかはよくわからないけれど。たとえば、彼の横面を張り飛ばすとか。そう、そうすべきだわ。

そんなことを考えながら、シーアは持参した小さな手斧《ておの》で木々の枝を勢いよく切り、手早く荷車に積み上げていった。荷車がほとんど満杯になったところで、艶やかな緑の葉の合間に赤い実をたわわにつけたヒイラギを数本、加えていった。手が届く位置まで垂れたヤドリギが見あたらなかったので、あたりにさっと目をやってだれにも見られていないことを確認したあと、スカートをたくし上げて裾《すそ》を飾りひもに突っこみ、オークの木に登って枝を何本か切り落とした。収穫に満足すると、帰宅の途についた。お腹《なか》がぺこぺこで、台所でパン一枚をつまみ食いするだけでは足りなかった、と後悔した。ダニエルはもう朝食を終えているかもしれないが、ミセス・ブルースターになにか残りものをもらおう。

シーアが牧師館の裏手に荷車を停め、手を洗おうとなかに入ったとき、兄はあいかわらず朝食の席で紅茶を飲みながら一通の手紙に目を通しているところだった。シーアがダイニングルームに入ると、彼が顔を上げてにこりとした。「おはよう、シーア。ミセス・ブルースターにおまえの行き先を訊いたんだが、わからないといわれたよ」

「早くから出かけて、教会に飾る木の枝を集めてきたの」

「ああ、そりゃいい。飾り立てれば、あの古びた教会もお祭りらしくにぎやかな雰囲気になるだろう」

「そうね。あとで行って、飾りつけてくるわ」

「ふむ」ダニエルは手紙に注意を戻した。

「もう郵便物が届いたの?」シーアは彼が手にした手紙にうなずきかけながら、自分の皿に料理を盛りつけ、食べはじめた。

「ああ。朝食前に軽い散歩に出かけたついでに受け取ってきたんだ。ヴェロニカからの手紙だよ」

「あら、そうなの?」シーアは彼をちらりと見上げた。「いつ到着するか、書いてある?」

「そのことなんだけど、どうやらヴェロニカは来られなくなったようだ」

「え?」落胆が岩のようにシーアの胃にずしりとのしかかり、彼女は手にしたフォークを下においた。「どういうこと？　もうそろそろ到着するはずだったのに」

兄が肩をすくめた。「けっきょく来られそうにないと、書いてよこしたんだ。ご主人の予定が変更になって、帰宅したとかで。ご主人の乗った船が、修理かなにかで戻らなきゃならなくなったようだ」兄が手紙の残りを読んで聞かせてくれた。「司令官のご主人は元気だそうだ。子どもたちも。もちろん、ご主人が帰宅して、みんなよろこんでいるらしい。それから、十二夜の舞踏会に着ていくドレスのことがなにか書かれている。ずいぶんうれしそうだぞ」

「ドレスのことが？　それともスタントン司令官の帰宅のことが？」

「どちらなのか、よくわからないな」ダニエルはテーブル越しにシーアに手紙をわたした。

「なんにしても、ヴェロニカに会えないのは残念だ。子どもたちが来ないとなれば、静かに過ごせるのはまちがいないけれど」

「そうね」シーアは手紙にざっと目を通すと、兄に返した。これから先の数日間が、いきなりむなしく思えてくる。

「さてと……」ダニエルが紅茶を飲み干し、立ち上がった。「そろそろ説教づくりに取りかからないと」

シーアはうなずいた。「取り上げる題材についてメモしておいたわ。参考にしたいかしらと思って」つまり、シーアが兄の代理で書いた説教のことを、まわりくどくいっているだけだ。

「ああ、もちろんそうさせてもらうよ。ぼくは書斎にいるから」ダニエルはうれしそうにうなずくと、歩き去った。

シーアは皿を押しやった。もはや食欲は失せていた。兄にしてみれば、来るべき祝日を静かに過ごせることがありがたいようだが、シーアにしてみれば、むなしさがこだまするばかりだった。彼女はため息をつくと部屋をあとにし、階段を上がっていった。ひんやりとした孤独感が胸に押しよせる。寝室にあるオーク材の小さな書き物机から、書き終えた説教を手に取り、ダニエルの机に広げておいた。気分が落ちこんだときははたらくのがいちばんなので、シーアは外套と手袋を身につけ、館の裏手に放置しておいた荷車のところに向かった。取っ手をつかみ、教会を目ざしはじめる。

聖マーガレット教会の建物は古く、町のほとんどと同じように、地元の石でつくられていた。ずんぐりとした地味な建物ではあったが、簡素な美しさを備えている。贅沢さとは無縁の教会だ。何世紀も昔、羊毛の交易が盛んだったころ、建物を壊してもっとりっぱな大建築物につくりかえようという話も出たのだが、昔から現実的だったチェスリーの住民たちは、けっきょくその案を撤回したのだった。

教会の建物は、かつてアキテーヌのエレナーが設立した修道院アストウォルド・アビーの礼拝堂として使われていた。修道院解散の時期に入ると、フェンストーン卿の祖先に譲渡された。建物のほとんどは崩壊し、完全な姿で残っている建物はふたつだけだった——礼拝堂と小修道院だ。修道院の敷地のなかで、教会の反対側の端に建つ小修道院は、修復、増築され、代々フェンストーン伯爵の住居となった。礼拝堂のほうは、三百年前、町の教会にすべく、町に譲渡された。そのふたつの建物のあいだに、修道院の廃墟が広がっている。そちらを見やれば、転がり落ちた石や、半分崩れ落ちた壁が目に入る。

しかしその日のシーアは、そんなおなじみの光景には目もくれずに、荷車を教会の扉まで引っ張っていき、教会の身廊に山積みの木の枝を運びこんだ。中央通路を抜けて教会を十字に区切る通路を通り、祭壇へとつづく階段の上に枝をおく。そのあとふり返って一段高くなった内陣をまわって進み、教会裏手の扉を開けにいった。そこは短い廊下につながっており、聖具室や倉庫へとつづいている。

シーアは小さな灯油ランプを拾い上げ、いちばん奥の倉庫に持っていった。倉庫に収納された、教会ならではのがらくたのあいだを抜けていく。奥のほうで、クリスマスイヴの日にキリスト降誕劇で使うかいば桶が見つかった。家畜に餌《えさ》を与えるための簡素な箱で、X型をした脚がついており、ここ数年ほど使われていなかったものの、まだまずまずの状態を保っていた。シーアはいくつか道具を手にすると、ランプの火を吹き消し、聖具室に持ち帰ったのち、集めた道具を教会の入口の間《ま》に運んでいった。教会の内部を飾りつけたあと、かいば桶を外に持っていって洗うつもりだった。

しかしいったん内陣に戻り、まずは教会をクリスマスらしく飾りつける作業に着手した。左手の壁に添って、芳《かんば》しい木の枝を切ってはステンドグラスがはめこまれた窓の下枠に並べていく。教会内の十字通路の短いほうに到達したところで、左に方向転換した。そこには聖ドゥワインウェンに捧げられた小さな礼拝堂があった。

錬鉄製のついたてで教会のおもな部分と仕切られているその礼拝堂には、教会中心部の大きな祭壇に向かって、信徒席がほんの数列しかなかった。壁には、小さな奉納ろうそく立てに縁取られるように、祈禱《きとう》台が設置されている。祈禱台の向こうには、この小さな礼拝堂に名前が冠された女性聖人、ドゥワインウェンの彫像が立っていた。礼拝堂の奥にある一枚窓の両側には、ある騎士と彼が愛した貴婦人の石づくりの聖物安置所があり、その石板に彼らの肖像が彫られていた。

教会のその一角が、昔からシーアのお気に入りの場所だった。ステンドグラスがはめられた窓が一枚しかないため、ほかの部分とくらべるとほの暗く、赤いガラス製の奉納ろうそく立てで燃える数本のろうそくに火を灯しても、雰囲気のある小さな明かりがほんのりと差しかかるだけだった。実物よりも少し小さめの聖ドゥワインウェン像は、石づくりの四角くて低い台座に立っていた。彫像そのものはいたって簡素で、粗野ともいえるほどだった。木彫りで、時間の経過とともに色あせ、ひびが入っていた。聖人はうつむきかげんにやさしくほほえみかけ、両手をわきに広げている。

シーアは子どものころから、この礼拝堂に腰を下ろしているのが好きだった。ここの静寂と、ろうそくの明かりと香り、そして年季の入った彫像が大のお気に入りだったのだ。彼女の目に映る聖ドゥワインウェンは、心やさしくてものわかりがよさそうで、決して美しくはないけれど、愛すべき聖人だった。いい伝えによれば、礼拝堂の奥に埋葬されている騎士が、従軍先のウェールズからこの彫像を持ち帰ったのだという。彼が聖ドゥワインウェンに捧げられた小さな霊廟《れいびょう》に立ちより、ウェールズでの勝利を祈ったところ、のちに戦いだけでなく、ウェールズの美しき貴婦人の心をも勝ち取ることができた。それに感謝した騎士は聖ドゥワインウェンへの献身を誓い、彫像を故郷に持ち帰った。そしてウェールズ出身の妻への贈りものとして、その彫像とともに、修道院の礼拝堂建設のための資金を寄付したのである。

その物語に想像力をかき立てられたシーアは、父親の蔵書を熟読し、ついに聖ドゥワインウェンの話を見つけだした。それによればドゥワインウェンは、ウェールズ王の娘で、メイロンという男性と深い恋に落ちたのだという。父親はメイロンとの結婚を許そうとせず、彼女をもっと裕福な貴族と結婚させようとした。ところが愛を拒絶され、怒りに駆られたメイロンが、ドゥワインウェンを無理やりわがものにした。悲嘆に暮れた彼女は森に逃げこみ、そこで助けを求めて祈りを捧げた。するとひとりの天使が現われた。彼女の誓いに心を動かされた天使は、乱暴者のメイロンに飲ませなさいといって、彼女に水薬を与えた。それを飲んだメイロンは、暴虐な行いにたいする罰として、氷に姿を変えられてしまう。天使はドゥワインウェンに、神があなたの三つの願いをかなえてくれることを告げた。メイロンへの深い愛と純真な心の持ち主だったドゥワインウェンは、彼を罰から解放してほしい、自分は生涯結婚する必要がないようにしてほしい、そして真実の愛を誓う恋人たちすべてを幸せにしてやってほしい、と願った。メイロンはもとの姿に戻り、ドゥワインウェンはリランドゥワイン島に隠遁して生涯を孤独に過ごし、何年かのちに、ウェールズの愛と恋人たちの守護聖人となったのだった。

それから何年にもわたって、ウェールズのもともとの霊廟でも、ここチェスリーの礼拝堂でも、多くの人々が彼女の彫像の前で祈りを捧げ、そこから地元の伝説が誕生した。当然ながら、ロマンチックな伝説だ。この礼拝堂で真実の愛を胸に聖ドゥワインウェンに祈った者は、だれでもその願いがかなえられるといわれている。恋愛成就《じょうじゅ》の願いだけがかなえられるという者もいれば、この心やさしい聖人はもっと広範囲の願いもかなえてくれる、という者もいた。

シーアもときおりここで祈りを捧げてきたが、いくらひいき目に考えても、願いがかなえられたことはほとんどないといわざるをえない。それでも、祈ったり、ただ腰を下ろして考えごとをしたりするには、いちばんのお気に入りの場所であることに変わりはなかった。その静けさと厳粛な雰囲気や、教会の反対側の通路に集中する聖壇の美しさと大理石の洗礼盤が、好きでたまらなかったのだ。

シーアはろうそくに火を灯してひざまずき、彫像の前で短い祈りを捧げたあと、礼拝堂の奥に向かって一枚きりの窓に枝を飾っていった。それが終わると信徒席の最前列に腰を下ろし、教会の正面に飾るための大枝を針金で花綱状にしていった。礼拝堂の静けさとわびしさに包まれ、葉っぱが放つ強烈な香りが彼女の鼻孔を満たした。しかしこうして静寂のなかで腰を下ろしていると、胸のまんなかに陣取る冷たいしこりを無視するのがむずかしかった。しばらくのあいだは作業に集中していたおかげでそんな気持ちもごまかすことができたのだが、やがてその寒々とした気分が増し、広がっていくように思えた。

こういう孤独感もいずれ消えるわよ、とシーアは自分にいい聞かせた。姉とその子どもたちのことは愛しているものの、けっきょくのところ、彼らはわたしの生活の一部というわけではない。クリスマスを一緒に過ごせないのは残念だけれど、これからの数日間、いつもと変わらぬ日々を過ごせばいいじゃないの。これがわたしの人生なのよ——兄と、この教会と、牧師館と、この町が。

ただし、そのどれひとつとして、ほんとうに彼女のものというわけではなかった。教会区牧師は兄であり、家も、教会も、教区の信徒たちも、みな、彼のものなのだ。シーアはたんに、兄の厚意でそれを共有させてもらっているにすぎず、万が一兄が亡くなるようなことになれば、そのすべてがほかの牧師、ほかの家族のものとなり、彼女には住む場所すら残らない。シーアは頭をふった——そんなぞっとするような、ばかげたことを考えるなんて！　ダニエルはまだ若くて健康的だ。まだまだ死ぬはずがない。それでも――兄もいつかは結婚するだろう。いまのところ結婚にはいっさい関心がないようだが、結婚する可能性は充分にある。もし兄が結婚すれば、わたしはもはや用なしだ。ダニエルは心やさしい兄なので、わたしを追いだすようなことはしないだろうけれど、牧師館にわたしの居場所がなくなることはわかっている。そうなればそこはもはやほかの女性の家となり、わたしの家ではなくなってしまう。

ふと圧倒されるほどの孤独感に襲われ、涙があふれてきた。いきなり、この世に自分の居場所など、どこにもないような気がしてきた。家もなければ、自分だけの場所もない。まるで、他人から借りているだけの人生ではないか。前にもこうした気分に襲われたことはあった。鋭く冷たいなにかで魂を貫かれるような気分だ。いつもならそうした感情をわきに押しやり、忙しく立ちはたらくことでごまかせるのだが、いまはなぜかそれができそうにない。真実が、ぞっとするほど明瞭に見えてきたから。わたしには、自分だけの場所も人生もない。ほかの人の人生の端っこに乗っかって生きているようなもの――書く説教も兄のものだし、二年に一度、ともに一週間を過ごすのも姉の子どもたちで、住処《すみか》は教会のもので、本来なら自分の仕事でもない教会の雑事に追われている。いまわたしは二十七歳。未婚で、子どももいない。そのうえ、十年前に口づけをした男にすら、まったく思いだしてもらえないほど、目立たない存在だ。

わたしには、ほんものの人生なんて望めないんだわ。結婚しそうな気配もない。この町のだれが、わたしと結婚するというの？　生まれたときから知っている人たちばかりだけれど、そのなかにわたしの夫となりそうな人がいないのは火を見るよりも明らかだ。魔法のようにどこかほかの場所で暮らすことができたとしても、わたしには男性の心を射止めるチャンスはほとんどないだろう。なにしろわたしは十人並みの器量のうえ、その地味さを埋め合わせるだけの愛らしさも持ち合わせていないのだから。自己主張がやたらに強く——人によっては〝いばりちらす〟と表現する——舌鋒《ぜっぽう》鋭くなることもある。そうすべきだとわかっていながら、人の助言や助けを求めることがなかなかできない性分だ。お世辞をいったり、口あたりのいいことをいったり、慰めたりするのは、得意ではない。そんな性格と容姿が結婚への致命的な障害物となっていることは、自分でもよくわかっている。

突如として自分の人生がむなしく、無意味に思えてきたシーアは、ふうとため息をついた。なにかパニックにも似たものが心に押しよせ、ひざの上で両手をぎゅっと握りしめる。泣いてしまうかもしれない、声を上げて泣いてしまうかもしれない、と恐ろしくなった。突然、シーアは奉納ろうそく立ての前にある跪《ひざまず》き台にへたりこんだ。木の手すりの上で両手を強く握り合わせ、目を閉じる。まぶたの裏で、ろうそくの炎の残像が躍っていた。

「お願いです……」彼女は額《ひたい》を手につけたものの、頭は混乱するばかりで、なにをいうべきかわからなかった。神へのとりなし、祈禱、嘆願の文句が、頭のなかを転げまわる。「お願いです、お助けください」わたしの望みはなんだろう？「人生をお与えください。お願いです、わたしだけの人生をお与えください」かがみこんだまま、からだを駆けめぐる苦悩と恐怖にひたすら耐える。こんな気持ちをわきへ押しやれないのは、はじめてだった。無視できなかった。抑えられなかった。感じるのは絶望と、孤独な切望だけだった。

どれくらいそうやってひざまずいていたのかはわからないが、教会内で物音が聞こえ、シーアはふと現実に引き戻された。顔を上げると、頬が濡れていた。どうやら泣いていたようだ。シーアはかすかに震える手で涙を拭い、かかとに体重を移して聞き耳を立てた。

ふたたび、音がした。きしむような音だ。シーアは顔をしかめて立ち上がった。最初に聞こえてきたのがどんな音だったかは、おぼえていなかった。足音？　扉が閉まる音？　だれかが教会に入ってきたのだろうか。シーアはいま一度、頬と目を拭った。きっとひどい顔をしているにちがいない、と恥ずかしくなった。礼拝堂を出て、教会を見まわしてみた。しかしそこは、彼女が入ってきたときと同じようにがらんとして、しんと静まり、薄暗かった。

そのあと、奇妙な音がした。入口の間から聞こえてくるようだ。シーアはそちらに数歩近づいてみた。つぎの瞬間、かいば桶から、淡い金色の巻き毛に縁取られた天使のような顔がぬっと現われた。シーアは足を止め、驚愕《きょうがく》のあまり口をあんぐりと開けた。

かいば桶のなかに、赤ん坊がいる――

4

シーアはほんの一瞬、自分の頭がおかしくなったのかもしれない、と恐怖に駆られた。と、そのとき、赤ん坊がかん高い声を上げ、片手でかいば桶のわきをつかんでからだをぐいと引っ張り上げ、おすわりの体勢を取った。にこにこしながらもう片方の手でかいば桶の縁をむんずとつかみ、口でぶくぶくと音を立ててからだを揺さぶった。これがわたしの想像の産物だとしたら、やけに現実的だわ、とシーアは思った。

そこでシーアはようやくわれに返ると、数々の疑問を脳裏に浮かべつつも通路を急いだ。いったいどこの赤ん坊なのか、どこからやって来たのか、想像すらつかなかった。赤ん坊がかいば桶のなかにすわっているからには、なにかそれなりの理由があるはずだが、いまはそれがなんなのか、見当もつかない。すぐ近くにその子の母親がいるのでは、と半ば期待していたものの、赤ん坊とかいば桶以外、なにも見あたらなかった。あたふたと扉を開き、外をのぞいてみたが、そこにも人影はなかった。

シーアはくるりとふり返り、赤ん坊をまじまじと見つめた。赤ん坊のほうも、興味津々の面持ちでシーアを見つめ返している。近づいてみると、このうえなくかわいらしい赤ん坊だった。ぽっちゃりした頬のあたりがほんのり色づいた丸顔の赤ん坊で、あごのところにかわいらしいくぼみがある。青い目はまるまるとして大きく、髪はふんわりとやわらかく、羽毛のような金色の巻き毛だ。シーアは、この町の赤ん坊全員を知っているわけではなかったが、この子を見るのははじめてだ、と確信した。

「あなたはだあれ?」彼女はそうつぶやき、かいば桶に近づいた。

赤ん坊はシーアの動きがうれしかったのか、両手で脚をばしばし叩き、にこにこしながらうれしそうに声を上げた。それを聞いて、シーアのほうもくすりと笑った。

「お母さんはどこにいるの?」と問いかけながら、赤ん坊の前にしゃがみこむ。

赤ん坊がにこにこして両手を差しだしてくるのを見て、シーアは、心のなかでなにかが溶けるのを感じた。抱え上げてみると、赤ん坊がシーアの肩に片手をかけ、顔をじっと見つめながら、もう片方の手で頬を軽く叩いてきた。

着ているのは、ごくふつうの白い乳児服だった。毛糸で編んだ靴を履き、上に手編みのセーターを着せられている。かいば桶の底には小さな毛布が敷かれており、そのすぐわきに手編みの小さな青い帽子がおかれていた。寒くなかったかしら、とシーアは心配になった。石づくりの教会内部の空気は、かなりひんやりとしていた。作業のあいだは外套を脱いでいたシーアも、しばらくなにもせずにじっと腰を下ろしていたため、いまは凍えるような寒さを感じていた。

「寒くない？」シーアは小さな毛布で赤ん坊をくるんでやり、小さなニット帽をポケットに突っこんだ。「まだおしゃべりできなくて、残念ね」

シーアは少しでも暖かな教会の奥に戻り、信徒席に腰を下ろして考えることにした。しかしどれほど知恵を絞ったところで、だれかが意図的におき去りにしていったという以外、この赤ん坊がかいば桶のなかにいた理由を考えつくことはできなかった。牧師館や教会に赤ん坊が捨てられるという話は、聞いたことがある。しかし、この子を捨てたいなどと思う人間がいるとは、とうてい考えられなかった。見るからにかわいらしく、きちんと食事を与えられていたようだというだけでなく、清潔な、新品の服を着せられていたからだ。

とはいえ、まさか赤ん坊がひとりでここまで来たはずもなく、だれかがこの子をかいば桶に入れたあとで即座に立ち去ったことは、まちがいなかった。もうひとつはっきりしているのは、とにかくシーアがなにか対処しなければならないという点だった。

まずは、この凍えるような教会以外の場所へ移してやらなければ。シーアはいったん赤ん坊を下ろして外套を着こむと、赤ん坊の頭にニット帽をかぶせてやった。ところがそれが気に入らなかったようで、赤ん坊は頭をしきりにふってニット帽をつかみ、頭から取ってしまった。シーアはもう一度ニット帽をかぶせ、赤ん坊のあごの下ですばやくひもを結んだ。毛布を赤ん坊のからだにぎゅっと巻きつけたあと、頭の上まで覆ってやってから、教会を出て橋をわたり、牧師館に連れていった。

シーアは、わきの勝手口から、家のなかでもいちばん暖かな厨房《ちゆうぼう》へと入っていった。女中頭《がしら》が、テーブルの前でパン生地をこねていた。彼女はシーアをふり返ると、目を大きく見開いた。

「お嬢さま！　なにを抱っこしてらっしゃるの？」

「赤ちゃんよ」シーアは毛布を外して椅子の背にかけた。

「赤ちゃんなのはわかりますけど、どうして抱っこしているんですか？　それに、どこの子です？」

「それがわかればうれしいんだけど」シーアがニット帽のひもを外して脱がせてやると、光り輝く巻き毛があらわになった。

「あらま！　なんと、まるで天使じゃありませんか」ミセス・ブルースターが両手をタオルで拭い、もっとよく見ようと赤ん坊に近づいた。

「わたしもそう思ったわ」シーアは赤ん坊の頭をなでてやった。巻き毛は、まるで絹のようにやわらかかった。

「でも、どうして――」

「いたの。教会に」

「教会に？」戸口からダニエルの声がした。彼は手にした紙切れに目を落としながら厨房に入ってきた。「教会にだれがいたって?」なんの返答もなかったので、彼は顔を上げた。「なんと!」

シーアは兄の仰天した顔を見て、思わずくすりとした。「この子が教会にいたの。名前はわからないけれど」赤ん坊が口から騒々しい音を発し、シーアの腕のなかでからだを弾《はず》ませたのを見て、彼女はふたたび笑い声を上げた。「すごくかわいい子でしょう?」

「ああ、そうだけど。でもシーア、どういうことなのか、よくわからない」

「わたしにもわからない。今朝集めた木の枝で教会を飾っていたとき、変な物音がしたの。なにかと思って見てみたら、かいば桶のなかにこの子がいたのよ」

「かいば桶に!」ダニエルがさらに驚いた顔をした。

「ええ。まるで神の思《おぼ》し召しよね」

「ぼくには悪い冗談に思えるがね」とダニエル。「どこの子なのか、わからないのか?」

シーアは首をふった。「見たこともない子なのは、まちがいないわ」

「ほんと」とミセス・ブルースターがいった。「あたしも見たことないですね。こんなにかわいらしい赤ん坊、一度見たら忘れるわけありませんもの」

「でも、この子をどうするつもりだい?」とダニエルがたずねた。「まさかうちでどうするわけにもいかないだろう」

シーアは本能的に赤ん坊を抱く腕に力をこめた。「教会に残しておくわけにはいかなかったんですもの！」

「あ、いや、もちろんだ。ぼくがいいたかったのは、このままうちにおいておくわけにはいかないっていう意味だよ」

「どうして？　ミセス・ブルースター、この子を寝かせておく場所くらいあるはずよね」

「ええ、そりゃ。洗濯物を入れる大きなかごがあります。丈《たけ》も深さも充分ですよ。そのなかに枕を入れてやれば、うさぎの赤子みたいにすやすや寝てくれることでしょう」

「それで申し分ないわ」

「それに、朝食のオートミールが少し残ってますから、ミルクを足せば、この子のお腹を満たしてくれますよ。いま、かごを取ってきます」女中頭があたふたと部屋から出ていった。

ダニエルがいらだたしげな顔を妹に向けた。「シーア、考えてもみろ！　野良犬や野良猫じゃないんだ。人間の子どもをそう簡単に育てることはできないぞ」

「そんなことわかっているわ。でもだからって、この子を放っておくわけにもいかないでしょ」

「ぼくはそういうことをいっているんじゃない。チェルトナムにある孤児院に連れていくべきだといっているんだ」彼はその解決策に満足したかのように、うなずいた。

「孤児院！」シーアは氷のように冷たい手で心臓をわしづかみにされた気分だった。「お兄さま、そんなのだめよ」

「いや、この子は孤児院に連れていくべきだ。捨てられたんだから――孤児なのか、母親が世話をできなくなったのか、どうなのかは知らないけれど、とにかくこの子が捨て子であることはまちがいない」

「でも、わたしたちまでこの子を見捨てるわけにはいかないわ」

「シーア」ダニエルが困惑したように顔をしかめた。「理解できないな。まさかぼくたちふたりでこの子を――育てようなんて思っていないよな?」

「そ――そこまでは、考えていなかったけれど。たしかに、育てるわけにはいかないでしょうね」

「そうだ。これでわかったろう?」

「でも、あわてて孤児院に連れていく必要もないでしょう。お兄さまだって、この寒空の下、ポニーが引く軽馬車をはるばるチェルトナムまで走らせたくはないでしょうし」兄のことを知りつくしていたシーアは、そういうふうに話を持っていけばうまくいくことがわかっていた。

「まあ、それはそうだけれど……」

「この町のだれかが、この子のことか、この子の家を知っているかもしれないわ。ふたりで訊いてまわりましょう。ミセス・ブルースターにも手伝ってもらって。この子の親戚のなかに、お世話をしてくれる人が見つかるかもしれないじゃないの。それに、この子の母親が考え直して、取り戻しに来るかもしれない。それに……それにこの子がどこかの家からさらわれたという可能性だってあるわ。見たところきちんとお世話をされていたようだし、着ている服だってちゃんとしている。ほらね？」彼女はそういって赤ん坊を兄に近づけてみせた。

ダニエルが一歩あとずさった。「ああ、たしかににそうだけれど、でも誘拐されたなら、どうして教会におき去りにされていたんだ？」

「わからない。犯人が怖くなったのか、良心の呵責《かしやく》に耐えられなくなったのかもしれない。でもそんなことはどうでもいいわ。問題は、この子を捜してだれかがすぐにも姿を現わすかもしれないということよ。そうなれば、すべて解決する」

「ああ。でもそれまでのあいだは、どうするんだ？」

「うちで面倒を見ればいいわ――つまりミセス・ブルースターと、わたしとで。お兄さまは心配しないで。家のなかに赤ん坊がいるなんて、ほとんど気づかないわよ」

ダニエルは疑り深そうな顔をしたものの、すべて妹にまかせるのを常としていたためか、しまいにはけっきょくこういって引き下がった。「わかった……どうしてもっていうんなら。しかしぼくにはどうもいまひとつ……」

「理解できないわよね、それはわたしも同じ」シーアはそうつぶやいたが、用心のために兄が書斎に戻るまでじっと待つことにした。

ミセス・ブルースターが戻ってくるころには、赤ん坊はしきりにむずがるようになり、身をよじらせ、小さなこぶしを口に突っこみはじめた。からだをぽんぽん叩いてやっても、揺すってやっても、赤ん坊は顔をもみくしゃにして、ひどく悲しげな泣き声を上げはじめた。

「どうしちゃったの?」シーアは不安になってきた。大声で泣かれでもしたら、ダニエルも考え直し、やはり孤児院に送り届けたほうがいいといいだすかもしれない。こんなに寒い日だとはいえ。

「おちびちゃんはお腹が減っているんでしょう」ミセス・ブルースターが赤ん坊の顔をのぞきこんだ。「見てごらんなさい。自分の手を食べようとしてるじゃありませんか。すぐにオートミールを用意しましょうね」

シーアは厨房を歩きまわって赤ん坊をあやし、いろいろなものを見せて赤ん坊の気を散らそうと努力しながら、ミセス・ブルースターがオートミールを温めてミルクで薄めるのを待った。

「名前をつけてあげなきゃね」シーアは考えこんだ。「マシューって名前はどうかしらと思っていたの。〝神からの贈りもの〟っていう意味だから。教会で拾われた子どもにはぴったりだわ」

「あら、いいですね」ミセス・ブルースターがシーアをちらりと見やり、小さな笑みを浮かべた。「そりゃいい名前です」

「あなたはどう思う?」シーアは赤ん坊にそう問いかけ、額と額をくっつけた。「マシューでいい？」それまでシーアは、人が赤ん坊にくだらないことをぺちゃくちゃ話しかけるのを見て、奇妙に思ったことが一度ならずあった。しかし赤ん坊を抱えたいま、シーアもつい同じことをしようとしていた。あのうれしそうな笑顔を、もう一度見たかったのだ。

「さあさ、できましたよ。あたしが食べさせましょうか？」ミセス・ブルースターがボウルを下におき、赤ん坊に手を差しだした。

シーアは赤ん坊をわたしたくないという不思議な衝動に襲われたものの、けっきょくは手わたした。この手のことにかんしては、女中頭のほうが自分よりよっぽど手慣れているのはまちがいない。シーアは、ミセス・ブルースターが赤ん坊をひざに乗せて片方の腕で支え、オートミールをスプーンで口に運んでやるようすを見守った。マシューはたちどころにむずがるのをやめ、何度も差しだされる食事をひたむきに頬ばった。女中頭が赤ん坊に食べさせているあいだ、シーアはチーズとパンの軽い昼食をとったあと、かごに入れる枕と敷物を部屋から取ってきた。

赤ん坊がかごの粗い編み目に触れて痛い思いをしないよう、かごのなかに丁寧に毛布とシーツを敷き詰めていった。そのあとふわふわの枕をふたつ、重ねて入れた。シーアのベッドから取ってきた軽い上掛けと、赤ん坊と一緒におかれていた手編みの毛布が、掛け布団代わりになるだろう。

「ちょっと、これ見てくださいな！」

シーアは女中頭の小さな叫び声にふり返った。ミセス・ブルースターは、すぐ隣りの椅子に寝かせた赤ん坊の上にかがみこんでいた。赤ん坊は自分の両足を両手でつかみながら、満足げな声を発している。

「なにを見るですって？」シーアはふたりのところへ行った。

「お嬢さまの古いドレスを裂いて、おむつにしようと思ったんですよ。そうしたら、これがこの子の帯に留まっているのを見つけたんです」彼女はそういってシーアにブローチを手わたし、おむつを替える作業に戻った。

シーアは手にしたブローチを見下ろした。小さいながらも優雅な、卵形をしたオニキスのブローチで、まんなかには、凝った渦巻装飾をした金色の〝M〟の字が入っていた。見つめながら、シーアははっとした。つい先日の夜、同じような〝M〟の文字を目にしたばかりだ。かのモアコーム卿が、これとまったく同じ彫りの文字がついた紋章指輪を、はめていたではないか。

モアクーム卿。その瞬間、シーアは悟った。このかわいらしい赤ん坊は、モアクーム卿の子どもだわ。あごのくぼみまで、そっくりじゃないの！　マシューは私生児で、母親によって連れてこられたのだろう。きっと、モアクーム卿に認知させることが目的なのだ。この子をモアクーム卿のもとに連れていったものの、追い返されてしまったのかしら？　それとも、このブローチでモアクームの注意を引けることを願って、赤ん坊をおき去りにしていったの？

決してめずらしい話ではない——紳士がどこかの娘と戯《たわむ》れた結果、その娘を身ごもらせてしまうというのは。紳士のほうはのんきに快楽を求めただけでも、娘のほうはその結果と直面せざるをえない。そうなれば、誘惑された女性が乙女であろうがふしだらな売春婦であろうが、困った立場に追いこまれてしまう。父親が子どもを認知してそれなりのお金を払ってくれなければ、子どもを養っていく方法はないのだから。妊娠と出産の困難な時期を乗りきれたとしても、赤ん坊を抱えた女を雇ってくれる者などいない。たいていの場合、赤ん坊を孤児院に引きわたさざるをえなくなってしまうのだ。

モアクーム卿なら、そういうことをしてもおかしくないわ。シーアは、彼の醜悪なうわさ話を思いだした。その日の早朝、だれかのベッドから抜けだしてきたとおぼしきいでたちで、馬に乗って帰宅の途についていた彼の姿を思いだす。あの罪深いほど美しい顔立ちと、悪魔のようなほほえみを。舞踏会ではあちこちの娘に口づけしてまわっているために、数年後にはその娘の顔などすっかり忘れてしまうような男！

シーアはブローチをぎゅっと握りしめ、顔をしかめた。モアクーム卿に責任逃れをさせてなるものですか。

彼女はくるりときびすを返すと外套を手にとり、肩にかけてひもを結んだ。おむつを替えたばかりの赤ん坊をひざに乗せていたミセス・ブルースターが、驚いた顔をした。シーアはそんな彼女の前までつかつかと進み、赤ん坊にニット帽とセーターをふたたび身につけさせた。赤ん坊はうれしそうな笑い声を上げ、かがみこんだシーアに向かって両手を差しだした。

「どうなさるんですか、お嬢さま?」ミセス・ブルースターが狼狽《ろうばい》したような声でたずねた。「どうしてそんなお顔をなさってるんですか? どちらにいらっしゃるんです?」

「片をつけてくるわ」シーアは赤ん坊をさっと抱きかかえると、ふたたび毛布でそのからだをぎゅっとくるんだ。そのあと、彼女の背中をぽかんと見つめる女中頭を残し、足音を響かせて扉から出ていった。

シーアは怒りにまかせて橋をいっきにわたり、教会の裏手にある墓地を抜けた。町を抜ける道を通ればもう少し時間がかかるだろうが、かつて修道院だった廃墟を抜ければ、プライオリー館まではほんの二、三十分で着くはずだ。十二月の空気は冷たかったが、外套姿できびきびと歩いたおかげで、シーアはからだがほてってくるのを感じた。抱えている赤ん坊の体重を考えれば、なおいい運動だといえるだろう。

それにしても、赤ん坊を運ぶのと、同じ重量の荷物を運ぶのとでは、ずいぶん勝手がちがうものだ。ある意味、赤ん坊のほうが運びやすい。というのも、マシューがまるでサルのようにしがみつき、小さな脚をシーアのからだにまわしてくれるからだ。しかし一方で、荷物なら身をよじったり、のたくったりしないし、手をのばしてこちらの顔やめがねをいじりまわすこともない。赤ん坊はすぐに毛布から頭と肩を出し、シーアが何度毛布のなかに押し戻そうとも、ふたたびひょいと頭をのぞかせてしまうのだ。どうやら彼女のめがねのレンズがえらく気に入ったようで、何度も手をのばし、たびたびつかんでは彼女の顔からむしり取ろうとしている。

シーアは外套のフードを引っ張り上げてそれを阻止しようとしたが、今度はそのフードをつかむのがおもしろくなったのか、マシューはフードを彼女の頭にかぶせたり脱がせたりして遊びはじめた。マシューがしぶとく毛布をふり払ってばかりいるので、シーアはからだが冷えてしまわないよう、着ている外套でくるんでやることにした。すると今度は、外套の襟《えり》の部分と、たしなみと温もりのために首もとにたくしこんでおいた肩掛けをわしづかみにされた。どうやら両手でなにかをつかみ、弾ませるのが楽しくてたまらないようだ。一度など、シーアのからだをよじ登ろうとしているのかと思えることすらあった。そんなふうに四苦八苦させられたうえ、霧が出はじめていた。濃い霧ではなかったが、めがねのレンズを曇らせ、マシューがついに頭から完璧に押し下げてしまったためにあらわになった髪の毛に、へばりついてくる。外套の結び目もゆるくなり、いまや肩からじりじりと落ちつつあった。めがねが露でひどく濡れてきて、視力の助けになるどころか視界をさらに悪くしていたので、シーアも最後にはあきらめて、めがねをポケットに入れておくことにした。しかしありがたいことに、そのころにはプライオリー館のすぐ近くまで来ており、難なく玄関までの通路を進むことができた。扉のノッカーを強く叩いたとき、腕のなかでマシューがびくりとしたが、つぎの瞬間には、その音もまたお遊びのひとつだと思ったのか、それに応えるかのように大きな声を上げはじめた。

従僕は、扉を開け、戸口に赤ん坊を抱きかかえたシーアが立っているのを見ると、まゆをきゅっとつり上げた。「はい？」彼はどうしたものかとあたりを見まわした。「ええと、なにかご用でしょうか？」

「ええ、なかに入れてください」シーアは少々いらだったようにいって、家のなかに入りこんだ。若き従僕としては、彼女の行く手を阻《はば》むか、あとずさるしかなかった。

彼はあとずさるほうを選びながらも、せきこむように話しはじめた。「しかし——あの——」

「モアクーム卿にお会いしたいんです」

「申しわけありませんが——」

彼がそういいかけたとき、男の声が響きわたった。「ブラボー！　みごとな突きだ、ガブリエル！」

さらにほかの男の叫び声と、足音と、金属がぶつかり合う音がした。すべて、入口の右手の部屋から聞こえてくる。

「ありがとう。場所はわかったわ」シーアは脱げかかった外套を使用人の手に押しつけ、彼の前を通り過ぎようとした。

習慣から、彼は一瞬動きを止めて受け取った外套を扉のわきにかけたものの、そのあとあわてて彼女を追いかけてきた。「あの……困ります、お嬢さん」

シーアは従僕を無視して片方だけ閉ざされた二重扉に向かってつかつかと進んでいった。戸口に来ると、目の前でくり広げられる光景にふと足を止めた。そこは、この中世の館でかつて大広間として使われていた場所にちがいない。長方形をしたその部屋には、ずっしりとした黒っぽい梁《はり》をめぐらせた丸天井があった。部屋の奥には、巨大な暖炉。家具がほとんどないのでがらんとしており、奥のほうにサイドボードと、壁に押しつけられた椅子が数脚あるほかは、長いテーブルと椅子がおかれているだけだった。家具が少ないおかげで、石の床には広々とした空間が広がっており、いまそこを、ふたりの男性がたがいに向かい合って、暖炉の道具を剣代わりにふるいながら、前後に動いていた。モアクーム卿がすばやい動きで相手を攻めている。相手をしてるのは、たしかサー・マイルズという男だ。モアクーム卿が手にした暖炉用のシャベルが、相手が使っていた火かき棒をかわし、押しのけた。

男たちは上着を脱いで、あざやかな色をした胴着と一緒にテーブルに放り投げていた。頬を紅潮させ、足を前後に踏みだすたびにブーツの音を床で響かせながら、金属の道具をがちゃがちゃとぶつけている。パーティでモアクームに同行していた三人目の男が、サイドボードのわきの椅子に腰を下ろしてた。大きなジョッキを手にしながら、仲間に声援を送っている。サイドボードには、ほかにもふたつの大ジョッキとパンチボウルがおかれていた。

「す……すみません！」従僕がシーアに追いつき、両手をねじり合わせながら小声でいった。「ここに入るのはご遠慮ください。礼儀をわきまえていただかないと！」

シーアがくるりとふり返って強烈な視線でにらみつけると、従僕はたちどころに口をつぐんだ。彼女はふたたび前を向き、半分開いている扉をぐいと押した。扉が壁にあたってねらいどおりの大音響を響かせてくれたので、部屋じゅうの動きがぴたりと止まった。彼女の腕のなかで赤ん坊がしゃっくりのような声を上げ、身をこわばらせた。両手で彼女のドレスの前を、むんずとつかんでいる。三人の男がさっと彼女をふり返った。彼らがどういう表情をしているのか、シーアにはよく見えなかったが、さぞかし驚いた顔をしているのだろうと思うと、満足した。

「どちらさま？」とモアクームが口を開いた。手にしていた小さなシャベルをテーブルに無造作に放り、彼女に近づいてきた。

彼の姿に目の焦点が合ってくると、シーアは脈が速まるのがわかった。上着を脱ぎ、ローン地のシャツを汗で胸に張りつかせ、ひじのあたりまで袖を巻き上げている姿は、強烈なほど男っぽかった。激しい運動をしたために髪が乱れ、豊かで艶やかな黒髪が額にかかっている。そんなところに自分が気づいたということが――それを見て呼吸が速くなったことが――さらにシーアをいらだたせた。この男は、まさしくこうした反応を相手に引きだささせてしまう。だからこそ、哀れな女性が面倒に巻きこまれてしまったのだ。

「それで？」シーアがすぐには返事をしなかったので、彼がうながした。「ここでなにをしているんだい？」

「この子のことで来ました」シーアは怒りのあまり、つい鋭く痛烈な言葉を弾丸のように返していた。「あなたの子よ。あなたの責任だわ」

モアクームのまゆが片方、いぶかしげにつり上がった。彼はたっぷり時間をかけて、彼女の頭のてっぺんから足の先までを、遠慮なくじろじろとながめまわした。

「ぼくの子ども？」彼はまのびしたような、ひどく楽しんでいるような声でいった。「お嬢さん、たしかにいままで飲んではいたけれど、そこまで泥酔はしていない。だからはっきりいわせてもらうけれど、ぼくはきみと寝たおぼえはない。もしそうなら、忘れるはずがないさ」

そこにふくまれたふたつの屈辱に気づき、シーアは頬をまっ赤に紅潮させた。ひとつ目は、またしても彼が自分のことを少しもおぼえていないという屈辱。十年前のキスのことはおろか、つい先日の晩、クリフ家の舞踏会で会ったことすらおぼえていないとは。わたしは、そこまで記憶に残らない女だというの！　なんて尊大な男！

そしてそれと同じくらい屈辱的なのは、モアクーム卿がこの赤ん坊をシーアが産んだ子どもだと考えたことだった。シーアが、彼にこの子を孕《はら》まされたことを責めているといわんばかりだ。このわたしを、身持ちの悪い女だと思っているのね。ふしだら女だと！　尻軽女だと！　もっとひどいのは、自分がまさしくそういう女の身なりをしているにちがいないと気づいたことだった。赤ん坊に引っ張られたり、あちこちいじられたりしたため、ひだのついた白い綿の肩掛けがねじれて半分落ちかかり、とりわけ昼のこの時間にはふさわしいとはいえないほど胸もとがさらけ出されていた。片方の腰に抱いていた赤ん坊が強く引っ張ったため、ドレスの肩がほとんど落ちかかっている。早足で歩いてきたために頬が赤らみ、髪と肌は露で覆われていた。先ほどの、フードをめぐる赤ん坊との格闘の末、髪の束が数本ほどけ、湿気を帯びて激しくカールしていた。こんな最悪の姿を見れば、モアクーム卿がかんちがいするのも無理からぬことかもしれない。しかしだからといって、彼に好意を抱くことはできなかった。

彼が口もとをだらしなくゆるめてさらに近づき、彼女の目の前まで来た。さすがにシーアの目にも、彼の顔が鮮明に見えてきた——うっすらと無精ひげが生えた四角いあごを目にしたとき、なぜかシーアはからだの内側がとろりと熱くなるのを感じた。濃いまつげが影を落とす、強烈な視線。思わず触れたくなるような、あごのかすかな割れ目。十年前のあの夜、彼が近づいてきたときの記憶がよみがえる。彼の唇が自分の唇に触れ、その感触に、からだじゅうをよろこびが駆け抜けたときの記憶も。ひざから力が抜けるようで、震えていることに気づかれたらどうしよう、と怖くなってきた。

「もちろん」と彼が低い声でいい、手の甲を彼女の頰に軽く滑らせた。「いつでもよろこんでその状況を変えるけれど」

彼の素肌を感じたとたん、シーアの体内が本能的にびくんと反応した。彼女はそのことにわれながら仰天し、この大胆で横柄な男にたいするのと同じくらい、自分に腹が立ってきた。すっと頭を引っこめ、目をぎらつかせてぴしゃりといった。「冗談を飛ばすのはあなたの勝手だけれど、この子にしてみれば笑いごとではありません。この子は捨てられ、凍えるような思いをして、お腹を空かせていたんですから」

彼が赤ん坊に視線を落とすと、悔しいことにマシューーがかわいいえくぼを浮かべてにこりと笑いかけ、シーアの肩にいったんひょいと頭をつけたあと、じつに愛らしいしぐさでモアクームをふり返った。モアクームがくすりと笑って差しだした指を、マシューーはそのぽっちゃりとした小さなこぶしのなかに握りしめた。

「この子は腹を空かせているようにも、凍えているようにも見えないが」モアクームが、マシューーに負けず劣らず魅力的な目つきをシーアにちらりと向けた。「それどころか、男ならだれもがうらやむようないい場所を陣取っている」

シーアは歯をきしらせた。「お願いだから、わたしをたぶらかそうとするのはやめてください。わたしはこの子の母親ではないけれど、あなたはこの子の父親のはずだわ」彼女はポケットから例のブローチを取りだし、彼に差しだした。

「なんと！」モアクーム卿が身をこわばらせ、目を見開き、彼女の手からブローチをひったくるようにして取った。それを長々と見つめたあと、ぎゅっと握りしめ、シーアに視線を戻した。そのブローチにはめこまれた宝石と同じくらい、冷ややかな暗い目をしている。彼が鉄のようなこぶしで彼女の手首をつかんだ。「おまえはだれだ？　ふざけているのか？」

シーアは心臓が早鐘を打つのを感じながら彼の手をふりほどこうとしたが、できなかった。彼が大柄でたくましい男だということを、いまさらながら実感した。それでも彼女は、こみ上げる恐怖を少しでも見せまいとした。「脅しつければわたしが黙ると思ったら大まちがいだわ。ふざけたまねをしているのは、あなたのほうなんだから、わたしではなく」

彼がさらに力をこめて彼女の手首に指を食いこませ、のしかかるように身をかがめ、てのひらにのせたブローチを突きつけた。「これはどういう意味だ？　さあ、さっさと話せ！」

モアクームの背後のテーブルの前で楽しげにそのやりとりをながめていたふたりの男が、突如として背筋をのばし、数歩近づいてきた。

シーアはごくりとのどを鳴らしながらも、きっと彼を見上げた。「その態度を改めないかぎり、なにもお話しするつもりはないわ。ほかの女性を相手にするときのように、あなたがいくら野蛮なふるまいをしようとも、わたしはあなたの足もとに倒れこむような女ではありません」

「たしかにそうだろうな。それでも、答えてもらうぞ」彼があごを引き締めた。

シーアは彼をにらみ返し、同じくらい顔をすごませてみせた。「手を放して」

「どういうことか説明してもらうまでは、放さない。これをどこで手に入れた？　ジョスランはどこにいる？　金が目当てか？」

「ジョスラン！」サー・マイルズが驚いたような声を上げ、仲間を見やったあと、モアクームに視線を戻した。

「お金ですって!?　まさか！　なんの話をしているの！」シーアはいま一度腕を引き抜こうとしたあと、あきらめ、ありったけの侮蔑をこめた顔を彼に向けた。「あなたからお金をせしめるために来たわけじゃないわ。わたしの望みは、あなたにこの子の責任を取ってもらうことだけ。それに——」

「ふざけるな！　〝ぼくの子ども〟とくり返すのはやめろ。ぼくに子どもはいないし、この子のことはこれまで一度も見たことがない。そんな色気をふりまいて誘惑したところで、うまくやりおおせるなどと思うなよ。このブローチをどこで手に入れたのかいうんだ。ジョスランから奪ったのか？」

「色気ですって!?」シーアの頬が燃えるように熱くなり、怒りのあまり、彼女は一瞬言葉を失った。そしてようやく、あえぐような声で切り返した。「あなたのような男性を〝誘惑する〟なんてこと、死んでもしたくないわ。ジョスランなんていう名前、聞いたこともない。それがあなたの愛人のひとりだとしても——」

モアクームが、うなりにも似た低く残忍な声をもらしたので、シーアの声が消え入った。

「ジョスランは、妹だ」彼がシーアを射抜かんばかりににらみつけ、身をかがめてきた。その冷酷な脅し口調は、先ほどの怒り以上に恐ろしかった。「一語一句引っ張りだしてでも、このブローチを手に入れたいきさつを話してもらうからな」

シーアはぽかんとした表情で彼を見つめた。先ほどまでの確信が、瞬《また》く間にしぼんでいく。

「話すんだ」彼がシーアの手首を放し、肩をむんずとつかんで彼女のからだを揺さぶった。

「妹のブローチを、どうやって手に入れた？」

「わたし――この子を見つけたとき、ついていたの。この子の服に留められていたの」

「留められて――」彼はふと動きを止め、彼女の肩から手を下ろした。「この子を、見つけた？」

「ええ。おき去りにされていたの。だから家に連れて帰ったんだけど、うちの女中頭がおむつを取り替えるときに、このブローチに気がついて」

モアクームはマシューを見下ろした。一歩あとずさり、髪に手を滑らせる。「なんと」

部屋はしんと静まり返った。シーアはマシューを反対側の腕に持ち替えた。いまや怒りは消え、モアクーム卿がこの子の父親だという結論に飛びついてしまった自分のまぬけさかげんを痛感していた。先ほどの会話からすれば、どうやらこの赤ん坊はモアクームの妹の子どものようだ。それなら、赤ん坊がいかにも高級な服を着ていることも、きちんと世話をされていたとおぼしきことも、説明がつく。先の割れたあごがモアクーム卿と似ている点は、もちろんのこと。彼の妹なら、この子のために費やすだけのお金は持っているはずだ。でも、それならどうしてマシューをおき去りにしたのだろう？　彼女のもとからさらわれたのだろうか？

いや、そちらも意味が通らない。モアクーム卿は、この子がだれだかわからなかった――いくらモアクーム卿が人の顔をおぼえていられないたちだとはいえ、自分の甥の顔を忘れるはずはない。それに、さっきジョスランの居場所を訊いてきたのはなぜだろう？　まるでわたしが彼の妹になにかしたみたいないいかただった。まるでわたしが、彼からお金をせしめようとしているかのような態度だった。シーアは、もっといろいろ訊きたくなったが、頭に浮かんでくる疑問のどれも、詮索《せんさく》がすぎるような気がした。

玄関の扉が開く音がして、入口のほうから足音が響いてきた。一瞬ののち、じつに洗練したいでたちの、茶色い髪の男が戸口から入ってきた。シーアのはとこ、イアンだ。彼は目の前の光景に、はたと足を止めた。

「なにかあったのか、ガブリエル？」彼はシーアをふり返ると、目を大きく見開いた。「はとこのアルシーアか？」彼が彼女の顔をのぞきこんできた。「きみなのか？」

シーアは、いきなり自分の服装と髪の乱れを思いだし、顔を赤らめた。ついいましがた、ここにいる男たちの前でばかなまねをしてしまったばかりだと思うと、ぞっとした。さえない行かず後家というよりは、ぎすぎすしたがみ女のように見えただろうし、じっさいそういうふるまいをしてしまったのだ。これでイアンは、〝頭のおかしなはとこのアルシーア〟のせいで、残酷な冗談の的にされてしまうだろう。

「どうしたんだ？」イアンがさらに部屋に踏みこんできた。「その子は？」彼はほかのふたりの男に顔を向けた。「マイルズ？　アラン？　ガブリエル！　いったいなにがどうなってるんだ？」

モアクーム卿が、茫然自失の状態から立ち直って頭をふり、ウォフォードにちらりと目をやった。「あとで話す」モアクームはシーアの手首をつかみ、彼女をうしろに引き連れて部屋を出た。

「なにするの？　放して！」シーアはそう抗議しながら、彼の手から逃れようとむなしくあがいた。ほかの男たちをふり返ると、三人とも驚きに口をあんぐりと開けたまま、ふたりをじっと目で追っていた。

「そんなところに突っ立ってないで」モアクームが、同じように目を丸くしてながめていた先ほどの従僕に怒鳴りつけた。「彼女の外套を取ってこい」

「は、はい、ご主人さま、かしこまりました」従僕は飛び跳ねるようにしてシーアの外套を取ってくると、ふたりの前に進みでて、びくびくしたようすで外套を差しだした。

「どうした、彼女は嚙みついたりしないぞ」モアクームは従者の手から外套をもぎとり、彼女の肩にかけた。「少なくとも」そういって彼女ののどもとでひもを結び――信じられないことに！——口角のあたりで小さな笑みをつくりながら、彼女を見下ろした。「思いきりがぶりとやられることはないと思うよ」

「まあ！」彼の笑みが、彼女の怒りに火をつけると同時に、どういうわけか恐怖心をぬぐい去った。「まだ飽き足らないのね！　あなたにしてみれば、夜、レディを引きずりまわすのはいつものことなんでしょうけれど」

彼がふくみ笑いをもらしながら、ケープが何重もついた大外套を衣装かけからつかみ取り、袖に腕を突っこんだ。「ほう、でも、レディを引きずりまわすことは、めったにないよ」彼は挑発的な言葉を返してふたたび彼女の腕を取ったが、今回はそれほど乱暴に握ることもなく、そのまま玄関まで彼女を連れていった。

彼は外に出ると、庭を横切って厩舎に向かい、馬に鞍《くら》をつけるよう厩番に大声で指示した。あいかわらず霧が立ちこめていたので、シーアはフードを引き上げると同時に、外套で赤ん坊を守ろうとした。赤ん坊のほうはといえば、ことのなりゆきがたいそう楽しいようすで、もぞもぞ動きまわり、ついには覆いかぶさる外套からふたたび頭をちょこんとのぞかせてしまった。

「あなたのお友だちって、頼りにならないのね」シーアはぶつぶついった。「わたしがあなたに誘拐されるのを、ただ突っ立って見ているだけなんですもの」

「ぼくにしてみれば、じつにありがたかったがね」彼はそういったあと、にやりとして、きれいに並んだ白い歯をのぞかせた。

「とても紳士とはいえないわ」とシーア。

「友人たちの肩を持たせてもらえれば、彼らはみな理性的だから、ぼくの頭がおかしくなってきみを惨殺するような事態になるはずはない、とわかっていたのさ。もっとも、きみの態度を考えれば、きみが男からそういう反応が戻ってくると思うのも、不思議ではないけれど」

「男性から脅されたことなんてないといったら、あなたも驚くでしょうね」

ふたたび、彼がにやりとした。「ああ、驚きだ。だがぼくは脅したりしないから、安心してくれ。ぼくの望みは、赤ん坊を見つけた場所を教えてもらうことだけだ」

ふたりが厩舎の屋根の下に到達すると、厩番がみごとな粕毛《かすげ》の馬を引き連れてあたふたと進みでてきた。この馬一頭に、赤ん坊を抱いたわたしをどうやって乗せるつもりなのかしら、とシーアは馬を見つめながら思った。と、モアクームが赤ん坊を彼女から受け取り、ぎょっとしている厩番にいったん手わたしたあと、シーアを馬に引き上げた。シーアはショックのあまり口もきけず、モアクームから手わたされるままにふたたびマシューを抱きかかえた。

モアクームが彼女の背後にさっとまたがって厩番から手綱を受け取り、馬は出発した。

「せめて訊いてくれてもよさそうなものなのに」とシーアは不満げな声を出した。彼女は赤ん坊を抱いたまま背筋をすっとのばし、からだの両側に彼の腕があることを意識しつつも、からだが触れてしまわないようにした。

「訊くって、なにを？」彼が彼女をちらりと見下ろした。

「そこまで案内してもらえるだろうか、とか、この馬に乗ってもらえるだろうか、とか、そういうことを」

「あのままぼくの家にいたかったのかい？」

「いいえ、もちろんそんなことはないわ」

「じゃあ、町まで歩いて戻りたかった？」

「いいえ。そういうことをいっているわけじゃない」

「じゃあ、どういうことをいっているんだ？」

「あなたが横柄で、不作法で、人のことを自分の使用人のようにあつかうっていうことよ」

「それは心外だな」そういいながらも、本心からそう思っているようには聞こえなかった。

「きみになにかしろと命令したわけじゃないだろ」

「そうね、言葉もかけずにわたしの腕をつかんで、引っ張っていっただけよね」

彼が顔をしかめた。「まいったな。町まで、ずっとそんなふうに文句をいうつもりかい？ぼくは、きみが妹のブローチを見つけた場所をどうしても見たい。不作法かどうかなんて、気にしていられなかった。それに、そんなふうにもぞもぞ動くのはやめてもらえないか？なにをしているんだ？」

「まっすぐすわっていようとしているだけよ。赤ん坊を抱っこしながら、なんの支えもないうえ、だれかの前で横向きに馬に乗るというのは、ものすごくむずかしいものなのよ」

「まったく！　なんだっていうんだよ？」モアクームの片腕がからだに強く巻きつけられ、シーアは頬をまっ赤に染めた。「肩の力を抜いていれば、だいじょうぶだ。馬から落としたりしないから。きみを放りだしたい気持ちは山々だが、いま手放すわけにはいかない」

　シーアとしてはここで鋭く切り返したいところだったが、脳が思考停止してしまったようだ。いまやからだ全体がまっ赤に染まっているにちがいない。こんなふうに男性のからだに押しつけられるなど、いまだかつて経験したことがなかった。ふたりとも外套をはおっているし、その下にはどちらも服を着ているとはいえ、こんなふうに彼によりかかっているのがひどくふしだらなことに思えてしかたがなかった。しかし馬の動きを考えれば、彼のからだで支えてもらったほうが格段に楽であることはまちがいない。

　それでも、居心地がいいとはいいがたかった。どうしてもモアクームのからだをひどく意識してしまうのだ。彼は外套のボタンをはめていなかったので、進むにつれて前がはだけていき、両者を隔てるぶ厚い生地がやがてなくなってしまった。彼のからだは堅く、筋肉質だった。馬のリズムに合わせて、からだのわきで彼の胸がこすれ、馬をあやつるたびに腿の筋肉が引き締まったりゆるんだりするのが感じられる。彼の腕に、すっぽり包まれているようなものだった。彼の肌の香りと、ひげそり石けんの残り香《が》、そして彼の息にふくまれるスパイスのきいたワインの香りが、鼻孔をくすぐった。シーアは、自分が彼のすぐ近くにいることを実感し、ぶるっと身を震わせた。

「寒い？」と彼がたずね、赤ん坊ごと彼女を自分の外套のなかに包みこもうとした。外套がずれてしまわないよう、まわした腕に力をこめ、文字どおり自分の温もりで彼女を包みこもうとする。

シーアは目を閉じ、身をかがめて赤ん坊の頭に顔をつけた。赤ん坊のほうも彼女により添っている。その小さなからだから力が抜けているところからして、マシューは眠りに落ちているようだ。小さな寝息を立てながら、頭を彼女の胸にこすりつけつつ、さらに深い眠りに落ちていく。シーアはのどを詰まらせ、こみ上げてくる涙をなんとか食い止めた。モアクームの腕に包まれ、彼の熱気とたくましさに守られながら、この小さなからだの重みを胸で受け止めているというのが、このうえなく愛《いと》おしく、正しいことに思えてならなかった。

ばかなことを考えちゃだめ、とシーアは自分にいい聞かせた。モアクームは紳士としてこうしているだけであり、なにより彼は赤ん坊を守ろうとしているだけなのだから。そこになんら深い意味はない。いずれにしても、シーアは彼になにかを期待しているわけではなかった。それでも、いやでもこみ上げてくる感情を否定することはできなかった。心が温かくなり、開かれていくような気がした。さまざまな感覚が胸のなかで絡み合っていることに、困惑せずにはいられなかった。母性本能に満ちた愛情を胸いっぱいに感じながら、同時にそれとはまったく異なる刺激を腹の底でおぼえるとは。それが邪悪でみだらなことに思えてならなかったものの、たしかにその両方を感じてしまうのだから、しかたがない。

彼女がわずかにからだをずらしたとき、腰のあたりでなにかが動くのを感じた。彼女の動きに合わせてモアクームもからだを動かしたことに気づき、頬がかっと熱くなる。まさか……この人……シーアはそれにつづく言葉を思い浮かべることすらできなかった。じつのところ、彼女が直感的に察知したその現象に、言葉をあてはめることができなかったのだ。恥ずかしいし、はしたないことこのうえない。もっとひどいのは、いまの動きをもう一度感じたいと思っているみだらな自分がいることだった。もう一度からだの位置をずらして、どうなるか試してみたかった。彼のからだにもっとぴったり寄り添い、頬をあの堅い胸になすりつけてみたい。

そんなことをするのはまちがっている。よくないに決まっている。そんなことを望むなんて、そんなことを考えるなんて、あるまじきことだわ。シーアは目をぎゅっとつぶって、正道を外れた感情を必死に追いやろうとした。もうずいぶん昔に習得した技のはずだった。ふさわしくない考え、あるまじき考え、もしくはあまりに心を痛める考えを、わきに押しやるのだ。ところがいま、自分が感じているこの感覚を否定するのは、むずかしかった。こんなふうにからだを包みこまれているまさにそのときに、その腕のたくましさについて考えるなといわれても、無理というものだ。早足で進む馬が傾くたびに、彼の腿の筋肉が盛り上がるのに気づかずにいろといわれても、ぜったいに不可能だ。馬が動くたび、ふたりのからだが擦れ合い、じつに魅力的な摩擦《まさつ》を生みだすとき、シーアはなぜか自分の感情をコントロールできなくなってしまう。熱くなったり、寒くなったり、怖くなったり、切望したりと、神経が大混乱をきたしていた。

前方に町の家並みが見えてきたとき、シーアはほっとした。背筋をのばし、ガブリエルのからだからわずかに離れ、ちらりと彼を見上げてみた。彼のほうも彼女をちらりと見下ろしたが、シーアにはその表情を読むことはできなかった。いまやあたりはほとんどまっ暗になり、彼の目のあたりが影になっていたからだ。

いまさっき、彼はなにを感じ、なにを考えていたのかしら、とシーアは思った。あの肉体的な反応に、なにか意味はあったの？　しかしそれを知る方法は、なにもなかった。男心など、シーアには謎でしかない。彼女がよく知る男性といえば父親と兄くらいのもので、そのふたりはガブリエル・モアクームのような男性とはまるっきりちがうのだから。

「で？」と彼が問いかけたので、シーアはぎょっとして跳び上がった。一瞬、自分の考えていることを聞かれたのかと恐ろしくなったが、彼はこうつづけた。「どちらに行けばいい？」

「ああ、ええと、町の中心部を左に曲がって、はずれまで行ってちょうだい」牧師館の近くまで来ると、シーアは指をさしていった。「あそこ」

「ここで赤ん坊を見つけたのか？」モアクームは馬を停めた。馬から下りると手をのばしてシーアをいったん抱き上げてから地面に下ろした。「この家は？」彼は家の先のほうにそびえる教会を見やりながら、馬の手綱を背の低い鉄製の柵にくくりつけた。「牧師館？」

「ええ、そう、これが牧師館。でも赤ん坊を見つけたのは、ここではないわ」彼女は、厨房の扉へとつづく曲がりくねった通路を進みはじめた。

モアクームが彼女の隣りについた。「なら、どうしてここに入っていくんだい？　赤ん坊を見つけた場所を教えてもらえるのかと思っていたけど」

「ここがわたしの家なの」とシーアは簡潔に答えた。

彼がはたと足を止めた。「え？」

「わたし、ここに住んでいるの」彼女はくるりと彼をふり返った。「わたし、牧師の妹なの」

彼が目をすがめ、シーアの顔からフードをうしろに下ろした。そのまま、しばしじっと見つめている。「そうか。きみとは舞踏会で会っているな。ミス・ファルブリッジだ」

シーアは目玉をぐるりとまわした。「バインブリッジ」ぴしゃりという。「わたしの名前は、アルシーア・バインブリッジ」彼女はくるりときびすを返し、ぷりぷりとしたようすでその場をあとにした。

5

ガブリエル・モアクームはその場にしばし立ち止まり、シーアの背中を見つめていたが、やがて厨房に入っていく彼女のあとにつづいた。厨房の温もりと、料理のいい香りがふたりを包みこんだ。ミセス・ブルースターが入ってきたふたりのほうをふり返り、モアクームに気づくと、まゆを大きくつり上げてシーアをさっと見やった。

「お兄さまの書斎に早めの夕食をお持ちしようと思っていたところなんですよ、お嬢さま。いつお戻りになられるか、わからなかったものですから。でも、食卓にご用意しますか?」彼女の視線がモアクームにちらちらと注がれる。「お席を増やしましょうか?」

「いえ、いいの」シーアは寝ている赤ん坊を起こさないよう、小声でいった。「どうぞ仕事をつづけて。わたしは用事があるから。まずはこの子をベッドに寝かせようと思って来ただけなの」

シーアはかごのわきにしゃがみこみ、赤ん坊をそっとなかに下ろした。マシューが身をよじらせ、やがて小さなため息をもらしてすやすや眠りはじめるのを、全員がただじっと静かに見守った。シーアは赤ん坊に毛布をかけてやり、立ち上がった。

「すぐに戻るわ」シーアがそう告げると、ミセス・ブルースターは料理をのせたお盆を手にうなずいた。彼女は最後にもう一度モアクームをちらりと見やったあと、部屋から出ていった。

シーアはろうそくに火を灯し、勝手口の扉に向かったが、その間、モアクームにはひと言も声をかけなかった。彼はにやにやしながら扉を開け、彼女につづいて外に出た。

「さっきまで気づかなかったよ」と彼が釈明するようにいった。

「そのようね」シーアはぴしゃりと応じた。「わたしのこと、尻軽女だって責めていたものね！」

彼が笑い声をもらした。「責めてなんていないさ。そう思いこんだだけだよ。だってきみ、まさか牧師の妹には見えなかったから」

「どうしようもない人ね」シーアはくるりと彼をふり返った。「礼儀をわきまえた男性なら、自分がそんなかんちがいをしでかしたことを恥に思うものだわ。レディをそんなふうに侮辱してしまったことに、恐縮しきりのはずよ。なのにあなたは、笑うだけなのね」

モアクームはにんまりとした。「たぶんぼくは、礼儀をわきまえていないんだな。前にもそういわれたことがある」

「そういわれて、そんなうれしそうな顔をすることはないでしょ」

彼女はふたたびくるりと前を向くと、教会を目ざしはじめた。モアクームが彼女の隣りに追いつき、打ち解けたようすで声をかけてきた。「弁解するようだけれど、きみ、先日の夜に会ったときとはずいぶんちがって見えたから」

シーアは外套の下に手を入れ、ポケットからめがねを取りだした。それをかけてから、もう一度彼に顔を向ける。「ほら。これならどう？　これなら、ミス・〝ファルブリッジ〟に見える？　それとも、ミス・〝ダンドリッジ〟かしら？」

モアクームが頭をかすかに傾げ、彼女をまじまじと見つめた。シーアとしては彼に恥をかかせたかったというのに、こんなふうに見つめられると、自分のほうが落ち着きを失ってしまいそうだ。彼が手を差しだし、ひどく乱れた彼女の髪をなでつけた。巻き毛を一本つまみ、考え深げに指に絡める。シーアのからだを熱気が突き抜け、一瞬頭がまっ白になった。モアクームがもう片方の手を彼女の頭の反対側におき、髪をうしろになでつけて頭のうしろできゅっと縛った。シーアはからだの震えを必死になって抑えこもうとした。こんなふうに男性に触れられるのは、はじめてだった。奇妙なことに、侮辱されたというよりは、興奮させられた。

彼がうなずいた。「なるほど、これでわかったよ、ミス・バインブリッジ」彼が手を離し、お辞儀をした。「どうか無礼をお許しください」

シーアはしかめ面をしてからだを引き、火が消えてしまわないよう、ろうそくに手をかざして、ふたたび教会に向かって歩きはじめた。モアクームも彼女と肩を並べた。教会へとつづく橋に近づいたところで、彼がたずねた。「どこに向かっているのかな?」

シーアは教会に向かってあごをしゃくった。「あそこよ。聖マーガレット教会のかいば桶のなかで、あの子を見つけたの」

それを聞いて、モアクームが一瞬言葉を失い、やがていった。「それ、本気でいっているのかい?」

シーアは彼をちらりと見やった。「わたし、冗談をいうような女じゃないわ、モアクーム卿」

「たしかに、そのようだ」

「クリスマスイヴの出しものでかいば桶を使うので、入口の間に出しておいたの。内陣を飾りつけているとき、物音がしたので行ってみたら、マシューが桶のふちから顔をのぞかせていたのよ」

「マシュー?」

シーアは少し気まずそうな顔で肩をすくめた。「あの子をそう呼ぼうと決めたの。ほんとうの名前はわからないけれど、まさかずっと〝赤ちゃん〟と呼びつづけるわけにはいかないでしょう?」

「そうする人間はたくさんいると思うが」

「とにかく、わたしにはできない」

「それにしても、どうして〝マシュー〟なんだい？」

「ほんとうなら教会の名前をつけたいところなんだけれど、聖マーガレットっていう女性の名前だから。マシューというのは、神さまからの贈りものという意味なの。状況を考えれば、ふさわしい名前に思えて」

「とてもいい名前だ」モアクームがにこりとしていった。「あの子にぴったりだよ」

「あら、それは……どうも」

モアクームが扉を開け、ふたりは教会に足を踏み入れた。ろうそくの炎が投げかける小さな光の輪が、入口の間をかろうじて照らしだした。二番目の扉を抜けた先に、内陣が暗い洞《どう》窟《くつ》のようにたたずんでいる。シーアはかいば桶のところに行き、ろうそくを掲げた。

「ここにいたの。とくに手がかりはなさそうね」

ガブリエルも、彼女がいる小さな木のかいば桶の前に行った。「ほかにはなにかなかった？　おき手紙とか？」

シーアは首をふった。「小さな毛布と帽子だけ。ブローチに気がついたのは、牧師館に戻ったあとのことだった。下着に留められていたから」

「じゃあ、隠されていたということだな」

「ええ、そうだと思う。理由はよくわからないけれど。おそらく彼女は、服の上につけたら、赤ん坊はおき去りにされたまま、ブローチだけが盗まれてしまうと思ったのではないかしら。少なくとも下着につけておけば、それを見つけた人間は、あの子の世話をしてあげようと思うほど親切な人間ということになるもの」

「たしかに筋は通る。ブローチは、赤ん坊を育ててもらうための謝礼のつもりだったんだろうか——それとも、あの子の正体にだれかが気がついて、ぼくのところに連れていってもらうことを期待したのか」

「あのブローチがあなたのものだということが、それほど知られているものかしら。わたしがそう思ったのは、先日の晩、たまたまあなたの指輪に気がついたからだもの」

「おき手紙でも残しておくほうが、よっぽど確実だな」と彼も同意した。「どうしてなにも書き残してくれなかったんだ。ちくしょう！」

「ちょっと！　教会でそんな言葉を使わないで！」

「え？　あ、そうか、申しわけない」口ではそういいながら、とくに気にするふうでもなく、彼はあたりを見まわした。シーアの手からろうそくを受け取ってしゃがみこみ、かいば桶の周囲の床を調べてみる。「足跡がついているかもしれないと期待していたんだが」

「教会はいつもきちんと掃除しているわ。ちりひとつ落ちていないはず。それに最近は乾燥つづきだったから、ここに入った人の靴に泥がついている可能性もないでしょう」

彼が背筋をのばし、燭台《しょくだい》を扉の近くの小さなテーブルにおいた。「さっき彼女といったね」

「え？」

「赤ん坊をおき去りにした人がだれかはともかく、きみはその人を〝彼女〟といっていた。その人の姿を見たのかい？　ちらりとでも？　その人物が女性だと思うようななにかを見聞きしたのかな？」

「いいえ」シーアは首をふった。「だれも見ていないわ。あの子をおいていったのは、あの子の母親だと仮定したまでのことよ。それがだれなのかは、さっぱりわからない。ごめんなさい。もっとなにかお伝えできたらよかったんだけれど」

モアクームはため息をついて壁によりかかり、片手で額をこすった。「とにかく、じつに奇妙な話だということだけは、まちがいないな」

シーアは肩をすくめた。「わたしになにか説明する必要はないわ」

彼が皮肉な視線を投げかけた。「赤ん坊を突きつけられたのに？　あの子を見つけた場所を見せるために、ここまで引きずられてきたっていうのに？　説明してほしいと思って当然だ」

「ええ、それは、もちろんそうだけれど。でも人のことをあれこれ詮索するのは失礼だもの」

彼の片方の口角が、魅力的にくいっとねじれ上がった。「ぼくが不作法な男だということは、もうおたがいわかっているんだから、ここで礼儀をわきまえる必要はないんじゃないかと思うが、どうかな?」

モアクームは背筋をのばし、ポケットに両手を突っこんで、入口の間の端から端までを行ったり来たりしはじめた。「ジョスランは、十一歳年下の妹なんだ。ぼくの母が亡くなったあと、父は再婚して、ジョスランはそのあとできた子どもだった。彼女がまだ二歳か三歳のころ、ぼくは寄宿学校に送りこまれたので、じっさいには一緒に育てられたわけではない。だからそういう意味で近しい関係ではなかったんだが、ぼくはあの子のことを愛していた。妹がまだ十六歳のときに父が亡くなったんで、ぼくが保護者のようなものだった。ぼくは妹の面倒を見て、妹を守ろうとした。妹にとっていちばんのことを望んでいた。だからジョスランがぼくのよき友人と婚約したときは、うれしかった。これで妹は幸せな結婚生活を送れると安心したんだ。ところがそのあと、いきなりジョスランが姿を消した」彼はそこで言葉を切り、シーアに顔を向けた。「ロードン卿とは結婚できない、というおき手紙を残して去っていったんだ。自分はもっと〝いい人生〟を送るつもりなので、捜さないでほしい、と」

「それであなたは……捜さなかったの?」

彼は首をふった。「まさか。妹はまだほんの十九歳だった。ひとりで生活したことなんて、なかったんだ。とんでもないさ。だから妹の友人や親戚のところを、しらみつぶしにあたってみた。しかし、妹はどこにもいなかった。宿屋もすべてあたって、妹が駅馬車を雇っていなかったかどうかを確認した。郵便馬車にも問い合わせた。ジョスランが郵便馬車に乗ったとは考えにくかったがね。そこで私立捜査員を雇って捜索を依頼したんだが、だめだった。思いつく場所すべてを捜したけれど、手がかりはなにも見つからなかった。なにひとつ！　もう一年以上前のことだ。あれ以来――」彼はブローチを掲げた。「――これが妹につながる、はじめての手がかりなんだ」

「でも、あなたの妹さんとマシューと、どんな関係があるのかしら？　妹さんの赤ちゃんだと思う？」シーアははたと、自分がいま口にしたことにふくまれる意味に気づいた。「ごめんなさい。こんなこと訊くべきではなかったわ」

モアクームは首をふった。「いいんだ。疑問に思うのももっともなんだから。でも正直なところ、ぼくにもわからない。妹の赤ん坊でないなら、どうしてこのブローチをつけていたのか？　だがあの子が妹の子どもなら、どうしてぼくに直接助けを求めに来なかったのか？　ぼくに拒絶されるとでも思ったんだろうか？　ぼくには助けてもらえないと？　そんなこと、ぜったいにしないというのに」

彼の嘆きに心を突き動かされたシーアは、慰めようと彼の腕に手をおいた。「妹さんにも、それはわかっていたはずよ」シーアはにこりとした。「もしここにマシューをおいていったのが妹さんなら、まちがいなくあなたを頼りにしていたんだわ。どうしてまっすぐあなたのところに行かなかったのかはわからないけれど、たぶん気まずかったんじゃないかしら。恥ずかしかったのよ。それでも、あなたの寛大さを信じていたはずだわ」

モアクームが一瞬、シーアの顔を見下ろし、口もとにかすかな笑みを浮かべた。「ありがとう。ぼくのほうはとても紳士とはいえない態度をとっていたというのに、そんなことをいってくれるなんて、きみはいい人だな」彼が彼女の手に自分の手を重ねた。「きょうの午後、きみのことをすぐに思いだせなくて、ほんとうに申しわけなかった」

シーアは肩をすくめてあとずさった。「これがはじめてのことではないし」

そう口にしたとたん、シーアは撤回したくなった。そんなことをいったら、ばれてしまうではないか。彼女はさっと顔を背け、彼の目に浮かび上がりつつある疑問を食い止めるための方法を必死に考えた。が、残念ながらなにひとつ思い浮かばない。

「なんだって?」とモアクームがたずねた。「はじめてじゃない? どういうことだい?」

「べつに、なんでもないの。もう家に戻ったほうがいいわ。そろそろミセス・ブルースターが帰る時間だし――」

「いや、待ってくれ」彼が彼女の前にまわりこんだ。「〝なんでもない〟はずがない。つまり、ぼくがきみの顔を思いだせなかったのは、さっきがはじめてではなかったということかい?」

「ばかなこといわないで。わたしのこと、何度忘れられるというの?」このいいかたもまずかったわ、とシーアは後悔した。いかにも傷つけられたといわんばかりのいいかたではないか。どうしてもっと明るく、さりげなくいえないの? 礼儀正しくうそをつく練習なら、もう何年も重ねてきたというのに――だれかの生まれたての孫息子が美形だとか、教会へのけちな寄付金にたいして深い感謝の言葉を口にするとか、若者に混じって踊るより年配のご婦人と腰を下ろしておしゃべりするほうがよっぽど好きだとか。なのに、いま目の前にいるこの男性にたいする気持ちを押し隠すのが、どうしてここまでむずかしいの？

「ぼくは、女性のことを一度でも忘れたことはない」と彼が切り返した。「とりわけ、そう……きみのように率直なものいいをする女性のことは」

「わたしのような口うるさい女はっていう意味でしょう」

彼がふくみ笑いをもらした。「きみって人は、ひとつも譲歩しないんだろうね、ミス・バインブリッジ。きみなら――」彼がそこで言葉を切り、目をすがめた。「そうか。きみはバインブリッジだ。イアンがきみのことを〝はとこ〟と呼んでいなかったか？　たしかに、前にも会ったことがある。イアンと一緒のとき」

「無理に思いだすことはないわ。もうずっと昔の、結婚式の席でのことだったんだから」

「だれの結婚――」と、彼の目がきらりと光った。「そうか！　そうじゃないか。なんと、あれはたしか十年は昔のことだ。どうしてすぐにきみを思いださなかったんだろう。きみは、ぼくとのダンスを拒もうとした、あの娘さんだ」彼の目が、当時と同じようにいたずらっぽく暗くきらめいた。彼はあの夜のことをすべて、そう、あの口づけをふくめたすべてを思いだしたにちがいない。そう考えると、シーアの胸がずしりと重くなった。

彼女はふたたびさっと顔を背けた。頰が熱くなる。この人と一緒にいると、事態は悪くなる一方だ。これほど長いあいだあのときのことをおぼえているなんて、わたしにとってあの口づけに大きな意味があったと思われてしまうではないか。もちろん、そのとおりではあるのだけれど、それを彼に気づかれたというのが屈辱的だ。

「べつになんでもないことよ、ほんとうに」シーアは精いっぱい軽い口調でいった。「わたしだって、あのときのことをどうしておぼえているのか、自分でもわからないくらい。あなたのことをおぼえているのは、きっと、あのときのあなたが礼儀をまったくわきまえていなかったからだと思うわ」

モアクームが手をのばして彼女の手首を握りしめ、そのからだをくるりとまわして自分のほうに向かせた。にやりとしながらいう。「へえ。でもぼくは、いまでも礼儀をまったくわきまえていないんだ」

彼が彼女の鼻からめがねを外し、自分の上着のポケットに落とした。シーアが抗議するよりも、瞬きするよりも早く、彼がもう片方の腕を彼女の腰にまわし、引きよせた。そしてふたたび、彼女に口づけした。

しかし今度の口づけは、最初のときとはまるでちがっていた。十年前は、彼の唇が軽く、そっと押しつけられたあと、すぐに離れていったので、あとにじんじんとした刺激が残された程度だった。ところが今回は、彼の両腕に包みこまれ、熱情的な、探るような口づけをされた。からだの上から下までに、彼の張りのある力強さが感じられる。彼の香りが鼻孔に満ち、熱気が周囲を取り巻いている。そして彼の口……彼の口がいまシーアにしていることは、描写すらできなかった。大混乱をきたした感覚が激しく押しよせ、神経を火であぶり、筋肉をとろけさせていく。彼の唇が彼女をじらし、愛撫する。さあ反応してごらん、そしてぼくの口を存分に味わってごらん、とでもいうように。彼の舌が侵入してきたとき、シーアは驚きのあまりからだをびくんとさせた。彼がさらに愛撫と探求をつづけるうち、シーアはいつしか彼の首に腕をまわし、彼の舌に舌を絡ませていた。そんな自分に、ますます驚いた。

モアクームが口づけを深め、手を下に滑らせてあつかましくも彼女の尻を包み、そのからだをぐいと引きよせた。シーアは、馬に乗っていたときと同じ感触が、ふたたびからだに押しつけられるのを感じた。今回は先ほどよりも堅く、執拗だ。彼女のほうも、彼の反応をたしかめたくて、腰を強くなすりつけたくなった。こんなのどうかしている、とわかってはいた。なんてはしたないの。それでも、からだを動かさずにいるには、欲望をぐっと抑えつけなければならなかった。のどからいまにもこみ上げてきそうな、哀れっぽい声を噛み殺すのも、同じくらいむずかしかった。彼のあの髪に指を滑らせたいという欲望を抑えるために、両手で彼の上着の襟をぎゅっとつかんでいなければならなかった。

モアクームがようやくからだを離し、顔を上げると、驚いた顔で彼女を見つめた――わたしも、きっと同じくらい驚いた顔をしているんでしょうね、とシーアは思った。彼が両手をさっと下ろして一歩あとずさり、そっぽを向いた。シーアの頭にさまざまな思いが押しよせた。わけのわからない、目のさめるような思いが——いや、〝思い〟と呼ぶには、あまりに非現実的で、秩序がない。たんなる感覚と感情のごたまぜだ。彼女はあわただしくフードを上げて顔を隠した。ろうそくを手に取ると、つぶやくようにいう。「わたし——マシューを……」

シーアは扉を勢いよく開け放つと、夜の闇に飛びだし、ふり返ってモアクームがついてくるかどうかをたしかめることすらしなかった。駆けたためにろうそくの火が消えてしまったが、歩き慣れた道なので、明かりはさして必要なかった。モアクームが明かりなしで戻ってこられるかどうかは、考えようともしなかった——悪魔のような男なのだから、暗闇のなかでも完璧に見えているにちがいない。

勝手口をさっと開け、すばやく厨房に入りこんだあと、ミセス・ブルースターが鍋を拭いているいつもの光景を目にし、はたと足を止めた。

「あら、お帰りなさい」ミセス・ブルースターが陽気にいった。「お探しのものは、見つかりましたか？　どちらに行っていたんですか、教会ですか？」

「ええ、そう、そうなの」シーアはくるりと顔を背け、外套をフックにかけようとした。たったいま口づけをしてきたことが露見してしまうかもしれない、とうしろめたさをおぼえ、わざと時間をかけた。唇がふくれて、やわらかくなっているような気がする。きっと赤くなっているはず。ミセス・ブルースターに気づかれたらどうしよう？　女中頭の彼女は、昔から鷹《たか》のように目ざとかったではないか。凍える指先を唇に押しつけてみると、震えているのがわかった。唇だけでなく、全身が震えている。

背後で扉が開き、モアクームが入ってきた。シーアは彼をふり返ることすらできなかった。いまふり返ったら、その顔からきっとばれてしまう。

「いえ、なにも見つからなかったの」と彼女は女中頭にいった。「わたし、わたしひどい格好になってしまって――風がすごく強かったから」

シーアはふたりをふり返ることもなく、部屋をするりと出ていった。背後で、モアクームがいかにもなめらかな口調でミセス・ブルースターにあいさつをする声がした。シーアとはちがって、神経質になったり、緊張したりすることなどこれっぽっちもないようだ。もちろん、彼のほうは、どうということもないのだろう。教会の入口の間で女性の唇を奪うなど、彼にしてみればよくあることなのだろうから――教会の入口の間で、というのはめずらしいかもしれないけれど、口づけのほうは、そう、口づけそのものにかんしては、彼にしてみればごくふつうのことに決まっている。よほど経験を重ねてでもいなければ、あんな口づけができるはずはない。わたしとちがって彼のほうは、こんなふうにひざががくがくすることも、下半身がかっと熱くなることも、両脚のあいだで花開く奇妙なうずきを感じることも、ないにちがいない。

シーアは歯をきしらせた。こんなことを考えるのは、いいかげんにやめないと。彼女は家の廊下に飾られた鏡をのぞきこんだ。そこに映っているのが、自分とは思えなかった。頰にはまっ赤な染みが浮かび上がり、いつもよりぷっくりとやわらかく見える唇は、深紅に染まっている。目はやたらに大きくて色も暗く、生き生きとしているようだ。そして髪は——ああ、なんてこと、髪のほとんどがほつれ落ち、肩にかかってはねまわっているじゃないの。まるで頭のおかしな女のようだ。シーアはあわてて髪をなで戻し、もつれた髪を精いっぱい指ですき、太い一本の束に編みはじめた。

「やあ、シーア、そこにいたのか」廊下の先から、兄が本を一冊手にして近づいてきた。「夕食のときはいなかっただろ。ミセス・ブルースターも、おまえがどこに出かけたのかわからないといっていたけれど、ミセス・ハワードに会いに行っていたのか？」

シーアは無言のままうなずいた。兄の思いこみを否定しなかったら、うそをついたことになるのだろうか？　突如として、彼女の生活はまさしく罪の宝庫と呼ぶべきものになってしまったようだ——うそや肉欲のほかにも、庭にはびこる雑草のごとく、いつなにが飛びだしてくるか、わかったものではない。

「お兄さま——」声がひび割れていたので、いったんせき払いしなければならなかった。「お兄さまひとりで、退屈じゃなければよかったんだけれど」

「あ、いや、ぼくは例によって例のごとくだから」彼はにこりとして、本をふって見せた。

「本があるかぎり、退屈することはないよ」

「そうね」

「これから部屋に上がって、もう少しつづきを読んでから、休むつもりだ」兄が大きな振子時計の方角をちらりと見やった。「まだ早いけれど、冬の夜は眠くなるのが早いから」

「そうね。お休みなさい、お兄さま」兄が休んでくれるのは、ありがたい。いまここで厨房に入っていかれて、モアクームの姿を見られるのだけは、なんとしても避けたかった。ダニエルといえども、家のなかにモアクームがいる理由を聞きたがるだろうし、いまのシーアは、そんなことを説明している気分ではなかった。

兄が階段を上がっていったので、シーアはもう一度鏡をのぞきこみ、首のあたりで編んだ髪をさっと結い上げ、乱れに乱れた髪のなかから回収したピンをいくつか使って留めた。あいかわらず顔のまわりにはほつれ毛がはらはらと落ち、ひどい髪型ではあった。それでも少しはましになったように見える。

ただしドレスのほうは、赤ん坊にいじられたせいでひどい状態のままだった。シーアは肩掛けを引っ張り上げて直し、ドレスの胸もとからこぼれそうになっていた胸をきちんと隠した。多少はまともな姿に戻り、唇と頬の赤みもある程度引いたことに満足すると、厨房に戻っていった。

モアクームが、シャツ姿で傷だらけの古いテーブルの端についていた。目の前にはシチュー入りの皿がおかれ、手には淡いクリーミーなバターが塗られたパンが一切れ、握られている。彼の右側の席にもう一枚シチューの皿がセットされ、そのわきにパンが一切れおかれていた。

「お食事に呼ばれているみたいね」シーアはきはきとした声でいい、その声が震えてないことに満足した。もっとも、まだ彼と目を合わせることはできなかったが。

「そうなんだ、ミセス・ブルースターが同情してくれてね。きみのために用意されていたシチューを、ものほしげにながめていたところを見つかってしまったようだ」

ミセス・ブルースターがやさしげな笑みをモアクームに向けたのを見て、シーアは、例によって彼が女中頭をたぶらかしたにちがいない、とむっとした。この男は、女にとってまちがいなく脅威だわ。自分は彼に惑わされたりはしない、と証明するためのだけに、シーアは彼の隣りの席につき、パンにバターを塗りはじめた。

「ミセス・ブルースター、あなたはすばらしい料理人だ。ミス・バインブリッジに心臓をひと突きされる危険さえなければ、わがプライオリー館の料理人として引き抜きたいところだよ」モアクームはそうつづけ、中年の女中頭から少女のようなはにかんだ笑い声を引きだした。

シーアは目玉をぐるりとまわして天を仰ぎ、スプーンをじゃがいもにぐさりと刺すと、半分に割った。「ミセス・ブルースターにお世辞は通用しないわよ」

「ほう、でもこれはお世辞ではなくてほんとうのことじゃないか?」とモアクームが目を躍らせながら切り返した。

シーアも思わず唇をゆがめ、軽く笑みを浮かべずにはいられなかった。「ほんとうに口が達者なのね。そのへんに、あなたの嘆かわしい性格が暗に示されているようなものだわ」

「暗に?」

シーアはシチューを口に運び、こみ上げる笑いを隠した。この男が見た目の美しさのみならず魅力も持ち合わせているという点が、どうにも気にくわない。こんなふうでは、どうやっても彼をきらいになれないではないか。

「お嬢さま、あたしはもう失礼しますね」こんろに大きな黒い鍋を戻して翌日の準備を整えたミセス・ブルースターが、エプロンを外そうと背中に手をまわした。「あんまり遅いと、亭主が心配しますから。赤ちゃんのために、牛肉のスープを少しつくっておきました。そこにつぶしたじゃがいもを少し入れてくださいな」

「そうするわ。ご主人によろしくね」とシーアはいった。

「ええ、どうも」女中頭は上着をはおってニット帽をかぶり、あざやかな緋色《ひいろ》の襟巻きを首にまいた。

「お休みなさい、ミセス・ブルースター。シチューをごちそうさまでした」モアクームが礼儀正しく立ち上がり、彼女にうなずきかけた。

ミセス・ブルースターが頬を染めたのを見て、シーアは驚いた。女中頭は彼に短いあいさつを返すと、あたふたと夜の闇に出ていった。

「あなたって、会う女性全員の心を奪ってしまうのね」彼が椅子に腰を戻すのを見ながら、シーアはいかにも不愉快そうな声でいった。

彼がシーアにおどけた視線を向けた。「どういうわけか、きみが相手だとうまくいかないみたいだけれどね」彼はパンを一切れ大きくちぎり取ると椅子の背にもたれ、考え深げに噛みしめた。「ぼくだって、会う人全員の心を奪うべきだと思っているわけじゃないんだ。でも、そうしたほうが人生楽しくなるしね。きみはどんな人生を送りたい？　雄牛に挑んで、角をつかむような人生かな？」

「過ちを無視するのはよくないと思うわ」シーアはくいっとあごを上げた。

「その過ちっていうのには、独身男の……奔放すぎる生きかたもふくまれるのかな？」

「〝奔放な〟生きかたっていうのが、無節操に子どもをつくって、履き古した靴みたいにそれを田舎に捨てていくということを意味するなら、そうね」

彼がにこりとした。「これまで、履き古した靴を田舎においてこようとしたことは一度もない。ましてや子どもだなんて」

「わたしのこと、好きなだけ笑えばいいわ。でもだからって、わたしが正しくないということにはならないはずよ」

「まさか」彼が手をのばし、その腕を愛撫するようにそっとなぞっていった。「きみのことを笑うなんてこと、ぜったいにしないよ、愛しのミス・バインブリッジ。でも白状すれば、きみには……興味を惹かれたな」

それは褒め言葉のようなものだろう。シーアはシチュー皿を見下ろしながら頬が熱くなるのを感じた。機械的にスプーンを口に運びつつも、あいかわらず彼の視線をいやというほど意識して神経質になり、胃がきゅっと縮こまるのがわかった。見つめられるだけでこんなふうにおろおろしてしまうなんて、自分に嫌気が差してきた。こちらを見つめながら彼がなにを思っているのかが知りたくてたまらないというところは、もっといやだ。

シーアは意を決して目を上げた。わたしは現実から目を背けるような人間ではない。モアクームはシーアをじっと見つめながら、ぼうっとしたようすでパンの残りかすをいじっていた。シーアは見つめられながらからだを落ち着きなく動かし、せき払いをした。髪型が乱れていないかどうかをたしかめたいという衝動を、必死になってこらえなければならなかった。

「わたしの顔に、三つ目の目でもついているのかしら、モアクーム卿?」

「いいや、そんなことはないよ、ミス・バインブリッジ」彼は落ち着き払ったようすだった。

「その危険があるのかい?」

「あなたがあんまりじろじろ見るものだから」

「ぼくが?」彼の唇に、謎めいた温かな笑みがかすかに浮かんだ。「謝罪すべき?」

「あなたになにかをしてほしいわけじゃないわ」シーアは辛辣《しんらつ》な声を保ち、椅子のなかでふたたびからだの位置を直したいという気持ちをこらえた。彼の笑みを見ると、体内に奇妙な感覚をおぼえてしまう。よろこばしいような、なんとなく怖いような感覚を。彼といると、どういうわけかいつもの自分でいられなかった。自分がそんな状態をよろこんでいるのかいないのか、シーア本人にもわからなかった。しかし、よろこんではいけないような気がした。「でも、どうしてわたしの顔がそんなに興味深いのか、よくわからなくて。わたしが腰を下ろしてからずっと、じろじろ見ているでしょ」

「じつは、きみの髪を見ていたんだ」かすかな笑みが瞬く間に大きな笑みに広がり、目がきらきらと輝いた。「あとどれくらいすれば、その三つ編みがほどけて落ちるかな、と思って」

「え?」シーアは本能的に手を頭に持っていき、ピン数本で留めただけの結い髪を探ってみた。じっさい髪はほどけかけ、重みで首のあたりにだらりと垂れかかっていた。彼女が触れた瞬間、編んだ髪が完全にほどけ、肩にはらりと落ちかかった。

シーアは顔をしかめてピンで留め直そうとしたが、ガブリエルがその手を制した。「いや、そのままにしておいてくれ」

「ばかなことをいわないで」シーアの声は、思っていた以上に心許《もと》なかった。「こんな髪型、はしたないわ」

「厨房に男とふたりきりですわっていることほど、はしたなくはないさ」

「それなら、もう帰ってもらわないと」

モアクームは肩をすくめた。「ぼくは礼儀作法とは相性が悪いから」彼はそこで間をおくと、静かにつけ加えた。「きみが髪を下ろしているところが、好きなんだ」

彼が彼女の編み髪の端を引っ張った。もともときちんと結んでいたわけではなく、先端を編み目の中心に滑りこませていただけなので、ほんの少し引っ張られただけで編み目がほどけ、巻き髪がするりと落ちた。

「これじゃ、まるで野蛮人だわ」シーアはそうつぶやいたものの、髪を編み直そうとはしなかった。

「野蛮人となら、相性がいい」彼がまたしてもかすかな笑みを浮かべ、目に温かな表情を浮かべた。「きみの巻き毛は、美しい」

シーアは、彼がすぐ近くにいることを痛いほど意識していた。テーブルにのせた彼の手とは、ほんの数インチほどしか離れていない。先ほど、彼に口づけされたときのことが脳裏によみがえる。いくらモアクームでも、まさかあれをくり返すつもりはないだろう。それとも、そのつもりなの？　のどが詰まるような気がした。ここでなにかいうか、すべきなのはわかっていた。彼から身を引かなければ。それでも、シーアは動くことができなかった。

そのとき、小さなしゃっくりのような泣き声が、静寂を突き破った。

「赤ちゃん！」シーアははっと飛び上がり、かごのなかに急ごしらえしたベッドに駆けよった。いま感じているのが安堵《あんど》なのか落胆なのか、自分でもよくわからなかった。

彼女はかごをのぞきこんだ。マシューは両手両足をしきりにばたつかせ、枕に頭をこすりつけ、唇をねじ曲げて顔をまっ赤にしていた。シーアがさっとかがんで抱き上げてやると、マシューの表情が少しやわらいだ。しかしそのあと口に自分のこぶしを押しつけて目を閉じ、ふたたび顔をくしゃくしゃにして泣きはじめた。シーアはからだを軽く弾ませて背中を叩いてやったが、マシューは大口を開けて泣き声を上げた。

「どうした！」モアクームが立ち上がった。「どうかしたのか？　だいじょうぶか？」

「お腹が空いているんだと思うわ。ほら、抱っこしていて。いま食事を持ってくるから」

「ぼくが？」モアクームの黒いまゆげが弓状に持ち上がった。「でも、ぼくにはどうしたらいいのかよくわからない」

「わたしだって、専門家じゃないわ」

「でもきみは、女性だろ」

「結婚もしていなければ、子どももいない女よ」とシーアは切り返した。「あなたがスープを用意してくれるというのなら、わたしが抱っこしていてもいいけれど」

モアクームが疑り深げな視線を暖炉に向けた。「まいったな。じゃあ、その子を受け取ろう」

彼が両手を差しだしたので、シーアは赤ん坊をそこに押しつけた。モアクームは子どもを受け取って抱きかかえると、警戒するような目で見下ろした。

「噛みついたりしないわよ」シーアはいかにも愉快そうにいった。

「たしかかい？」彼はため息をもらし、赤ん坊をひじで支えて胸に抱きよせた。

驚いたことに、とたんにマシューが泣きやみ、モアクームのことを目をまん丸に見開いて見つめた。悔しいったらないわ、とシーアは思った。この男の魅力は、赤ん坊にまで効果を発揮するようだ。彼女は暖炉の前に行き、残り火の近くにおかれていた小さな鉄の鍋を手にした。ひしゃく一杯ぶんの薄いスープを小さなボウルに移す。テーブルをふり返ってみると、赤ん坊はガブリエルの顔を熱心に観察するのをやめ、ふたたび小さくしゃくり上げはじめていた。こんなことに満足感をおぼえるなんて、わたしも度量が小さいわね、とシーアも認めざるをえなかった。

「急いでくれ」モアクームが赤ん坊を揺すったりぽんぽん叩いたりしながら、シーアにすばやく目をやった。「この子、どんどん機嫌が悪くなるようだ」

シーアは自分のシチューに入っていたじゃがいもをふたつほどフォークでマシューのスープに加えると、手早くつぶしはじめた。中身をかき混ぜ、指にスプーン一杯ぶんをのせて味わってみる。

「まだ充分冷めてないわ」

「じゃあ、ミルクでも入れてくれよ」

シーアはそのとおりにしてからもう一度味見し、今度はうなずいた。モアクームが、顔をまっ赤にしてむずがるマシューをひざにのせたが、赤ん坊はからだをくねらせて背中をのけぞらせてばかりで、ますます泣き声を上げ、じっとしていてくれなかった。シーアは赤ん坊を抱く腕にさらに力をこめ、もう片方の手でじゃがいも入りのスープをスプーンですくった。それを口に持っていこうとしたところ、赤ん坊がふりまわしていた腕がスプーンにぶつかり、中身がぱっと飛んで、モアクームの染みひとつないネッカチーフにぱしゃりと着地した。

シーアははっと息を飲んだ。「ごめんなさい！」

「いいさ。とにかく食べさせてやってくれ」

シーアは腰に巻きつけていたほうの手で赤ん坊の腕をつかんだあと、すばやくスプーンを彼の口に持っていった。マシューは何度か唇をぴちゃぴちゃいわせていたが、スプーンの中身の半分が口から落ちてあごの下に流れてしまった。

「飲みこみかたを知らないのか？」ガブリエルが赤ん坊をのぞきこんだ。

「知っているはずよ。ミセス・ブルースターが食べさせたときは、ちゃんと食べていたもの。いまも、少しは口に入ったと思う」

ミセス・ブルースターは、どうやっていたのかしら？　彼女がマシューに食べさせていたときは、いとも簡単に見えたのに。それでも、少なくともマシューは泣きやんでいた。腕はあいかわらずふりまわしていたが、いまは怒りにまかせてというよりは、興奮してそうしているようだった。つぎにスプーンですくったときは、赤ん坊のもう片方の腕にぶつかり、今度は彼女の顔とドレスにぺちゃりと飛ばされた。それでもシーアは、赤ん坊がふりまわす腕をよけたり押さえたりしながら、めげずにスープとじゃがいもの混ぜものを赤ん坊の口に運びつづけた。まもなくシーアも、あごにこぼれかけたスープをさっと口に押し戻すコツをつかんだ。食べるうち、マシューが腕をふりまわすのをやめてくれたので、シーアはほっと安堵のため息をもらした。ひざの上でマシューの体勢を立て直したあと、押さえつけていた腕を離した。ところがマシューが今度はスプーンをむんずとつかんだため、じゃがいもが彼女のドレスにべっとり落ちてしまった。そのあと数口ほど素直に食べたかと思うと、つぎに口にふくんだ中身をいきなり泡とともにぶっと吹き戻した。マシューはきゃっきゃと笑いながら両手を打ち鳴らし、愛嬌《あいきょう》たっぷりの目でシーアを見上げた。

シーアはうなり声を上げた。

「もうお腹がいっぱいなのかもしれないな」とモアクームがいった。

「ほんとうに?」シーアはそっけなくいうと、椅子の背にもたれかかった。もうへとへとだ。赤ん坊の髪と両手と服に、じゃがいもがべとべとへばりついている。足にも。そういえば、履いていた小さな靴はどこにいったのかしら？　シーアの肩掛けとドレスにもやはりじゃがいもがへばりつき、頰とおでこについたじゃがいもが乾燥しつつあるのが感じられた。小さなつぶがいくつか、めがねのレンズにもついていた。髪には飛んでいないことを祈るばかりだ。

シーアは自分の姿と赤ん坊を、うんざりした気分で見下ろした。

「この子に布をかけてやればよかったのかもしれないね」とモアクームが穏やかな声でいった。

シーアはなにか辛辣な言葉を返そうと、きっと目を上げた。が、髪をぼさぼさにして、おしゃれな上着とまっ白なシャツをじゃがいものペーストで汚したモアクームをひと目見たとたんに、笑わずにはいられなかった。モアクームは一瞬、彼女をにらみつけたあと、やがて口もとをきゅっとゆがめ、つぎの瞬間にはやはり笑いはじめていた。ふたりが笑っているのを見た赤ん坊も、にこにこしてかん高い歓声を上げた。それを聞いて、ふたりはさらに激しく笑い、なんとか冷静さを取り戻そうとするたび、おたがいの姿をまた目にしては、ふたたび笑い転げてしまうのだった。ようやく笑いがおさまったころには、シーアのわき腹は痛み、頬を涙が流れていた。

「もう」彼女は長々とため息をついた。「まったく」

モアクームが立ち上がり、自分の姿を見下ろした。「まいったな。バーツに怒鳴られてしまう」

「バーツ？」

「ぼくの従者だ」彼は周囲を見まわした。「布巾《ふきん》が必要だな」

「従者のことが怖いの？」シーアはそういいながら赤ん坊を彼にいったん預け、布巾を数枚取りだして水で濡らした。

「まともな男なら、みんな怖がるさ。バーツっていうのは、紛れもない暴君なんだ」

シーアは濡れた布巾を手わたしながら、目玉をぐるりとまわした。「あなたが雇い主なんだから、簡単な解決法があるんじゃないかしら」彼女は手を差しだして赤ん坊を受け取ると、その顔と手を拭いてやった。

「彼を解雇しろと？」モアクームがぞっとした顔をした。「ぼくが十六歳のときからついている従者だし、その前は祖父の従者をしていた男なんだぞ。その彼を解雇したら、生涯、執事に許してもらえないさ。おばや祖母たちにも」

シーアはくすくす笑いながら赤ん坊をかぎ針編みの敷物の上に下ろした。「なんと臆病な雇い主だこと」

「うちの使用人にしてみれば、ぼくはまだ十二歳の子どもなんだ。だからこそ、プライオリー館を買ったのさ。新しい使用人を揃えられるからね。まあ、もちろんバーツはべつだけれど」

シーアは彼をまじまじと見つめた。「うそでしょ！　まさか使用人から逃れるだけのために、家を一軒買ったわけではないわよね」

彼がにこりとした。「そうじゃない――まあ、少なくとも、それがいちばんの理由ではない。しかし、なかなか快適な状況ではある」彼が考え深げに頭を傾げた。「まあたしかに、新しい使用人たちの仕事ぶりには遺憾《いかん》なところが多いがね」

シーアはかすかに笑みを浮かべながら頭をふり、めがねを外して顔を拭いた。

「ほら、ここにもついているよ」ガブリエルが布巾を手に取り、もう片方の手で彼女のあごをつかむと、頬をそっと叩いた。

シーアは身をこわばらせた。いきなり呼吸が浅くなる。すぐ近くにいるので、めがねをかけていなくても、その顔がはっきり見てとれる。男性がこれほど長くて豊かなまつげに恵まれるなんてずるいわ、と思った。彼が彼女の顔から手を下ろしてあとずさり、布巾を手わたしてくれた。シーアは自分がひどくがっかりしていることに気づき、ドレスについたほかの汚れをせっせと落とすことでそんな気持ちをごまかした。

敷物の上では、赤ん坊が四つんばいになっていた。まだはいはいはできないようで――これから学ばなければならないことが山のようにあるのね！――からだを前後に揺らしているだけだった。口をぎゅっと閉じ、「んーんー」という声を発しながら、なにかにひどく集中しているようだ。

モアクームが彼女の視線の先を追い、同じように赤ん坊をながめはじめた。「もう少しで前に進めそうだ」

マシューが体重をかかとに移動させてモアクームを見上げ、うれしそうな声を上げながら彼ににこりと笑いかけた。モアクームは身をかがめて赤ん坊を抱き上げ、自分のほうに向けてひざにすわらせた。その黒い目で、赤ん坊の顔をのぞきこむ。片手でマシューをしっかり支えながら、もう片方の手の人さし指でマシューのあごにある、自分とそっくりの小さなくぼみに触れた。

「この子、妹さんに似てる?」とシーアはたずねた。こんなことを実質的な赤の他人にたずねるなんて、でしゃばりもいいところだとはわかってはいたものの、どうしても訊かずにはいられなかった。それにモアクーム自身がいっていたように、彼は礼儀作法にさほどこだわりのない男だ。

「わからない」彼は首をふった。「ジョスランもここに小さなくぼみがあった。まだ幼いころは、そのことをよろこんでいた。これがあるから、自分たちがきょうだいだと証明されるといって。ほかの点では、ぼくたちはあまり似ていなかった。彼女の髪と目の色は、ぼくのより薄いし」彼は赤ん坊のやわらかな巻き毛をなで、表情を曇らせた。「しかし、この子とそっくりな人間なら、ひとり知っている」

それまで彼の目に浮かんでいたやわらかな表情がいきなり消え、ぎらつくような、険悪で凶暴な光が宿った。それを見たシーアは、モアクームという男は、その気になれば恐ろしい男にもなりえるのだと気づいた。マシューがだれに似ているのか訊きたかったが、ここはなにも口にしないほうが賢明だろう。

「きみのいうとおりだと思う」とモアクームがいった。「ぼくがこの赤ん坊の面倒を見るよ。少なくとも、母親がだれかがわかるまでは」

彼の言葉が意味するところに気づくと、シーアの胸にパニックが押しよせた。「だめよ！この子を家に連れて帰らないで！」

モアクームが驚いたように彼女をふり返った。「きみがこの子をぼくのところに連れてきたのは、そうさせるためだと思っていたけれど」

「あのときは、ちゃんと考えていなかったの。この子の父親があなただと思いこんでいたときは、たしかにあなたに責任を取ってもらいたいと思っていたけれど、あなたの家は、赤ん坊が暮らせるような場所じゃないでしょう。この子はここにおいておくほうがいいわ、きっと。身元がはっきりするまでは」

彼が奇妙なものを見るような目つきを彼女に向けた。「それでは、きみの負担が大きすぎる。この子がきみとはなんの関係もないことを考えれば——ほかのことはなにもわかっていなくても、少なくともその点だけはたしかなんだから」

「いいの。ほんとうに。それに、ミセス・ブルースターが手伝ってくれるわ」

「これが妹の子どもなら、この子はぼくの家にいるべきだ」

「そうね。でもまだはっきりそうと決まったわけではないわ。だれかがあのブローチを盗んだのかもしれないし……まあ、それがどうしてこの子の服に留められていたのかはわからないけれど、なにかほかに説明がつくはずなのはまちがいないわ」

「いまは、なにも思いつかないが」

「でも、この子を引き取ったあとで、やはりあなたの甥ごさんではないことがはっきりして戻すことになったら、あまりに残酷だわ。だからはっきりするまで待つべきよ」

「あとできみのもとから連れだすのも、かわいそうじゃないか？　この子がここに慣れてしまったあとで」

シーアはその質問を無視するように、こういった。「とにかく、あなたの家は、赤ん坊が暮らすような場所ではないわ」

彼の表情が冷たくなった。先日、クリフ家の舞踏会で見せたような、いかにも貴族然とした顔だ。「それはどういう意味かな」

シーアは彼をじっと見つめ返すだけだった。「そんな高慢な態度をとる必要はないわ。あなただって、わたしのいっていることがほんとうだとわかっているはずだもの。独身男性だらけの家で、子どもを育てられるはずがないでしょう」

「使用人がいる」

「仕事ぶりが遺憾なことの多い使用人でしょう？」

「ある程度というだけで、なにからなにまでというわけじゃない」彼はそう反論しながらも口角をゆがめ、その声からは傲慢《ごうまん》さが消えていた。

「女性の使用人はひとりもいないはずよ。料理人をのぞけば。その料理人だって、たまたまおたくの庭師と結婚しているからいるんであって、夜になればいつも庭師の小屋に戻ってしまう」

「女中を雇えばいい」

「雇えるの?」シーアは片方のまゆをきゅっとつり上げた。「どうやらお気づきじゃないみたいだけれど、あなたの家に女性の使用人がひとりもいないのは、きちんとした女性なら、酔っぱらった男性が住んでいたり、身持ちのよくない女性が訪ねてきたりするような家に住みこむわけにはいかないからなのよ」

それを聞いて彼は両まゆをつり上げたが、彼がなにか口にするより早く、シーアが勢いよくつづけた。「それに子どもをひとり育てたいと思ったら、女中を何人か雇うだけではすまないわ。たとえば、赤ん坊の世話をしてくれる子守が必要よ。それに、きちんとした子ども部屋も。飲んで騒いだあと、夜明けに家に帰ってきたりしない父親が必要よ。ほんものの家庭が必要なの。広間で馬に乗ってテーブルを飛び越えて賭けをするような人間のいる、半分がらんどうの、大きな石を積み重ねた場所じゃだめなのよ!」

モアクームが驚いた顔で彼女をまじまじと見つめた。「なんと、ぼくの家にスパイを送りこんでいたのかい?」

シーアは彼にさげすむような視線を向けた。「土地に新顔の紳士がやって来れば、とくにあなたやあなたのお友だちのような暮らしぶりの紳士がやって来れば、いやでも人目を引いてしまうものだわ。プライオリー館で行なわれていることは逐一、町じゅうの人間から審理にかけられているようなものなのよ」

「牧師の妹が最新のうわさ話をすべて仕入れていることは、疑う余地もなさそうだな」

「もちろんですとも」シーアはいくぶんうぬぼれ気味に切り返した。「それにわたしなら、子どもを持つお母さんや、おばあさんたちからの助言をたくさん手に入れられる。とても優秀な女中頭と、日中の女中もいる。この子のベッドだって、もうしつらえてある」シーアはかごを示した。「それに、この子はわたしを知っている。ここにいたほうが、この子も幸せだわ」

と、まるで示し合わせたかのように、赤ん坊がくるりと彼女をふり返り、にこりとしてシーアに腕を差しだしてきた。

「きみは全人類の裏切り者だな」モアクームがいかめしい顔つきでそう声をかけると、赤ん坊をシーアの手に戻した。マシューはシーアの肩に頭を休め、はにかむような顔でモアクームをふり返った。モアクームは赤ん坊のほうに身をかがめ、やさしい声でいった。「まったくな、もしぼくも夜を過ごす場所を選べるなら、やはりこちらを選ぶだろうよ」

そのけしからぬ発言にシーアが反応するより早く、モアクームが立ち上がった。「いいだろう。ぼくも、この件についてきみと議論をつづけるほどばかじゃない。母親がだれかがはっきりするまで、マシューをここにおいておくことにしよう」

彼は出口に向かい、上着を着こんだ。シーアは赤ん坊を抱いたまま、彼のあとについていった。モアクームが赤ん坊のあごを指でくすぐりながらいった。「お休み、ちびちゃん。ぐっすり眠るんだぞ」つぎにシーアを見つめたときの彼の黒い目は、鋭い光を放っていた。しかしシーアには、そこに宿る感情を読むことはできなかった。「きみもね」彼は親指と人さし指で彼女のあごをつかむと、その顔をくいと持ち上げ、やさしく、あとを引くような口づけをした。「きみの見る夢が……楽しいものでありますように」

かすかな笑みを浮かべたまま、モアクームはきびすを返して去っていった。

6

帰宅の途についたガブリエルは、ほとんど寒さを感じていなかった。今夜の出来事のことで、頭がいっぱいだった。あの赤ん坊は、ほんとうにジョスランの子どもなのだろうか？　そう思うと、ひどく動揺してしまう。マシューが甥であってほしいのか、ほしくないのかすら、自分でもよくわからない。金髪のあの赤ん坊を思い浮かべると、口もとにかすかな笑みが浮かんでくる。いつもなら、ガブリエルが子どもに近づくことはめったになかった。むしろ、子どものことはできるだけ避けようとしてきたくらいだ。ところがマシューには、なぜか心が惹きつけられてしまう。マシューがミス・バインブリッジの全身にじゃがいものペーストをまき散らしたあと、その顔に浮かべた天使のような笑みが脳裏によみがえり、ガブリエルはふくみ笑いをもらした。

そしてミス・バインブリッジにも、妙に惹きつけられるものがあった。その理由は自分でもよくわからない。なにかと口うるさい女性は、概して好きになれなかった。私生児を産ませたといって責めてきた彼女に愛おしさをおぼえるとは、自分でも意外だった。しかも彼女のなにかが彼のユーモアのセンスを刺激して、彼女をからかわずにはいられなかった。おそらく、こちらを咎《とが》めていたときの、あの燃えるような目か、紅潮した頰のせいだ。あるいは、あの乱れに乱れた巻き毛に手を埋めたらどんな感触がするのだろう、と気になってしかたがなかっただけのことかもしれない。想像しただけで、下腹部で熱気が渦を巻くようだ……そして、あの長い脚をからだに巻きつけられたら、と思わずにいられなくなる。

彼は鞍の上でわずかにからだの位置をずらした。牧師館に乗りつけたときの、疑いようもない肉体的な反応のことを、ふと思いだす。彼女の尻を脚のあいだにすっぽりおさめ、馬に揺られながらの乗馬は、ひどく刺激的だった。それにしても、以前の出会いをどうして忘れてしまったのだろう？　地主の舞踏会で顔を合わせたことを指摘されたあとも、パーティでの彼女の姿をはっきりとは思いだせなかった。これといった特色のない、もの静かな人物、というぼんやりとした印象しか残っていないのだ。今夜の彼女の態度を考えると、とてもそんなことはありそうもなかった。しかしいくら記憶を掘り起こしても、最初に紹介されたあと、彼女がフロアで踊っているところや、だれかと話しているところを見た記憶がない。もちろんあの夜は、失礼にならない程度の時間を過ごしたのち、さっさと帰りたいということばかりを考えていたのはたしかだ。しかしミス・バインブリッジは、そう簡単に無視できるような女性には見えない。

ずっと昔の、あの夜の彼女のほうが、よほど記憶に残っている。あの日、結婚したのがイアンのどちらの姉だったのかすらよくおぼえていないくらいなので、ミス・バインブリッジの名前を忘れていたとしても、なんら不思議はなかった。しかし、いったんもの忘れの激しさを辛辣に咎められたあとは、彼女の記憶が鮮明によみがえってきた。当時、彼女はとても若くてぎこちなく、おどおどしていた。そのため、最初こそ彼女にダンスを申しこむよう伯爵夫人にうまくあやつられたことにかすかないらだちを感じていたガブリエルだが、その気持ちがすぐに彼女にたいする同情心に変わっていった。そしてそのあと、彼女が意外にも辛辣な態度をとったので、彼としては思いのほか楽しくなり、ダンスのあとはテラスへの散歩に出かけたのだ。あのときは、彼女がロンドンの社交界にデビューしたら、また何度か踊ってもらおうとまで考えていたのだが、翌年、彼女と遭遇することもなく、そのうち記憶のかなたに滑り落ちていったのだった。

ふと、ミス・バインブリッジなら妹の捜索を手伝ってもらえるかもしれない、と思い立った。地元の人間に事情を聞いてまわる役目として、牧師の妹以上の適任者がいるだろうか？　それに彼女とあれこれやり合っていれば、捜索に楽しみが加わるのはまちがいない。マシューを教会におき去りにした人物を捜しに行くときは、まず牧師館に立ちよってみよう。

館に戻ると、友人たちが大広間で待ちかまえていた。三人の男たちは長いテーブルの端により集まり、ポートワインを飲みながら、気乗りしないようすでカードゲームをしていた。ガブリエルがアルシーア・バインブリッジとともに出ていってからなにが起こったのかを聞こうと、待ちかまえているのだろう。ガブリエルが戸口を抜けた瞬間、三人がさっとふり返った。ガブリエルは内心ため息をついた。今夜のことは、自分の胸ひとつにおさめておきたかったのだが、そのほんの一瞬の反応からも、それが不可能だということがよくわかった。友情に厚い彼らのことなので、ミス・バインブリッジや赤ん坊や妹との関連についての好奇心をぐっと飲みこんでくれるかもしれないが、この醜聞が町に広まらないという望みはほとんどなさそうだ。ミス・バインブリッジの話からすれば、彼女が騒々しくプライオリー館を訪ねてきたことも、かいば桶のなかで赤ん坊が見つかったことも、すぐに町じゅうの知るところとなるだろう。

「ぼくがきみのはとこの家を訪ねたことについて、きみたち三人であれこれ話していたんだろうな」と彼はイアンに声をかけ、サイドボードに向かってポートワインをグラスに注ぎ、友人たちと一緒に腰を下ろした。

「イアンがいないあいだになにがあったのかについて、彼にも話しておいた」とマイルズが認めた。「しかしアランもぼくも、聞き逃したことがあったようだ。ミス・バインブリッジが見せたのは、なんだったんだ？　ジョスランのものなのか？」

ガブリエルはうなずき、ポートワインを口にふくんだ。「ジョスランのブローチだ」彼はポケットからそのブローチを取りだし、目の前のテーブルに放った。「あの子の十二歳の誕生日にぼくが贈ったんだ。ぼくの紋章指輪が気に入っていたみたいだから」彼はため息をつき、髪をうしろになでつけた。「妹がこれを持っていったかどうかは、わざわざ調べなかった。持っていったにちがいないと思っていたからな」

「しかし、あの赤ん坊は——」イアンがショックを隠せない顔で口を開いた。「まさかそんなはずはないよな。まさかあの子は——」

「妹の子かどうかか?」ガブリエルがそっけない口調でいった。「悔しいが、ぼくにはわからない。ほかには赤ん坊の身元を示すようなものは、なにも残されていなかった。ミス・バインブリッジは、あの子をかいば桶のなかで見つけたらしい」

マイルズがワインをのどに詰まらせ、せきこんだ。「なんだって?」

「かいば桶だ。ああ、そうだよな——ふざけている。クリスマスイヴに上演するキリスト降誕劇のために、ミス・バインブリッジがかいば桶を教会のなかに出しておいたそうなんだが、だれかがそこにマシューをおいていったんだ」

「マシュー? それがあの子の名前なのか?」

「ミス・バインブリッジがあの子につけた名前だ」

「きみのはとこを侮辱するわけじゃないが」——とマイルズがイアンにうなずきかけた——「そのミス・バインブリッジの頭がしっかりしていることは、たしかなのか?」

イアンが肩をすくめた。「彼女とは、遠い親戚にすぎない。まあ、わが一族のあいだでは、なにがあってもおかしくないがね。大おじのルーパートは、頭のねじがゆるんでいたしな」

「ミス・バインブリッジの頭はいたってまともだ」ガブリエルがきっぱりといった。「それに、ジョスランのブローチがあったという事実は無視できない。しかしだれがあの子をおき去りにしていったのかを知る手がかりは、教会にはほかになにも残されていなかった。ミス・バインブリッジも、赤ん坊のほかはだれも見かけていないそうだ」

「ぼくは、なにもかもペテンだと思うな」イアンがワイングラスを手にいった。「だれかがそのブローチをなんらかの方法で手に入れた——拾ったのか盗んだのかはわからないが。そしていま、あの赤ん坊はきみとつながりがあると思わせようとしている。そうやって、望まれない子どもをきみに押しつけようとしているんだ。それだけのことさ。あれはさっさと孤児院に届けて、手を引いたほうがいいぞ」

「人間の赤ん坊なんだ、イアン。あれじゃない」ガブリエルはため息をもらした。「それに、これはそう簡単には無視できない。だれかがたまたまジョスランのブローチを拾ったって？あるいは、彼女の部屋から盗んだと？　そのうえ、その人物にはたまたま捨ててしまいたい赤ん坊がいたから、チェスリーの教会のかいば桶に突っこんで、ぼくとのつながりを見つけてもらえることを確信しつつ、その子の服にブローチをつけておいたと？」

「たしかに少しややこしいな」とサー・マイルズも同意した。

アランはなにやら考えこむように下唇をぎゅっと噛みしめ、顔をしかめた。「しかし、ゲイブ……きみだって……つまり、本気であの赤ん坊がジョスランの子だと思っているのか？」

「妹によく似ているとは思えない。しかし、ここのところが――」彼はそういって、あごの割れ目に触れた。

「ふつう、赤ん坊をぱっと見ただけでだれかによく似ているとは思わないだろう」とマイルズが口を挟んだ。

「あの子には似た人物がいる」ガブリエルがすごみのきいた声を出した。「ロードンに似ているんだ」

ほかの男たちがいっせいに口をつぐんだ。ようやく、マイルズが小声でいった。「アレックに？　なんてことだ」

「まったくな」ガブリエルはワインをごくりと飲むと、テーブルにグラスをおいた。「やつの顔、おぼえているだろう。金髪に、青い目」

「金髪で目が青い人間は、いくらでもいる」とマイルズが指摘した。「ジョスランだって金髪じゃないか」

「濃い金髪だ。やつの金髪は薄い」

「それでも、さ。年齢を重ねるごとに、髪の色は黒っぽくなるものだろ？　だからその子がアレックの子どもとはかぎらないさ」

「どうしたんだ？」イアンがテーブル越しにマイルズをにらみつけた。「どうしてあの悪党の肩を持つ？」

「肩を持っているわけじゃない。この世には、ほかにも金髪碧眼《へきがん》の男がごまんといるといっているだけだ」

「ぼくの妹と婚約した男のなかには、そういうやつが何人いる？」ガブリエルの声は、辛辣で、きっぱりしていた。

マイルズが顔を赤らめ、そっぽを向いた。「ああ、そうだな。悪かった。もちろん、あの子の母親がジョスランなら、父親がアレックだと考えてもおかしくない」

「それにしても……」アランが顔をしかめた。「ロードンの子どもだとしたら、どうしてジョスランは逃げたんだ？　そういうことなら、なおさらあいつと結婚したがるはずじゃないか？」

ガブリエルはうなずいた。「たしかに。妹はロードンと結婚するより、逃げるほうを選んだ。相手の子どもを身ごもっている女なら、その相手との結婚を避けるより、いっそう結婚したがると考えるのがふつうだ。ジョスランがあいつを愛していなかったのははっきりしている。あいつとは一緒になりたくなかった。あいつとの子どもをやつに育ててもらいたくなかったんだ。そうでなければ、逃げるはずがない」

マイルズがガブリエルをまじまじと見つめた。「なにがいいたい？」

「ぼくがいいたいのは、女が、自分のからだをみずから与えた男から逃げるのは筋が通らないということだ。しかし、もし男から無理やりそうされたのなら、じつに納得のいく話になる」

テーブルの周囲に、ふたたび衝撃を受けたような沈黙が舞い降りた。

マイルズが困惑した表情で椅子を押し下げた。「ゲイブ、そんな……まさか、そんなこと」

「ほかに考えようがない」ガブリエルの黒い目が、ぎらぎらと燃えていた。「きみたちのなかに、結婚する二週間前に夫から逃げだした妹を持つ者がいるか？」

「いや、いない。むしろみんな浮き足だって、婚礼の日が待ちきれないようすだった」

「ジョスランがそうじゃなかったことはまちがいないし、それにはなにかそれなりの理由があるはずだ。妹のおき手紙には、こうしたほうが幸せになれると書かれていた。しかし結婚していない男の子どもを身ごもり、ひとりきりになるほうが、伯爵と結婚するよりも魅力的な選択肢だったというのなら、妹はよほど悲惨な現実に直面していたはずだ」

「きみのいうとおりだと思う」とアランが同意した。「そうとしか考えられない。妊娠させられれば、女は結婚してくれとせがむものだ。自分の子どもを私生児にしたがる母親など、いるはずもないんだから」

「人から、あばずれだと思われたい女もいない」とガブリエルがつけ加えた。「妹が消えたということは、ロードンと結婚したくなかったという以上の理由があったんだろう。妹はやつを憎んでいた――あるいは、やつを恐れていたんだ」

「ああ、それはわかる」とマイルズがいった。「しかし、それでも……あのアレックが?」

「あいつが悪党だということが、どうしてそこまで信じられないんだ?」イアンが爆発した。

「どうしてそう簡単に信じられるんだ?」とマイルズが切り返した。「アレックは、友人だったんだぞ!」彼はほかの面々を見わたした。「そのことをおぼえているのは、ぼくだけなのか?」

「いや、ぼくだってよくわかっているさ」ガブリエルが苦々しい口調でいった。「あいつと仲よくなって、われわれの仲間に引き入れたのは、ほかのだれでもない、このぼくなんだから。やつを妹に紹介したのも、ぼくだ。いや、実質的に、妹をあいつに押しつけたようなものだった! その点を、忘れることができない」

「申しわけない、ゲイブ。きみに敬意を払っていないわけじゃないんだ。それにジョスランが姿を消したのは、アレックにつらい目に遭《あ》わされたからというのも、わからなくはない。しかし、あのアレックがだれかに無理に関係を迫るとは、それもきみの妹にそんなことを強要するとは、どうしても信じられないんだ」

「思っていたほど、われわれはやつのことを知らなかったのはまちがいないな」とガブリエル。

「やつの家族がどんなだかは、知っているだろう、マイルズ」とイアンが指摘した。

「ああ。彼の父親がほんものの暴君だということは知っているよ。アレックが話してくれた数少ない話から察するところ。しかしアレックはあの老いぼれ伯爵のことを、軽蔑していたじゃないか。それはまちがいない。それにスタフォード家に、いくら……暗い過去があるからといって——」

イアンが鼻を鳴らした。「あの一族は血にまみれた乱暴者の集団だった——文字どおりな。ぼくの記憶が正しければ、初代ロードン伯爵は資産家の花嫁を誘拐したってことだ」

「もう数百年も前の話だろう」マイルズがぴしゃりと返した。「北部の貴族は、みな山賊も同然だった。しかしいまの時代も辺境を急襲するかといえば、そんなことはない」

「そうだな。しかしロードンの祖父が伯爵の称号を得たのは、兄を早めに墓場に送りこむよう手をまわしたからだというわさを聞いたことがある」とイアンがつづけた。「それにスタフォード家には、決闘で相手を殺して大陸に逃亡した男がいなかったか？」

「それがいま話に出た男のことだよ——ロードンの大おじにあたる」とガブリエルはいった。「当時はもちろん剣での決闘だったんだが、そいつは剣づかいの達人だったらしい。やつは相手を殺し、国から逃亡して、パリで優雅な生活を送りながら、けっきょく死ぬまで飲みつづけた。もっともそいつの弟が、兄の内臓をアルコール漬けにするよう手をまわしたかどうかまでは知らないが」

「とにかく、冷血漢ぞろいの一族だ」とアラン。

「たしかに彼の妹はそうだな」マイルズがわざとらしくぶるっと身を震わせた。「レディ・

ジェネヴィーヴは上流社会のなかでもとびきりの美人かもしれないが、男を凍りつかせる視線の持ち主だ」

「ぼくの記憶では、たしかきみ、あの氷のような女性に何度か挑んでいたじゃないか」ガブリエルがマイルズに向かって薄ら笑いを浮かべた。

「ほんとうか！」アランがマイルズをまじまじと見つめた。「〝氷の乙女〟を追いまわしたのか？ ぼくよりも勇敢な男だな」アランは考え深げに頭をふった。

「彼女を追いまわしていたわけじゃないさ。何度かダンスに誘っただけだ。しかしまあ、相性が悪かったとでもいおうか」

「スタフォード家の人間は、みな冷酷だし、えらく尊大だ。あいつと友人になったなんて、まちがいなくわれわれはばかだった」イアンはそういって肩をすくめた。「だが当時は、ぼくらもまだ若かった。しかし、きみがどうしてあいかわらずやつに甘いのか、その理由がわからないよ、マイルズ。やつとゲイブがホワイトの店で殴り合いをくり広げて以来、ぼくはあいつとの交流をきっぱり断ち切った」

アランがくくっと小さく笑った。「あれは見ものだったな。きみがホワイトの店から出入り禁止になるんじゃないかと思ったよ」

「すさまじいけんかだった」とマイルズが考えこむようにいった。「しかしあのときは、一瞬、頭に血を上らせただけじゃないかと思っていたんだ。そのうちきみとアレックも……なんていうか」マイルズは肩をすくめると、グラスの残りをくいっとあおった。「いまいましい。アレックも根は悪いやつじゃないと思っていたんだが。でもどうやら、その考えを変えなきゃならないみたいだ」彼はため息をついた。「悪かったよ、ゲイブ……なにからなにまで」

「いいさ。ぼくだって、ロードンみたいな男を味方に引きいれるのは悪くないと思っていたんだから」ガブリエルがいかめしい顔つきをした。「そうじゃないことがわかるまではな」

彼は立ち上がった。「きみたちはカードをつづけてくれ。今夜は早めに休むことにする。あしたは、ミス・バインブリッジの教会に赤ん坊をおき去りにしていった人物を見つけに行かなきゃならないから」

マイルズとアランがガブリエルにうなずきかけ、彼がサイドボードに向かってもう一杯ワインをグラスに注ぎ、それを手に部屋をあとにするようすを見守った。イアンもテーブルにばたんと手を突き、ガブリエルにつづいて部屋を出ていった。

イアンは階段のところでガブリエルに追いついた。「あの子のこと、ほんとうにジョスランの子どもだと思っているのか？」

「正直いって、よくわからない。だからこそ、だれがおき去りにしていったのかを探りださなきゃならないんだ。ジョスランがそんなことをするとは思えない。しかしあの子がジョスランの子どもではないとしたら、どうしてあのブローチがあったのか。だれかが妹から奪ったのなら、そいつらから妹の居場所を聞きだすことができる。ようやく、ジョスランを見つけだせるかもしれないんだ」

友人はうなずいたものの、顔をしかめた。

ガブリエルは彼をちらりと見やった。「どうした？　あまりうれしそうじゃないな」

「もちろん、きみがジョスランを見つけられたらと願っている。ただ……どうも納得がいかないんだ。なにかペテンのような気がしてならない。だれかがきみをからかっているんじゃないかと」

「自分のはとこがそのペテンに加担していると思うことのほうが、信じられないな」

「はとこのアルシーアが？」イアンが短い笑い声を上げ、一瞬表情を明るくした。「彼女のイメージとはとても相容れないな。いや、アルシーアは、彼女のうるさ型で高潔な父親を女にしたようなものだ。彼女が生涯に一度でも悪事をたくらんだことがあるとは思えない。もしあったとしても、実行に移すわけがない」

「ふむ」ガブリエルはあいまいに相づちを打った。

「アルシーアは、きみがいったとおりに赤ん坊を見つけたんだと思う。彼女がきみのことを即座に悪者だと決めつけたのも、無理からぬ話だ」「ぼくは、それほどならず者に見えるんだろうか？」

ガブリエルは口角を片方きゅっと持ち上げた。

「いいや、しかし彼女は堅物だし、行かず後家だ——男全般に好感を抱かない人間なのさ」

「たしかに彼女は、ぼくのことをよく思っていないようだ」

「いきなり赤ん坊が出現したということは、その裏にロードンがいるんじゃないだろうか」

「なんだって？」ガブリエルは足を止め、ふり返ってイアンを見つめた。「本気でいっているのか？　どうしてロードンがぼくに、自分と妹との関係を知らせたがるんだ？」

「わからない。しかしあの子が似ているのはあいつだけなんだよな。ひょっとすると、あいつがべつの女性に産ませた私生児かもしれない」

「それがジョスランの子どもだとぼくに思わせて、なにかいいことがあるのか？」

「ジョスランがまだ生きている、ときみに思わせるためとか」

ガブリエルは彼に鋭い視線を送ったのち、首をふった。「きみの考えていることはわかってる。しかしぼくは、そんなことは信じられない」

「きみもマイルズと同じか？　ロードンが悪党だとは、信じられないのか？」

「いや、もちろんそんなことはない。それに、マイルズを責めるのはやめろ。彼は、ぼくやきみがロードンについて知っていることを、知らないんだから」

イアンが肩をすくめたのを見て、ガブリエルはさらにつづけた。「ロードンが悪党ではないといっているわけじゃないんだ——つらかったが、その事実はもう受け入れた。しかし、妹が死んでいるという可能性だけは、いまだに信じられない、というか、信じたくない」ガブリエルは、その強烈な暗い視線を友人に向けた。「妹が死んでいないことを、証明してみせる。あの赤ん坊が、妹のもとに導いてくれるだろう。ぜったいにジョスランを見つけるぞ」

シーアは茶色い毛織りドレスのいちばん上のボタンを留めながら、鼻歌をうたっていた。すぐわきにおいたかごのなかの赤ん坊をちらりと見下ろしたあと、鏡に目を向ける。髪をとかしたばかりだったので、少なくとももつれてはいなかったが、巻き毛が塊《かたまり》となって頭からぴょんぴょん跳ねていることに変わりはなかった。その髪をぎゅっとうしろにかき集め、いつものように長くて太い三つ編みに編みはじめた。そのあと頭のてっぺんでくるりとまとめ、ピンでしっかり留める。ゆうべ、いいかげんに巻き上げた三つ編みとはちがって、きょうのはきっちりと固定されていた。もっとも、額のまわりの短いおくれ毛が、例によってはらりと舞い落ちてはしまうが。いつもなら、そうしたおくれ毛は水で濡らしてうしろになでつけ、ピンで留めることにしていた。

しかしその日は、そのおくれ毛を人さし指でさりげなくくるりとねじり、顔の周囲にふわりとかかるようにした。ガブリエルは、この巻き毛が好きだといっていた。本気でいったのかしら、それともからかっただけ？　彼女は頭を片方に傾け、考えた。たしかにこうしておくほうが、女性にしては骨張りすぎている顔の輪郭をやわらげてくれるような気がする。でもそう見えるのは、まだめがねをかけていないからかもしれない。彼女は箪笥の上からめがねを取って鼻にかけると、耳のうしろに引っかけた。

鏡のなかの自分の姿を見つめ、ため息をつく。こんなことをしてもむだよ、と思う。水の入ったボウルに手をのばしかけたところで、それまで辛抱強く待っていたマシューがむずがり、小さくしゃっくりするような泣き声を上げはじめた。

「待ちくたびれちゃった?」と彼女は声をかけた。「今朝は、ものすごくおりこうさんにしていたのに」

じっさい、そうだった。ゆうべと今朝、おむつ替えという名の冒険をべつにすれば――赤ん坊というのが、どうしてここまでからだをひねったりひっくり返ったり転がったりしてばかりいるのか理解できなかったし、やけにずんぐりとして奇妙なかたちのおむつに仕上がってしまったのは認めざるをえないが――マシューはご機嫌のようすでおとなしく、夜もぐっすり眠り、朝は、昨夜お腹を空かせたときに発した耳をつんざくような悲鳴とはちがって、やわらかな声で彼女を起こした。

シーアはかごを抱えて階段に向かいながら、どうやったらきのうの食事のときのように、食べものをあちこちにまき散らかされることなく食べさせられるのか、ミセス・ブルースターに教えてもらわなければ、と考えていた。階段の最後の段を下りて廊下に入ったところで、兄と出くわした。ダニエルは彼女が抱えるかごを目にすると、そのなかをのぞきこんだ。彼のまゆが持ち上がる。

「まだいたのか？　この子のこと、すっかり忘れていたよ」

「それだけ、この子がすごくいい子にしていたということよ」シーアはかごを下ろし、赤ん坊を抱き上げた。「マシューって名前にしたの。抱っこしたい？」

ダニエルは顔にかすかな恐怖を浮かべて半歩あとずさった。「いや、いいよ。ぼくは——しかし、どうして名前なんかつけたんだ？　まさかこの子をずっと手もとにおいておくつもりじゃないよな？」

「もちろん、そのつもりはないわ。この子の居場所がはっきりするまでのあいだだけよ」

「シーア……その子の居場所は、孤児院だ」ダニエルが顔をしかめかけた。

「いいえ、そんなことはないわ」シーアは、赤ん坊の両親の可能性についてダニエルに説明しはじめたが、ひと言口にするたびに、彼のしかめ面は深まっていくばかりだった。

「なんと、まあ」彼がようやくそういった。「しかし——それはほんとうに、おまえがすべきことかな？　その子には醜聞の種がたっぷりくっついているように思えるが」彼がマシューに疑わしげな視線を向けると、マシューが口から泡を吹いて応じた。

「この子のせいじゃないわ」シーアはもっともな反論をした。「いずれにしても、モアクーム卿がきちんと準備を整えてくれたら、この子を彼に引きわたすから」そう口にすると、むなしさが胸に押しよせたが、それを無視して先をつづけた。「このかごを持ってきてくれる？　わたしたちが朝食をとっているあいだ、ミセス・ブルースターにお世話をしてもらおうと思って、厨房に連れていくところなの」

「それはいい」ダニエルがほっとした顔をした。「食事のあいだずっと、この子を抱っこしているつもりなのかと思っていたよ。ゆうべ、バースのミネルウァ神殿遺跡発掘にかんする、ものすごく興味深い本を読んだんだ。そのことをおまえと話したいと思っていた」

「ぜひ」

ミセス・ブルースターは赤ん坊を目にすると大きな笑みを浮かべ、ダニエルとシーアの朝食を用意したらすぐに赤ん坊にも食べさせると約束してくれた。ふたりはかごに入れたマシューを女中のサリーにあやしてもらうことにして、ダイニングルームに向かった。ダニエルはすぐに嬉々《きき》として読んだ本のことを詳細に語りはじめたが、シーアはいつもほど兄の言葉に意識を集中していられなかった。ローマ時代の大浴場の設計よりも、きょう、マシューの子守を見つけるといっていたモアクーム卿の動向や、教会に赤ん坊をおき去りにしていった人物の捜索方法を考えるほうが魅力的だったからだ。それにしても、なにもせず、だれかがものごとを処理するのを待っていなければならないというのは、じつに不愉快だった。シーアとしては、手助けを申しでたかった。もっとも、彼がそれを受け入れるとは思えなかったが――そう思うと、内心ため息をついた。男というのは、女の手助けを頑として受け入れられないものだ。

幸い、ダニエルはシーアのさまよう意識に気づいていないようで、彼女は兄から意見を求められたときにいくつかあいまいな反応を示すだけで、なんとか食事を乗りきることができた。朝食が終わるとシーアはマシューを連れて居間の暖炉の前に腰を下ろし、階段の手すりに飾るために、枝を花綱状に編む作業に取りかかった。マシューは、毛糸を編んだ敷物の上で、すわったり転がったりしながらご満悦のようすだった。敷物をつかんだり、ときおり四つんばいになって前夜のようにからだを前後に揺すったりしている。マシューをながめていると、シーアは口もとをゆるめずにはいられなかった。はいはいしたいのだけれど、どうやって手足を動かせばいいのかがまだわからないようだ。ふと、この子にはおもちゃが必要だと気づき、あとで屋根裏部屋を探してみようと思い立った。

しばらくしてマシューがむずがりはじめると、シーアは彼を抱いて揺り椅子に腰を下ろした。すぐにマシューがまぶたをぱちぱちしはじめ、彼女の肩に頭をもたせかけた。目を閉じた赤ん坊の小さなからだがどんどん重みを増し、ぐったりとしていく。シーアは胸に迫るものを感じ、目を閉じた。胸が痛くなるほど、愛おしい。

眠る赤ん坊をかごに戻したくはなかったが、するべき仕事があるというのに、こんなふうに赤ん坊を抱いたままただすわっているのは、ばかげているし、怠慢だ。そこで数分後には赤ん坊をかごに寝かせ、編み上げた花綱と、ヤドリギを生けた球状の飾りを玄関に持っていった。階段の支柱からはじめて、手すりに添って軽く垂れ下がるよう場所を選びながら、上に向かって花綱を結びつけていく。つぎに彼女は、赤いリボンを巻きつけた二本の輪でつくったヤドリギの球を手にした。球の中心に飾りつけられたヤドリギの束、白い蠟《ろう》のような木の実と緑の葉が、赤い枠とみごとなコントラストを描いている。

いつもなら、兄をうまく説きつけて廊下にこの目立つ飾りを取りつけてもらうのだが、兄は少し前に出かけてしまっていた。しかたなく廊下の長椅子をフロアのまんなかまで引きずっていき、みずからヤドリギの球を飾ろうとしていたとき、玄関をノックする音が聞こえた。扉を開けると、そこにガブリエル・モアクームが立っていた。

「モアクーム卿!」シーアは胸の高まりを感じつつ、にこりとした。あまりに明るい笑顔になっていることに気づくのが、遅すぎた。わたしが彼にいいよられていると思っていると思われたら、どうしよう。もちろん、そんなばかなことがあるはずもないのはわかっている。それに、あなたと会うことには興味がないと口にするわけにもいかない。そんなことをいえば失礼にあたるだけでなく、じつはその正反対だと悟られてしまうのはまちがいないから。

「こんにちは、ミス・バインブリッジ」彼はそこで間をおき、からかうようにつけ加えた。「もうきみを怒らせてしまったかな?」

「え?　いえ、どうしてそんなことを?」

「扉を開けてくれたときはにこにこしていたのに、いまは顔をしかめているから。それに、なかに招き入れてもくれないし。もしかすると、だれかほかのお客さんを待っていたのかな？」

「あ、いえ、そういうわけでは。ちょっとほかのことを考えていたものだから。どうぞ、お入りになって」シーアはあわててわきへより、彼に入るよう手ぶりで示した。

彼はシーアが手にしたヤドリギの球にちらりと目を落としたあと、彼女の顔に視線を戻して目をきらめかせた。「なんと、ミス・バインブリッジ、クリスマスに訪ねてくる客は、いつもこんなふうに出迎えるのかな？　誘っているのか、挑んでいるのか、よくわからないけれど」

彼がこちらをからかっているだけなのはわかっていたが、それでもシーアは頬が熱くなった。ほんとう腹立たしいったら。頬が赤くなったのを見て、この娘はまた口づけを期待しているようだ、なんて思われたらどうするの？　しかし、もし彼がゆうべの口づけをここでまたくり返したとしても、自分としてはいっこうにかまわないと思っていることに気づき、シーアはますますぞっとした。

「ばかなことといわないで」シーアは必要以上に勢いよく扉をばたんと閉じた。「いまからこれをつるそうと思っていただけなんだから」

彼が天井を見上げたあと、彼女に目を戻した。「きみが？」

「長椅子の上に立とうかと思って」

「ぼくにやらせてくれ」モアクームは彼女の手から飾りをひったくるようにして取ると、しなやかな動きで長椅子に乗り、大きな釘にヤドリギを結びつけた。

「ありがとうございます。ご親切に」シーアは必死になって礼儀正しい口調を心がけた。つい口もとがゆるみそうになるが、そんなことに気づかれたら、ひどくばつの悪い思いをするにちがいない。

「きょうはずいぶんおめかししているんだね、ミス・バインブリッジ」彼が手をのばし、人さし指で彼女のこめかみのやわらかなおくれ毛に触れた。「きょうの髪型、すてきだよ」

にわかに胃がざわつき、シーアはさっと顔を背けた。あまりなじみのない感覚がどっと胸に押しよせ——彼に髪型を気に入ってもらえたという否定しようのないよろこびと、自分が彼をよろこばせるためにこんな髪型をしたと思われたかもしれないという恐ろしい思いと、彼に触れられたことにたいする熱い肉体的反応——心がぐらついた。「そういうことにかんして、あなたは専門家ですものね」彼女は辛辣な口調で切り返したあと、そんなふうに社会的たしなみに欠けた反応をしてしまったことが、恥ずかしくてたまらなくなった。

モアクームがふくみ笑いをもらした。「その方面の専門家かどうかははなはだ疑問だけれど、好奇心旺盛な観察者であることはまちがいない」

それを聞いてシーアもつい小さな笑みをもらしたものの、やはりどういう反応を示したらいいのかよくわからなかった。

モアクームが彼女のほうに身をかがめた。「ぼくたちの労働の成果を利用しない手はないと思うんだけれど」

彼が意味ありげにちらりと天井を見上げたので、シーアもその視線を追った。ふたりの頭上に、ヤドリギの球がある。彼女が動くよりも、口をきくよりも早く、モアクームが彼女に口づけをした。シーアは彼を押しのけようとするかのように彼の胸に手をあてたが、本気で押しのけるだけの力はこもっていなかった。全身から力が抜けてふらつき、頭がぼうっとしてきた。まるで、何度もくるくるまわったあとのように。いつしかシーアはモアクームの上着をぎゅっとつかみ、自分のからだを支えていた。

それまでずっと、ゆうべの口づけは記憶にあるほどすてきなものでも、強烈なものでもなかった、と自分にいい聞かせてきた。しかしいま、それが自分をごまかすためのうそであることがはっきりした。彼の唇は、酔わされるほどに美味だ。ありとあらゆる感覚が、生き生きとしてくる。頬にあたる風、枝で編んだ花綱の香り、さらには厨房でかたかたと鳴る鍋の音ですら、突如として鮮明に感じられるようになった。からだがかすかに震え、それを彼に気づかれていると思うと恥ずかしかったが、どうにも制御することができなかった。モアクームを食べてしまいたかった。彼に強く腕をまわし、からだをぎゅっと押しつけたい。まるでからだをかき鳴らされたかのような気分だ。よこしまな、謎めいた熱い液体のようなものが、からだの奥深くからわき起こってくる。

その奇妙な感覚に、シーアは動揺した。モアクームが顔を上げて目を向けてきたとき、シーアは動くこともできず、ほんのりとしたよろこびに包まれて、彼をひたすら見つめ返すことしかできなかった。彼のふっくらとした官能的な唇と、濃いまつげが影を落とす、黒い瞳。彼に触れたかった。人さし指で、彼の顔の輪郭をたどりたかった。その肌の温もりと感触を、骨張った高い頬とあごやまゆの引き締まった線を、味わいたくてたまらなかった。自分がそんな大胆なことを切望するなんて——シーアはショックを受けた。

モアクームは小さくほほえんだが、こちらをあざけっているようでも、からかっているようでもなかった。愛おしくすら思えるほどの、かすかな驚きが浮かんでいるだけだ。「ミス・バインブリッジ」と彼がささやいた。「きみは、ぼくを大海原におき去りにする方法を心得ているようだ」そういって、彼女の口を唇でかすめた。まるで蝶《ちょう》のように軽く、短い接触だった。「きみのことはわかっているつもりだった。なのに……」彼が言葉を中断しては口づけをくり返し、そのたびに、熱く、長い口づけになっていった。「きみには……驚かされて……ばかりだ」最後に彼は飢えたように彼女の唇を奪い、前夜のように激しく貪《むさぼ》った。

シーアの腕がいつしか彼の首に巻きつけられ、彼女はつま先立ちになって唇を押しつけた。モアクームがのどから低いうなり声をもらし、両手を彼女のからだのわきに滑らせた。てのひらでやわらかな乳房をかすめたあと、さらに下に向かって尻の丸みを包みこむ。そのやわらかな、丸々とした肉に指先を食いこませてぎゅっと握りしめ、彼女を強く抱きよせた。

こんなことをするなんて、どうかしているわ、とシーアは思った。いまはまだ日中、ふたりは家のどまんなかにいるのだから。もうからだを離さなければ。腹を立てなければ、屈辱をおぼえなければ。その無礼な顔を、ひっぱたいてやらなければ。ところがシーアには、すべきことがなにひとつできそうになかった。ひたすら味わっていたかった。ひたすら感じていたかった。体内からわき起こる熱気と、脚のつけ根あたりではじまった新鮮なうずき、ぴんと張りつめた乳首の感触を、存分に楽しむのだ。それまでは、ゆうべ彼に口づけされたとき、体内で花開いたあの感覚こそが欲望の頂点であり、感覚の極みだと思っていた。しかし彼の手の動きをいちいち意識し、さらに深く口づけされているいま、よろこびがさらに高まり、彼女自身の渇望がどんどん引き上げられていくようだった。この先に、もっとなにかが待っているにちがいない。この人なら、わたしを未知の世界に導いてくれるかもしれない、とふと思った。体内の奥深くでうずきをおぼえながら、ぜひ彼にそこへ連れていってもらいたい、とシーアは切望した。

その瞬間、居間から赤ん坊の泣き声が上がった。

シーアはあえぐような声を発してモアクームから離れた。たったいま起きたことをようやく悟ったかのように、彼をまじまじと見つめた。腫《は》れて湿った唇に指先で触れ、目を大きく見開く。彼のほうは言葉もなくシーアを見つめ、速い呼吸に合わせて胸を上下させていた。モアクームが一歩近づいて片手を差しだすと、シーアはくるりときびすを返して居間に駆けていった。

背後でばたんと扉を閉め、そこによりかかり、深呼吸をして冷静さを取り戻そうとした。わたし、いったいなにをしたの？　なにを考えていたの？　節操なく彼に反応した自分を思いだし、顔がまっ赤になった。いまだけではない、ゆうべも同じだったではないか。これでは、彼にあばずれだと思われてもしかたがない。シーアは、自分がこれほどふしだらで、はしたないまねができるとは思ってもいなかった。いままで、男性に浮ついた気持ちを抱いたこともなければ、男性とのつき合いや結婚を夢見てぼうっとしたことすらなかったというのに。昔から、現実的な自分はロマンスとは無縁の人間だと考えていた。肉欲をおぼえるような女性とはほど遠い、と。

しかしいま、体内を熱い血が駆けめぐっているという事実は否定できそうにない。からだの奥深くで、満たされない熱いうずきをおぼえているという事実も、無視できそうにない。いくら両脚をぎゅっと合わせてその感覚が消えてくれることを期待しても、むなしいだけだった。これでシーアも、世間の人たちと同じくらい誘惑に弱い人間だったことがはっきりした。そして、誘惑にたいする警戒を怠ってはならないという点も、はっきりしている。ガブリエル・モアクームから、自分を守らなければ。

マシューが泣きつづけていたので、シーアは扉の前から離れてマシューのもとへ行った。抱き上げて背中を軽く叩きながらそっと声をかけてやると、泣き声が小さくなり、やがてしゃっくりするような声にまで落ち着いたあと、完全に止まった。シーアは赤ん坊の顔を見下ろしてにこりとした。濡れたまつげがくっついて先端が尖り、その明るい青い目の周囲に星をつくっているように見える。あんなふうに泣きじゃくったあとだというのに、どうしてここまできれいに見えるの？

シーアが額を合わせると、赤ん坊はきゃっきゃと笑い声を上げた。その声にうながされて何度かくり返すうち、笑い声がどんどん大きくなっていった。このままマシューとここで遊びつづけ、外に出てモアクーム卿と顔を合わせずにすんだら、どんなにいいだろう。しかしどう考えても、そんなことは不可能だ。先ほどあんな姿を見せたあとで、どんな顔をして彼に会えばいいのか、よくわからなかった。たしかにゆうべも同じように感じたが——ガブリエル・モアクームに近づくたびに、こんなふうになってしまうの？——時間とともにふつうのふるまいができるようになったではないか。このままここにいれば彼もあきらめて帰ってくれるかもしれないというのんきな考えが浮かんだが、そう思ったそばから扉が開き、モアクームが部屋に入ってきた。

「扉が閉まった部屋を見つけるたびに、ノックもせずに気軽に入りこむことにしているの？」彼女はきつい口調でいった。恥ずかしいというよりも不愉快になったことが、せめてもの救いだ。

「扉の向こうをのぞきたいときだけだよ」彼は動じることなくそう応じた。彼は彼女の腕に抱かれた赤ん坊に気づくと、にこりとした。「おや、マシュー殿、ご機嫌が直ったみたいだね」

マシューが腕をふりまわし、うれしそうなごろごろという音を立てて、いかにも抱っこしてとばかりにモアクームに腕を差しだした。

「裏切り者ね」シーアはため息をつくと、モアクームに近づいて赤ん坊をわたした。彼の目を見たくはなかったが、あえて見つめることにした。臆病者になってたまるものですか。

「あなたがどうして、こ――こんなふるまいをするのか、わかったふりはしないわ」

「どんなふるまい?」彼が困惑した顔をした。

シーアは彼をきっとにらみつけた。「やめて。玄関先で起きたことは、ふたりともよくわかっているでしょう。わざわざ口に出すまでもないはずよ」

「ああ。さっきのことか。なるほど。説明してほしい?」

「いいえ! 説明の必要はないわ。でもこれだけはいわせてもらわないと。あなた、わたしという人間と、それに……それに、わたしのふだんのふるまいにたいして、ひどい誤解を抱いているようね」

赤ん坊が身をよじらせたので、モアクームは彼を床に下ろし、シーアにふたたび顔を向けた。「ほう。ミス・バインブリッジ、それはどういう誤解かな?」

シーアは彼をにらみつけた。「それはつまり、わたしがあなたの――あなたの誘いに応じるに決まっているという誤解よ」

またしても、あの愛嬌のある小さな笑みが彼の口角に浮かんだ。「じっさい、ぼくの誘いに応じたと思うんだけど……少なくとも、少しは」

「いわせてもらうけれど、わたしは道徳を軽んじる女ではありません。そういう女性に慣れきっているあなたには、そのちがいがよくわからないんでしょうけれど」

「きみが道徳を軽んじる人だと思ったことは、一度もない。それどころか、きみの道徳観念はコッツウォルズ丘陵の石くらい硬いんじゃないかと思っている。でもだからといって、その石を削《けず》る努力をしないとはいわないけれど」

「これは笑いごとじゃないわ！」シーアのかんしゃくが爆発した。「あなたにしてみれば、わたしの評判などどうでもいいことかもしれないけれど、わたしにとってはものすごく大切なことなのよ」

「きみの評判は、ぼくにもまちがいなく大切だ。きみの評判を傷つけようだなんて、思ってもいないさ——ところで、アルシーアって呼んでもいいだろうか？　ミス・バインブリッジという呼びかたは、ぼくたちのような仲には堅苦しすぎるような気がするから」

「いいえ、だめよ」

「ほらね？　石のように硬い」

「わたしの評判を傷つけるつもりはないかもしれないけれど、どうでもいいと思っているのはまちがいないわ。ほんものの紳士なら、唇を盗んだりはしないもの」

「盗む？　飾りつけを手伝ったことにたいする、公正な謝礼だとは思わない？」

「人の厚意にたいして謝礼は払いません。それに、いずれにしても問題はそこじゃないんだから」

「じゃあ、どこが問題なんだい？　口づけのことを話しているんだと思っていたけど」

「そうですとも！　というよりは、あなたがあるまじきふるまいをしているだけではなく、非常に無謀だという事実について、話しているの。いまはまっ昼間で、わたしたちは玄関に突っ立っていたのよ！」

「ああ、なるほど。つまり、口づけするなら、夜か、もっと人目につかない場所がいいってことだな」彼がにやりとして目をきらめかせた。「よろこんで仰せのとおりにしよう」

「だめよ！」シーアがかろうじて保っていた冷静さが、瞬く間に消滅してしまった。彼の目に浮かぶ陽気なきらめき、誘惑的な口の曲線、その顔に浮かぶ楽しげな表情が、すべて彼女に手招きしている。たしなみなど忘れて彼の腕のなかに戻りたい、という恐ろしい衝動は自覚していたが、そんなのは愚の骨頂だ。「時間や場所がちがえばいい、なんていっているわけじゃないわ。とにかく、もうわたしに口づけしないでっていっているの！」

「それには同意しかねるな。きみとの口づけは、ものすごく楽しかったから」

「いつ何時、だれかに見られないともかぎらなかったのよ！　兄とか。ミセス・ブルースターとか。サリーとか」

「兄上とはここに来る途中ですれちがったから、ここにいないことはわかっていた。ミセス・ブルースターが厨房にいることは、音でわかった。それにサリーというのがだれのことだかはさっぱりわからないし、どうして彼女のことを心配しなきゃならないのかもわからない」

「サリーは、ミセス・ブルースターのお手伝いに来てくれている子だから、出くわしてもちっともおかしくなかったのよ」

「でも、出くわさなかった」

「そういう問題じゃないでしょ！」ふと目を落とすと、赤ん坊が転がり、身をくねらせながら、足台のところに到達していた。「あらあら、どうやってこんなところまで来たの？　あら、だめよ、ふさ飾りを嚙んじゃだめ」シーアはさっとかがみこんでマシューを抱き上げ、数フィート離れた敷物の上に戻した。そのあとくるりとモアクームに顔を戻し、肩を怒らせた。彼とのあいだに距離をおくとうまくいくようだ。「もういいわ。あなたに分別を説こうだなんて、むだな努力だものね」

「まちがいなく」

シーアは両手をぱちんと合わせ、礼儀正しい表情を取りつくろった。「さてと、きょうはどんなご用件でいらしたのかしら？　いらしたからには、なにか理由があるんでしょう」

「きみに口づけする以外の？」

「モアクーム卿！」彼女は歯をきしらせた。まったくもって、救いようのない男だわ。それに、笑わずにはいられない。

「申しわけない。ついがまんできなくて。きみがきりきりしているときの目の輝きが好きなんだ」

シーアは腕を組み、憤然としたようすで辛抱強く待った。

「わかったよ。きみに助けてもらおうと思って来たんだ」

シーアの両まゆがさっと上がった。「わたしの助け？　どんなことで？」

「きみにいわれたことを考えてみて、たしかにきみのいうことにも一理あると思った。マシューのために子守を雇わなければならないし、ほかにも女中を見つける必要がある。しかし、どこから手をつけたらいいのかがわからない。うちの執事はロンドンで雇った男なので、このあたりのことには不案内なんだ。それでふと思ったんだけど、この町の出身者で、この町の人全員と顔見知りで、そのうえ正直さと道徳心の鑑《かがみ》のような人なら、その作業を助けてもらうのに完璧じゃないかって」

「つまり、あなたのために使用人を雇ってほしいということ？」

「いや、雇い主はもちろんぼくだ。しかし、よさそうな人材についてきみの助言がもらえれば、とても助かる。候補者との面接の席にも一緒にいてもらえれば、非常にありがたい。それに、たぶんこちらのほうが大切なことだけれど、この町のなかで、だれかマシューを教会におき去りにしていった人間のことを見たり聞いたりした人がいないかどうか、探りだしたいと思っている。それを助けてもらうのに、牧師の妹以上に貴重な存在はいないだろう？おまけにその人物は、最新のうわさ話をすべて仕入れているようだし」

「なるほど」ほんの一時間前、モアクームがどうやってマシューの母親を見つけるつもりなのか、知りたいと思っていたばかりだ。ところがいま、彼のほうからやって来て、捜索に加わらないかと誘ってくれている。今度こそ、口もとがゆるんでしまうのを抑えきれなかった。

「ミセス・ブルースターに、子守になってくれそうな人間がいないかどうか、訊いてみましょう。ミセス・ブルースターとくらべたら、町にかんするわたしの知識なんて、かわいいものだから」

「すばらしい」モアクームも笑みで応じた。彼の温かな視線を見て、シーアは、この笑顔をもう一度引きだすためなら、何人もの女たちが彼にいわれたとおりにせっせと動くのだろう、と思わずにはいられなかった。

でも、わたしはそういう女の仲間入りをするつもりはないわ。シーアはうしろを向いてマシューを床からさっとすくい上げながら、自分にしっかりといい聞かせた。マシューの母親捜しに加わるのは、自分自身興味があるからだし、赤ん坊を助けてやりたいと思うからであって、モアクームをよろこばせたいからではない。

ミセス・ブルースターは厨房で卵の白身を泡立てているところだった。彼女はじっと考えこむように口もとを引き締め、白身をてきぱきと泡立てては手を止めて固さを確認し、ふたたび攻撃を開始すると同時に口を開いた。「そうですね、マギー・クーパーがいますね。あそこの末っ子はもう大きくなったから、いちばん上の娘にマシューの面倒を見てもらえるかもしれません。ただし、住みこみでって話なら、無理でしょうねえ」

「住みこみのほうが助かるんだが」とモアクーム卿がいった。

ミセス・ブルースターはしばし彼を見つめたあと、慎重な口調で先をつづけた。「あのおちびちゃんを、あなたの家に連れていくんですね？」

ガブリエルの目がおかしそうにきらめいた。「約束するよ。あそこを女中がいてもおかしくないような場所にすると。ミス・バインブリッジから、わが家が一般的には悪の巣窟《そうくつ》のように思われていることは、もう聞いているから」

「それに、プライオリー館がそれなりの場所に変わるまでは」とシーアがつけ加えた。「赤ん坊と子守にはここにいてもらうわ。廊下のいちばん奥の寝室で寝てもらえばいいから」

女中頭がうなずいた。「じゃあ、ロリー・ハーヴァーズがいいでしょう」

「ネッド・ハーヴァーズの娘さん？」とシーアはたずねた。「でもあの子、まだ十八にもなっていないわ」

「ええ。でもいままでずっと、下のきょうだいの面倒を見てきたんですよ。それにあの子なら、自分の部屋を与えられるうえに、赤ん坊の世話をすることで少しでもお金がもらえたら、よろこぶはずです」

シーアはうなずいた。「そうね。それにあの子、同年代の女の子とくらべると、しっかりしているように見えるわ」

まもなくミセス・ブルースターがロリーを呼びに行かせ、モアクームとシーアは行方不明の母親捜しに取りかかることになった。マシューを女中頭に預けたあと、ふたりは出発した。その日は身を切るほどに寒かったが、弱いながらも陽が射していたので、シーアにいわせればなかなか快適な日だった。彼女はすぐわきにいる男性をちらりと見上げた。彼はなにを考え、どんなものの見かたをしているのだろう。彼は彼女にとって完璧なまでに異質の存在で、彼女の知るどの男性とも似ていなかった。わたしのこと、どうしようもないほどうぶな田舎者だと思っているのかしら？　彼が知り合いになる、洗練された美しい女性たちがどんなふうなのかは、容易に想像がついた。そういう女性なら、彼と意味深長な会話を交わし、彼を魅了するすべを心得ているのだろう——もちろんシーアはそういうことをしたいと思っているわけではなかったが、それでも、その方法を心得ていて損はないはずだ。彼が見慣れている女性たちは、芝居やオペラに出かけ、シーアには夢見ることしかできないさまざまな場所に行ったことがあるのだろう。宝石をきらめかせ、シーアが持っているような年季の入った毛糸の外出着ではなく、最高級の絹でできたドレスを身につける女たちなら、最新の情報に精通し、街で起きていることをあれこれ話題にして会話を弾ませるに決まっている。

それにくらべて、わたしが精通していることといったら？　ミセス・ギャザーズのお嫁さんがカタルの発作から快復しつつあるとか、日曜日のお説教の内容をめぐってシーアの父親と衝突して以来、老齢のミスター・アダムズが教会に顔を見せなくなってから何年たつか、ということくらい。ああ、それに本もある。シーアはここ何年かで、かなりの数の書籍を読んでいた。しかし、モアクームが読書に興味があるようには見えなかった。

彼女の視線を感じたのか、モアクームがこちらを向き、問いかけるようにまゆをつり上げた。「どうしたんだい？　なんだかずいぶん考えこんでいるみたいだけれど」

見つめているところを見つかったことが恥ずかしくなったシーアは、肩をすくめた。「あなたはこれからどうするつもりなのかしら、と思っていたの。マシューのお母さん捜しを、どこからはじめるつもりなの？」

「まずは〈ブルー・ボーア〉からはじめるのがよさそうだ」

「あの酒場に行くのに、わたしの紹介が必要だとは思わなかったわ」シーアはそっけない口調でいった。

ガブリエルがふくみ笑いをもらした。「それはいえているな。あそこの主人のマルコム・ホーンズビーのことはよく知っているので、彼なら質問に答えてくれるだろうし、じっさい話をしてみるつもりだ。しかしぼくが探りたいのは、酒場のほうじゃなくて、宿屋の客なんだ。あそこはミセス・ホーンズビーが牛耳っているからな。ぼくよりきみのほうが、彼女からたくさん聞きだせると思う。彼女は、まちがいなくぼくに悪い印象を抱いているようだから——きみと同じように」

「あの人には娘さんが三人いるもの」シーアは自分への言及は無視して、そう説明した。「地主の娘さんたちのように、貴族の嫁にふさわしい娘を持つ母親なら、あなたに大きな期待の目を向けるでしょうけれど、貴族の嫁にはふさわしくない娘を持つ母親は、あなたをできるだけ遠ざけたいと思っている——娘たちの幸せと高潔さを大切にする母親ならね」

「まるで、ぼくが見下げはてた男みたいないいかただな。でもほんとうは、そんな好色家じゃないんだぞ。純真無垢な乙女を誘惑するのを習慣としているわけじゃない」

「じゃあ、わたしに口づけしたことは、どう呼ぶの？」とシーアはぴしゃりと切り返した。

「あれは、思いがけないよろこびとでもいおうか」彼の唇にゆっくりと笑みが浮かび、その目が見るからにきらきらと温もってくるのがわかった。「よろこんでもう一度経験したいことだな。でも信じてくれ、あれは誘惑とはちがう」

そのときなにを考えていたにせよ、シーアの頭からすべて飛んでいった。口のなかがいきなりからからになり、唇がじんじんしてくる。ここで彼を痛烈にやりこめてやるべきなのはわかっていたが、彼の言葉に刺激され、下腹部の奥深くで花開いた熱気のことしか考えられなかった。ガブリエル・モアクームに誘惑されるというのは、どんなものなのだろう？

シーアは、彼に表情を読まれるのがいやで、顔を背けた。せき払いする。「あまりふさわしい話題ではないわね」

「そうだな。でも、楽しいだろ？」

シーアはこみ上げる笑い声を食い止めようと、口をぎゅっと結んだ。ここはきっぱり〝ちがう〟と切り返したいところだったが、うそはつけなかった。ほんとうのことをいえば、そういうけしからぬ話題についてやり合うのは、じっさい楽しかった。少々危険をはらんでいるとはいえ、わくわくさせられるし、そういう話をすると、ガブリエルに口づけされたときの熱気と誘惑の魔の手の記憶がふつふつとよみがえってくる——ゆっくりと広がる熱気と欲望、体内で口を開く渇望とうずき、混乱した、荒れ狂うほどの感情の嵐が。

彼が頭をかすかに傾け、首をのばして彼女の顔をのぞきこんだ。「怒らせてしまったかな、ミス・バインブリッジ？」

「あなたの言葉は、たしなみのある女性全員を怒らせてしまうでしょうね」

「不思議なほどあいまいな返事だね」

シーアは、モアクームの声に笑みがふくまれているのがわかった。必死にこらえたものの、けっきょく、彼をきっとにらみ、挑むような視線を飛ばさずにはいられなかった。「あら。じゃあ、わたしがどういう意味でいったのか、答えを見つけてもらわないとね」

7

宿屋のおかみは小柄で、自身の濃厚な手料理を存分に味わったことがないのか、ほっそりとしたからだつきをしていた。とはいえ、つきることのない活力の持ち主で、自分と同じくらい完璧に仕事をこなすよう、家族と従業員の尻をしきりに叩いていた。彼女の手料理と、清潔で居心地のよい宿屋の部屋は文句なしと評判で、わざわざより道をしてまで〈ブルー・ボーア〉で過ごす客もいるといわれているほどだった。

そのおかみが、せかせかとシーアに近づき、ひょこんと頭を下げてあいさつをした。「ミス・バインブリッジ、ようこそいらっしゃいました。きょうはどんなご用件でしょう?」彼女はモアクームに好奇の視線をちらりと投げた。「モアクーム卿」

「ミセス・ホーンズビー」モアクームが礼儀正しくうなずきかけた。「個室で軽く食事でもできたらと思っているんだが。もしよければ、ぜひあなたにもご同席いただいて……」

彼が言葉を発するたび、おかみはいちいちまゆをつり上げたが、なにもいわずにうなずくと、いちばん高級な個室のダイニングルームに案内し、食事を用意すべく、そそくさと去っていった。シーアは腕を組み、モアクームに冷たい目を向けた。「軽く食事ですって？　ここへは食べにきたのではなくて、話を聞きにきたのではなかったかしら」

「小腹が空いているし、正直なところ、ミセス・ホーンズビーの料理はうちの料理人のものをはるかにしのぐんでね。でもこのことは、ミセス・カトレッジには内緒にしておいてくれよ。さもないと、いままで以上に湿っぽいパンと冷めたスープを出されてしまうから。それに人間っていうのは、なんらかのかたちで報酬を与えられたほうが、口が軽くなるものだからね」

　給仕の娘が料理をのせたお盆を運んで部屋に入ってきたあと、グラスとワインピッチャーをのせた小さめのお盆を手にしたミセス・ホーンズビーがつづいた。そのあとの数分間で、ハムやチーズ、そしてパンが目の前のテーブルに並べられ、中央にスープの入った壺《つぼ》が用意された。

「さて、それで、あたしにどういったご用件でしょうか？」ミセス・ホーンズビーが、ワインを注ぎながらたずねた。

「この数日のあいだに、われわれが捜している人間がここに泊まったんじゃないかと思うんだ。おそらくは女性、あるいは男性、もしくは夫婦。赤ん坊を連れていたはずなんだけれど」

「赤ん坊？」宿屋のおかみがピッチャーをおろし、シーアにさっと目を向けた。「かいば桶で見つけたっていう、あの赤ん坊のことですか?」

「知っているのか?」モアクームがグラスを掲げた手を止めた。「その赤ん坊、ここに泊まったんだろうか?」

中年のおかみが首をふった。「いえ、そうじゃなくて、話に聞いただけです。奇跡だって、リザ・クーパーがいってました——小さなキリストさまが現われなすったって」

「マシューがわたしたちの救世主だとは思えないわ」とシーアがいった。「暖かくて、すぐに見つけてもらえそうな場所に、おき去りにされた赤ん坊というだけの話よ」

「あたしもそういってやったんですよ」とミセス・ホーンズビーがうなずいた。「それにしても、あなたにすぐに見つけてもらえたなんて、赤ん坊にとっちゃ、たしかに奇跡ですわねえ。いくらかいば桶のなかにいたって、暖炉もなきゃ、夜は猛烈に寒くなりますもの」

「じつは」とシーアが先をつづけた。「わたしたち、あそこに赤ん坊をおき去りにした人を捜しているの」

「そうですか」ミセス・ホーンズビーはうなずきながらも、モアクームにこっそり好奇の視線を向けた。「うちに赤ん坊を連れた客はいませんでしたねぇ。ちびちゃんを連れたお客が最後に来たのがいつだったか、おぼえてもいません。もう何週間も前のことになるでしょうね」

「この近所に住んでいる人の赤ん坊という可能性はあるかしら?」

「それはどうでしょう。チェスリーのような場所で、赤ん坊を隠しておけるとは思えませんからね。ここ一年のうちに、何人か赤ん坊が生まれてはいますけど——その子、何カ月くらいですか？」

「ミセス・ブルースターによれば、たぶん六カ月か七カ月くらいじゃないかと。だから、生まれたのはたぶん今年の春か初夏ね」

ミセス・ホーンズビーがうなずいた。「ジョンソンのところの赤ちゃんは、生まれてすぐに亡くなりましたからねぇ。スタウトのところも、二カ月前に亡くなりました。それにドラ・ポットは自分の赤ん坊をだれかにやるくらいなら、右腕を切り落としかねません」

「はじめて見た赤ん坊だから、チェスリーで生まれた子どもとは思えないの」

「じゃあ、ほかの町の子じゃないでしょうか」とミセス・ホーンズビー。「ビンフォードか、ナイボーンか。あるいは、たんなる通りすがりの人間の子どもかもしれませんね——赤ん坊をおき去りにして、そのまま立ち去ってしまったのかしら」

「その人物がこの宿屋に泊まっていないとしたら」とモアクームがたずねた。「山荘でも借りたんだろうか？　それとも、だれかの家に泊まらせてもらったのか？」

「そういう話は聞いたことがありませんねぇ」ミセス・ホーンズビーはそこで言葉を切り、考えこんだ。「なんなら、訊いてまわってみてもいいですよ。酒場に来る客にでも。街道で、その人たちのことをだれか見てるかもしれません」

「そうしてもらえると、助かるよ」モアクームはそういうと、彼女にほほえみかけた。

ミセス・ホーンズビーも笑みを返してこくんとうなずき、もう一度ひざを曲げてあいさつすると、部屋をあとにした。

モアクームはため息をついて椅子の背にもたれ、パンをちぎった。「あまり期待できそうにないな」彼はシーアを見つめた。「彼女のいうとおりだろうか？　このあたりには、だれかが泊まれるようなところは、ほかにはひとつもないのかな？」

「母親がこのあたりの家に滞在している可能性はあると思うわ。でも、どこかの家にお客さんがいるという話は聞いていない。ときおり、だれかが部屋を貸しだしたという話は聞くけれど、最近はなかったわね」シーアは言葉を切った。「このあと、もしよければミセス・ウィリアムズを訪ねていきましょう。彼女は町でもとびきりの情報通だから。町によそ者が滞在していないかどうかを知っている人間がいるとしたら、彼女だわ」

数分後にミセス・ホーンズビーが戻ってきて、宿屋の客も酒場の客も、この町でも街道でも、赤ん坊を連れた旅行客を見かけた者はいないと報告した。よそ者（もしくは見かけない馬車）が町にいるところを目にした者もいなかった。前の晩、宿屋に泊まったふたり組がいるにはいたが、その人たちが赤ん坊を連れていなかったことはまちがいない、とおかみは請《う》け合った。それでも彼女は、今後も訊いてまわってみると約束してくれた。

食事が終わり、情報をすべて収集したあと、シーアとモアクームは宿屋をあとにし、ミセス・ウィリアムズの家に向かった。歩きながら、シーアがいった。「あなたがミセス・ホーンズビーと話しているのを見て、驚いたわ」

「どうして?」彼が興味深そうにシーアを見つめた。

「あなたが気さくな話しかたをしていたから。とても感じがよかったわ」

「ぼくがそういう話しかたをしないと思っていたのかい?」

「よくわからなかった。彼女と話すために、わたしにもついてきてほしいといったでしょ。だから、あなたはふつうの人たちと話すのに慣れていないんじゃないかと思ったの。それに、あなたのことだから……」

「横柄な貴族然とした話しかたをすると?」とモアクーム。

「というよりも、地主の家のパーティのときのような態度をとるんじゃないかと思ったの」

「あの夜のぼくは、さぞかしひどかったんだろうな」

「いいえ、ひどいということではなくて。いかにも領主という感じだったから。わたしのはとこみたいに」

「イアンのことか? いや、あいつは充分いいやつだよ。ただ、田舎での気晴らしが好きではないだけのことだ」

「それなら、どうしてここに来たのか不思議だわ」

「ここに来たかったというよりは、フェンストーン・パークにいたくなかったからだと思う」そういったあとで、モアクームはすぐに後悔したようなにやけ顔をした。「いまの言葉は忘れてくれ。それにぼくの態度についてだけれど、いいわけのしようもないよ。ああいう席では退屈してしまうことが多いんだ。きみがあそこにいてもっと刺激的な会話をしてくれるってわかっていたら、もう少し注意を払っていたかもしれない。でもおぼえているかぎりでは、ミセス・クリフにきみを紹介されたとき、このあたりの花嫁にふさわしい女性——ほんの少しでもふさわしいと思われる女性を、つぎからつぎへと紹介されたあとだったから。彼女自身の、笑い転げてばかりいる四人の娘さんを手はじめとして。だからきみと顔を合わせたころには、退屈のあまりぼうっとしていたにちがいない」

彼の言葉に思わず笑い声を上げたシーアは、はっとして手で口を覆った。「あなたって、ひどい人ね」

「きみを笑わせたから？　きみ、もっと笑ったほうがいいな。笑うとすてきだ——目がきらきらして、鼻にそんなふうにしわをよせて」

「まあ！」シーアは小さな嘆きの声を上げ、手をさっと鼻にあてた。「そんなことといわないで！　昔からこれがいやでたまらなかったんだから。まるでうさぎみたいに見える」

「どうしていやなんだい？　はっきりいわせてもらうけれど、うさぎはかわいいぞ」

「変なことをいわないで」

「変なことこそ、いちばん楽しい会話になる」

シーアはふたたび笑い声をこらえきれず、頭をふった。「わたし、もう口を閉じていたほうがよさそうね。あなたをそそのかすだけだから」

ふたりはしばし口を閉ざし、シーアはミセス・ウィリアムズの小屋に通じる狭い道へと入っていった。目の隅で、モアクームがちらりとこちらを見たあと、さっと目をそらすのがわかった。彼は大外套のポケットに両手を突っこんだ。

ようやく彼が口を開いた。「あの夜、きみに気づかなかったことに、心から謝罪させてもらいたい。きみを忘れていたわけじゃないんだ——少なくとも、あのときのことはちゃんとおぼえていた。心の隅に押しやっていただけだ。きみにいわれたとき、はっきり思いだしたよ。きみの名前と、イアンのはとこだということはおぼえていなかったのは白状するよ。しかしあの夜から、もう十年かそれ以上がたっているから」

「ええ、もっともな話だわ」

「きみを傷つけるつもりはなかった。そこまで思いやりに欠けた、冷淡な男だと思われていなければいいんだが」

「あなたがそんな人でないことは、見ればわかるわ」シーアはふり返って彼を見上げ、にこりとした。「それにわたし、根に持ったりしないから」彼女は、自分が心からそういっていることに気づき、われながら驚いた。たった一日で、彼におぼえていてもらえなかったという心の傷が、なぜか癒《い》えてしまったようだ。「ただし」と少しこましゃくれた口調でつけ加える。「だからといって、たったの一週間後にわたしを忘れていたことのいいわけにはならないけれどね」

「ああ！」彼が胸にさっと片手をあて、いかにも苦しそうなそぶりをした。「ぐさりとやられたよ、ミス・バインブリッジ。でもきみだって、弁解の余地のある状況だったってことは認めてくれるよね。パーティのときは、ほんのちらりとしかきみのことを見なかったんだから」彼は片手を掲げ、ひとついいわけするごとに指を数えていった。「まさかきみがぼくの家に現われて、あんなふうに責められるとは思ってもいなかった。あのときのきみはめがねをかけていなかった。それにきみの髪は愉快なほどぼさぼさに乱れていた。それになにより、赤ん坊を抱っこしていた。そして復讐の女神さながら、ぼくに襲いかかったんだから」

シーアは目玉をぐるりとまわした。「大げさね」

ふたりはこぢんまりとした小屋の前に来ていた。温もりのある外壁のほとんどが、ツタに覆われている。シーアは歩調を速め、モアクームの前を歩いた。ノックしたかどうかというとき、扉がさっと開き、丸々とした白髪の女性が顔を輝かせた。

「さあさ、お入りになって」ミセス・ウィリアムズはシーアを引っ張るようにして部屋に入れながら、同時にモアクームに軽くお辞儀をした。彼女はふたりをこぎれいな主室に案内したあと、昼食はいかがとたずね、ふたりが礼儀正しく辞退すると、紅茶とケーキを用意した。

シーアがマシューの話題をさりげなく持ちだすまでもなかった。というのも、その年老いた女性のほうから即座に赤ん坊についての質問が飛びだし、シーアのほうがあれこれ訊かれるはめになったからだ。

「かいば桶のなかで見つけたというのは、ほんとうなんですの？」ミセス・ウィリアムズは驚いたとばかりに頭をふった。「考えられませんわね。男の子だったんですか？　天使のようにかわいらしい子どもだとか」

「ええ、とてもかわいい男の子なんですよ」シーアはマシューを思いだし、ついにこりとした。

ミセス・ウィリアムズがうなずいた。「そうでしょうねぇ。教会のなかで見つかったなんて、まさしく天使そのものですもの」彼女はふたりが訪ねてきてからずっとモアクームをちらちら見てばかりいたが、いままた同じことをくり返した。「赤ちゃんのお母さんを捜すミス・バインブリッジを手伝ってらっしゃるなんて、ほんとうにいいかたですのね、モアクーム卿」

「ぼくにできることは、それくらいしかありませんから」

「きのう、ミス・バインブリッジが赤ん坊を見つけたあと、プライオリー館でなにやら騒ぎがあったと聞きましたけれど」ミセス・ウィリアムズが嬉々としてモアクームを見つめながら先をつづけた。

「ああ、それは……」彼がシーアをちらりと見た。言葉を失っているようだ。

シーアはこみ上げる笑いをこらえ、助け船を出した。「兄もわたしも、町に来たばかりのモアクーム卿やそのお友だちなら、あの子についてなにか知っているかもしれない、と期待していたんです」あまり納得のいく話でないのはわかっていたし、ミセス・ウィリアムズがそれをほんの少しでも信じるとは思っていなかった。しかしこういっておけば、彼女としてもシーアの説明を礼儀正しく受け入れるよりほかないはずだ。「赤ん坊を連れてチェスリーを訪れている人間を知っている人がいるとすれば、あなたしかいないと思って、こうして訪ねてきたんです」

ミセス・ウィリアムズはその餌に食らいつき、誇らしげにさっと姿勢を正して顔を輝かせた。「ええ、その点だけは自信がありますわ。その話を耳にして以来、ずっと知恵を絞って、どこの赤ん坊だろうと考えていましたの。でもそれくらいの年ごろのチェスリーの子どもは、だれも知らなくて。もちろんポットの家はべつですけれど、あそこのおちびちゃんのはずはないし」

「ええ、そうですね」

「赤ん坊を連れて町を訪れている人もいません。ミスター・ジョナスンのところの娘さんがいま家族と一緒に来ているけれど、あそこの赤ん坊は生まれたばかりですしね」ミセス・ウィリアムズは子どものいる家族を思いつくかぎり挙げ連ねては、いちいち否定していった。どうやら彼女からはこれ以上の情報は期待できそうになかった。

そのあと数分ほど礼儀正しく話をつづけ、ミセス・ウィリアムズからのやや礼儀に欠けた質問をいくつか受けたあと、シーアとガブリエルは会話を切り上げ、牧師館に戻ることにした。シーアと並びながら、モアクームが頭をふって短く笑った。

「どうしてあの女性は、赤ん坊の話をあそこまで知っているんだ？」彼は不思議でならなかった。「きみが見せてくれたブローチのことを口にしなかったのが、驚きだよ」

シーアはにこりとした。「だからいったでしょ。彼女はみんなのことを、なにからなにまで知りつくしているの。彼女のご主人のご家族と、彼女自身のご家族を通じて、ここの町民の半分と血がつながってるか、義理の親戚関係にあるからよ。それにご主人と一緒に長いあいだ薬局に出ていて、そこのお客さん全員とおしゃべりしていたから。チェスリーに探るべき秘密があったなら、彼女はさぞかし優秀なスパイになれたでしょうね」シーアはそこで言葉を切った。「きのうはプライオリー館で騒ぎを起こしてしまって、ごめんなさい。うわさになってしまうってこと、ちゃんと考えておくべきだったわ。でも正直にいって、あのときは頭に血が上っていて、あなたのことが町で話の種になるかどうかなんて、気にもしていなかったの」

モアクームが肩をすくめた。「人間は話し好きだから。ぼくにはどうでもいいことだ」

「そう思えたら、生きていくのも楽でしょうね」

彼がシーアをちらりと見やった。「人にうわさされているとしても、ぼくの耳には聞こえてこない。だからどうってことはないよ」

「そう。でも女にとってはそうはいかないわ。人のうわさには大きな意味があるもの——牧師の妹ともなれば、なおさら」

「ほう。じゃあこれは、義務についての話だな。きみには非の打ちどころのない生活を送る義務がある。そうしないと、お兄さんに悪影響がおよんでしまうから」

「ええ、もちろんよ」彼女はついため息をついていた。

「義務については、ぼくも少しは知っているよ」

「そうなの？」

彼が笑った。「そんなに驚いた顔をすることはないだろう。ぼくはそれほど怠慢でもないし、好き勝手に生きているわけでもない」

「そういうつもりじゃないけれど」シーアは顔を赤らめた。

「いや、ミス・バインブリッジ、大ぼらを吹くのはやめてくれ。こちらは、きみの公平無私な意見を頼りにしているんだから」

「わかったわ。あなたが怠慢でもなくて、好き勝手に生きていないところは、いままでほとんど目にしたことがない。つまり、いままではってことだけれど」

「ということは、ぼくにたいする意見が変わったということかい？」彼が意地悪くたずねた。

シーアは彼をきっとにらみつけた。「すっかり変わったわけじゃないわ。でもあなたがマシューのことを心配してくれているのはわかるし、甥御さんと……妹さんにたいする義務感を持っているのもわかる」

「妹のことを愛しているんだ」彼は純粋な気持ちでそう応じた。「だから、妹を見つける努力もしないなんて、助けずにいるなんて、ありえない」

「家名に醜聞をもたらした人間に背中を向ける人もいるわ」

「妹にくらべれば、うちの家名なんてなんでもないさ」彼はしばし口を閉ざしていたが、やがて静かにいった。「あの子が生まれたときのことは、よくおぼえている。家庭教師の女性から、妹が生まれたことを知らされたんだ。そのあと乳母に連れられて、ゆりかごにいる妹を見にいった」彼の口もとがかすかにゆるんだ。「ものすごく小さくて、まっ赤だった。犬舎にいる子犬のほうがよっぽどかわいいと思ったよ。でも指を差しだしたら、ジョスランがそれをつかんだんだ。そのとき……」彼は頭をふった。「そのとき感じたのがどういうことなのかはよくわからないけれど、とにかくこの子を守らなくては、って思った。この子はぼくのものだ、って。なのに、ぼくはあの子の面倒をちゃんと見ていなかったんじゃないかって、思えてならない」

「人間は、だれしもみずからの意思で選択するものだわ。最終的には、他人にはその結果の責任を負うことはできないのよ。あなたはできるかぎりのことをしたんだと思う」

「そうかな？　ときどき、わからなくなる。そうするのがいちばん楽だったのかもしれない。

ぼくにとって、いちばん都合がよかったんだ」ふたりはそのまま無言で歩きつづけた。しばらくして、彼が口を開いた。「彼女がロードン卿と結婚することになったときは、うれしかった。やつとは友だちだったから。いい友だちだった。これは楽しくなりそうだ、と思った……愉快なことになるぞ、って。あの結婚を望んでいたのは、ぼくだった。妹の気持ちをちゃんと考えていなかったのは、まちがいない。妹がやつと結婚したくなかったなんて、まるで気づいていなかった」

シーアは彼の腕に手をかけた。「自分を責めてはいけないわ。自分の妹を、よき友人と結婚させたくないなんて思う人はいないでしょう？　わたしだって、きっとうれしく思うはずよ。もし兄から、わたしのお友だちと結婚するつもりだと聞かされれば」当然ながら、あのガリ勉タイプの兄が生気あふれるダマリスと結婚するなど、少々滑稽な例ではあるが、理論的にはまちがっていない。「だってそうなれば、お友だちが結婚したあともずっと親しくつき合っていけることになるもの。あなただって、その人ならいい夫になるだろうし、妹さんを大切にして、守ってくれると思ったんでしょう」

「やつが彼女のことを愛していると思ったんだ」

「それなら、妹さんがその人と婚約したことをよろこんで、どこがいけないの？」

「妹はあいつから逃げた。ということは、あいつとは結婚したくなかったということだ」

「人は心変わりをするものだわ。妹さんだって、最初はきっとその人と結婚したかったはずよ。さもなきゃ、結婚の申し出を承諾するはずがないもの。あなたが妹さんとその人との結婚をお膳立てしたわけではないんでしょう?」

「ああ、もちろんちがう。あいつがぼくの許しを求めにきたときは、よろこんで許可したさ。しかし最終的に結婚の申し出を承諾したのは、妹自身だ。あのときは、やっと結婚したがっているように見えたんだが」

「そうに決まっているわ。人は、あとになって考え直すこともある。そしてまちがった決断だったと思うこともあるでしょう」

「しかしそれなら、なぜジョスランは気持ちが変わったことをぼくにいってくれなかったんだ?」モアクームが顔をしかめた。「きっと、そんなことはいえないと思ったんだろう。ぼくが腹を立てて、彼女に結婚を強要するとまで思ったのかもしれない」

「そんなふうに考えてはだめよ。たぶん妹さんは、婚約を破棄した場合の醜聞に直面する勇気がなかっただけなのでしょう。若いときというのは、ものごとがひどく恐ろしく見えたり、耐えがたく思えたりするものだわ。あるいは、気まずくて、恥ずかしくて、あなたにいえなかっただけかもしれない。ばかばかしく思えるかもしれないけれど、ときに、いちばん愛する人間には、自分の愚かさをいちばん見せたがらないものなのよ。だからといって、妹さんがあなたのことを恐れていたとか、信頼していなかったということにはならないわ」

ふたりはふたたび無言のまましばらく歩いていたが、やがてモアクームが口を開いた。

「ありがとう。それが真実なのか、それともきみがやさしいだけなのかはともかく、そういってもらえると少しは気持ちが楽になるよ」

「なんだか驚いたみたいないいかたね」

「たしかに、きみがぼくを慰めてくれたのは少し驚きだ。きみは、ぼくに大きな好意を抱いているようには見えないから」

シーアは大げさに肩をすくめた。「真実と、好意を抱いているかいないかとは関係ないわ」

彼の顔に、いつものにやけた表情がちらりと浮かんだ。「つまりきみは、まだぼくに大きな好意を抱いているわけではないってことかな」

「片田舎に暮らす行かず後家があなたのことをどう思うかなんて、あなたにはどうでもいいことでしょう。あなたがたくさんの女性から大いに好かれていることは、疑いの余地もないんだから」

「一筋縄ではいかない相手のほうが、より魅力的に思えることもあるものさ」

シーアはさっと彼を見やった。彼の言葉をどう解釈すべきか、よくわからなかった。まるで戯れの言葉に思えたが、モアクームのような男性が、自分のような女と戯れる理由は想像もつかなかった。おそらく彼はいつもの習慣から、そういう言葉をいわずにはいられないのだろう。あるいは、自分の魅力に屈しない女がいるというのが許せないのか。たとえ相手が本心から興味を惹くような女性ではないにしても。

いずれにしても、シーアはばかな思いこみをするような女ではなかった。そこで、無意味な白昼夢に浸ろうとする自分を現実に引き戻した。彼女は、理想的な独身男性から二、三言なにかいわれたからといって、そこからロマンスを紡《つむ》ぎだすような女ではない。その男性が、ガブリエル・モアクームほどの美男子で魅惑的な人物ともなれば、なおさらだ。彼が戯れの言葉を口にしたからといって、そこになにか意味があるはずもない――彼との口づけなど、それ以上に意味がない。それでもシーアは、彼の言葉に胸が熱くなったのを否定することはできなかった。つい、笑みを向けたくなる。だから唇を真一文字に引き締め、笑みをこらえなければならなかった。

幸い、牧師館がすぐそこまで迫っていたので、彼の言葉を無視すればすむだけの話だった。シーアは足を速め、庭へと通じる背の低い門に向かった。厨房に入ると、金髪の娘が毛布を使って、赤ん坊といないいないばあをして遊んでいる姿が目に入った。娘は、シーアとモアクームが入ってくるのを見るとあわてて立ち上がり、畏《おそ》れ入ったようにモアクームに目をやった。

赤ん坊もシーアに気づき、両手を差しだしてばぶばぶと泡を吹くような音を発した。それを見たシーアは、モアクームの前ではこらえていた笑みをいっきに爆発させ、しゃがみこんで赤ん坊を抱き上げると、いまではすっかり手慣れたしぐさでそのからだを揺さぶり、腰のところに抱きかかえた。

「こんにちは、ロリー」シーアは娘にあいさつした。

「お嬢さま」ロリーはシーアに向かってちょこんと頭を下げたあと、モアクームに向かってさらに深く頭を下げ、頬を赤らめて頭を引っこめた。

シーアはため息をつき、モアクームをちらりと見やった。彼はかすかに愉快げな顔をしている。

「ロリー、ミセス・ブルースターから、きみがこのマシューの子守に適任かもしれないと聞かされたんだが」モアクームが真面目くさった声でいった。

「はい、旦那さま」ロリーは勇気をふるって彼をちらりと見上げたものの、それ以上はなにも口にできないようすだった。

「ご両親には訊いてみたの、ロリー?」とシーアはたずねた。「ご両親も、あなたが赤ん坊の世話をするのを許してくださるかしら?」

「ああ、はい、お嬢さま」ロリーがいくぶんほっとしたようすでシーアをふり返った。「お嬢さまのもとではたらくのであれば、牧師館で過ごすのであれば、両親もいいといってくれています」

「そうね、しばらくのあいだは、たしかにここに滞在してもらうことになるわ。将来それが変わることがあれば、そのときにまた考えましょう。ただしあなた自身は、赤ん坊の世話に自信があるのかしら?」

ロリーがにこりとした。「ああ、はい、お嬢さま。家で、弟たちと妹たちみんなの世話をしてきましたから。少なくとも、あの子たちが小さなころは。だから赤ん坊ひとりくらい、楽勝です」

「ここには頼りになるお母さんもいないけれど」

「すべきことはわかっています、お嬢さま」

モアクーム卿のほうさえ見なければ、ロリーは自信たっぷりのようすね、とシーアは思った。彼女にほんとうに赤ん坊の世話ができるかどうかは、試してみないことにはわからないだろう。シーアはモアクームに問いかけるような視線を向けた。

「じゃあ、試しに二、三日世話をしてもらったらどうだろう」と、彼がシーアの考えていたのと同じことを口にした。「そのあと、今後のことを決めればいい」

「ああ、はい、旦那さま。ありがとうございます」ロリーは一度ぴょこんとお辞儀をしたあと、念のためにもう一度お辞儀をした。顔を輝かせている。「お嬢さま、きっとりっぱにお世話してみせます。見ていてください」

ロリーはやる気満々で、すぐにも世話に取りかかろうとしたが、シーアは明日からで充分だと告げた。ロリーは、翌朝いちばんに荷物を持って来ると約束してから帰っていった。シーアはモアクームをふり返ったところで、いきなり気まずさをおぼえた。自分の家の厨房で、赤ん坊を抱いて貴族と一緒に突っ立っていることがいかに不自然か、ふと実感したのだ。背後のかまどでは、ミセス・ブルースターが料理をしていた。彼女の目には、モアクームがいかにも場ちがいに見えていることだろう。なにしろ彼は優雅な服を身にまとい、その頭がもう少しで低い天井をかすめそうなのだから。しかし彼のほうはちっとも居心地が悪そうではなかった。シーアは、気まずさをおぼえているのは彼ではなく自分であることに気づいた。きょうの目的はもう果たしたし、彼とふたたび会う理由はひとつもない。そう考えると落胆した。そんなばかな気持ちを抱いたがゆえに、よりいっそう気まずさをおぼえるのだった。

「今後はどうするつもり？」とシーアはたずねた。

彼は首をふった。「ここでは、ほかになにをしたらいいのか、よくわからない」

「ええ。妹さんがチェスリーに滞在しているとは思えないわ」とシーアはいった。

「この町に滞在していないとしたら、どこか近くの町に滞在しているのかもしれない」

「そうね。東にビンフォードがある。オックスフォードからここに来る途中よ」

「つぎは、そこに行ってみるのがよさそうだ」彼が言葉を切った。「その——もしきみさえよければ、一緒に来てくれないかい？」

シーアはぎょっとして彼に目を向けた。彼自身、少し驚いているようだ。

「ぼくたち、なかなか相性がよかったと思うし」沈黙が流れたあと、彼がそういった。「ただし、当然ながら少し寒い思いをするかもしれない。プライオリー館には、二頭立ての二輪馬車しか持ってきていないんだ——でも、ひざ掛けと、熱した煉瓦を足もとに用意すると約束するよ」

「いいわ」シーアは即座に返答した。彼がこのましゃべりつづけ、やはりやめておこうという結論に達してしまうのが恐ろしかったのだ。「よろこんでご一緒するわ。ロリーがここに来てくれることになったから、ミセス・ブルースターに赤ん坊の世話で負担をかける心配もなくなったし」シーアは、かまどの方角から小さな不平の声が上がるのに気づいたが、無視することにした。

モアクームがにこりとした。「よかった。ご協力に感謝するよ。では、また明日の朝」

シーアはうなずき、去っていく彼を見送った。興奮と不安で、胃がかき乱されていた。背後で、ミセス・ブルースターが長い木のひしゃくを鍋の縁で打ち鳴らした。

シーアはふり返った。女中頭が、たったいま目撃したことにたいしてなにか口にするつもりにちがいない。そう思うと、そわそわした。きっと非難されてしまう。モアクーム卿とビンフォードに行くなど、醜聞ぎりぎりの行動なのだから。しかし女中頭が非難の言葉を口にすることなく、その目に不安な表情を浮かべたのを見て、シーアは少し驚いた。

「ご自分のなさっていることがわかっているんでしょうか、お嬢さま?」彼女が口にしたのはそれだけだった。

「覆いのない馬車だもの」とシーアは指摘した。「それにビンフォードに行って戻ってくるだけだわ。それほど遠い場所でもないし。ほんの数時間ですむわよ。それにわたしは、もうお目付役が必要な若い娘でもないでしょう。婚期をとうに過ぎた女ですもの。覆いのない馬車で紳士と数時間過ごしたからといって、わたしの評判に傷がつくこともないわ」

「心配しているのは、醜聞のことじゃありません」と女中頭が応じた。「お嬢さまのことですから、あのかたのように、歩く罪人のごとき男性を前にして理性を失うようなことはないでしょうけれど」彼女はそこでいったん言葉を切り、そっとつけ加えた。「あたしが心配しているのは、お嬢さまの心のほうですよ」

「ばかばかしい。わたしはもう世間知らずの娘ではないのよ。どんな男性にたいしても、心を失うなんてことにはならないし、モアクーム卿のような横柄なやくざ者が相手となれば、なおさらだわ。わたしの心にはきっちり鍵がかかっている。もう何年もそういう状態だったんだから」

と、そのとき、マシューがやわらかな声を発し、シーアの頰を軽く叩いた。そのぽっちゃりとした顔を見下ろしたとき、いま彼女が話題にしたばかりの〝心〟が、胸のなかで大きくふくらむのがわかった。自分がうそをついていることは承知していた。ガブリエル・モアクームからこの心を守っていけることは確信していたが、いま目の前にいる若き男性には、すでにすっかり心を奪われていたのだから。

シーアは赤ん坊にほほえみかけ、かがみこんでおでこに口づけをした。赤ん坊のやわらかな巻き毛が頰をくすぐった。マシューがモアクームの甥であることが確認されたら、どうなるのだろう？　そうなったら、正しいことをしなければならないし、この子を本人の家族に引きわたさなければならない。でも、この子をあきらめるなんてこと、どうしたらできるの？

ガブリエルは通りを下り、その日の朝、馬を預けておいた宿屋へと向かっていた。翌日のジョスラン捜しに同行してもらいたい、などとミス・バインブリッジに頼むつもりはなかったのに、なぜか言葉がうっかり口から滑りでてしまった。それでなくともきょうは一日のうちの大半を彼女と過ごしていた。いつもなら、同じ女性とつづけて二日過ごす気にはならないのだが。ひとりの女性をたびたび訪ねるなんて、賢明なことではない。そんなことをすれば、その女性（もしくはその親族）が、結婚の可能性を期待しはじめてしまう。そしてガブリエルには、結婚する意思などなかった。少なくとも、いますぐには。もちろん、いつの日か、もっと歳を取って家族をつくる覚悟ができたときには、モアクーム卿としての義務を果たすためにも、花嫁にふさわしいレディを見つけて、結婚を申しこむことにはなるだろうが。

しかしそんなのは、まだまだ先のことだ。妻に拘束される前に、すべきことも、楽しむべきことも、たっぷりある。彼は女性たちとのひとときを楽しむタイプであり、女性を避けるようなことは決してしないが、花嫁候補になりそうな娘を相手にするときには、深入りせず、短期間で終わらせるよう気をつけていた。舞踏会や遊びの席で女性と戯れたり、ダンスを踊ったり、エスコートしたりすることはあっても、社交界にデビューしたての若い娘は避け、結婚適齢期の女性にはあまり関心を払わないよう心がけていた。それになんといっても、ゲームのルールを心得た女性はたくさんいる。女優やオペラの踊り手たちだけでなく、未亡人も。だから好きなときに、彼女たちと過ごせばいいのだ。

しかしアルシーア・バインブリッジがその手の女性でないことは、はっきりしている。ミス・バインブリッジは牧師の娘であり、妹であり、独身女性だ。独身というだけでなく、婚期を数年ほど過ぎ、生涯独身を貫きそうな勢いだ。まさしく避けるべきタイプの女性であり、月の光からでも夢を紡ぎだし、ちょっとした戯れの会話を結婚の申し込みにつなげてしまうたぐいの女性に決まっている。

それなのに……翌日もまた一緒に過ごしてくれないか、と頼まずにはいられなかった。ミス・バインブリッジと過ごした一日は、とても気楽な気分だった。ぎこちなさも、退屈さも感じなかった。宿屋のおかみから話を聞き、町のうわさ話を仕入れているときのふたりは、ぴったり息が合っていた。彼が考えていたことを彼女が口に出してくれたり、訊きたいと思ったことを彼女が訊いてくれたり、といったことがたびたびあったのだから、不思議なものだ。

ひとりでビンフォードに馬を走らせようと考えていたときは、あまり魅力的な旅になるとは思えなかった。彼は、シーアの辛口のユーモアと知性が気に入っていた。彼を怒らせたらどうしよう、というそぶりを見せたり、彼をなんとかよろこばせようと躍起になったりすることは、一度もない。彼女と一緒にいると、ほかの若い女性たちがたびたび話の内容をこちらに合わせ、彼の意見にただ同意するか、自分なりの考えを口にすることなく意見を求めてくるだけだということを、あらためて思い知らされる。彼女ほどいい反応を返してくれる女性と話をする機会は、そう多くはない。いたとしても、たとえばロードンの妹のように、自分の好みからははるかにかけ離れた冷酷さを感じさせられるものだ。ああいう女性の場合、こちらの腕に手をおいて慰め、妹が結婚から逃げだしたからといって自分を責めることはない、と元気づけてくれるようなことはしないだろう。

ミス・バインブリッジと過ごした時間のなかでは、ほかにも奇妙なことがあった。彼はいままで、イアンやマイルズのようないちばん親しい友人にすら、自分がロードンとの結婚をジョスランに押しつけてしまったのではないかという思いを打ち明けたことはなかった。ところが、まだ知り合ってから二日もたっていないあの女性には、この一年間苦しめられてきた悩みを打ち明けてしまったのだ。彼女は、自分の考えや秘密をつい打ち明けてしまいたくなるようなたぐいの女性には見えない——堅苦しい態度をとり、どこか挑戦的な話しかたをする人なのだから。彼女の物腰から、温かさや同情心のようなものはとくに感じられない。男を元気づけるというよりは、むしろ非難しがちなタイプに見える。ところが彼女は、まさしく彼を元気づけてくれたし、その現実的な態度のおかげで、彼女の言葉はよりいっそう彼の心に強い印象を残した。

宿屋の庭に到着すると、厩番が手早く彼の馬に鞍をつけ、連れだしてきた。ガブリエルは厩番に硬貨を放ったあと、さっそうと馬にまたがり、プライオリー館に向かった。馬を走らせながらも、ミス・バインブリッジのことばかりを考えていた。

自分が彼女に興味を抱いていることを知れば、友人たち全員が仰天することだろう。しかし衝動的に三回も彼女に口づけしたことを考えると、自分が彼女に惹きつけられていることを否定するのはむずかしい。彼女は決して美人ではない。それはほんとうだ。それでも、彼女の顔立ちには惹きつけられるものがなにかある。ピンから外れて、顔に落ちかかってばかりいる、あの手に負えない巻き髪が、彼の心を惹きつけてやまなかった。赤でもなく茶色でもなく、その中間色のような、艶やかなマホガニー色は、暖かみがあって、つい心を奪われてしまう。手をのばしてあの髪に触れ、そのやわらかさを味わいながら指に巻きつけてみたい。あの髪をすべて肩に垂らしたらどんなふうなのだろう、と想像せずにはいられない。あの巻き髪に手を埋められたら。あそこに顔を埋め、彼女の甘い香りを吸いこむのだ。その日、ふたりで話を聞いてまわっているあいだ、まさしくそのとおりのことをしたいと思ったのは、一度ではすまなかった。

からだの線が細く、背が高いミス・バインブリッジは、抱いてかわいがるようなタイプではないかもしれないが、あの長い脚を腰に絡みつけられながら彼女のすらりとしたからだを組み敷く光景が、頭から離れなかった。あのしなやかなからだの線は、まさしく美だ。そして灰色をした真摯《しんし》で深みのある瞳も、美しい。アルシーア・バインブリッジは、やわらかさや愛嬌を感じさせる女性ではないし、えくぼもなければ、そわそわしたそぶりもせず、小さくため息をもらすこともない。しかし、あの鋭く高いほお骨の線と、しっかりとしたあごの輪郭が、彼には魅力的に映った。そして、彼女の内面にはもっとなにかがある。あの視線のなかでときおりきらめく熱気、あの巻き髪の乱れぶり……そしてあの情熱的な口づけのように。

ガブリエルは、その日の朝、ヤドリギの下で交わした口づけを思いだし、官能的な笑みを浮かべた。彼女がつま先立ちになり、こちらの首に腕をまわしてきたときのことが脳裏によみがえる。手管とも狡猾《こうかつ》さとも無縁の、彼女の口づけ。純粋なる欲望と、あの甘い唇。彼女が経験不足であることはまちがいないが、まるで炎のようなすばやさと強烈さで、情熱を瞬く間に花開かせていた。

そして彼自身の反応も、同じくらい強烈だった。ガブリエルは、そのときのことを思い返しながら、鞍の上でわずかにからだをずらした。この小さな町で、牧師の妹と情事を持つなど考えられなかった。そんな誘惑に負けるわけにはいかない——ごろつきのようなふるまいをするわけにもいかなかったし、醜聞に巻きこまれるのもごめんだった。彼女に、洗練されたロンドンの女性のようなふるまいを期待するのは無理というものだ。しかし……ぼくはもはや未熟な若造ではない。女性とともに時間を過ごし、それを楽しみ、誘惑に負けずにいることくらい、できるはずだ。ミス・バインブリッジは分別のある女性のようだし、成熟したおとなで、空想にふけるような女性とはまるでちがう。赤ん坊のことで助けを求められたからといって、自分が求婚されているなどと思いこむようなまねはしないだろう。

脳内の奥深くで、小さな警告の声がした。〝自分にうそをつくな〟と。アルシーア・バインブリッジとこれ以上時間を過ごそうなど、考えるだけでも頭がどうかしているというものだ。ガブリエルはにやりとして、馬に拍車をかけた。否定することはできない。たしかにぼくは、頭がどうかしているのだ。だがそうだとしても、その状況をめいっぱい楽しむことにしよう。

8

シーアは、目の前のベッドに広げた三着のドレスを見下ろし、顔をしかめた――濃紺のドレスが一着、茶色が一着、そして灰色が一着。どれもみな、救いがたいほどさえないドレスだ。どうして揃いも揃って、ここまで暗くて地味なのかしら？　彼女もかつては、小枝模様のモスリンドレスに身を包んでいた。若い娘にふさわしい白地で、美しいパステル色で模様が描かれたドレスだ。しかしもうあれから何年もたっているし、当時のドレスはとっくの昔に古着箱行きになっていた。でも、なにか……きれいな飾りでもつければ、印象が変わるかもしれない。

この前、町に出かけたとき、どうして布地の行商人からリボンかレースくらい買っておかなかったのだろう？　でもビンフォードに行けば、この濃紺の毛織りドレスに似合いそうな水色のリボンか、茶色い綾織りドレスの襟もとを飾る金色のレースが見つかるかもしれない。モアクームが宿屋の主人と話をしているあいだ、そっと抜けだして――

シーアはくるりとふり返ってドレスのわきにどすんと腰を下ろした。いったいわたし、なにを考えているの？　彼が真剣に妹を捜すわきで、そそくさとはでな装飾品を買いに行ったところで、むだに決まっている。それに、わたしみたいな年増女がドレスや飾りなどのことでであれこれ頭を悩ましたりしたら、きっと彼に笑われてしまう。若い娘ならともかく、わたしくらいの歳と立場の女がそんなことで悩むなんて。だからこそ、いかにも若々しい生地や色の服を買うのは、もう何年も前から控えるようになったのではないか。二十七歳にもなれば、着飾ることに神経を費やしてばかりはいられない。それが牧師の妹ともなれば、なおさらだ。それ以上に、どうせわたしは美人でもなんでもないのだから。

シーアは小さなため息をこらえ、灰色のドレスを手に取った。しばし胸の前にあてたあと、一瞬、かつてお気に入りだった淡い青のメリノ羅紗《らしゃ》ドレスを着て階下に向かう姿を想像する。襟まわりと袖口、そしてスカートの裾のすぐ上にやわらかなひだ飾りのある、かわいらしいドレスだった。もちろん、いまではとんでもなく流行遅れのドレスだろうし、もう何年も前から袖を通していないが、人に譲る気にも、古着として引き裂く気にもなれずにいた。いまでもベッドの足もとにあるシーダー製の衣装箱の底に、丁寧に折りたたんだまま保管している。ものにここまで執着するなんて、あるまじきことだろう。それでもシーアは、あのドレスの色が自分の肌と髪の色を引き立ててくれたこと、そして灰色の目にほんのかすかな青みを加えてくれたことが忘れられなかった。

シーアは頭をふってそんなイメージを打ち消し、立ち上がって灰色のドレスを頭からかぶった。背中でホックを留め、鏡のなかをのぞきこんでみる。当然ながらこのドレスは、それでなくともくすんだ灰色の目を、さらに灰色に見せた。肌色もさえなくなってしまう。しかし、見た目を気にするなどばかげている。モアクームと楽しい遠足に出かけるわけではないのだ。それにいずれにしても、外套をはおるのだから、下のドレスはほとんどの時間、隠れたままだろう。それでもシーアは、棚からふたつあるボンネット帽のうち、ましなほうを手に取った。なんといっても、女にはいくらかのプライドというものがあるのだから。

シーアは階下に行き、兄と一緒に朝食をとった。兄からその日の予定を訊かれることはなく、彼女のほうもわざわざ知らせはしなかった。兄にうそをつくつもりはなかったが、モアクーム卿の二輪馬車で隣りの村に出かけることは知らせないほうがいいと判断した。兄を心配させるだけだし、運がよければだれの目にも留まらず、その話が兄に伝わることもないだろうから。もし伝わったら――まあ、そのときにはあとの祭りなので、どうしようもない。

朝食のあと、シーアはマシューを探して厨房に入った。その朝、ロリーが到着次第、赤ん坊の世話を担当し、おむつを替え、着替えさせ、食事を与えるため、シーアのもとから連れだしていたのだ。たしかに赤ん坊がいないほうが身支度や食事がスムーズに運んだが、シーアはマシューが恋しくてたまらなかった。厨房に入ったところで、マシューがにこりとして両腕を掲げたのを見て、彼女の胸は幸せにふくらんだ。

シーアはマシューを抱き上げて居間に連れていき、腰を下ろして暖炉の前の敷物の上で一緒に遊びをはじめた。前の晩、古着箱で見つけた端切れで人形らしきものをつくってやり、屋根裏部屋の箪笥に押しこまれていた古い積み木セットを引っ張りだしていた。一時間後、女中に案内されて家に入ってきたモアクーム卿が目にしたのは、遊びに興じるふたりの姿だった――シーアがマシューに向かって敷物の上で人形をてくてく〝歩かせ〟、最後にぴょんと跳んでマシューに〝キス〟をさせる。〝キス〟をされるたび、赤ん坊はきゃっきゃと笑い声を上げていた。

シーアはモアクームが入ってきたのに気づかなかったが、マシューが彼のほうに顔を向け、小さくかん高い声を上げた。シーアもふり返り、ガブリエルが突っ立ったまま、こちらをながめていることに気づくと、とたんに全身が熱くなるのを感じた。彼女はあたふたと立ち上がった。

「ごめんなさい。そこにいるとは気づかなかったわ。声をかけてくれればいいのに」

「見ていたかったんだ」

「あら、そうなの」シーアは彼の言葉の意味がよくわからなかったので、それ以上はなにもいわずにスカートについた糸くずを払うことに没頭した。「ええと、じゃあ、マシューをロリーに預けたら、出かけましょう」

「そうしよう」モアクームがほんの数歩で部屋を横切り、マシューを抱いて頭上高くに掲げた。マシューがふたたびいかにもうれしそうな声を上げたので、モアクームはいったん下ろしてからもう一度高く掲《かか》げてやったあと、腕のなかに落ち着かせた。

ふたりを見て、シーアは口もとをゆるめずにはいられなかった。「この子、あなたのことが好きなのね。赤ん坊のあつかいがとてもじょうずだわ」

「そうかい?」彼はかすかに驚いたような顔を彼女に向けた。「自分ではそんなこと、思いもしなかったな。赤ん坊の相手などしたことがなかったから。でもこの子は、とても愛想がいい」

「いつもご機嫌よね」とシーアも同意した。「それに、すごく健康的に見える。きちんと世話をされていたにちがいないわ。だからこそ、よけいに不思議で……」

「この子が教会におき去りにされていたということが?　同感だ」モアクームが眉間《みけん》にしわをよせてうなずき、赤ん坊をロリーに預けるため、ふたりして厨房に戻った。

数分後、ふたりは二輪馬車に乗りこみ、街道を南下して、町とは反対方向に向かっていた。空気は冷たく、空はどんより曇っていた。前日のような、かすかな陽射しすら差しこんでくれなかった。それでも、モアクームは約束どおり毛皮で裏打ちされたぶ厚い旅行用のひざ掛けと、彼女が足を暖めておけるよう、布でくるんだ熱した煉瓦を用意してくれていた。ボンネット帽と手袋、そして外套を身につけていたおかげで、シーアはからだがぽかぽかしてくるのを感じた。やわらかな毛皮に、こっそり手を滑らせてみる。これほど贅沢なひざ掛けは、見たこともない。これなら、もっと寒くなってもだいじょうぶそうだ。

モアクームは二頭の葦毛《あしげ》の馬をあやつっており、スプリングがよく効いた馬車と、馬のなめらかな足の運びは、がたごとと騒々しい兄の軽馬車や、さらには地主が所有する広々とした昔ながらの四輪馬車ですら、くらべものにもならなかった。まもなく、彼が卓越した御者であることがわかってきた――手綱さばきが巧みなだけでなく、馬を速く走らせることもできるのだ。シーアは街道を進みながら興奮を味わった。頬にあたる風が冷たい。彼女はモアクームをちらりと見やり、笑みを浮かべた。彼もその視線に気づくと、笑みを返してきた。

「こんなふうに飛ばしても、怖くない？」

「もちろん！　わくわくしちゃう」シーアは正直に答えた。

「よし、そうこなくては」

彼は道路に注意を戻すと、二頭の馬のリズムを乱すことなく、のろのろと進む農夫の荷馬車を巧みによけて追い越した。しかし数分後、彼は馬の速度を落とした。

「ロリーはマシューの面倒をちゃんと見てるかい？」と彼はたずねた。

「とてもよく見てくれているわ、いまのところは。マシューも彼女のことが気に入ったみたい。たしかにだれにでも愛想のいい子ではあるけれど、彼女は悪くないと思う。それに食事を与えたり、おむつを替えたりするのも、とてもじょうずだし。家からおむつを持ってきてくれたから、ものすごく助かったわ。屋根裏部屋にあの子の服になりそうなものはあったんだけれど、おむつは見あたらなかったから」

「きょう、布を何枚か買っておこう。これから行く町に生地屋はあるかな？」

「あるけれど、ごく小さなお店なの。でも服飾小物をあつかっているお店があって、そこなら布や小物がいろいろ揃っているわ」じつはその朝、リボンやレースを買うとしたらその店で買おうと思っていたのだが、そのことは口にしなかった。

モアクームがうなずいた。「よかった。それなら、その店にもよることにしよう」

ビンフォードまでの道のり、ずっとしゃべりどおしだったので、あっという間に目的地に到着した。シーアは、モアクームとはとても気楽に話ができることに驚いた。彼は、チェスリーのことをあれこれたずね、町とその住民にかんする感想で彼女を笑わせてくれた。自身の領地の近くにある村や、一緒に育った人々の話も聞かせてくれた。いつしかシーアのほうも、知り合ってからほんの数日の人間を相手にしているとは思えないほど、家族やこれまでの生活について、あれこれ語っていた。話題は本へと、そこからさらに芝居へと移り、シーアは、モアクームが最近劇場に出かけたときの話を聞いて、ひどく驚かされた。

モアクームがそんな彼女をちらりと見やり、笑った。「そんなふうに驚いた顔をされるとは、侮辱されたようなものだな。ぼくだって、そこまで野蛮な男じゃないんだぞ」

「あら、もちろんよ。つまり、あなたのことをそんなふうには思っていなかったわ。ただ、その、ずっと聞かされてきたものだから、紳士が劇場に行く目的は……」

彼が片方のまゆをつり上げ、しばらく待ったのち、先をうながした。「なに？　紳士が劇場に行く目的は、女優に色目を使うことだけだとか?」シーアが頬を赤く染めたのを見て、モアクームはげらげらと笑った。「いやはや、ミス・バインブリッジ。きみは牧師の無垢な娘さんだと思っていたのにな。そこまで皮肉な見かたをするとは、驚きだ」

「生まれたときからずっとチェスリーにいるからといって、世のなかの動きについて、なにも知らないわけではないのよ」

「ふむ。どうやらきみは、ロンドンのくだらない新聞に目を通しているみたいだな」

「そんなことないわ」シーアは彼にさげすむような目を向けた。

「まあ、白状するよ。たしかに一度か二度は、まさしく女優に色目を使うために出かけたこともあった。でもぼくは、じっさい芝居そのものを楽しむ男なんだ。それに、踊り手をながめるためではなく、音楽を聴きにいくためにオペラにも出かけていく」

「モアクーム卿、あなたの恋愛成果について話すのは、あまり褒められたことじゃないわ」

「それは心外だな——ぼくが話していたのは、恋愛成果を求めていないときのことなんだけれど」

「それもひっくるめて、とにかく話題としてふさわしくありません」

「でも、きみがいいだした話だよ」

「ちがう!　わたしは閉じるべきときに、ちゃんと口を閉じたもの」

彼がふくみ笑いをもらした。「でも、頭で考えてはいたんだろう」

シーアはいらだったように彼をきっと見据えた。彼も見つめ返してきたが、その黒い目の奥では笑っているようだった。シーアはふと、どうしようもなく彼に口づけしたくなった。彼の唇の感触が、甘い熱気が、強烈な渇望が、脳裏によみがえる。いきなり息苦しさをおぼえ、彼女は身をこわばらせた。記憶と期待に刺激され、からだじゅうの神経がじんじんとしてくる。ふと彼の表情が変わり、その視線が彼女の口もとに注がれた。

「きみは、たまらなく魅惑的だ」低く、やわらかなその声に、もはやからかっているようなところは感じられなかった。彼が手綱を片手に持ち替え、彼女のあごの下に人さし指を引っかけた。「そのクエーカー教徒ふうのボンネット帽を見ていると、それを脱がせて、きみに口づけしたくてたまらなくなるのは、どうしてかな?」

シーアはすっと息を吸いこんだ。「モアクーム卿……」

「ミス・バインブリッジ……」彼がゆっくりと笑みを広げるのを見て、シーアはからだの内側に奇妙な感覚をおぼえた。「ぼくたち、もっと親しい呼びかたをしてもいいとは思わないか? きみはいつも、口づけしたことのある相手に、モアクーム卿なんて堅苦しい呼びかたをするのかい?」

「そのときの相手の名前がそうなら、そう呼ぶわ」と彼女は強気に応じた。

彼がげらげらと笑い声を上げた。

「いやだ!」シーアは口もとをさっと手で覆った。「こんなことをいってしまうなんて。なんていうか、ひどく……ひどく……」

「はしたない？　いや、賢い返答だよ」彼はシーアの片手を取り、唇をつけた。「だからこそ、きみと話すのがこんなに楽しいんだ」

彼の唇を直接感じたわけではなかった。彼の口と彼女の肌のあいだには、手袋の生地があるのだから。それでも、手がじんじんしびれてきた。シーアはさっと手を引っこめ、ひざの上でもう片方の手に重ねた。彼がいつもこんな態度をとることにたいして、もっと断固として抗議すべきなのだろう。先ほどの返答は、つい口をついて出てしまっただけであり、それが暗にほのめかしているように、ほかの男性と口づけをしたことなどない、ときっぱり説明すべきだ。

しかし彼女はこういっただけだった。「そうなの？」

「きみと話すのが楽しいかということ？　もちろんだ。でなければ、こんなことはしないさ。きみだって、最初からぼくのことを正確にいいあてていたじゃないか。ぼくは徹底的なまでに自分勝手で、楽しみにふける人間だ。楽しいと思えないことは、めったにしない」

「そんなふうには思っていないわ」シーアは彼の目を見つめた。「もしあなたがほんとうに自分勝手な人だったら、こんな寒いなか、教会に赤ん坊をおき去りにした人物を見つけに行こうなんて、しないはずだもの」

モアクームが彼女を不思議そうに見つめた。「どこから、ぼくが自分の得にもならないことをしているなんて思うんだい？　あの子は、ぼくの妹の子どもかもしれないんだぞ」

「こういう状況にあっても、自分の妹を見つけようとしない男性はたくさんいるはずよ。醜聞になるかもしれないもの。子どもを望んでいない人だって、たくさんいる」

「いや、ぼくはそういう男じゃないな。そのおかげでぼくにたいするきみの評価が高まるのなら、うれしいよ」彼はそこで言葉を切ると、ふたたび口をにんまりとゆがめた。「ぼくのことをガブリエルと呼んでもらえるほど、評価は高まったかな？」

シーアはこらえきれずに小さく笑った。「あなたって、ほんとうにしつこい人ね。わたしがあなたのことを名前で呼ぶなんて、いくらなんでも図々しいというものだわ。あなたと知り合ってから、まだ一週間もたっていないのに」

「それはちがう。まったくちがう。きみだって認めたじゃないか、ぼくとはもう十年来の知り合いのはずだ。ぼくからすれば、旧友と呼ぶにふさわしい関係だよ」

シーアは目玉をぐるりとまわした。「ほんとうに、どうしようもない人ね！　わたしたちが会ったのはもう十一年近くも前だし、それ以来、ひと言も口をきいていなかったのよ。友だちとも呼べないわ」

「じゃあ、家族ぐるみの友人だ。きみのいとことは、幼なじみだから」

「わたしのはとこでしょ。この十年間、あなたと顔を合わせた回数をほんの少し上まわる程度にしか会っていない人だわ」

「きみって、ほんとうに気むずかしいんだな。どうしてもっていうのなら、モアクーム卿と呼んでもらってかまわないさ。しかしぼくはきみのことをアルシーアと呼ばせてもらうよ」

「お願いだから、やめて。そう呼ぶのは、わたしのことを生まれたときから知っていながら、なにひとつわかっていない年配のご婦人だけだから」

「ほう。たしかにそういうご婦人のお仲間にはなりたくないな。じゃあ、なんて呼んだらいい？　ちょっと考えさせてくれ……」彼はしばし彼女をまじまじと見つめた。

シーアは彼の視線にそわそわして、顔を背けた。見られたら困るところまで見られてしまうのではないかと、なんとなく怖かった。

「きみのことは、シーアと呼ぼう」

彼女はさっとふり返り、口をぽかんと開けた。「どうしてわかったの？」

「みんなにそう呼ばれているのかい？」彼がにこりとした。「あてずっぽうにいっただけだ。でもその呼び名のほうが、きみに似合っている」

彼女は肩をすくめた。「兄と姉からそう呼ばれているの」

「シーアか」彼がふたたびその名前を口にした。「気に入ったよ」

彼に名前を呼ばれたくらいで、からだをほてらせるなんてどうかしているわ、と思いながらも、シーアはじっさいほてりを感じていた。彼の口から出てくると、どうして自分の名前がこんなふうにちがって聞こえるのだろう？　こんなに暖かみがあって、親しげに聞こえるのは、どうして？　それに、モアクームが相手となると、本来ならはしたないはずの行動が、どうしてこんなに楽しく思えるの？

「じゃあ、ぼくがきみを〝シーア〟と呼んだら、きみは〝モアクーム卿〟と答えるのかい？」

「あなた、おかしいわよ」

「いいや。おかしいのは、モアクーム卿なんていう呼びかたのほうだ」

「じゃあ、あなたのことはなんとも呼ばないようにしようかしら」

「どうやらきみは、ぼくの気持ちが傷つくかどうかなんてこと、ちっとも気にかけてくれないみたいだな」

シーアは彼をにらみつけようとしたが、視線を定める前から、ついふくみ笑いをもらしていた。「もう、わかったわ。ガブリエルね。ガブリエル、ガブリエル、ガブリエル。さあ、これで満足？」

彼がにこりとした。「ああ、満足だ」

ビンフォードは、チェスリーよりほんの少し大きな町だったが、やはり酒場つきの宿屋は一軒しかなかった。ガブリエルとシーアは、宿屋の主人に出迎えられた。腹まわりのでっぷりとした中年男で、顔を輝かせながらふたりをいちばん上等な個室に案内してくれた。

「お食事ですか？　上等な子羊肉をご用意できます。寒さしのぎにホットワインなんぞ、いかがです？」

ガブリエルは料理とワインを注文したうえで、主人と話がしたいのだが、と切りだした。

「もちろんでさ。で、どういったご用件で？」

「ちょっとした情報がほしいんだ。ビンフォードに立ちよったと思われる人間を捜しているんだが、おそらくこの宿屋に泊まったのではないかと思ってね」

「ほう？　よろこんでご協力しますよ。で、いつごろのお客さんでしょうかね？」

「おそらく二日前だ。男なのか女なのか、あるいは夫婦ものなのかははっきりしないんだが、とにかく赤ん坊を連れていたはずなんだ。金髪で青い目をした赤ん坊」ガブリエルがシーアに顔を向けた。

「生後六カ月くらいで、このくらいの背丈です」シーアが両手を広げた。「かわいらしい赤ん坊なんです」

主人のまゆげがきゅっとつり上がった。「赤ん坊ですって？」

「ええ」シーアが一歩足を踏みだした。「見たんですか？　ここに来たんですか？」

「いいえ、ここに赤ん坊は……いつ以来でしょうか、はあ、もう何カ月も泊まっていないかと」

「そう」シーアはため息をついた。「でもいま――なんだかそういう赤ん坊を見たような顔をしてらしたから」

「申しわけありません。たしかにそうでした。こういうことなんです——そういう子どもをあたし自身が見たわけじゃないんですがね、そういう赤ん坊の話を聞いたもんですから。ほんのきのうのことです——ご婦人と小さな男の子を見かけなかったと、訪ねてきた人がいたんですよ」

「ほんとうに？　まちがいなく、同じ赤ん坊のことですか？」

彼は肩をすくめた。「あたし自身は見てないんで、なんともいえんのですが、その人は、それくらいの年ごろの赤ん坊を連れたご婦人が、ここ数日のうちに来なかったかどうかをたずねてました。なんだかずいぶん熱心に知りたがってましたが、さっきもいいましたように、ここしばらくうちに赤ん坊は泊まっていないんで」

「その人、だれかの名前をいっていませんでしたか？」

「いえ」主人は一瞬考えこんだのち、首をふってくり返した。「なにもいってませんでしたね」

「その男の人、名前を名乗らなかったんですか？」

「ええ。無口な感じの人でしたねえ。まあ、あんまり愛想のいいほうでもなかったです」

「赤ん坊を連れた女の人について、なにかいっていませんでしたか？　どんな女の人だとか？」

「いえ。考えてみれば、赤ん坊の見てくれについては、それほどいっていなかったような気がします。歳がどれくらいで、男の子だっていうことくらいしか。たしか……金髪だとはいっていたと思いますが、その程度です」

「どんな感じの男だった？　赤ん坊を連れた女性を捜していた男というのは？」とガブリエルがたずねた。

宿屋の主人は頭を片方に傾げ、考えこんだあと、口を開いた。「そんなに目立たない感じでした。ごくふつう、といいましょうか。背は高すぎもせず、低すぎもせず」

「髪の色は？」

主人はしばらく考えたあと、たしか茶色だったと思うが、ほとんどの時間、帽子をかぶっていたともいった。「申しわけないですが、目の色はわかりませんね。気がつきませんでした。お客さんがたが同じ赤ん坊のことをおたずねになるまでは、さほど気にもとめてなかったものですから」

「どんな服装でした？」とシーア。「つまり、紳士のような服装でしたか？」

「あ、いえ、紳士じゃありませんね。話しかたもちがいました。そうですねぇ――労働者のように見えましたな。従者のような揃い服でもなかったんで、どうかな、どちらかといえば、庭師か猟場の番人ってところですか。生地の厚い上着と帽子を身につけていました」

「紳士のような話しかたではなかったとおっしゃったけど、どういう話しかただったのかしら？」

「ここらの人間のような話しかたじゃなかったですね」ふたたび主人はしばし考えこんだ。

「たぶん、都会の人間じゃないですかね」

「ロンドンの？」

主人がうなずいた。「あそこへは何度か行っただけですがね、その人、あたしにはロンドン訛りがあるように聞こえました」

ガブリエルがうなずき、さらにたずねた。「最近、レディの客はいただろうか？　赤ん坊を連れていなかったとしても。これぐらいの背丈の」といって、ガブリエルは自分の肩くらいの位置を示した。「暗めの金髪で、目は青。とても美人だ。歳は二十くらい」

主人はいかにも残念そうに首をふった。「ひとり旅のレディはおりませんでしたねぇ。ご婦人のお客はひとりありましたが、おともがいましたし、ふたりとももっと年配でしたから。あとは夫婦もんと、男の客が何人か。教師とその生徒でした」彼はそこで考えこんだ。「最近は、そんなところでしょうか」

ガブリエルはさらに、この近辺でそれくらいの赤ん坊がいると思われる家がないかどうかをたずねたが、宿屋の主人に思いあたったのは事務弁護士とその妻くらいで、そこの一歳にもならない赤ん坊は、髪も目の色も茶色だという。ガブリエルは彼にお礼をいうと、金貨を取りだしてわたした。

「さっき話した女性と赤ん坊について、ほかになにか見たり聞いたりしたら」とガブリエルはつづけた。「ぼくに伝言を送ってもらいたい。チェスリー郊外のプライオリー館宛に」

「もちろんでさ、旦那。よろこんで。耳かっぽじっておきますんで、おまかせください」宿屋の主人は、シーアからすればあの腹のサイズでは不可能だと思うほど深々と頭を下げたあと、硬貨をポケットに入れて部屋をあとにした。

「いまのを聞いて、どう思う？」とガブリエルがシーアをふり返った。

「ほかにもマシューの母親を捜している人間がいるということ？　よくわからないわ」シーアは顔をしかめ、席に腰を下ろした。「まったくべつの人間を捜していたのかもしれないけれど、その可能性は低そうね」

「とても偶然とは思えない」ガブリエルが部屋を行ったり来たりしはじめた。「その女性の亭主か、父親かもしれないな。家出をしたんで、その男が捜しにきたとか」

「そうだとしたら、マシューはあなたや妹さんとは、いっさい関係がないということになるわね」

ガブリエルはうなずいた。「しかしそうだとしたら、どうして赤ん坊にジョスランのブローチがついていたんだ？」

シーアもそれでは意味が通らなくなると思いつつも、女性と赤ん坊を捜してまわっている人間がほかにもいることを説明するそれ以外の理由を考えつくことができなかった。いまわしい小説の題材にぴったりの物語ならいくつか思いついたが――誘拐や、忽然《こつぜん》と姿を消した世継ぎの物語――最後はすべて袋小路にはまってしまう。どうして赤ん坊の下着に、ジョスランのブローチが留められていたのだろうか？

ふたりは主人が運んできた、たっぷりの昼食をとった。たしかに、スパイスの効いたホットワインのおかげで、寒空の下を移動したために冷えきったからだが暖まってきた。そのあとふたりは近くの店を何軒かまわり、宿屋の主人にしたのと同じ質問を、それぞれの店主に投げかけてみた。赤ん坊を連れたよそ者を記憶している人間はいなかったが、薬屋の店主によれば、前日にやはり同じことをたずねてきた人間がいたという。彼の話によれば、どうやら宿屋の主人がいっていたのと同一人物のようだった。その男が「このあたりの人間ではない」という意見まで一致していた。

最後に服飾小物店に立ちより、ガブリエルが、おむつのためだけでなく赤ん坊の服を仕立てるためにも、布をたっぷり買いこんだ。シーアは、お金を払えばよろこんで小さな服を何着か縫ってくれる、チェスリーに暮らすある未亡人を知っていた。シーアはマシューのために毛布をもう一枚編んでやることにしていたので、ガブリエルが、ネッカチーフの品質にかんする店主の説明に気を取られているあいだに、毛糸を選ぶことにした。けっきょく毛布だけでなく、小さなセーターも編めるほどの量を買いこむことになった。最後の最後に、リボンを何本かと、金色のレースを一本買わずにはいられなくなった。ばかばかしい浪費だわ、と思いながらも、それを買ったよろこびがくじかれることはなかった。

チェスリーまでの帰り道は、往《い》きよりも静かだった。しばらくのあいだ、ガブリエルは手綱を握りながら道路に目を据え、押し黙っていた。シーアはそんな彼を見つめ、考えごとのじゃまはしないよう努めた。それに彼の横顔をながめているだけでも、驚くほど楽しかった。彼の黒いまつげは途方もないほど長く、あごの線は力強い。時間がたつにつれ、彼の頬からあごにかけてにうっすら影が差してくるのがわかった。手をのばして彼のまっすぐなまゆをなぞりたい、あごに指を滑らせたい、という衝動がこみ上げてくる。想像するだけで、からだがぶるっと震えてきた。シーアは顔を背け、ひざ掛けの下に両手を入れた。

「寒い？」ガブリエルが顔を向け、片手をのばしてひざ掛けを引っ張り上げ、彼女のからだのわきにしっかりとたくしこんでくれた。

シーアは彼に笑みを向けた。からだの内部で、あの油断のならない欲望がわなないていた。

「ありがとう。だいじょうぶよ」彼女はそこで言葉を切ったあと、つづけた。「これからどうするつもり？」

彼は頭をふった。「さあ。正直なところ、どうしたらいいのかわからないんだ。ジョスランがマシューの母親なら、妹があの子をおき去りにしていったなら、見つけてほしくないと思っているのはまちがいないだろう」

「残念ね」その声から、彼が傷ついているのがよくわかった。一年も会えずにいる妹が、すぐ近くにいながら連絡すらよこしてくれないとしたら、どんな気持ちがするものだろう？

「妹さんではない可能性も充分あるわ」

「そうだな。でもそれ以外の可能性は考えにくい。妹のブローチが服についていたんだから」

「盗まれたブローチなのかもしれないでしょ。それか、妹さんが売ったとか」

「それにしても、どうしてあれが赤ん坊につけられて、しかもぼくが住んでいるところからすぐの場所におき去りにされたのか？　そんな偶然は信じられない。あの子がジョスランの子どもでないとしたら、だれかがぼくに、あの子がジョスランの子どもだと思わせようとしたということだ。でも、どうして？」

「あの子の将来をたしかなものにしたかったのかもしれないわ。あの子がジョスランの子どもだということを、あなたに信じさせることができたら、あなたはあの子を引き取るでしょう。自分の甥として受け入れないにしても、生きていくうえで必要なものは与えようとするかもしれない。もしかすると、それ以上のものも——教育とか、将来を切り開くための足がかりとか。もしわたしがひとりぼっちで貧しかったとして、あのブローチを持っていたら、ブローチを売って数枚の硬貨を受け取るよりも、そちらのほうがよっぽどいい使い道だと思うでしょうから」

ガブリエルが彼女を見つめた。「その可能性は考えなかったな」

「あなたなら、家の玄関先に浮浪者や貧乏人が現われても、聖職者のように受け入れたりはしないでしょう」

「ああ、そうだな。でもその人物は、どうやってブローチを手に入れたんだ？　それに、ジョスランのことを、どうしてそこまでよく知っているんだ？」

「わからないわ。あなたのことも、知っていなければおかしいものね——あなたがいまプライオリー館にいることとか。それにあなたが、義務をきちんと遂行する人間だということも。ああいう状況におかれた赤ん坊を助けようとしない紳士も、世のなかには大勢いるんだから」シーアは口ごもったのち、ためらいがちにたずねた。「わたしが最初に疑っていた状況の可能性は、少しでもあると思う？」

彼が意地の悪い目で彼女をちらりと見た。「え？　マシューがぼくの落としだねだっていう可能性かい？」

シーアは頬が熱くなるのを感じつつもうなずき、澄んだ目で彼をまっすぐ見つめ返した。

ガブリエルは小さく肩をすくめた。「可能性がないとはいいきれない。きみにやかましく指摘されているように、ぼくは聖人のような生活を送っているとはいいがたいからね。しかし、ちゃんと用心してきたし……」彼はそこで言葉を切ると、ふたたび彼女をちらりと見やり、せき払いをした。「いずれにしても、マシューの髪の色はぼくのとはずいぶんちがう。ぼくの母は黒髪だった。ジョスランの母親は金髪だ。もちろんだからといって、あの子がぼくの息子ではないといいきれるわけではないだろうが。しかし過去に……その……知り合った女性なら、まっすぐぼくのところに来て助けを求めるはずだ。ぼくはそこまで冷酷で、人でなしには見えないと思うから。まあ、少なくとも、ぼくとつき合ったことのある人間の目には」今度はガブリエルのほうが気まずさをおぼえているようだった。「たいていは、寛大な男だという評価を得ていると思うんだけれど」

シーアも、そのとおりだと思った。ガブリエルの横柄さは不愉快になることもあるし、彼をひっぱたきたいというキリスト教徒にあるまじき衝動を抱いたのも一度ではすまない。彼が、女性と一緒に過ごし、それに必然的にともなう悦《よろこ》びを楽しむような精力的な男性ではない、と考えるのはあまりにばかげているとはいえ、その一方で、最初に彼女が想像していたような自分勝手な快楽主義者ではないことも、シーアはすでに気づいていた。悦びを与えてくれた女性のその後をいっさい考えることなく、快楽におぼれるような男性には見えなかった。彼は親切でもあり、寛大にもなれる男だ。その点は疑いの余地もない。

では、もしどこかの女性が彼の子どもを身ごもったとして、どうして彼に直接助けを求めにこないのだろう？

シーアはため息をついた。「ちがうわね。マシューはあなたの子ではないと思うわ」

「その考えをあきらめるのが残念みたいだな」彼の口角が愉快げにゆがんだ。

「ばかなことといわないで。あなたをマシューの父親にしたいわけじゃないんだから」

「そうなのかい？」

「もちろんだわ。だれかが赤ん坊をおき去りにしていって、なおかつブローチを一緒に残していったということの説明がつくかなと思っただけよ。まったくの赤の他人がそんなことをする理由は、まずないでしょうし」

「となれば、妹以外の人間がおき去りにしていったと考えるのはむずかしいな」

シーアはうなずいた。「残念だけれど。あなたにしてみれば、あまり気分のいいことではないでしょうね」

「実の妹がぼくを訪ねてきてもくれなかったから？　ぼくと話もせず、ぼくの助けを求めてもくれなかったからか？」彼はあごを引き締め、視線を遠くへやった。「いやになるよ！　これをどう考えたらいいのか。どうして妹が、ぼくのことをそこまでなおざりにするのか、どうしてそこまで信じられないのか、理解できない。妹がこれほど長いあいだ、姿を消し、ぼくにも、自分の母親にも連絡をくれずにいると思うと、腹が立ってしかたがない――まだ生きていることを、手紙で知らせてもくれないとは。しかし同時に、ジョスランがまだ生きているかもしれないと思うと、気力がわいてくる。もう望みを捨てかけていたから。そんなとき、きみがあのブローチを手に現われて……」

シーアはすっと息を吸いこんだ。「妹さんは、亡くなったと思っていたの？」

彼はうなずいた。「そう思いたくはなかったけれど。妹のおき手紙には、そう考えるだけの理由はなにもなかった。ロードン卿とは結婚できない、自分は幸せになりたい、としか書かれていなかったから。最初は、ロードンが妹を動揺させるようなことをなにかしたのかと思った。あいつがなにかしたために、妹が不幸になり、逃げだしたんじゃないかと。二、三日もすれば、醜聞を引き起こしたことをひどく悔いて、泣きながら戻ってくるものと思っていた。もちろん、捜しだそうとしたさ。できるだけ大きな騒ぎになる前に、この一件を片づけるためにも。でも、見つからなかった。妹は、忽然と姿を消してしまったんだ。どこに行ったのか、想像もつかない。いまでも」

「婚約者のほうはどうなの？　その人にも、なにか思いあたることはなかったのかしら？」

「あいつか！」ガブリエルの唇がゆがみ、その表情が石のようにこわばった。「あいつは、妹が姿を消したことを、気にもかけていないようすだった。いつもとまったく変わりなく、クラブに出かけて酒を飲んでいたんだ。どうしてそんなに落ち着いていられるんだ、と問いつめたら、こう抜かした。『どこかの娘に拒まれたからって、歯をきしらせて嘆き悲しまなきゃいけないのか？』だから、殴ってやった」

「まあ」

ガブリエルはおもしろくもなさそうな笑みを浮かべ、その目をきらりと光らせた。「ちょっとした殴り合いになって、ふたりともクラブから叩きだされた。イアンにいわせれば、挑戦状を突きつけないのが不思議なくらいだったそうだ」

「挑戦状？　決闘ということ？」

ガブリエルは、まるで決闘など日常茶飯事《さはんじ》だとでもいうようにさりげなくうなずいた。

「しかしマイルズが、それ以上事態が悪化するのを防いでくれた。そのとき以来、ロードンとは口をきいていない」

「そうだったの。あなたにしてみれば、ものすごくつらいことだったでしょうね」

彼はもの悲しげなまなざしでいった。「妹を失ったと思ったら、同時にいちばんの友だちも失ってしまった」彼は肩をすくめた。「しかし、ぼくがどう感じたかなんて、どうでもいいことだ。とにかくジョスランを見つけたかった。ところが妹は、完璧に消えてしまった。元気でいるとか、どうして逃げたのかとか、そういう知らせは一度もよこしてくれなかった。まるで宙ぶらりんの状態で生きているようなものだ。その人が生きているのか死んでいるのかもわからず、なにもいわずに立ち去った相手に腹を立てるかと思えば、今度は相手を思って嘆いているんだから。時間がたてばたつほど、妹は死んだにちがいないと思えてきた」

シーアは同情のあまり、胸を締めつけられた。「そこへ、マシューが現われたのね」

彼がうなずいた。「だからいまは、希望を持っている。あのブローチを目にしたとき、ようやくジョスランにふたたび会えるかもしれないと思えてきた。妹は、ぼくがどういう行動に出るのか、見守っているのかもしれないと思った。自分も赤ん坊も、ぼくに拒まれるかもしれない、と恐れているんじゃないかと。だから、妹が近くにいることを期待したんだ。捜せば、見つかるかもしれない、と。でもいまは……」ガブリエルはため息をついた。「どうやら妹は、ぼくに見つかりたくないようだ。こちらから充分に距離をとっている。チェスリーに赤ん坊を連れてきたのは、あの子をおき去りにするためだけだったんだ。ジョスラン――にせよだれにせよ、マシューをおき去りにした人物――は、人目を逃れるのがうまいようだな。ロンドンにいる秘書に手紙を送って、私立捜査員を雇って調査を依頼してもらおうと思っている。正直なところ、いまのぼくは途方に暮れているようなものだ」

「マシューはどうするの？」

「ぼくがあの子の面倒を見るよりほか、どうすることもできないんじゃないかな？　あの子がジョスランの子どもだという可能性がほんの少しでもあるなら、よそへやるわけにはいかないさ」ガブリエルがかすかにほほえんだ。「それにあの子は、なんだかえらくかわいらしいとは思わないかい？」

シーアは、赤ん坊の太陽のような笑みと、絹のような手触りの巻き毛、そして彼女の腕のなかで安心しきって眠りに落ちるようすを思い浮かべ、ふたたび心がとろけるのを感じた。

「ええ、ものすごくかわいらしい」

「ぼくたち、こんなことよりマシューのために家を整えてやることのほうに時間を費やしたほうがいいのかもしれない」彼がちらりとシーアを見やった。「ぼく*たち*といってはいけなかったかな？　きみが協力してくれるとはかぎらないものな。プライオリー館を、子どもが住みやすい場所に変えなければならないんだ――手伝いの人間を雇って、女中頭を手に入れて、ぼくが決してうしろ指をさされるような暮らしを送っているわけではないことを、みんなに納得してもらわなければ。ほかにも、必要なことはすべてする。でもぼくは、情けないほどなにも知らない。だから、きみにいろいろ訊けたら――」

「その点はご心配なく」シーアは即座にいった。「よろこんでお手伝いさせてもらうわ。プライオリー館に子ども部屋はあるのかしら？」

彼がぽかんとした表情をした。「わからない。ゆりかごのある部屋を見た記憶はないけれど。どこでゆりかごを手に入れられるのかも、さっぱりわからない」

「屋根裏部屋に、なにか使えるものがあるかもしれないわ。一時的にでも。トム・ブリソンは木工が得意だから、ひとつつくってくれると思う」

「一緒に確認してもらえないかな。いまなにがあって、どこにベッドをおいて、赤ん坊のために必要なありとあらゆるものを用意するために、なにをする必要があるのかを確認したいんだ」

シーアは、ここは拒むべきなのはわかっていた。独身女性が、独身の若い男性のみが暮らすプライオリー館をひとりで訪ねていくなど、あってはならないことだろう。つい先日の午後、ガブリエルと対決すべく衝動的にずかずかと訪ねていっただけでも、充分あるまじきことだったのだ。それが今度は、自分のすべきことをすっかり承知のうえで、計画的に出かけて行こうとするなど、世のしきたりにことごとく反している。ここは断わらなければ。

だが、そんな思いとは裏腹に「よろこんで」とシーアは答えていた。

9

翌朝、シーアはマシューを連れてダマリスの家を訪ね、一緒にプライオリー館に行ってくれるよう頼みこんだ。少々常軌を逸した行動ではあるものの、赤ん坊と未亡人を連れていれば、シーアの評判を地に落とさない程度の体面を保つことができるだろう。

ふたりはダマリスのおしゃれな箱馬車でプライオリー館に乗りつけた。おかげで、どんよりとした冬空だったにもかかわらず、暖かく快適な時間を過ごすことができた。シーアは、キリスト降誕劇の準備について、あれこれおしゃべりしながらダマリスを楽しませた。

「今夜、最終的なリハーサルをするの。衣装や小道具を、みんな身につけて」

「アメリア・クリフはどう?」

シーアは、あたかも苦悩するかのように目を閉じてみせた。「せいぜい舞台で緊張してもらって、くすくす笑いだしたりしないことを祈るのみだわ。あの子がじっと押し黙っていてくれさえすれば、なにもかもとどこおりなく進むはずだから。でもね、マリアさま役は驚異のまなざしで赤ん坊を見下ろしているべきであって、家族やお友だちをこっそり探してきょろきょろしていちゃだめなのよっていくらいってもなかなかわかってもらえなくて。そのせいでミスター・ミルウッドがずっとたいへんな思いをさせられているから、見ていて気の毒で」

「ヨセフ役にはぴったりね」

「そうなの。それに、なぜかジェムの愛犬がかいば桶の場面に出てくるの。羊を定位置に保っておくには犬が必要なんだって、ジェムがいいはるものだから。牛が落ち着き払ってどこかにふらふら行ったりしないのが、せめてもの救いだわ」

ダマリスが笑った。「そんな思いをしてまで、するだけのことがあるの?」

「それが、あるのよ。終わったあとは、あれこれいい合ったことも、まちがえたことも、すべてきれいに忘れ去られるの。みんなの記憶には、完璧な出来だったとして残るのよ。上演しなかった年は、みんな寂しい思いをしたものよ。父はあれをちょっとばかにしていたところがあったけれど、ダニエルはよろこんでやっているし、教区民のみなさんも楽しんでいる。なんといっても、お祝いなんだもの。みんなで楽しまなくちゃ」

「それはそうね。でもそれを実現させようと奔走《ほんそう》するあなたは、聖人として祭り上げられるべきだと思うわ」

「それほどでもないわ。ミセス・クリフにたくさん娘さんがいて、助かった。おかげで、あと数年はマリア役のことでもめずにすむもの。少なくとも全員が、地主の娘がまずは主役候補になるべきだという点を、認めてくれているから」

「チェスリーで過ごすクリスマスが、ここまで活気あるものだとは期待していなかったわ」とダマリスがいった。「十二夜のパーティを開催すること、もうお知らせしたかしら?」

「ほんとうに? 仮面舞踏会?」シーアは興味津々といった顔で友人を見つめた。友人もシーアと同様、仮面舞踏会を楽しむタイプなのはわかっていた。しかしシーアの場合、優雅な装飾が施された仮面をかぶり、なにかの役割を演じきる十二夜の仮面舞踏会は、甘美な自由を味わうことのできる貴重な機会だった。

ダマリスがうなずいた。「この町の社交界はさほど大きくはないかもしれないけれど、楽しくなると思わない? この前チェルトナムの文具店に行ったとき、ご招待するみなさんに演じてもらう人物が描かれた絵札をひと揃え注文しておいたの」

「きっと楽しくなるわ。文具店で売られているほんものの絵札を使って参加したことは、一度もないの。いままでは手づくりの絵札ばかりだった——悲しいくらいの田舎者だって思うわよね」

「ばかなことといわないで。わたしだって、自分でつくった絵札を使って参加したことが何度もあるわ」ダマリスがにこりとした。「応接間と音楽室のあいだの扉を開放して、ダンスフロアをつくろうと思っているの。図書室にカードテーブルを用意しておけば、地主も大佐もご満足いただけるでしょうし」

「すてきだわ」

まもなくふたりはプライオリー館に到着した。応対に出た従僕は、以前来たときに遭遇した従僕よりも訓練が行き届いているようで、ふたりのコートとボンネット帽をてきぱきと受け取ると、前回シーアが入っていった、がらんとした巨大な部屋よりもはるかに小さくて居心地のいい居間にふたりを案内した。それでもシーアは、この部屋にも、女性らしい、やわらかみのある優雅な仕上げが欠けている、と思わずにはいられなかった。

ガブリエルが窓際のテーブルについていた。便せんとインク瓶を目の前にしていた彼は、従僕に彼女たちの到着を告げられると、顔を上げた。まずは目に笑みが浮かび、深みのあるその目に温もりが宿ったのち、その表情が唇へと広がっていった。彼が立ち上がり、近づいてきた。「ミス・バインブリッジ。それに、ミセス・ハワード。ようこそ」

ガブリエルは礼儀正しく女性たちにお辞儀をし、厳粛な声色を保っていたが、彼の姿に気づいた赤ん坊がうれしそうな声を上げ、両手を差しだすのを見たとき、そんな気取った態度をつづけていられなくなった。彼は笑い声を上げるとマシューをシーアから受け取り、宙に高く掲げてやった。

「ご機嫌いかがかな、おぼっちゃん」彼が頭上でからだをゆさぶってやると、マシューが笑い声を爆発させた。ガブリエルは赤ん坊を下ろし、ひじのところで抱えた。

部屋の奥で、べつの若い男性と一緒にいたシーアのはとこが、けだるそうにさいころをふる手を止め、驚いた顔でガブリエルをまじまじと見つめていた。それは、彼の向かいにいる男性にしても同じだった。三人目の男性は、先ほどまでガブリエルがいたテーブルの向かい側に腰を下ろしていた。どうやら銃を掃除している最中のようで、目の前には、ぼろ布をはじめとするさまざまな道具が、解体された拳銃と一緒に並べられていた。ガブリエルが友人たちを紹介すると、男たちは礼儀正しく頭を下げたが、サー・マイルズだけは赤ん坊に近づいてきた。

「こちらの若者には、まだきちんと紹介されていないようだけれど」彼はふざけたように、赤ん坊に手を差しだした。

「この子はマシューだ」とガブリエルがいった。

「マシュー。いい名前だ」マイルズは、マシューがそのぷっくりとした小さなこぶしで自分の指を包みこむのを見つめながらいった。「きみとは、気が合いそうだ」

「ミス・バインブリッジが、親切にも家のなかを整えるのを手伝ってくれるというんで」とガブリエルはいうと、一同をソファや椅子がおかれた部屋の中心部へと案内した。「ここを、赤ん坊でも暮らせるような家にするために」

「つまり、この子をここに連れてくるというのか?」アランが動揺したような声を上げた。

「いますぐというわけじゃない」とガブリエルがはぐらかした。「まずは、準備を整えなければならないから」

「どういう意味だ？」アランが漠然とあたりに目をやりながらたずねた。

「敷物をもっと敷くとか」ガブリエルは、中央の家具の下に色あせたペルシャ絨毯《じゅうたん》が敷かれているだけの床に向かってあごをしゃくった。「大広間には一枚も敷物がないし、ここも数が足りない。はいはいしてまわる赤ん坊にしてみれば、いいことじゃないだろう。寒い季節には、とくに」

そこから、女中頭や女中の雇用、現在の敷物の状態、子ども部屋の存在、おもちゃ、ゆりかご、子ども用の椅子が屋根裏部屋にあるかどうかなど、つぎからつぎへと話が展開していった。話が進むごとに、アランの顔に浮かぶ警戒心が強まり、イアンは、ガブリエルのひざから身を乗りだして椅子の腕を噛もうとするマシューを横目でちらちら見てばかりいた。肩の力を抜いているように見えるのは、サー・マイルズだけだった。彼はダマリスと戯れ話に興じたかと思うと、鎖についた時計をぶらぶらさせて赤ん坊を楽しませた。

ダマリスが、自分の女中頭に頼んで、女中頭と女中を雇わせればいいと提案したのち、そこにいた男性全員を十二夜の舞踏会に招待した。ガブリエルとサー・マイルズは即座に招待を受けたが、シーアには、はとことミスター・カーマイケルはそれほど乗り気ではなさそうだと感じられた。彼らはむしろ、赤ん坊の存在によって男だけで過ごす楽しい時間を奪われて、機嫌を損ねているようすだった。ふたりのでしゃばりな女の存在にいたっては、いうにおよばず。

ガブリエルがふたりの女性に、どこにどう手を入れるべきかを検討するために家のなかを案内しようというと、サー・マイルズが即座に、自分がミセス・ハワードを階下の厨房と使用人部屋に案内しようと申しでた。目の前に差しだされたぴかぴかの時計が突如として取り払われたことにマシューが不満の泣き声を上げると、マイルズが気さくなようすで赤ん坊を抱き上げ、一緒に連れていった。

ガブリエルがにこりとして、シーアに顔を向けた。「マイルズはすっかりやられたようだな。彼がミセス・ハワードと赤ん坊のどちらに心惹かれたのかは、よくわからないけれど。じゃあ上に行って、子ども部屋を探そうか？」彼が残った友人たちをふり返った。「きみたちは、ここでゲームをつづけたいんだろうな？」

アランが、あいかわらずかすかに困惑した表情で黙ってうなずいた。

イアンは顔をしかめ、こういった。「なあ、ゲイブ！　まさか本気でそんなことをするつもりじゃ……」

ガブリエルが、人目にわかるかわからないかというくらい、身をこわばらせた。「ぼくは、その気もないのに口からでまかせをいうような男じゃない」

「もちろんそうだ。そんなつもりでいったんじゃないよ。ぼくはただ――きみがちゃんと考え抜いたことなのかどうか、わからなくて」イアンがシーアをちらりと見た。「アルシーア。きみなら、捨てられた赤ん坊を引き取る善良な人たちをだれか知っているはずだ。教会関係の団体とか」

シーアがなにかいうより早く、ガブリエルが口を開いた。「ぼくの身内の話をしているんだぞ」

「そんなことはわからないだろう」とイアンが切り返した。「あの子のことは、なにひとつわかっていないんだ。きみに似てもいないじゃないか」

「あの子に似ている男なら知っている」いまやガブリエルの声は、ガラスのようにひび割れていた。顔つきも、同じくらい険しくなっている。

「ああ、ぼくの出る幕じゃないのはわかってるよ」イアンが即座に引き下がり、肩をすくめてふたりの前から離れた。

ガブリエルが腕を差しだしたので、シーアは彼と一緒に部屋をあとにした。彼の腕は、鉄のように固かった。シーアはなんと声をかけたらいいのかよくわからなかったので、押し黙ったまま、彼と並んで階段を上がっていった。階段室のいちばん上に到達して、方向転換したとき、ガブリエルが窓越しに屋敷前の車まわしのほうにちらりと目をやった。

「どういうことだ！」

「ガブリエル？」シーアは、彼の顔に浮かんだ表情を見て、心臓が凍りつくのを感じた。彼の目は漆黒《しっこく》の石のように頑なで、顔の輪郭が怒りに固まっていた。まるで人を殺しそうな勢いだ。シーアは彼に一歩近づいた。「どうしたの？」

彼はそれには答えず、くるりときびすを返すと、階段を下りていった。シーアもあわててあとを追った。ふたりが階段を半分まで下りたとき、玄関を激しく叩く音が聞こえた。従僕がすぐさま応えて扉を開けると、ケープつきの厚手の外套を身につけた背の高い男が、その広い肩幅で戸口をふさぐようにして現われた。

男はずかずかと入りこみ、乱暴なしぐさで従僕を押しのけた。帽子をさっと脱ぎ、仰天する従僕に押しつけながら、うむをいわさぬ口調でいった。「彼女はどこだ？　彼女と話をするまでは、帰らないからな」

やせて、角張った顔つきの男だった。ほお骨が高くて鋭く、細い鼻には、骨折の跡を思わせる小さなこぶがあった。四角張った頑固そうなあごの上にある口は、一文字に結ばれている。目は薄く、はっとするような青色で、顔にかかった髪は当世風というにはあまりにも長くてぼさぼさで、開け放たれた扉からもれる光を受けるとほとんど白に見えるほど色の薄い金髪だった。まるで彫刻のように無表情な、いかにも貴族然とした青ざめた顔から、その心の内をうかがい知ることはできなかった。

「ロードン！」ガブリエルがうなるようにいって、階段の残りを駆け下りて玄関広間を横切ると、男に飛びかかった。

ふたりは開け放たれたままの扉に勢いよくぶつかり、その体重を受けて扉が壁に激しく叩きつけられた。シーアは、ロードンの頭が木の扉にぶつかってすさまじい音を立てたことに身をすくませたが、それほど衝撃を受けていないのか、今度は彼のほうがガブリエルに突進した。ふたりはよろめき、仰天する従僕にあやうくぶつかりそうになった。従僕のほうはといえば、玄関の扉をあわただしく閉めると、急いで広間のいちばん奥に引っこんだ。

ふたりの男は玄関広間をよろめく足でまわりながら、椅子に倒れかかったり、壁にぶつかったりしながら、取っ組み合い、殴りかかっていた。ガブリエルのこぶしをあごにまともに食らったロードンが、壁際の細いテーブルに倒れかかり、背の高い燭台を倒して床に落とした。ガブリエルがさらにこぶしを突きだしたが、相手が猫のようにすばやくしなやかにからだをわきへ滑らせ、両手でガブリエルの上着をむんずとつかんでもろとも床に転がった。

「やめて！」それを見てぎょっとしたシーアは叫んだ。物音を聞きつけて居間から飛びだし、ジョッキを手にけんかを突っ立ってながめていたイアンとアランをさっとふり返る。「ふたりを止めて」

アランが彼女にあざけるような視線を投げかけた。「頭がおかしいのか！　あのふたりのあいだに割って入るなんて、命を捨てるようなものだ」

シーアは彼をまじまじと見つめた。「まさか本気でそんなことを！　イアン？」

ウォフォード卿は小さく肩をすくめた。「カーマイケルのいうとおりだ。このふたりを止めるくらいなら、脱走した馬を止めるほうがましさ」彼がアランに顔を向けた。「ガブリエルに金貨一枚。ロードンは手袋をしているぶん、パンチにキレがないはずだ」

「乗った。ゲイブのほうが腕っ節は強いが、けんかでロードン以外の男に賭けるようなことはしないさ。なんせ、しぶといやつだからな」

「あなたたち、このふたりに賭けてるの？」今度はシーアが頭に血を上らせる番だった。彼女はイアンの手からジョッキをひったくった。

「なにを――」イアンが驚いてそういいかけたが、シーアは床に転がって取っ組み合い、パンチをくり出すふたりの男のもとにつかつかと歩いていった。

「いますぐやめなさい！」そう命じ、ジョッキの中身をふたりの顔にまともに浴びせかけた。

ふたりはつばを飛ばし、ぜいぜいあえぎながらたがいに離れた。エールをまともに顔に食らったガブリエルが、目を手で覆いながらごろりと転がった。横っ面から頭にかけてエールをたっぷり浴びたロードンは、濡れた髪をうしろになでつけ、よろよろと立ち上がった。彼は彼女にちらりとも目をくれずに、ふたたびガブリエルに突進しようとした。

シーアはジョッキを落とし、先ほど床に転げ落ちた高い燭台をさっと拾い上げた。床に落ちた拍子に太いろうそくが割れて落ちたので、いまは尖った先端があらわになっていた。彼女は床に転がるガブリエルの前に立ちはだかり、相手に面と向かうと、脅かすように長い燭台をさっと突きだした。

「来ないで！」

金髪の男が足を止め、彼女をまじまじと見つめた。「きみはだれだ？　そこをどいてくれ」

「わたしはアルシーア・バインブリッジ。あなたたちふたりが野獣のようなふるまいをやめないかぎり、わたしはここを動きません」

男は途方に暮れたように目をしばたたいて彼女を見つめた。頭の片側の髪が濡れてべったり貼りつき、液体が首からしたたり落ちて外套に染みをつけていた。高いほお骨には、痛々しい赤い斑点が広がり、唇は切れ、そこから細い血の筋が流れていた。それでもなお、横柄な、貴族然とした雰囲気を保っている。

シーアの背後で、ガブリエルが悪態をつきながら立ち上がった。「くそっ！　目が！　いったいなにをかけたんだ？」

「イアンのジョッキに入っていたものよ。エールだと思うけど」

「なにもそんな刺激物を使わなくてもよさそうなものを」

ロードンの唇がゆがんだ。「おいおい、泣き言をいうのはよせ、モアクーム。彼女は、おまえが情けない事態に陥らないよう、守ってやろうとしただけなんだろうから」彼はガブリエルに冷たい視線を投げたあと、氷のように冷えきった視線をシーアに戻し、その横柄な態度を少しも崩すことなく、ぎこちなくうなずきかけた。「騒ぎを起こしたことを、おわびします」

シーアがなんと応じたものかわからずにいると、背後の廊下から声がした。「やあ、アレックじゃないか」

ロードン卿がシーアとガブリエルの先に視線をやった。そこにはマイルズが、マシューを抱いたダマリスと一緒に立っていた。ロードンがうなずいた。「マイルズ」彼の視線がイアンとアランにも注がれた。「ウォフォード。カーマイケル。クリスマスの集《つど》いといったところか」

「ここになにをしに来たのかは知らないが、ロードン、とにかくぼくの家から出ていってくれ。いますぐ」ガブリエルがシーアの隣りに立った。

シーアは燭台を持つ手を下ろしたが、万が一のためにつかんだまま、わきに足を踏みだし、ふたりの男を交互に見やった。

「ジョスランに会いに来た」とロードンがいった。

「ここに、い、いか？」

ロードンの目が、炎の中心のように強烈な青い光を放った。「彼女と話すつもりだ。なんらかの答えを得るまでは、帰るつもりはない」

「答え？」ガブリエルの声が、危険なほど高まった。「答えを得る資格があるとでも思っているのか――妹をさんざんな目に遭わせておきながら、妹になにかを要求できるとでも、思っているのか？」

「おい！　まだそんなむだ口をきくつもりか？」ロードンが軽蔑したようにいった。

「この野郎！」ガブリエルが両手のこぶしを固め、一歩近づいた。「よくもそんな口がきけたものだな？　妹にたいする仕打ちなど、なんでもないとでもいうのか？　おまえ、妹に手をかけたろう！　無理強《じ》いしたろうが！　おまえのせいで妹は恥辱にまみれ、家族と故郷から逃げるしかなくなったんじゃないのか？　なのにぬけぬけと顔を出して、妹に会わせろだと？　心臓を弾丸で貫《つらぬ》かれなかっただけでも、運がよかったと思え」

「無理強いだと？」ロードンが弓の弦《つる》のようにぴんと張りつめ、やはりこぶしを固めて足を踏みだした。「ぼくがジョスランを、手ごめにしたというのか？　なんと傲慢無礼なやつだ！」

シーアははらはらしながら身をこわばらせた。ふたりの男の顔を見ていると、殺人に発展しそうな勢いだ。彼女は両手で燭台を掲げ、じりじりとふたりに近づいた。この燭台をふりまわしたところで、ふたりを止めることはできないかもしれないが。

幸い、背後から早足で近づく音がして、マイルズがぴしゃりといった。「アレック、待て！　ガブリエルもやめておけ。まだなにもわからないだろ。ロードンが父親だとはっきりしたわけでもないんだから」

ガブリエルはマイルズを無視し、目の前の男をひたすらにらみつけていた。「ああ、おまえが妹を手ごめにしたといっているんだよ。これが証拠だ！」彼はくるりとふり返り、ダマリスの腕に抱かれた赤ん坊をさっと指さした。赤ん坊は、青い目をきょとんと見開いて、このなりゆきをながめていた。

ロードンがガブリエルの指の先を目で追った。彼もまた目を見開き、一瞬、腹を殴られたような顔をした。彼はガブリエルの前を通り過ぎ、ダマリスの数歩手前で足を止めた。ダマリスはあとずさりはしなかったものの、赤ん坊を抱く手に力をこめ、長身の男の顔から視線を外さなかった。マイルズとガブリエルとシーアが、ほとんど同時にロードンのあとを追い、彼の背後に近づいた。シーアは赤ん坊からロードンに視線をやり、ふたたび戻した。たしかに髪と目の色が似ていることは否めない。このいかめしい、げっそりとした顔立ちをした男も、かつてはマシューのようにぽっちゃりとした丸顔だったのだろうか？

「ジョスランの子どもか？」ロードンは、ほとんどささやくような声でいった。「ほんとうに？」

「おまえの子どもでもあるだろう」ガブリエルがそっけなくいった。「これほど似ているんだから、否定はできんぞ」

ロードンがふり返り、ガブリエルをまっすぐ見つめた。「なるほど、それでぼくがジョスランを無理やりものにしたという結論に飛びついたわけだ。ジョスランがそういったのか？」

「彼女はなにもいっていないが、簡単にわかることだ。ジョスランは、おまえの赤ん坊を身ごもったという恥辱に直面できず、逃げだした。子どもの父親と結婚するより逃げだすほうを選んだということは、よほどその子の父親をいみきらっていたんだろうな」

ロードンの青い目は冷え冷えとしていた。口調もしかりだ。「もしほんとうにぼくの子なら、連れていかないとな」

「だめよ！」シーアがあえぐようにいい、ガブリエルがマシューとロードンのあいだに割って入った。

「ぼくの生きているうちは、この子に指一本触らせないから覚悟しておけ」

「そうか？　その状況をよろこんで変えてやってもいいぞ」

目の前でくり広げられる場面を目をまん丸にしてながめていたマシューが、その怒りにまみれた声に反応して泣きだした。顔をまっ赤にしてしわをよせ、かん高い泣き声を上げながら涙をぽろぽろとこぼしはじめた。その声に、頭に血を上らせていたふたりの男も身をひるませ、赤ん坊に目を向けた。

「ほらごらんなさい！」シーアはぴしゃりといって、マシューを受け取りにいった。「そろそろ帰っていただかないと」彼女はマシューのからだを揺らして背中を軽く叩き、慰めるような声であやした。

「そうはいかない！　なんとしても――」

マシューの泣き叫ぶ声がいちだんと高まり、シーアはいかめしい顔つきでロードンをさっとふり返った。「あなた、赤ちゃんを怖がらせているのよ！」

その瞬間、大きなせき払いが響きわたり、玄関広間の反対側から女性の声がした。「ちょっと、すみません！」

全員が玄関をふり返った。おしゃれなボンネット帽とペリースを身につけた小柄な女性が、開け放たれた戸口に立っていた。外套の襟と袖口の飾りとお揃いの、クロテンのマフに両手を入れている。彼女が玄関に足を踏み入れると、うしろから小さな鞄《かばん》を手にした女中がつづいた。

「なんと、驚いたな！」シーアは、ガブリエルが小声でそうつぶやくのを聞いた。

「エミリー」イアンが弱々しい声でいった。

「いきなり入ってきてごめんなさい。でもノックしても、だれも応えてくださらなかったものだから」彼女はあたりを見まわし、ガブリエルからロードン、そしてシーアが腕に抱いた赤ん坊に視線を移すと、目を見開いた。「あの、その、おじゃましてごめんなさい」

一瞬、だれもなにもいわなかった。やがてガブリエルが、その静止画のような場景から前に進みでていった。「レディ・ウォフォード。失礼しました。どうぞお入りください」彼は、あいかわらず広間の片隅をうろうろしていた従僕を手ぶりでさっと呼びよせた。従僕があわてて前進してふたりの訪問者の背後で扉を閉め、レディ・ウォフォードのペリースとボンネット帽を受け取った。

オーバーと帽子と大きなマフを失うと、レディ・ウォフォードはさらに小さく見えた——いわゆる、きゃしゃなタイプだ。その手の女性を目の前にすると、シーアはいつも、自分がやけにのっぽに思えてならなかった。レディ・ウォフォードは薄青の目と明るい茶色の髪をした美人だったが、大量のひだやリボンが飾られたドレスと、くるくるとややこしくカールさせた髪型がやたら騒々しく、彼女本来の美貌を損なわせているように見えた。彼女は眉間に軽くしわをよせながら、目の前の男女をながめまわした。彼女の視線がシーアとダマリスのところで止まり、小さなしかめ面が深まった。

シーアはふと、イアンの妻にしてみれば、目の前の光景がさぞかし奇妙に思えるであろうことに気づき、頬を赤らめた。先ほどまで怒鳴り合っていたガブリエルとロードンは、いまだ頭と肩をぐっしょり濡らしたまま。彼女の夫とその友人たちは、そんな光景を突っ立って見ている……そして最悪なのは、男性のなかに見たこともないふたりの女が入りこみ、そのうちのひとりが泣き叫ぶ赤ん坊を抱きかかえていることだった。彼女が自分とダマリスをどう考えているのかは、容易に察しがつくというものだ。

「いえ、そんな、モアクーム卿」レディ・ウォフォードがこわばった笑みを浮かべながらいった。「こちらのほうこそ、失礼しました。殿方の狩り小屋に妻が歓迎されることがまずないのは、わたしだって心得ていますもの」彼女の視線がシーアにさっと注がれた。「みなさん、お楽しみの最中のごようすなので、レディは遠慮したほうがいいでしょうし」

先ほどまでばつの悪さを感じていたシーアだが、それがいま怒りに取って代わり、頬がさらにかっと熱くなった。

「いえ、ここは狩り小屋というわけではありませんよ」とマイルズがにこやかにいった。「モアクームの別荘というだけで」

「それに、いつでも歓迎です」とガブリエルがつけ加えたが、そのぎこちない口調にはあまり説得力がなかった。

「エミリー」イアンがようやく前に進みでた。「きみが遠慮することはなにもないさ。さあ、お客さまを紹介しよう。はとこのミス・アルシーア・バインブリッジはおぼえているだろう？」彼は、自分と同じ〝バインブリッジ〟という名字をかすかに強調した。「それから彼女のご友人の、ミセス・ハワードだよ。アルシーアとお兄さんは、ここチェスリーで暮らしていて、お兄さんのほうはここの教会区牧師を務めてらっしゃるんだ」

「ああ、そうだったわね」レディ・ウォフォードのしかめ面がわずかにゆるみ、彼女は取りつくろった笑みを浮かべてシーアを見た。「どうやら田舎のほうでは、なにかと習慣がちがうみたいですわね」

シーアもレディ・ウォフォードと同じように取りつくろった笑みを返し、軽くひざを曲げてあいさつした。「ええ、都会で過ごしたあとでチェスリーに来ると、とても居心地がいいと、みなさんよくおっしゃいます」

「ロードン卿」レディ・ウォフォードは彼の存在に気づいてはいるという程度に、かすかにうなずきかけた。

「レディ・ウォフォード」彼も彼女にうなずき返した。シーアは、このふたりの横柄な態度と思いやりのなさはいい勝負だと思った。ロードンがガブリエルに向き直った。「まだ話は終わっていないぞ、モアクーム」

「アレック……」マイルズがさりげなくふたりの男のあいだに割って入った。「レディ・ジョスランはここにはいない。誓っていうよ」

「ジョスラン?」レディ・ウォフォードが目を見開いた。「ジョスランがここにいるの?」

「いや、もちろんいないさ。いまちょうど、そのことを話し合っていたというだけだ」

「でも――」イアンの妻がロードン卿をちらりとふり返った。「そうなの」彼女は気まずそうに口をつぐんだ。

ロードン卿がマイルズのわきをすり抜けようとしたが、いきなりダマリスが前に進みでて彼の腕に手を絡ませたので、彼としてもよほど無礼な態度で応じないかぎり、彼女にうながされるままきびすを返して玄関に向かわざるをえなくなった。扉に向かいながら、ダマリスが話しかけた。「町までご案内しますわ。わたしもちょうど、そちらへ行くところでしたから。チェスリーにはなかなか快適なお宿があるんですよ。もちろん、きょうの午後にも出発されるというのなら、話はべつですけれど」

「ほかに行く予定はありません」ロードンはダマリスのなすがままにされていたが、やがて足を止め、ガブリエルをふり返った。「まだけりはついていないからな」彼はだれにともなくうなずきかけると、くるりと背中を向けて玄関の扉を開けた。ダマリスがあとにつづこうとしたが、彼の冷たい視線にきっとにらまれ、足を止めた。「宿屋なら、自分で見つけられますから」

おろおろしている従僕から帽子を受け取ると、彼は足音を響かせて扉から出ていった。ダマリスはしばらくその場に突っ立ったまま彼を見つめていたが、やがてふり返ってシーアのもとに戻った。「わたしにはどういうことなのかさっぱりわからないけれど、とにかく失礼な人ね」

シーアはうなずいた。マシューの泣き声は震えるような息づかいにまでおさまっていた。彼は濡れた顔をシーアの肩になすりつけたあと、ため息をもらして頭を彼女にもたせかけた。そのしぐさを見て、なぜかシーアはのどを詰まらせ、ふとダマリスを見やると、彼女もにこやかにマシューを見つめながら、その目を涙で光らせていた。

ダマリスが目をぱちぱちとしばたたき、シーアにも笑みを向けた。「こういうときの赤ちゃんって、ほんとうにかわいらしいと思わない？」

シーアはうなずいた。この二日間、彼女を思い悩ませてきたある考えが、またしても頭に浮かんできた――ガブリエルがマシューを引き取ると決めたら、わたしはどうしたらいいのだろう？　時がくれば、彼とその一行は、赤ん坊を連れてチェスリーを去ってロンドンに戻ってしまうのだ。そう考えたものの、シーアはいつものようにそんな思いをきっぱり心の隅に押しやった。

「ロードン卿がこんなところでなにをしているのか、さっぱりわからないわ。しかも、クリスマスの直前だというのに」とレディ・ウォフォードがいった。「どうしてあの人、ここにレディ・ジョスランがいると思ったの？　彼女からなにか連絡があったのかしら、モアクーム卿？」

ロードン卿が出ていったばかりの扉の先をずっとにらみつけていたガブリエルは、つくり笑いを浮かべた。「いいえ、妹からはなんの便りもありません。ロードン卿がどうしてプライオリー館に来たのかは、ぼくにもよくわからないんです。どうやら、なんらかの理由で、ジョスランがここにいると思っているようですが」

「なるほど」そういいながらも、レディ・ウォフォードは納得がいかないようすだったが、それ以上追及しようともしなかった。彼女はシーアと、いまやその肩によりそっている赤ん坊に好奇の視線を向けた。「いずれにしても、わたしが突然姿を現わしたので、みなさんさぞかし驚いてらっしゃることでしょうね。ごめんなさい」彼女はガブリエルににこりと笑いかけたあと、夫に顔を向けた。「あなたがフェンストーン・パークにいないものだから、お義父《とう》さまがひどくご立腹なの。だからわたしがここに来て、あなたが気を変えてくれるよう説得しますって申し上げたの。もちろん、狩り小屋に集まっているところに妻が顔を出すなんて、紳士のみなさんに疎《うと》まれるのはよくわかっているんだけれど」そういいながら、彼女はおどけたようにふくれ面をしてみせた。「でも、ここが狩り小屋じゃないのなら、わたしは追い返されずにすむかしら」

「もちろん歓迎です」とガブリエルがいった。「もしクリスマスをご親戚と過ごすよう、イアンを説得しきれなかったら、ここで一緒にクリスマスを祝いましょう。祭りには女性がいたほうが、華やかですからね」

「あなたは昔から、完璧な紳士でいらしたわね」レディ・ウォフォードがほほえんだ。

イアンが妻の腕を取った。「二階の部屋に案内しよう、エミリー。きょうは旅で疲れているだろうから」

「一日でここまで来たわけじゃないのよ。わたしが旅が苦手だってこと、ご存じでしょ。でもたしかに少し疲れたわ」

彼女はイアンに連れられて二階に向かい、女中にもついてくるよう手ぶりで伝えた。ほかの者はみな、ふたりの姿が見えなくなるまで見送った。そのあとアランがさっとふり返り、重々しいため息をついた。「やっかいなことになったな」

「ああ。どうやらお気楽な独身の日々は終わってしまったようだ」とマイルズも同意したが、その笑顔からは、さほど気にしているふうには見えなかった。「町から酒場が消えるわけではないがね」

アランが顔をしかめてきびすを返し、大広間へと戻っていった。「できるうちに、ワインと葉巻をせいぜい楽しませてもらうことにするよ。きみたちはどうだ?」

ガブリエルは首をふった。「この服を着替えたら」――シーアのほうに意地の悪い視線を投げかける――「子ども部屋を探しにいくつもりなんだけれど。レディのおふたりにご一緒していただけるかな?」

「よろこんで」とシーアは答えた。「でもマシューが眠ってしまったわ」彼女は眠りに落ちた赤ん坊の背中をさすった。

「じゃあ、ぼくが預かろう」とマイルズがいった。「ここで見ているよ」彼はダマリスに笑みを投げかけた。「きっとミセス・ハワードが手伝ってくれるんじゃないかな。赤ん坊が目をさまして、また泣きだしたときに、手慣れた女性がいてくれないと困るから」

ダマリスはくすりと笑って、彼に向かって頭をふった。「わたしをだまそうとしてもむだですよ、サー・マイルズ。あなたがわたしたちのだれよりも赤ん坊にかんして知識が豊富だということは、もうすっかりお見とおしですから。でも、よろこんで赤ん坊の面倒を一緒に見て差し上げますわ」

ガブリエルがシーアに浴びせられたエールを洗い流しに行っているあいだ、残った者で居間のクッションが効いたひじ掛け椅子をふたつ合わせて、間に合わせのベビーベッドを設置した。シーアはそこにマシューを寝かせた。数分後、清潔なシャツとネッカチーフを身につけたガブリエルが現われた。あわてて顔を洗ったために、まだ髪が湿っぽかった。

「水をかけるだけじゃだめだったのかい?」彼は、ふたりして二階へ向かいながら、からかうようにいった。「エールじゃなきゃだめだったのか?　おかげでべとべとだ」

「いちばん手近にあったんだもの」と彼女は切り返した。「なにかで殴られなかっただけ、ましだと思ってちょうだい」

「きみが燭台を手にロードンと対峙《たいじ》している光景を床から見上げたときのことは、一生忘れないだろうな」ガブリエルが笑い声を上げた。「きみはたいした女性だよ。今度決闘するときは、きみを助手として連れていこう」

シーアは目玉をぐるりとまわした。「それはどうも。でもご辞退させていただくわ」

階段を上りきったところで、ふたりは左に曲がり、そのまま廊下を進んで、右手に通じる閉ざされた二重扉の前まで行った。「こちらの棟には一度も来たことがないんだ」ガブリエルはそういいながら、片方の扉を開けた。「でも、家の中心部には子ども部屋がないということは、きっとここにあるんだろう――もちろん、この家に子ども部屋というものが、あるとしての話だけれど」

ふたりは、さらに狭い廊下を進み、両側に並んだ扉をいちいち開いては、なかをのぞきこんでいった。空っぽの部屋もあれば、最低限の家具だけ揃っている部屋もいくつかあった。どうやらこの棟は、ここしばらく使われていなかったようだ。

「どうしてロードン卿はここに来たのかしらね?」とシーアがたずねた。「どうしてあなたの妹さんが、ここにいると思ったのかしら？　なにがなんでも彼女と話してやるって意気ごんでいたみたいだけれど」

「そうだな。やつがそう思うだけの理由がなにかあったにちがいない。もちろん、教会にマシューをおき去りにしていったのが妹なら、じっさいここチェスリーに来たということになるわけだが。それにしても、どうしてやつがそのことを知っているんだろう？」

「あの人、マシューのことは知らなかったみたいだわ」とシーアはいった。「あなたがマシューを指さしたとき、心底驚いていたみたいだもの」

「たしかに」ガブリエルはうなずくと、顔をしかめた。「殴りかかる前に、もう少し話を聞いておくべきだった。しかしあのときは、やつがさんざんなことをしておきながら、偉そうにジョスランに会わせろと要求してきたのを見て、つい頭に血が上ってしまって」

彼はさらにつぎの部屋の扉を開いた。その部屋には、壁際にいくつか低い棚が設置されているほか、小さな椅子が四脚ついた短いテーブルがおかれていた。部屋の両側の扉がさらに小さな三つの部屋につづいており、どれも空っぽだった。

「ああ、たぶんここだな」ガブリエルが部屋のなかをめぐり、ほかの小さな部屋をのぞきこんでいった。棚から本を一冊引っ張りだし、中身をぱらぱらとめくったあと、もとの位置に戻した。

「ええ、たしかに子ども部屋のようね」

「ほかの部屋から少し離れすぎているな」とガブリエルがいった。

「そうね。でもそこがいいんじゃないのかしら？　おとなが夜泣きする赤ちゃんに叩き起こされたり、赤ちゃんが夜遅くまで起きているおとなに起こされずともすむから」

「そういうことなんだろうな。もちろん、ここには子守がいて、面倒を見てくれるわけだし。それでも……」彼がふたたび顔をしかめ、背の低い書棚によりかかって脚をのばした。

シーアはにこりとしてうなずいた。「わかるわ。赤ん坊をこんなに遠くに離すのは、心配なものよね。わたしもマシューを入れたかごを、ベッドのすぐわきにおいているもの。あの子が泣いたとき、聞こえなかったらどうしようと不安で」

「あの子は、ぼくと同じ棟においておきたい」彼がいったん言葉を切った。「しかし、きみのいうとおりだな——ぼくたちの声で、夜遅くにあの子を起こしてしまうかもしれない。赤ん坊がいると、なにもかもが逆転してしまう、だろう？」

「ええ、そうだと思うわ」

ガブリエルはしばらく押し黙ったまま、目の前の床をじっと見下ろしていた。ようやく、口を開く。「あいつとは、すごくいい友だちだったんだ」

シーアは彼をちらりと見やった。いきなり話題が変わったことに、驚いていた。「ロードン卿のこと？」

彼がうなずき、胸の前で腕を組んだ。「出会ったのはイートン校だった。あいつは……あまり好かれていなかった」

「それは意外だわね」シーアは冷たくいい放った。

ガブリエルがかすかにほほえんだ。「あいつの家族は、評判だったからね」

「どんなふうに？」

彼は肩をすくめた。「ものすごく気位《きぐらい》が高いんだ。傲慢ともいえるほどに。自分たちの領地をほぼ独裁的に支配するのを常とした、昔ながらの北部の家系だよ。征服王ウィリアムと一緒にやって来た連中だが、うわさによれば、もっと古くにはスカンジナビアの血も流れていたらしい。ロードンの父親は、じつに粗暴な野——あ、いや、じつに粗暴な男なんだ。おじいさんはもっとひどかったと聞いている」

「なんだかあまり楽しくないお話ね」

「ああ。だからみんな、あいつには近づこうとしなかった」

「でも、あなたはちがったのね？」

ガブリエルは肩をすくめた。「ある日、けんかに巻きこまれたんだ。相手は三人で、こちらはぼくひとり。そのとき、ロードンが助けに来てくれた」ガブリエルは当時を思いだしたのか、かすかに口もとをゆるめた。「やつは右フックが得意なんだ。相手を叩きのめしたとまではいえないが、最終的に逃げだしたのは相手のほうだった」

「それで、お友だちになったのね」

「あいつと口をきいたのは、そのときがはじめてだった。そうしたら、なんだか馬が合ったんだ。だからほかの友だちにも紹介した。イアンとマイルズとアランとは、子どものころからの仲間だ。もうひとり、ジェラルド・レーシーというやつもいたんだが、いまは結婚しているので、そうたびたび会わなくなった」

「わたしのはとこの場合、結婚しても友情にひびは入らなかったみたいね」

「ああ。イアンの場合は、まあ、奥さんにべったりでもないから」

「あら」

「ロードンとは十五年ほど友人関係にあった。だからこの一年は、変な感じだったよ。こんなふうに感じたこと、あるかな？　だれかと親族のように、いや、それ以上に親しくしていた年月をおぼえていながら、いまではその相手をさげすんでいるなんて」

「残念ね」シーアは彼に一歩近づき、思わずその手を取った。それを親愛の情をこめて両手で包みこみ、彼の目をのぞきこむ。「そんな気持ちは、一度も感じたことはないわ。想像するしかないけれど、さぞかしつらいものでしょうね」

ガブリエルの黒い目に温かな笑みが浮かび、やがてそれが唇に広がった。「きみのことを理解した気になるたびに、驚かされてしまうことばかりだな」

「わたしがあなたに同情したことが、驚きなの？」シーアがからかうようにいった。「わたしって、いつもそんなにがみがみいっているように見えるのかしら？」

「がみがみいっているわけじゃない。そうだな……戦士とでもいうか。イケニ族の女王ボアディケアとか。敵の手にかかった弱い兵士を守ろうと、燭台をふりまわすところなんか」

シーアは思わず笑い声を上げた。「ボアディケアですって？　ロードン卿とけんかしたとき、あなた、頭をひどく殴りつけられたみたいね。わたしが女戦士に匹敵するわけがないもの」

「いや、匹敵するさ。きみはたくましい――見捨てられた子どもを救出し、邪悪なやつらを脅しつけ、道を外れたぼくらのような人間を救ってくれる」

ガブリエルに笑みを向けられ、シーアは、その整った口もとから目を離せなくなった。くっきりとした輪郭の上唇に、ふっくらとやわらかそうな下唇。その口を唇で感じたときのことが、忘れられない。やわらかく、まるでベルベットのようでありながら、同時に硬く、彼女の口に沈みこんできた。あの口をもう一度唇で感じたい、という強烈な思いがわき起こってくる。そして無意識のうちに、唇をわずかに開いていた。

ガブリエルの目のなかでなにかがぱっと燃え上がり、彼は背筋をすっとのばした。シーアの手を口もとに持っていき、その肌に唇を押しつける。心臓がはためき、シーアはいきなりのどで激しく脈打ちはじめた鼓動を彼に気づかれてしまうのではないかと、びくびくした。彼が彼女の手をひっくり返し、今度はてのひらに口づけした。シーアの全身を震えが走った。かつて感じたこともないような熱気が、全身に押しよせる。彼に触れられるたびに、あのも彼に口づけしてほしかった。先日のように、彼に触れてほしかった。

そんなシーアの気持ちを読んだかのように、ガブリエルが彼女のからだに腕を滑らせて引きよせ、かがみこんで唇を重ねた。

10

世界がくるくると遠ざかり——ガブリエルに口づけされるといつもそうなってしまう——いつしかシーアは息も絶え絶えになり、彼にしがみついていた。彼の口づけの魔力は、シーアを夢中にさせ、甘く、陶然とした気分にさせる。エールの残り香と、彼のからだが発する熱っぽい香り、そしてオーデコロンの刺激的な香りが混じり合い、シーアの鼻孔を満たした。シーアは彼の肩に手を滑らせた。その大胆な行動には、われながら驚かされる。ここ数日、ガブリエルの髪の感触を何度も夢見ており、いま、その好奇心を好きなだけ満たそうと、絹のような豊かな彼の髪に指を埋めてみる。髪が指にくるりと絡みついた。

彼が口づけの角度を変えようと頭を持ち上げたとき、シーアの頰に震えるような息がかかった。ガブリエルが手を滑り下ろして彼女の尻を包みこみ、ぐっと抱きよせた。と、シーアは、瞬く間に燃え上がる彼の熱情をからだで感じた。ガブリエルがシーアをくるりとふり向かせ、背の低い書棚の前まで連れていった。彼女を書棚の上にのせ、脚のあいだに熱いからだを押しつける。たがいを隔てているのは、服だけだ。

シーアは、からだを流れる血がこれ以上煮えたぎることはないと思っていた。ところがいま、さらに熱く煮えたぎる血がからだじゅうを駆けめぐり、脚のつけ根部分のうずきへと集中していくようだ。この、いきなり芽生えた執拗な渇望に抗うためにも、両脚をぎゅっと閉じてしまいたいところだったが、あいだにガブリエルが立っているため、それはかなわなかった。シーアは本能的に彼の腰に両脚を巻きつけ、体勢を安定させた。すると彼がからだをびくんとさせ、のどから低い声を発すると、からだをこすりつけてきた。ガブリエルが彼女の唇を激しく奪い、彼女をすっかり飲みこもうとする。彼の両手が彼女のからだのわきを滑り、長くしなやかな指で胸を包みこむ。シーアはぶるっと身を震わせた。そんな親密な接触にはっとしただけでなく、自分自身の反応にも驚いたのだ。

シーアの胸がふくらみ、うずき、乳首がぴんと硬くなった。彼の親指がそこをかすめ、ドレスのやわらかな生地越しに、ごく軽くさすりはじめた。生地越しに乳首を愛撫されるうち、その動き一つひとつに反応して体内のうずきがさらに高まり、強まっていく。シーアは、ガブリエルによって体内に芽生えさせられた感覚に胸を高鳴らせながら、それ以上のことを求めていた。

彼の両手が彼女の胸から下へと移動しはじめた。上品な肩掛けを押しのけ、ドレスとその下のシュミーズの襟もとを引き下ろす。シーアは、さらけ出された胸に冷気があたり、中心のつぼみがさらに固さを増していくのを感じた。ガブリエルの唇が彼女の口から離れた。彼はてのひらにおさまった彼女の胸を見下ろしながら、目をぎらつかせ、紅潮した顔に欲望をたぎらせていた。

「美しい。きみは、とても美しい」

ガブリエルがかがみこみ、震える胸の頂点を唇でかすめると、シーアはのどを詰まらせたような悦びの声をもらした。彼が笑みを浮かべたのが、肌から伝わってきた。さらに驚いたことに、彼がその敏感な肌を舌の先でゆっくりとなぞりはじめた。シーアはからだをぴんと緊張させ、巻きつけた両脚で彼の腰をさらに締めつけた。ガブリエルが小さなうなり声とともに彼女の乳首を口にふくみ、吸いはじめた。

シーアは頭をのけぞらせて壁に押しつけ、全身をかけめぐる快感に酔いしれた。彼の片手がわきから腰へと、さらに脚へと下がっていく。その指がドレスとペチコートの下にするりと入りこみ、今度はじりじりと脚を上がっていった。彼の手が脚の外側からひざへと、そして内腿のやわらかな曲線へと進むにつれ、パンタレットの生地越しに感じられる指の感触が、シーアをしびれさせた。彼が胸から口を離し、骨までとろけさせる行為を終えると、今度は首もとに顔を埋めた。シーアの耳に、彼のしゃがれた荒い息づかいが聞こえてくる。ガブリエルが彼女の首の敏感な肌にそっと口づけし、唇と歯と舌でじらしはじめた。

そうしながらも、彼の指はさらにじりじりと、彼女の情熱が集中する、熱く湿った地点に迫っていた。シーアは固い壁に押しつけられていたために身動きが取れなかったが、いずれにしても動きたいとは思わなかった。いまからだを動かしたとしても、それは、彼の手に探求されるあいだ、じっとしているのがますますむずかしくなっているからにすぎない。

彼の親指が、彼女の湿った下着越しに、あらゆる感覚が集中しているとおぼしき、腫れてうずく箇所に触れた。シーアはあえぎ声を出した。とんでもなく……みだらで……ぎょっとするほど……そして信じられないほどの、快感だ。彼に愛撫され、身をくねらせ、からだを持ち上げながら、もはや声をもらさずにいられない。彼の肩に指を埋めながら、自分が激しく潤《うるお》っていること、悦びに浸っているそしてそれを彼に気づかれていることを思うと、恥ずかしくてたまらなかった。悦びに浸っていること、とはいえ、これは自分がどうしようもなくみだらだという証拠であり、もっと欲している証拠なのだから。

ガブリエルの親指が、まるで羽根のようにかすかに触れてきた。シーアはのどからこみ上げてくる声を、体内からあふれ出ているとしか思えないやわらかなあえぎ声を、押し戻すことができなかった。壁につけた頭を左右にふり、彼の親指の動きに合わせて腰を動かしてみる。彼の口からも、荒い息づかいが聞こえていた。彼の全身が発する熱気と緊張が、こちらまで伝わってくる。熱情に浮かされて大混乱をきたしているのは、シーアひとりではなさそうだ。

からだの奥でなにかが渦巻き、絡まり、それがどんどん、どんどん高まっていった。それがなんなのかわからないまま、シーアはあたかもそこに向かって駆け、そこに到達しようと全身を緊張させた。と、驚いたことに、からだの奥深くで悦びが炸裂し、シーアは思わず叫び声を上げ、はっと手で口を覆った。しかし体内を駆け抜ける熱気と、からだの隅々までさざ波となって押しよせる悦びを、食い止める手だてはなかった。

ガブリエルが彼女の左右の壁に腕をつき、懸命に息を整えようとしていた。からだを弦のように緊張させている。「シーア……」彼の口から彼女の名前がもれた――シーアには、それが祈りの言葉なのか呪いの言葉なのか、わからなかった。

シーアは壁にぐったりよりかかったまま、暖かな、悦びという名の高揚の海に浮かんでいた。立ち上がれるかどうか、いや、動けるかどうかすら、自信がなかった。脚にまったく力が入らない。しかしいまこの瞬間は、どうでもいいことだった。

ガブリエルが離れ、彼の熱気とたくましいからだが失われた。シーアはなんとか立ち上がって目を開けた。「ガブリエル？　あなた――その、わたし――」ふと、なにをいったらいいのかわからなくなった。

彼は窓際で顔を背けたまま、外を見つめていた。片手を壁につけてもたれかかっている。彼が頭をふった。「ちょっとだけ、待ってくれ。しばらく――きみ以外のことを考えなくては」

シーアはふと恐怖に襲われた。彼はわたしに腹を立てているのだ。不機嫌になったのだ。からだを突き抜けたあの情熱の洪水は、彼にしてみればおもしろくもなんともなかったのだろう。いや、それ以上に、あんなふうに本能的な欲望をさらけ出してしまったことで、うんざりさせてしまったのでは？　シーアはすっと息を吸い、手で口を覆って、目に涙を浮かべた。書棚から降りてみると、けっきょくのところちゃんと立つことはできたが、ひざが驚くほどがくがくしていた。ドレスとペチコートを下ろしてなでつけ、もう一度たしなみある姿に戻るまで、あれこれ直していった……とはいえ、からだのなかにふたたびたしなみが舞い戻るとは思えなかった。これほどすばらしい気分を味わいながらも、ここまで恐ろしく、恥ずかしくてたまらないことが、理解できなかった。まるで、自分のからだが自分のものではなくなったような気がする。悦びに満ちながらも困惑し、腹を立てる赤の他人のからだのような気分だ。

「ごめんなさい」シーアはささやくような声でいった。「もう行くわ」

ガブリエルがさっとふり返った。「だめだ！　いや、その、そうだな、行ったほうがいいかもしれない。でも、謝らないでくれ」彼の声は低かったが、きっぱりとした、断固たる口調だった。彼が近づいて彼女の腕を取り、額と額を合わせて目を閉じた。「謝ることなんて、なにもないんだから。きみは……すばらしい」彼は彼女の額にそっと、やさしく口づけしたあと、その腕を放してふたたび遠ざかった。「でもいまは、自分が紳士だということを忘れてしまいそうなんだ。少なくとも、紳士のふりをすることを」

「まあ」彼女は一瞬間をおいた。「じゃあ、わたしはこの棟にあるほかの部屋を見てまわっていたほうがよさそうね」

彼が弱々しくほほえんだ。「いい考えだ」

シーアは子ども部屋から出ると、廊下をあてもなく進みながら、各部屋をのぞいていった。まるで蛍《ほたる》のように思考がぴょんぴょんと飛びまわり、ひとところに止まってもくれなければ、一貫してまとまろうともしてくれなかった。鏡があればいいのに。わたしの顔も、自分でも感じているように、まっ赤でぼうっとしているのだろうか。シーアはもう一度ドレスを見下ろし、短い身ごろ部分についた飾りボタンの列を直していった。髪型はどうなっているかしら？

彼女は一瞬その場に立ちつくし、廊下の突きあたりにある縦長の窓を、見るともなしにながめた。床をひっかくような靴音がしたのでふり返ると、ガブリエルが歩いてきた。あいかわらず顔を紅潮させていることと、口もとがゆるんでいる点をのぞけば、いつものようすとそう変わらなかった。シーアは、自分もそう見えていてほしいと願いながらも、彼以上に顔に出てしまっているのではないかと思えてならなかった。当然ながら、彼のほうはこの手の経験が豊富なのだろう。

シーアは、ガブリエルの過去の戯れの恋について考えたとき、嫉妬心がぐさりと胸に突き刺さるのを感じて、われながら驚いた。そんなの、わたしにはいっさい関係ないのに――この人の過去は、わたしとはまったく関係がないというのに。それでもシーアは、彼が美しく、洗練された女たちを求めて、どこかべつの家の、べつの部屋をこっそり訪ね、女たちを腕に抱きしめる光景を想像しただけで、燃えるような憤《いきどお》りをおぼえずにはいられなかった。

それにしても、どうして彼はわたしとこんなことをしているのだろう？　シーアは胸を締めつけられるような気持ちで考えた。ガブリエルなら、この国のほとんどの女性を意のままにできるだろうに。こんな小さな町に住む、十人並みの器量をした行かず後家に彼が興味を持つなんて、ばかばかしいにもほどがある。答えは決まっている。たまたまわたしがそばにいたというだけの話だ。なにしろチェスリーには、女の選択肢が少ない。ガブリエルがふだん接し慣れているような、洗練された美人の基準を満たしているのは、ダマリスくらいのものだ。彼としてもダマリスのほうがよかったのだろうが、いかんせん彼女のことはほとんど知らなかった。その代わりに巻きこまれたのがシーアだった、というだけのことなのだ。

そうとしか考えられない。たまたま近くにいた。便利だった。女好きの精力的な男性なのだから、近くに手ごろなレディがいなければ、基準以下の女……すなわちこのわたしと戯れるしかないのだろう。それ以外の可能性を考えるのは、むだだし、ばからしいというものだ。シーアには、そんなむだでばかげたことをしないだけのプライドがあった。

そこで彼女はふとわき起こった嫉妬心をわきへ押しやり、にこやかな表情を顔に貼りつけて彼の前に進んだ。彼が腕を差しだしてきたので、そのひじに手をかける。と、彼に触れるたびに感じる、じりじりとした熱気の名残《なご》りが伝わってきた。こんなふうでは、ほんの数分前にふたりのあいだに起きたことを忘れようにも、なかなか忘れられそうにない。

そこへ運よく、というべきか、館の主寝室がある棟に戻るための扉を抜けたとき、ちょうど部屋から出てきたイアンとその妻にばったり出くわした。ガブリエルとシーアに気づいたエミリーが、目を見開いた。シーアは、のどから顔にかけて、かっと熱くなるのを感じた。女性の訪問客が、男性とふたりきりで家の二階を歩きまわるなどあるまじきことであり、衝撃的ですらあることは、彼女にもよくわかっていた。つい先ほど、社会的な制約にまっ向から対立するようなことをしでかしたばかりだと思うと、シーアはますますばつの悪さをおぼえた。

「ガブリエル」イアンがモアクームにうなずきかけたあと、興味深げな視線をシーアに向けた。「アルシーア」

「ミス・バインブリッジと一緒に、子ども部屋を探していたんだ。驚いたことに、ひとつ見つかったよ」

「子ども部屋？」エミリーがぽかんとした顔でくり返した。「ああ——さっき下で見た、あの子のための部屋ね？」それ以上たずねるのは失礼というものなので、さすがの彼女も口をつぐんだが、シーアには、彼女の目につぎからつぎへと疑問が浮かび上がってくるのが見てとれた。

「そうか」一方のイアンは、まるで興味のなさそうな目をしていたが、だからといって、そのどちらつかずの声には承認もふくまれていなかった。「ということは……」

「ごめんなさい」シーアがぎこちない笑みを浮かべていった。「でもわたし、そろそろ帰らないと。わたしもミセス・ハワードも、長居しすぎました。お会いできてよかったわ、レディ・ウォフォード。子ども部屋を見せてくれて、ありがとうございました、モアクーム卿」

彼女はだれにともなくぺこりとお辞儀したあと、階段に向かって歩きはじめた。

「そこまで送っていこう」シーアが階段室に到達する前に、ガブリエルが追いついた。ふたりは一緒に階段を下りたものの、シーアは用心のため、先ほどのように彼の腕を取ることも、彼に顔を向けることもしなかった。

ガブリエルの手を借り、ダマリスにつづいて馬車に乗りこむまで、シーアはなんとか彼の顔をまっすぐ見つめないようにしていた。しかしそのあと、彼の底知れない黒い目をのぞきこんだとき、胸のなかで心臓がゆるりと動き、思わず彼の手をぎゅっと握りしめてしまった。それまでの数分間、必死に抑えつけていた感情がいきなり押しよせ、シーアはふたたびからだのほてりを感じて息を切らした。からだ全体が彼を意識するあまり、ほかのことはほとんど考えられなかった。

シーアは口ごもりがちに別れのあいさつをしたあと、もぞもぞと動くマシューをサー・マイルズが差しだした腕から率先して受け取り、下を向いてマシューをしきりにあやそうとすることで、ガブリエルともう目を合わせまいとした。マシューはごはんの時間を過ぎていたためか機嫌が悪かったが、正直なところ、シーアはマシューがむずがってくれるのがありがたかった。そのおかげで、ダマリスの家に戻る道すがら、ほとんど会話を交わさずにすんだからだ。シーアには、ダマリスの鋭い視線がなにかを見逃すはずはないとわかっていたが、ダマリスはなにもいわず、なにも質問しなかった。

町に到着したところで、ダマリスが、まずはシーアと赤ん坊を家に送り届けるよう、御者に命じた。そうするとまわり道になってしまうのだが、マシューが本格的にぐずりはじめる前に家で食事を与えられるよう、配慮してくれたのだ。帰宅すると、シーアは食事をさせてもらうためにマシューをロリーに預け、そそくさと玄関に向かってボンネット帽と外套を脱いだ。

ダニエルが書斎から廊下にひょいと頭を出してきた。「シーア！　帰ったのか」彼が顔をしかめながら近づいてきた。「どこに行っていたんだ？　いまのはミセス・ハワードの馬車かい？」

「ええ。今朝、彼女のもとを訪ねるといっておいたはずだけれど」

「一日じゅう出かけているとは思っていなかったよ」兄が沈んだ顔で応じた。「ミセス・ステッドマンが、一月に行なわれる婦人茶会のことで訪ねてきたんだけれど、ぼくにはなんのことかさっぱりわからなくて」

「ごめんなさい。彼女がきょう立ちよるとは思っていなかったわ」

「できることなら、ミセス・ブルースターに口裏を合わせてもらって居留守を使いたかったんだけれど、運悪く、彼女が訪ねてきたときたまたま階段を下りていったんで、鉢合わせしてしまったんだ」彼はその不運を思い返し、頭をふった。

シーアはにこりとした。「今度訪ねていって、どんな用件だったのか確認してみるわ」

しかし不運にかんする兄の不平不満はまだつきていなかった。「ミセス・ステッドマンが帰っていくのと入れ替わりに、今度はミセス・クリフが訪ねてきたから、彼女とも話をしなきゃならなかった。今度の降誕劇にかんすることで、なんだか知らないけれどやたらに騒ぎ立てていたから、必死になってなだめなきゃならなかった。つぎからつぎへと質問を浴びせられたんで、いまおまえはミセス・ハワードを訪ねていっているといったら、ついいましがたミセス・ハワードのところに行ったけれど、ミセス・ハワードは不在だったというじゃないか。おかげで、うそつきだと思われてしまったみたいだ」

「それはお気の毒に」シーアは同情した。「ミセス・ハワードと一緒に、プライオリー館にいる、はとこのイアンとモアクーム卿を訪ねていっていたの」

「はとこのイアン？　なんの用で？　シーア、モアクーム卿と一緒に過ごすのはあまりいいことじゃないぞ。おまえのような独身女性がモアクームのような評判の女たらしとふらふらしていたら、世間体《せけんてい》がよくない。女にとって評判は大切だ。簡単に傷ついてしまうし、いったん傷がついたら、修復するのはほとんど不可能なんだから」

「そんなふうに……偽善的になるなんて、お兄さまらしくないわね。わたし、ふらふらしていたわけじゃないわ。マシューの母親を捜すガブリエルを手伝っていただけよ」

「マシュー？　マシューとはだれだ？」ダニエルが不機嫌な口調でたずねた。

「教会におき去りにされていた赤ん坊のことよ。お兄さま、お願いだから……」

兄が顔をしかめた。「あの赤ん坊か。そちらも気になっていた。どうしておまえがあの赤ん坊のことでやきもきするのか、理解できないよ。あの子の居場所は、牧師館じゃなくて孤児院だ。おまえがモアクーム卿と一緒に過ごすのだけでも充分やっかいなのに――ああ、それからいっておくが、シーア、彼のことをファーストネームで呼ぶのはやめなさい。そんなのはよくないから――おまえたちふたりがあの赤ん坊を連れまわせば、もっとたちが悪い。うわさが立ちはじめているぞ。もうぼくの耳にも届いている――どうしてモアクームはたびたび牧師館に足を運んでいるのか、あの赤ん坊はいったいどこから来たのか？　あの赤ん坊がおまえたちふたりのつながりなんじゃないかって、それとなく口にする者もいるくらいだ」兄がゆゆしげな表情で彼女を見つめた。

「もちろん、あの子がわたしたちのつながりに決まっているじゃないの」理にかなったことではないか、と思ったそばから、シーアはその言葉の裏に気づき、思わず兄を凝視した。

「ちょっと待って――マシューがわたしの子どもじゃないかって、うわさされているということ？」声が大きくなるにしたがって、音程も高くなっていった。「わたしがあの子の母親で、モアクーム卿が父親だと？」

「もちろん、ばかげたことさ。それに、まだこそこそとささやかれている程度にすぎない。しかしこれがいったんうわさとなって広まれば、あちこちで話題にされてしまうことを、きちんと心得ておくべきだ」

「でもそんなの、いくらなんでもばかげているわ！　どうしてそんなことが可能なの？　モアクーム卿がチェスリーに来たのは、ほんの数週間前じゃないの！　クリフ家のパーティで顔を合わせるまでは、彼と会ったこともないのよ。なのに、あの赤ん坊を九カ月も身ごもったうえに、六カ月前に出産するなんてこと、どうしたらわたしにできるの？　しかも、町じゅうの住民に知られることなく？　だれにも疑われることすらなく？　この一年、どうしたらそんなことを秘密にしておけるの？　いつ、ロンドンに住む貴族と、そんなとんでもない関係を結べるというの？　だって、そうでしょ、わたしがいつこっそり赤ん坊を産めたというの？　わたし、この町を離れたことなんてないのよ。この町以外の場所で暮らしたことなんて、一度もない。聖マーガレット教会や教区民のちょっとした問題を片づける以外のことを、わたしがいつしたというの？　チェスリーの住民全員が、わたしのことをひとつ残らず知りつくしているのよ。先週の日曜日にわたしが教会に履いていった靴はどれかとか、きのうわたしが通りでうなずきかけたのはだれかとか、そんな些細なことにいたるまでを、いちいちみんなに見られ、みんなの話題にされているというのに。わたしには、秘密なんてひとつもないわ！　要するに、わたしには人生がないってことよ！」

「シーア！」ダニエルが厨房のほうを気にするようにちらりと目をやりつつ、しーっといさめた。「気をつけろ！　もっと声を落として。家じゅうの人間に聞かれるぞ。ミセス・ブルースターはもちろんたしなみのある人だが、女中たちはうわさ話が好きだから」

「それがなんだというの？」シーアが鋭く切り返した。「お兄さまにいわせれば、もう町じゅうの人が、わたしのことをふしだらだと思っているんでしょ！　ついでに口やかましい女だと思われたところで、もうどうでもいいことじゃないの！」

その捨てぜりふとともに、シーアは驚きのあまりぽかんと口を開けた兄をその場に残し、くるりときびすを返してつかつかと階段を上がっていった。

時間がたつにつれ、空はどんよりと曇り、雲が低くたれこめてきた。その夜、降誕劇のリハーサルでの話題といえば、もっぱら、クリスマスは雪になりそうだということだった。リハーサルといっても、せりふはないので、衣装を身につけ、本番の舞台でそれぞれが立つ位置を確認するくらいで、ほかにすることはほとんどなかった。それでも、考えられないほど長い時間がかかり、あれこれ話し合いも行なわれた。ようやく終了して帰宅したシーアは、心からほっとし、厨房に腰を下ろして温かい紅茶を飲みながらくつろいだ。ミセス・ブルースターはすでに帰宅していたが、厨房はまだ暖かく、祝日の料理のおいしそうなにおいが満ちていた。翌日はクリスマスイヴなので、ミセス・ブルースターが焼いたり調理したりと、休むことなく立ちはたらく予定だ。

家は静まり返っていた。今夜はシーアが夜遅くまで外出していたために、マシューはロリーの部屋にいた。ふたりとも、二階の部屋ですでに深い眠りに落ちている。ダニエルは、例によって書斎で読書中だ。シーアは、兄に話をしにいこうかとも思ったが、その日の午後に交わした、あまり友好的とはいいがたいやりとりにかんして、まだ気持ちがおさまっていなかった。そこで彼女は紅茶を飲み終えると、翌日の仕事手順についてぼんやりと考えた。牧師館のクリスマスイヴは、毎年決まってあわただしかった。クリスマス用の台木が到着し、貧しい教区民が無料の食べものにありつこうと戸口に列をなす。クリスマス・プディングづくりと、翌日のお祝いのための料理づくりは、もちろんのこと。

しばらくして二階の自室に向かったとき、シーアは廊下の突きあたりの小さな部屋にそっと近づき、なかをのぞきこまずにはいられなかった。狭いベッドで、ロリーが耳の上まで毛布を引き上げて眠っていた。ベッドと戸口のあいだにかごがおかれていたので、シーアは忍び足で近づき、なかで眠る赤ん坊をのぞきこんだ。マシューを目にしたとたんに、シーアは眠る赤ん坊の魔法にかかって胸が締めつけられた。いつまでもそこに立ちつくし、ひたすら見つめてしまう。

ようやくシーアはきびすを返すと、静かに廊下に戻り、自分の寝室に向かった。ドレスの背中を外して脱ぎ、シュミーズのひもをほどいた。生地が裸の胸をさっとかすめたとき、その日の午後の出来事と、ガブリエルの熟練した指先で胸を愛撫されたときのことを思いだした。それだけで、乳首がぴんと硬くなってくる。シーアは、彼がしたように、片方の乳房をてのひらで包んでみた。あのとき、彼はどんなふうに感じていたのだろう。貧弱な胸だと思っただろうか、それとも、てのひらのなかの重みに、わたしと同じように激しい欲情をおぼえただろうか?

シーアは鏡をふり返り、裸の胸をまじまじと見つめた。ガブリエルの目に、このからだはどんなふうに映ったのだろう。ぎすぎすとして女らしくない、と思われてしまったかもしれない。シーアは自分の裸を見つめていることに少し気まずさをおぼえた。これが罪なことであるのは、まちがいない。それでも、顔は背けなかった。それどころか、ペチコートとパンタレットもほどいて脱ぎ、一糸まとわぬ姿となって鏡の前に立った。長く、ほっそりとした脚と、尻のふくらみ、平らな腹を見つめる。女らしい曲線ではあったが、豊満とまではいえなかった。もしガブリエルがこの姿を見たら、欲望をかき立てられるだろうか、それとも貧弱だと思われるだろうか。

ガブリエルに裸を見られていることを想像し、シーアはぞくっと身を震わせた。乳首がぴんと立つ。彼のあの黒い目が、ゆっくりとからだの線をたどって行く光景を思い描いた。その日、彼に口づけされたときの、あの燃えるような情熱的な視線で見つめられる光景を。シーアは目を閉じ、両手を上げてからだに触れていった。胸をなで、指で乳首に円を描き、それが小さなボタンのように硬くなって反応するのを感じた。快感をおぼえないではなかったが、ガブリエルに触れられたときとはちがう。彼女は手を下に滑らせ、骨が浮きでたあばらからウエストへ、腹へと下げていき、ガブリエルによって情熱の火をつけられた中心部分へと、指をどんどん近づけていった。くるりと縮れた毛に指が触れたところで手を止め、さっと引っこめた。

わたしったら、なにをしているの？　シーアは鏡にくるりと背中を向けてナイトガウンをつかむと、頭からかぶって両腕を長い袖に押しこめた。いちばん上のボタンまで留めたあと、鎧《よろい》をまとうかのように、その上から部屋着をはおった。しかし服を身につけたところで、両脚のつけ根で感じはじめた、かすかながら執拗なうずきを抑えることはできなかった。これを鎮めることができるのはガブリエルの指だけだ、と思うと恥ずかしかった。その場面を想像して頬を紅潮させながら、髪を下ろした。いくら髪をとかしても、冬ということもあり、くせ毛がきしんでブラシにまとわりつき、乱れる一方だった。

いつもなら、毛がもつれてしまわないよう、二本の太い三つ編みにして眠るのだが、今夜は編むのはやめておいた。そんなこともできないほど、落ち着きを失っていたのだ。髪を編むことすら、面倒な気がした。けっきょくリボンを使って、首のうしろで一本にまとめることにした。

ろうそくの火を吹き消してベッドわきの小さな台にひざをつき、いつもよりかなり時間をかけて支離滅裂な夜のお祈りを唱えたあと、ベッドに入った。部屋は暗く、シーアは疲労困《こん》憊《ぱい》していた。だから簡単に寝つけるはずだった。ところが今夜は、なかなか寝つけそうにない。目を閉じたとたんに午後の出来事が脳裏によみがえり、どうしても気持ちを切り替えることができないのだ。口づけされたときのこと、触れられたときのことを、いちいち思いだしてしまう。あのときの音と香りと味がふたたび彼女の感覚をくすぐり、誘いかけ、あざけるのだ。

いくら自分を叱責しようとも、波のように押しよせるみだらな気持ちと渇望をふり払うことができなかった。シーアは枕に顔を埋めて熱くなった肌を冷やし、もうこんなのはいやだ、と思った。いえ、ちがう……自分に正直なシーアは、その考えを訂正した。自分は決して、もうこんなのはいやだと思っているわけではない。問題は、自分があの出来事を頭のなかで反《はん》芻《すう》して楽しんでいるというだけでなく、また最初から味わいたいと思っていることだ。いや、あれ以上のものを味わいたいと思っていることだ。

シーアはうなるような声を上げてごろりと寝返りを打ち、考えを遮断するかのように、頭の上に枕を引っ張りよせた。それでも効果がなかったので、最後にはあきらめ、押しよせる記憶の波に心を漂わせることにした。

いつのまにか眠っていたようだ。ふとまぶたを開けて目をしばたたかせたあと、部屋を見まわし、暗闇のなかに浮かぶ家具のかたちを確認していった。どうして目がさめたのだろう。

まだ夜なのはまちがいない。厚地のカーテンからは、まだ明かりがもれていないのだから。シーアはもう一度からだを丸めて眠りに戻ろうとしたが、なにかが心に引っかかって眠れず、とうとうベッドから下りて足もとに広げておいた部屋着をはおり、やわらかなスリッパに足を入れた。めがねをかけてぺたぺたと窓際に向かい、カーテンの裾を押しわけて夜の暗闇をのぞきこんでみた。

「まあ!」シーアはその光景に息を飲んだ。

月明かりが地面をやさしく照らし、そこに雪がしんしんと降り注いでいた。彼女は壁の縁に頭を預け、はらはらと舞う雪片をながめた。まだ降りはじめたばかりのようだ。地面にも、葉が枯れ落ちた木々の黒っぽい枝にも、うっすらと積もっているだけだった。シーアはにこりとした。雪景色のなかでクリスマスを迎えられるなんて、完璧だわ。このまま二日間、降りつづいてくれたらいいのだけれど。

そのとき小さな物音がして、雪をぼうっとながめていたシーアはぎくりとした。顔をしかめてさっとふり返り、部屋を横切って廊下をのぞいてみる。かすかに胸騒ぎがした。もやもやとした記憶、あるいは考えらしきものが頭に浮かんだが、その正体を突き止める前に消えてしまった。暗い廊下の前後に目をやったが、とくに変わったところはなさそうだ。一瞬、ベッドに戻ろうかと考えた。しかし階下に行って物音の原因を突き止めないことには、眠れそうにもない。ふり返って暖炉の前に行き、ねじった紙切れをまだ熱くくすぶる炭につけ、その炎を使って箪笥の上の小さなランプに火を灯すと、それを手に廊下に向かった。

階下は冷え冷えとしていた。いつものことではあるが、今夜にかぎって、彼女の部屋着の下からのぞく足首に微風が絡みついてくるのを感じた。シーアはランプを掲げ、玄関に向かった。すると、扉が一インチほど開いていた。

からだを凍りつかせて見つめるシーアの目の前で、一陣の風に押された扉がふわりと開いて壁に軽くぶつかり、ふたたびその反動で戻って閉まりかけた。雪片がふわりと舞いこんで床に落ち、瞬く間に溶けていった。シーアはぶるっと身を震わせた。その瞬間、茫然自失の状態からわれに返ったように、はっとした。あわてて前に進みでて扉を閉める。心臓が早鐘を打っていたが、なにも怖がることはない、と自分にいい聞かせた。もともと扉がちゃんと閉まっていなかったから、風で押し開けられたままでのことよ。こんなに凍える夜、どこかの家にこっそり忍びこもうとする人間が、いるはずがないでしょう?

それでも気持ちを鎮めるために、シーアは一階部分を足早に見てまわった。どの部屋にもだれもいないことを、いちいちたしかめていく。そのあと、二階に戻りかけた。しかし階段の途中でふと足を止めた。階段に落ちた小さな水滴が、ランプの明かりに照らしだされていた。彼女はランプを前後に動かしながら、階段をさらにたしかめた。細長い絨毯のわきからのぞく木の部分にも、やはり小さな水滴が落ちている。そして階段の手すりには、細かな水滴が点々とついていた。その場に立ちつくしてそれを見つめるうち、シーアの脳内になにかがすとんと落ちてきた。先ほど寝室を離れたとき、寝ぼけた頭からするりと抜け落ちた考えがなんだったのか、はたと気づいたのだ。自分の部屋を出たとき、扉は開け放たれていた――しかしゆうべ、ベッドに入る前、まちがいなく扉を閉めたはずなのだ。

脈が速まり、シーアは階段の残りをいっきに駆け上がった。目の前にのびる廊下を、できるだけ物音を立てないよう、足早に進んだ。なんとも名状しがたい恐怖に胸をわしづかみにされつつ、廊下の突きあたりにある子守の部屋へとまっすぐ突き進んだ。ロリーの部屋の扉も、やはり開いていた。シーアは、のどの奥からもれる嘆きの言葉を必死に飲みこんだ。赤ん坊を確認したあと、ロリーの部屋の扉もたしかに閉めたはずなのだ。

なかをちらりとのぞきこむと、ロリーがあいかわらずベッドに横たわり、毛布の下でからだを丸めていた。シーアは忍び足でかごの前に行き、ランプを掲げてみた。そこには、マシューのベッドをかたちづくるクッション以外、なにもなかった。毛布ごと、赤ん坊は消えていた。

11

「ロリー！　ロリー！」シーアはロリーの肩をゆさぶった。「ロリー、起きて！　マシューはどこ？」

「え――」ロリーがふらふらと起き上がった。

「赤ちゃんは？　マシューはどこ？」

ロリーは目をぱちぱちさせてシーアを見つめた。「え？　お嬢さま――あの子ならベッドにいますけど」彼女がかごを指さした。

「いいえ、いないの」

ロリーがあわててベッドから下りてかごに駆けよった。そのあと小さな部屋をあたふたと探しまわり、しきりに呼びかけた。「マシュー！　マシュー！　ああ、ああ、お嬢さま、どこに行ってしまったんでしょう？」

シーアはすばやく頭を回転させた。マシューがかごから出て、どこかに這っていくのは不可能だ。まだはいはいもできないのだから。よしんば、あの子に玄関の扉を開けられるはずもない。

だれかが家に侵入し、マシューを連れ去ったのはまちがいないだろう。

それでも念のため、家のどこかにいないかどうかをたしかめる必要がある。シーアはロリーをふり返った。「家じゅうを捜してちょうだい。這っていったかもしれない部屋を、残らず調べるの。わたしは助けを呼んでくるから」

シーアは急いで自室に戻ると、ナイトガウンの上からドレスを着こんで裸足《はだし》の足をブーツに突っこみ、外套をはおった。ニット帽と手袋をわしづかみにしたあと、ロリーを確認しにいった。

「いません、お嬢さま。部屋はすべて捜しました！」ロリーの顔は涙で濡れていた。「もちろん、ダニエル牧師のお部屋は見ていませんけれど、扉は閉まっていましたから。ああ、お嬢さま、申しわけありません。まさかこんなことになるなんて！」

「わたしには思いあたるふしがあるの。もしわたしの思いちがいでなければ、マシューは暖かな場所で守られているはずよ、きっと。でもあの子を取り戻すには、助けが必要なの。あなたは万が一の場合を考えて、家のなかをもう一度捜しておいてちょうだい。わたしもできるだけ早く戻ってくるから」

「でもお嬢さま、外は雪ですよ！」

「わかっているわ」

シーアは階下へ駆けていった。厨房で手提げランプに火を入れ、手袋とニット帽を身につけると外套のフードをかぶり、夜の闇のなかに足を踏みだした。

月明かりと手提げランプのおかげである程度は明るかったとはいえ、先ほどよりも雪が激しく降っており、見通しは悪かった。幸い、シーアにしてみれば、この道は町なかと同様、慣れ親しんだ場所だった。教会や修道院の廃墟で、きょうだいと遊びながら育ったおかげだ。

教会へと通じる石畳の道も橋も、足もとがつるつると滑りやすかったが、いったん墓地を抜けると、雪にもかかわらず泥道は歩きやすかったので、シーアは足を速め、できるときは駆け足になった。脈が速まり、息が切れた。寒さのことはほとんど気にならなかったが、いつまでたっても目的地にたどり着けないような気がしてきた。修道院の廃墟を通り過ぎたあとは、それほど歩き慣れていない場所になった。吹雪のなかで目印もほとんど確認できなかったが、シーアは手提げランプの明かりを頼りになんとか狭い通路を見つけだした。雪の降る漆黒の夜、こうして外にひとりきりでいるというのは不気味だし、一瞬、方向感覚を失ってパニックに陥りかけ、道を外れてしまったのかと不安になったりもした。

しかしまもなく前方にプライオリー館の大きな黒い影が見えてきたので、シーアは新たな気力を奮い起こして足を速めた。玄関に到達すると、扉についたノッカーを全力でがんがん叩きつけた。だれかが応えるのを待っていられず、取っ手を引いてみた。残念ながら彼女の家の玄関とはちがって鍵がかかっており、引いたところでぴくりともしなかった。しかたなくノッカーを執拗に叩きつづけたところ、いきなり扉がさっと開き、仰天した顔の従僕が現われた。いかにも寝床から叩き起こされたという姿をしている。

シーアは彼を押しのけ、手提げランプを手に階段の下に駆けより、大声を出した。「ガブリエル！ ガブリエル！ 助けてちょうだい！」

どかどかという足音がしたと思うと、つぎの瞬間、ガブリエルが階段の上に姿を現わした。髪はぐしゃぐしゃで、シャツも着ておらず、裸足だった。

「シーア！」彼がシャツに袖を通しながら階段を駆け下りてきた。「どうした？ なにがあった？」

「マシューがさらわれたの！」

「なんだって？ だれが――」階段のいちばん下まで到達し、彼女のすぐ目の前に来ると、彼ははたと足を止めた。「あいつか！ ロードンだな！ やつがマシューを連れ去ったのか？」

「わからない！ 見たわけじゃないけれど、きっとあの人よ！ 目がさめたとき、玄関の扉が少し開いていて、マシューが消えていたの！ だれかが侵入して、マシューをさらっていったんだわ。それにロードン卿がいっていたでしょ――」

「自分がマシューを連れていくべきだ、とな」ガブリエルがいかめしい顔つきでそのつづきを口にした。「あの野郎、殺してやる」彼はさっとふり返って従僕に指を突きつけた。「二輪馬車を出せ。早く！」そしてくるりとシーアに向き直る。「心配しないでだいじょうぶだ。必ずあの子を取り戻す。約束するよ。すぐに着替えてくるから、できるだけ早く出発しよう」

「ありがとう」マシューが消えていることがわかって以来はじめて、シーアは肩の力を抜くことができ、安堵のため息をもらした。

ガブリエルがきびすを返して階段を一度に二段飛ばしで駆けもどっていった。彼が階段のいちばん上に到着したとき、イアンとその妻が部屋着姿で登場し、なにごとかと問いかけてきた。

「赤ん坊がいなくなったんだ。行かなければ」ガブリエルはふたりを押しのけるようにして通り過ぎた。

「えっ！　どういうこと？」エミリーが声を上げたあと、ふたりはガブリエルを追いかけて廊下を去り、シーアの視界から消えた。

彼らの声はあいかわらず聞こえていたが、なにを話しているのかはわからなかった——矢継ぎ早の質問と、ガブリエルのそっけない返事。そのうちエミリーがヒステリックな声を上げはじめたので、ついにイアンが、黙っていろ、とぴしゃりといった。そのあとエミリーが泣きはじめ、話し声がぱたりと止み、扉がばたんと閉まる音がつづいた。数分後、ガブリエルがふたたび姿を現わした。服を着てブーツを履いてはいたが、ネッカチーフを巻く手間は省《はぶ》いていた。外套をはおりながら、こちらに近づいてくる。

「ガブリエル、待て！」階段の上からイアンが呼びかけた。「ずかずかと乗りこむわけにはいかないぞ！」

「へえ、そうかい」

「しかし、なにがあったのかわかっていないんだろ。ロードンがその子を連れ去ったのかどうか、わからないじゃないか。赤ん坊がどこにいるのかすら、わかっていないというのに」

「ほかにだれがいる？」とガブリエルが嚙みついた。「いまわかっているのは、ロードンが自分の息子を連れていくといっていたことと、いまそのマシューが消えたことだ。だからこれから宿屋へ行って、マシューを連れ戻してくる」

「こんなときにマイルズとアランが飲みに行っているとは、タイミングが悪いな。エミリーが現われて、この屋敷を上品な場所に変えてしまったせいだ。あいつらがここにいれば、こんな中途半端な状態で、きみを行かせたりしないんだが」

ガブリエルがきっと冷たい視線を彼に投げかけた。「ぼくを引きとめられるとでも、思っているのか」

イアンがため息をついた。「なら、ぼくも一緒に行くよ。服を着替えるまで待っててくれ」

「いや、きみは奥方と一緒にいろ」イアンが目玉をぐるりとまわして抗議しかけたが、ガブリエルは先をつづけた。「ぐずぐずしていられないんだ。ロードンが町を離れてしまうかもしれない。急がなければ。助けが必要になったら、まだ酒場にいるかもしれないマイルズとアランを呼ぶから」

「まったく、結婚ってやつは」イアンがつぶやいた。

「そんなことをいうな」ガブリエルがイアンの肩を叩いた。「奥方のようすを見てこい。ぼくはもう行かなければ」

ガブリエルはシーアの手を取り、もう片方の手で彼女の手提げランプを受け取ったが、驚いたことに玄関には向かわず、くるりとふり返って背後の廊下に進んだ。彼が部屋に入って飾り棚から箱を引っ張りだし、その蓋《ふた》を開けて決闘用の拳銃を取りだしたのを見たとき、シーアは彼がその部屋に向かった理由を悟った。弾が装塡《そうてん》されていることをたしかめると、ガブリエルは拳銃を外套のポケットに突っこみ、シーアを家の裏口から外に連れだした。

「驚いたな！」外に出たところで、彼が口を開いた。「雪が降っているじゃないか」彼はシーアを見つめた。「この雪のなかを、ここまで来たのかい？」

シーアはうなずいた。「時間がよけいにかかってしまうことはわかっていたわ。まっすぐ宿屋に行って、わたし自身が彼と面と向かうべきだったのかもしれない」

「だめだ！」彼がしかめ面をした。「そんなことは、ぜったいにしてはいけない。あいつに紳士的な態度は期待できないんだから」ガブリエルは厩舎に向かいながら彼女の肩に腕をまわし、そのからだを引きよせた。「ぼくのところに来て、正解だった。しかしきみがこんな天気のなかをてくてく歩いてきたかと思うと、ぞっとするよ」

「道路まで出ないで修道院の廃墟を通れば、それほど遠くはないのよ」

「野原を突っ切ってきたのか？」彼が小さな笑い声を上げ、彼女の肩を抱く腕に力をこめた。

「ああ、シーア、シーア……きみって人は、まちがいなくボアディケアの娘だよ」

厩番は真夜中に叩き起こされたにもかかわらず手早く作業を進めたようで、ふたりが厩舎に到着するころには、屋根のない軽馬車に二頭の馬をつなぎ終えていた。ガブリエルは乗りこむシーアに手を貸したあと、馬車の前方に手提げランプをつり下げ、自身も乗りこんで手綱を取った。馬車の幌のおかげでずいぶん守られてはいたが、それでもわきから雪片が絶えず吹きこんできたので、暖かな毛皮のひざ掛けがありがたかった。

道路にはすでに雪が降り積もり、それでなくとも暗闇だというのに、さらに視界が悪くなっていたが、道の大部分は左右のどちらかに生垣があったので、迷うことはなかった。二頭の葦毛馬はとくに苦もなく前進しているようだったが、シーアは、ガブリエルが先日とくらべると大幅にスピードを落として走らせていることに気づいた。

「なにがあったのか、もう一度聞かせてくれ」プライオリー館の敷地から馬車を出し、町へとつづく大通りに入ったあと、ガブリエルが口を開いた。「最初から最後まで」

シーアは、ふと目をさまし、窓から雪をながめたあと、物音を聞きつけて階下に調べにいったことを詳しく話して聞かせた。床と階段に落ちていた水滴について説明し、こうつけ加えた。「もう雪が降りはじめていたから、侵入者のからだについた雪が落ちて溶けたものにちがいない、と思ったの。それに、寝室の扉はちゃんと閉めたはずなのに、目をさましたときは開いていたから」

「つまりやつは、きみの部屋に入ったということか？」手綱をつかむガブリエルの手に力が入った。

「たぶん赤ん坊を捜していたんじゃないかしら。いままでマシューは、いつもわたしの部屋にいたから――もっとも、彼がそのことを知っていたとは考えられないけれど。でも今夜は、わたしがリハーサルに出かけていたから、ロリーが赤ん坊を自分の部屋に連れていっていたの。ああ、帰ったとき、自分の部屋にあの子をかごごと運んでおくんだったわ！」

「自分を責めることはないさ。ロードンは、赤ん坊がどの部屋にいようが、やはりさらっていただろうから」

「でもわたしなら、彼の足音に気がついて、目をさましたかもしれない。マシューを守ってやれたかもしれない。少なくとも、大騒ぎすることくらいはできたかも」

「ああ、でもそんなことをしたら、けがをしていたかもしれない。あるいは、ロリーと同じように、ぐっすり眠ったままだったかもしれない。心配することはないさ。ふたりであの子を取り戻そう。ロードンが、この雪のなかをロンドンに向けて出発するほどまぬけなやつでないことを祈るばかりだ。それにしても、あいつがなんのためにこんなことをしたのか、理解できない。なにかできたとしても、ぼくにいやがらせをする程度にすぎないというのに。もちろんやつは、ジョスランがぼくのところにいると思っているようだから、やつの目的は、いやでも彼女に話をさせることなのかもしれないが」

「マシューを連れ去ったのがロードン卿にちがいないとわかったときは、不幸中の幸いだと思ったわ。だって、いくらあの人だって、自分の子どもを傷つけたりはしないでしょう？」

「ぼくもそう思うけれど、真実は神のみぞ知る、だ。やつの心のうちは理解できない」

吹雪だったことを考えれば、ふたりはシーアが予想した以上に早く町に到着した。ガブリエルが宿屋の庭先に軽馬車を入れたとたんに、厩番が急ぎ足で出てきて馬を引き継いだ。年若い厩番はガブリエルを奇妙な目で見つめたが、てのひらに銀貨を一枚押しつけられると、たちまち感嘆したような顔をした。「馬を厩に入れて、寒さをしのがせてやってくれ。だが、馬具はまだ外さないように。ロードン卿はまだここに滞在しているか？　今夜、やつは外に出かけたか？」

厩番のまゆがさっと持ち上がった。「ロンドンから来た、あのいかした旦那のことですか？　いや、あの旦那の黒毛馬は、まだ厩にちゃんとつないでありますんで。そりゃきれいな馬ですぜ、あいつですが」

「ああ、そうだな。よかった」ガブリエルは若者の肩をぽんと叩くと、シーアをふり返った。彼女は、彼が厩番と話しているあいだに馬車から飛び降りていた。ガブリエルは彼女の腕を取り、急ぎ足で宿屋に入っていった。

なかに足を踏み入れると同時に、まっすぐラウンジに向かった。シーアは彼の肩のわきから、チェスリー一の酒場のようすを興味深げにのぞきこんだ。大きな暖炉の火はすでに燃えさしとなり、毛布に身を包んだ給仕が暖炉の前の絨毯で眠りこけていた。部屋には、ほかに人影はなかった。

「サー・マイルズとミスター・カーマイケルは、ここにはいないのかしら？」とシーアはたずねた。「そうだとしたら、どこにいるの？　途中ですれちがっていないのに」

「ほかにも場所がある、その、そう離れていないところに」ガブリエルが気まずそうにからだを動かし、視線を外した。「あいつら、なんというか、そこの人間と知り合いだから」

シーアは一瞬、ぽかんとした表情で彼を見つめたあと、ガブリエルがそれとなくほのめかしていることにはたと思いあたり、頬を赤らめた。「あ！　つまり……女の人のことね。そういうたぐいの」

「その可能性はある」と彼は認めたあと、さっと方向転換して扉の外に出た。階段まで行き、いきなり大声を発した。「ロードン！　出てこい！」

シーアはその声にぎょっと身をすくませた。いまさらどうなるものでもないが、ほかの宿泊客のことが気の毒に思えてくる。それでも、ロードン卿を見つける方法がほかにあるとも思えなかった。各部屋をいちいちノックしても、どうせ全員を叩き起こしてしまうのだ。シーアは、あいかわらずロードンの名を叫びつづけるガブリエルにつづいて階段を上がっていった。廊下の扉が何枚か開き、宿泊客がなにごとかと顔をのぞかせた。

「ええいっ、ロードン、答えろ！」

ふたつ先の部屋の扉が勢いよく開き、ロードン卿が戸口に姿を現わした。ワイシャツ姿で、ベストのボタンは外れたまま、ネッカチーフもしていなかったが、しっかり目はさめていたようで、いままでベッドで寝ていた姿ではなかった。シーアは、彼がまだブーツを履いていることに気づいた。

「なんの騒ぎだ、モアクーム！」彼はうなるようにいうと、廊下に出てきた。「いったいなにをしている。真夜中だぞ」

「そんな理由でぼくを止められるとでも思うのか？　この吹雪がやむまで待っても、ぼくに知られることなく明日の朝に出発できると、本気で思っていたのか？　ところがぼくはもう知っているし、いまこうしてやって来たというわけだ。さあ、あの子を返してもらおうか。さもないと、そのからだを引き裂いてやる」

「いったいなにをがたがたいっているのか、まるで理解できん」

ガブリエルはその言葉を鼻であしらい、ロードンのわきを抜けて部屋に入りこんだ。

「なにをする？」ロードンがふり返り、部屋の中央に行ってあたりをきょろきょろと見まわすガブリエルを目で追った。ベッドわきの低いテーブルの上ではろうそくが燃え、その黄色がかった光で室内をほんのり照らしていた。さほど明るくはなかったが、部屋は狭く、廊下に立っていたシーアにも、部屋に赤ん坊の姿がないことは見てとれた。

「あの子をどこへやった？」ガブリエルが勢いよく部屋から出てきた。

「なんのことだ？　頭がどうかしたのか？」

「頭はしっかりしている！」ガブリエルが吠えた。「あの子を返せ！」

「もう帰ってくれ。きみはどうやら完璧にいかれてしまったようだな」

「旦那！　旦那がた！」宿屋の主人が彼らの背後からあたふたと階段を上がってきた。その骨張ったからだをけばけばしい部屋着で包み、はげ上がった頭にはナイトキャップが斜めに引っかかっていた。「いったいどうなさったんで？」彼はふたりに笑みを向けたあと、その先にいる、部屋から出てきたほかの宿泊客にも愛想よくうなずきかけた。「なにがあったにしても、腰を下ろして、穏やかに話し合えばすむことでさ。下の階にでも行って」

ふたりの男は宿屋の主人に軽蔑するような視線をきっと投げかけたあと、おたがいに向き直った。ロードンが部屋に戻りながらいった。「いつまでもわけのわからないことをいっているなら、ぼくはもう休ませてもらう」

「いや、だめだ」ガブリエルがポケットから拳銃を引っ張りだし、ロードンに向けた。「マシューをどうしたのか、教えてもらうぞ」

ロードン卿が腕を組み、ガブリエルに冷たい視線を向けた。「そのつもりはない」

　ガブリエルが拳銃の撃鉄をかちりと起こした。宿屋の主人が低いうなりを発し、壁にしなだれかかった。シーアは主人が気を失うのではないかと不安になったが、いまは彼に注意を向けている暇はない。

「ガブリエル」彼女は低い声でいうと、一歩彼に近づいた。「彼を殺してしまったら、マシューがどこにいるのかが永遠にわからなくなってしまうわ」

「そうだな」ガブリエルはロードンを見すえたままだったが、拳銃を下ろし、撃鉄を戻したうえでポケットに突っこんだ。「痛い目に遭わせて、白状させるしかなさそうだ」

　ロードンがさっと背筋をのばし、その薄青の目をきらりと光らせた。「なら、やってみろ」

　彼はこぶしを掲げ、ボクシングのポーズを取った。

　ガブリエルが外套を脱ごうとした。と、宿屋の主人が両者のあいだにさっと割って入り、せきこむように訴えはじめた。「やめてください、旦那がた、お願いですから」彼はふたりの男に交互に懇願するような目を向けた。「平和的に解決できるに決まってますから。ちゃんと話をして、解決しましょう。暴力に訴えることぁないですよ。さあ、下の階に行きましょう。ワインをお持ちしますから……」彼の言葉が消え入った。

　宿屋の主人にもわかったのだろう、とシーアは思った。ふたりの男たちは、どうやってもなだめられそうにないということが。すぐにふたりは狼のようにたがいに周囲をまわり、飛びかかって相手を引き裂くタイミングを推し量りはじめた。シーアはふたりのあいだに入り、ロードン卿を見上げた。

「お願いです、マシューがどこにいるのか教えてください。いまごろきっと寂しがって、怖がっていることでしょう。いままであの子は、ずっとわたしと一緒にいたんです。でもあの子はあなたのことは知りませんし、いまどこにいるにしても、きっと寒がっているか、お腹を空かせているはずです」彼女の目に涙がこみ上げてきた。

ロードンが身を引いた。はじめて、かすかに落ち着きを失った顔になった。「お嬢さん、あなたがだれかは知らないし、どうしてたびたびぼくの前に姿を現わすのかも知らないし、マシューというのがだれのことなのかも、ぼくは知りません。もしその子がどこにいるのかを知っていたら、誓ってもいいが、この頭のおかしな男をここから追いだすためにも、あなたに教えて差し上げますよ」

「マシューはおまえの息子なんだろうが、この悪党め！」ガブリエルが吠え、シーアのわきをまわりこもうとしたが、彼女がふたたび両者のあいだに割って入った。

「あの赤ん坊のことか？」ロードンがふたりを見つめた。「ぼくがジョスランの子どもを連れているというのか？」彼は手で髪をさっとうしろになでつけ、小声で悪態をついた。「わかった。なら話そう。しかしまずは、宿屋の主人がいうように、下の階の部屋に移ったほうがよさそうだ」彼はホーンズビーに向かってうなずきかけた。「それに、ブランデーを一本もらおうか」

「はい、旦那、すぐにも」宿屋の主人はほっとしたようすでお辞儀をすると、急ぎ足で階下へ向かった。

「おまえとのんびりブランデーを飲みながらおしゃべりするためにここに来たんじゃない！」ガブリエルが憤慨したようにいった。

ロードンは無表情でモアクームを見つめた。「この宿の廊下で、大勢の人間の目の前で、あの子についての話をしたいと、本気で思っているのか？」彼が廊下の先を手ぶりで示した。どの戸口にも宿泊客がひとりかふたり立っていて、ドラマの展開を熱心に見つめていた。

ガブリエルは見物人にちらりと目をやると、顔をしかめた。「いや、それはそうだな。下の階へ行こう。しかし、もしもなにかのゲームをしているつもりなら……」

「ぼくはゲームはしない主義だ」ロードンが部屋の扉を閉め、くるりときびすを返して足音高く階段へ向かった。

ガブリエルとシーアもあとにつづいた。ラウンジの戸口で宿屋の主人が待ちかまえていた。

「お嬢さまもここに一緒に入るのはよろしくないとは思いますが、もうだれもいないことですし、暖炉にはまだ火が残っておりますので」

「なにも問題ないわ」とシーアは彼を安心させた。

主人はせわしなく動きまわりながら、すでにロードン卿が立ったまま待ちかまえていた、暖炉にいちばん近いテーブルに、グラスとブランデーの瓶を運んだ。

「ありがとう、ホーンズビー」ガブリエルは礼儀正しく一礼して宿屋の主人を見送ると、彼が背後で扉を閉めるまで待ったのち、ロードンに向き直った。

「まずはすわりましょう」とシーアは声をかけた。腰を下ろしているほうが、立っているよりもけんかをはじめるのに手間がかかるというものだ。彼女自身、テーブルについてみせると、一瞬間をおいて相手を推し量るような視線を交わしたのち、男性陣も彼女に倣《なら》った。

「ぼくはあの子を連れてはいない」ロードンがきっぱりといった。「もちろん、きみがぼくの言葉を信じるとも、ぼくが赤ん坊を誘拐するようなたぐいの人間ではないということを信じるとも、期待してはいないがね。しかし理性的に考えてもらえれば、ぼくがあの子を連れ去る理由がないことがわかるはずだ」

「きょうの午後、プライオリー館で、あの子を連れていくと脅したじゃないか」

ロードンがいらだたしげに手をふった。「あんなことを口走ったのは、例によってきみの態度にがまんの限界に達したからだ。じっさいそんなことをするつもりは毛頭なかった。そもそも、どうしてあの子を連れ去らなきゃならない？　ぼくの子どもじゃないんだから」

「図々しくも、あの子が自分の子だということを否定するのか？」ガブリエルが身をこわばらせた。「だれが見ても、そっくりじゃないか」

「金髪碧眼の人間は、この世にぼくだけではない」

「なら、妹が自堕落《じだらく》だというつもりか？　妹がほかの男と寝ていたとでも？」

ロードンが軽く肩をすくめた。「彼女がぼく以外の、少なくともひとりの男と寝たことはまちがいなさそうだな」

ガブリエルが低いうなりを上げてさっと立ち上がり、椅子をひっくり返した。

「ガブリエル、やめて！」シーアが彼に飛びかかり、その腕をつかんだ。

ロードンも立ち上がり、青い目のなかで薄い炎を燃え上がらせた。「きみの反応はいつだってそんなふうだな、ちがうか？　なにか自分の気に入らない真実が突きつけられるたびに、とばっちりを受けるのは、もううんざりだ。いいか、もしあの子がぼくの子なら、もちろんきみから奪ってみせるさ。ぼくと同じ血が流れる人間を、きみの手にゆだねるなど、ごめんだからな。しかし、夜、きみの家にこっそり忍びこんで、まるで泥棒のようにあの子をさらうなんてまねはしない。法廷で争って、堂々と、合法的にあの子を手に入れるさ。ほかの方法に訴える理由がないだろう。争ったら、父親が勝つに決まっているんだから。しかし、あの子はぼくの子ではない」彼はゆっくりと、一語一句を強調するようにいった。「だから、どうぞきみが育ててくれ」

ふたりの男はしばらくのあいだにらみあっていた。やがてガブリエルが低い声で悪態をつくと、半分顔を背けた。シーアは椅子にずしんと沈みこんだ。いきなり、むなしさと気分の悪さを感じた。ロードン卿の言葉は、じつにもっともだ。彼のいうとおり、権力と財力のある貴族の父親が親権を求めて訴えれば、どんな法廷でも、その子のおじ――いや、場合によってはは母親にも、勝訴する可能性が高いだろう。それにロードンがマシューを連れ去ったとしたら、そのあとあの子をどうしたのか？　彼の部屋に赤ん坊がいないのははっきりしている。それに先ほどシーアがじっくり観察したところ、ロードンの艶やかなブーツには、雪が溶けたあとの水滴も、泥も、ひとつもついていなかった。そしてなにより歴然としているのは、ガブリエルがだれの話をしているのかに気づいたとき、ロードン卿の顔に浮かんだ純然たる驚きの表情だった。この男は悪党でうそつきなのかもしれないが、そこまで演技力があるとは、とうてい思えなかった。

「でも……それなら……いったいだれが？」シーアは、ほとんどうめくような声でいった。ガブリエルを見上げると、彼のほうも落胆の視線を向けていた。「だれがマシューを連れ去ったの？」

ガブリエルが首をふった。「わからない。あの子を教会におき去りにした人間かもしれないな」彼は椅子にどすんと腰を下ろし、テーブルにひじをついてからだを預け、片手で髪をうしろになでつけた。

ロードンが彼をさっと見やった。「あの子を教会におき去りにした人間だと？　どういうことだ？　あの赤ん坊は、ジョスランが連れてきたんじゃないのか？」

「いや。いったはずだ。ジョスランはここにはいない。彼女とは会っていない」

「わたしが赤ん坊を見つけたの」とシーアが説明した。「あの子は、教会に――かいば桶のなかに、捨てられていたんです」

それを聞いてロードンがまゆをつり上げた。「しかし、それなら……どうしてあの子がジョスランの子どもだとわかるんだ？」

ガブリエルが押し黙ったままポケットに手を入れ、シーアが赤ん坊の服から見つけたブローチを取りだし、ロードンに差しだした。ロードンの視線に感情らしきものが揺らめいたが、シーアがそれを認めるより早く、さっと消えてしまった。

「なんと」

ガブリエルが頭をふった。「もうおしゃべりは充分だろう。これでは時間のむだだ」彼は立ち上がり、外套のボタンを留めはじめた。「きみの家に戻ろう、シーア。なにか手がかりが残っていないか、たしかめるんだ。雪に完璧に覆われてさえいなければ、誘拐犯の足取りを追えるかもしれない」

シーアは立ち上がった。

「待て」とロードンがいった。「ぼくも一緒に行こう。いま上着を取ってくる」

ガブリエルがさっとふり返った。明らかに驚いた顔をしている。「しかし、なぜ？」

ロードンが鼻を鳴らした。「きみのことだから、ぼくが雪の降る冬の夜のさなかに行方不明になった赤ん坊を捜すといっても、さぞかし不埒《ふらち》な動機を思いつくんだろうな」

ガブリエルは一瞬言葉を失い、やがてぽつりといった。「いいだろう。なら、行こう」

外に出ると雪がさらに激しくなっており、やわらかな、ぶ厚い毛布のように地面を覆っていた。軽馬車に三人は窮屈だったが、少なくともがたいの大きな男性ふたりに挟まれていると先ほどよりも暖かい、とシーアは思った。牧師館までの道のりは短く静かで、男たちふたりはひと言も発しなかった。

ガブリエルが牧師館の前で馬車を停めたあと、男ふたりは馬車を降りて足跡を調べに行った。通りから玄関までの通路をゆっくりと移動しつつ、降り積もったばかりの雪にランプの黄色い光の輪をさしかけていく。シーアは勝手口にまわって家に入った。

ロリーがキッチンテーブルの椅子で、毛布をからだに巻いて丸くなっていた。涙の跡がついた顔を、胸に引きよせたひざの上で休めている。シーアが入っていくと、ロリーは期待に満ちた顔を上げたが、シーアの腕に赤ん坊が抱かれていないのを見ると、ふたたび落胆の表情を浮かべた。

「ああ、お嬢さま！　見つからなかったんですね？」

シーアは首をふった。「そうなの。家のなかにもやはりいなかったということなんでしょうね」

「はい。隅から隅まで調べました――二度も！　いったいだれがあの子をさらっていったんでしょうか？　だれがこんなことを？」

「わからないわ。わかったつもりになっていたけれど、どうやらまちがっていたみたいだから、いまはなにもわからない。でもそれがだれにしても、こんな天気のなか、赤ん坊を外に連れだすなんて、いくらなんでもひどいわ。だからなんとしても見つけなければ。いま男性陣が表で痕跡を捜しているところなの。暖を取るために、熱い紅茶をいれてもらえないかしら？　それに、食べるものも少し。わたしはもう少しきちんとした格好に着替えてくるわ。どうにかして、あの子を捜しだすつもりよ」

シーアは階段を駆け上がり、服を着替えた。いちばん暖かな毛織りのドレスをまとい、その下にはフランネルのペチコートと毛織りのストッキングを身につけた。毛布を数枚と赤ん坊のかごをつかむと、それを階下の厨房まで運んだ。彼女が戻ったとき、ロリーが火を焚《た》き、その上でお湯が煮えていた。ほどなくして扉が開き、ガブリエルとロードンが服についた雪を払いながら入ってきた。

「たいした痕跡は見つからなかった」ふたりして暖炉に近づき、手袋を脱いで熱気に手をかざしながら、ガブリエルがいった。

「教会に向かっていくつか足跡が残っていましたが、モアクームがいうには、おそらくあなたの足跡じゃないかと、ミス・バインブリッジ」ロードン卿がつけ加えた。「庭に、道路へとつづく足跡がひとつかふたつあったものの、そこからどちらの方角に向かったのかはわかりませんでした」

「なんとしても見つけなければ」とシーアはいった。

「ぜったいに捕まえてみせるさ」とガブリエル。「ぼくの馬車で、その男——もしくは女が乗った馬車に、必ず追いついてみせる」

「女だと？　まさか本気で、ジョスランが赤ん坊を連れ去ったと思っているのか？」ロードンが疑わしげにいった。

「そうは思えないが、ここまできたら、もはやどう考えたらいいのかよくわからない」とガブリエルは認めた。

「妹さんのはずがないわ」とシーアが断言した。「頭がどうかなってしまったのでもないかぎりは。赤ん坊の母親が、わたしの家からこっそり自分の子どもを連れ去る必要はないもの。あの子を返して、といえばすむ話よ。いずれにしても、母親が自分の子どもをこんな天気のなか、外に連れだすとは思えない。ものすごく寒いし、雪は降っているし、どこかで雪の吹きだまりにでもはまったら、どうするの？　彼女がそんなことをするとは、とても思えない」

「そうだな。しかしジョスランじゃないとしたら、いったいだれが？」ガブリエルが肩をすくめた。「まあ、いまはそんなことはどうでもいいか。そいつがだれであれ、とにかくあとを追いかけなければ。そいつがどちらに向かったかがわからないので、ぼくは東に向かってみる。いちばん可能性が高そうだからな。この牧師館と教会は、町のはずれにある。だから逆の方向に行けば、町を通り抜けることになる。そうなれば、人目につくかもしれない。論理的に考えて、そいつは東からやって来て、同じ方向に去っていったはずだ」

「わたしも一緒に行くわ」シーアが立ち上がっていった。

「なんだって？　だめだ。寒いし、いまでは雪がさらに激しく降っている。きみ自身、外に出るような天気ではないといったばかりじゃないか」

「子どもには、ということよ。わたしなら、男の人と同じくらい寒さに耐えられる」シーアが挑むようにいった。「それに、だめだなんていわせないわよ。マシューのことは、わたしの責任だもの。わたしがあの子を見つけて、あの子の世話をすると誓った。それに、わたしの家から連れ去られたのよ。あの子がこの雪のなか、外にいるというのに、のんびりすわってなんていられない！　それに、手と――目は余分にあったほうがいいでしょう。犯人がひとり以上という可能性もあるし、あの子を奪い返すために、わたしが戦えないとでも思っているなら――」

「いや、そんなことはないよ」ガブリエルの唇にかすかな笑みが浮かんだ。「そんなこと、夢にも思っていないさ」

「じゃあ、話は決まりね。行き先を伝えるためにダニエルにおき手紙を書くから、そのあと出かけましょう」

「じゃあぼくは、町を逆方向から抜ける道をたどってみよう」とロードン卿がいった。「馬に鞍をつけるのに時間はかからないだろうし、どちらの方向も確認したほうがいいだろうから。もちろん、町を抜ける道はほかにもあるだろうが、大通りを確認すれば、犯人を見つけられる可能性は高いはずだ」

ガブリエルは一瞬ロードンを見やり、やがて小さくうなずいた。「いいだろう」

「ありがとうございます、ロードン卿」シーアは、ガブリエルの反応では感謝を表わしきれていないと感じ、そうつけ加えた。

ロードンはふたりにうなずき返すと、くるりと背中を向けて立ち去った。ガブリエルは腰に手をあてて立ち上がり、ロードンが消えた戸口を見つめた。「あいつのことは信用できない」

「あの子が連れ去られたと知ったときのあの人の反応は、心から驚いているふうだったわ」シーアは手紙の最後に署名をしたあと、紙を折りたたんだ。「だから、あの人が誘拐犯とは思えない」彼女は手紙の表に兄の名前を書き、翌朝すぐ目につくよう、テーブルの上に立てかけた。

「そうだな」ガブリエルがしぶしぶ認めた。

「それに、あの人を見るたびにあなたがけんか腰になっているわりには、あの人はあなたのために期待以上のことをしてくれているように思えるんだけれど」シーアは立ち上がり、外套と手袋を身につけはじめた。

「あいつは、ぼくのためにしているわけじゃない」

「じゃあ、だれのため?」

「わからない」

「とにかく、あの人は協力してくれている。肝心なのはその点だと思うわ」シーアは乱れに乱れた巻き髪の上からニット帽をぎゅっとかぶり、暖炉の前でふたりをながめているロリーをふり返った。「あしたの朝、兄にこの手紙を必ず読ませてね——いえ、もう今朝だけれど。きっとマシューを連れて戻ってくるから」

「はい、お嬢さま、ぜひそうなりますように」

シーアは赤ん坊のかごと、そこに押しこめておいた毛布を手にし、扉に向かった。ガブリエルが扉を開き、ランプを手に彼女のあとにつづいた。

彼はふたたびランプを軽馬車につるし、それぞれの馬を軽く叩いて短く声をかけた。彼がシーアの隣りに乗りこんで手綱を取ったあと、馬車は夜の闇へと出発した。

ガブリエルは雪道をぎりぎり安全に進める程度までスピードを出した。シーアは、毛皮で裏打ちされたぶ厚いひざ掛けをからだの前に引っ張り上げ、馬車の外側になるほうのわきに、端をたくしこんだ。からだの反対側は、ガブリエルにぴったりつけていた——温もりを得るためよ、と彼女は自分にいい聞かせた。たしかにそのとおりなのだが、同時に、彼の筋肉質の脚が自分の脚にぴったり押しつけられているのを、意識しないわけにはいかなかった。でもこんなときにそんなことを考えるなんて、まったくもって不謹慎だわ、と彼女は自分を厳しくいさめた。

シーアは目の前の道路に視点を定め、降りしきる雪の向こうを凝視した。ランプの丸い光が照らしだすのはほんの小さな空間だけだったので、見るといっても、舞い落ちる雪片くらいしかほとんど目に入らなかった。シーアは、馬が道から外れずにいてくれることを祈った。馬の速度はいやおうなしに遅かったが、まだそれほど進んでいないところでガブリエルが馬を止め、シーアに手綱を預けると、飛び降りてランプをフックから外した。彼はランプで道路わきを照らし、地面をつくづくながめた。

シーアも、その部分の雪がほかとはちがっていることに気づいた。道路のほかの部分とはちがって、雪がそれほど深くもなければ、表面がなめらかでもないのだ――まるで、そこの雪がつい最近、いったん踏みつけられ、削られたあと、その上にまた雪の層が新たに積み重なったかのように、奇妙なでこぼこができている。端っこに黒っぽいものがこんもりと落ちており、そこに雪がうっすら積もりはじめていた。

彼女は身をかがめた。「それ、もしかして――」

「ああ、馬の糞だ」ガブリエルはふり返ると、急ぎ足で馬車に戻ってランプを引っかけ、さっと飛び乗った。シーアから手綱を受け取り、馬の背にぴしゃりと叩きつけ、興奮を抑えきれないような声で先をつづけた。「どうやら今夜、あそこに馬がしばらくつなぎ止められていたようだ――だれかが馬を道ばたにつないでおいてから、赤ん坊を連れ去りに歩いていったんだろう。そのほうが物音を立てずにすむ。それに、きみの家の前に馬をつないでおけば、それを見かけただれかが奇妙に思って、家のようすを見にこないともかぎらない」

「じゃあ、こちらの方角で正しかったのね」

彼がうなずいた。「そうだと思う。赤ん坊を連れているために、少し動きが遅いんだろう。それに犯人は、ここまで歩いて来なければならなかったんだろうしな。そいつの馬が、ぼくの二頭の馬にかなうわけはない。きっと追いついてみせる。問題は、そいつが道を外れた場合、それを察知できるかどうかという点だ。追い越してしまいたくはないから」

この雪の夜、道路にはふたりのほかだれもいなかった。雪がどんどん激しさを増すなか、シーアはマシューのことを思った。毛布にくるまれ、暗闇のなかを見知らぬ人間に抱えられているマシューのことを。心臓がわしづかみにされるようだった。自分たちが追っている相手がどんな人間にせよ、赤ん坊に余分に毛布をかけてやっていることを祈った。

馬車を引く二頭の馬は、雪がどんどん深まるなか、スピードを増していった。ガブリエルは、この足場の不安定な状況で馬を走らせることに全神経を集中させなければならなかったので、シーアが道の左右に鋭い視線を向け、誘拐犯がここを通った痕跡、もしくは道を外れた痕跡を探すことになった。馬車が走る音以外はあたりは静まり返り、降りしきる雪にかすむ景色のせいで、シーアはついぼうっとしてしまいそうだった。そこでしきりに瞬きし、シートのなかでからだを動かすことで、集中力を絶やさないようにした。冷えきった、ひと気のない土地を、もう何時間も走ってきたような気分だった。まるで、永遠にこの状態がつづくような気がしてくる。

「ガブリエル、見て！」シーアはさっと背筋をのばし、肩からひざ掛けが落ちるのもかまわず、右手のほうを指さした。

「どうした？」ガブリエルが手綱を引いた。

「はっきりとはわからないけれど、いま、雪が乱れている箇所があったみたい」彼女はすでに軽馬車のわきからあわただしく降りており、ガブリエルもすぐにあとにつづいた。

シーアはスカートを持ち上げて雪のなかを走り、先ほど目にした地点まで数フィートほど引き返した。足を止め、雪がかき乱された箇所を見下ろす。ガブリエルも彼女の隣りに並んだ。

「馬がここでつまずいたんだな」彼が興奮したようにいった。「たぶん、転びはしなかったんだろう。ひざを突いた程度だが、痛がってはいるはずだ。それに、見てごらん。このあたりに積もった雪はまだ浅い。ここを通って、まだそれほど時間がたっていないということだ」

「ああ、ガブリエル！」恐怖がシーアののどにこみ上げてきた。「もうずいぶん時間がたっているわ。あの子、まだあんなに小さいのに！」

ガブリエルが彼女の腕を取り、強く、しっかりと握りしめた。シーアは彼をふり返った。

彼の目は、ぎらぎらと燃えていた。「あの子を取り戻すんだ。あの子ならだいじょうぶだから」

彼がそんなことを確約できないのはわかっていたが、それでもシーアはその言葉に慰められた。彼女は恐怖を飲みこみ、彼にこわばった笑みを向けた。「ええ、あの子を取り戻しましょう」

ランプの明かりが、馬の足跡をもうひとつ映しだした。最初はかすかな痕跡だったが、そのうち、どんどんはっきり見えるようになっていき、足跡の間隔が狭まっていった。シーアは、軽馬車が四苦八苦しながら進むなか、両手をひざの上でぎゅっと握りしめていた。雪がますます深まり、ペースがどんどん落ちていく。シーアは、隣りのガブリエルのからだがしだいに緊張していくのを感じた。ついに彼は馬車を降りてランプを手に取り、馬の前にまわった。馬の頭をなで、なにやら耳にささやきかけたあと、馬具に手を引っかけ、前に進めとうながした。もう片方の手の先で、ランプの光が揺れている。

もうあまり先には進めそうにない、とシーアは思った。誘拐犯は、どうやって逃亡をつづけているの？　どこに行くつもりなの？　雪の降るまっ暗闇の世界で、正確な現在地を知るのは不可能だが、シーアは、この街道の先にある隣町ビンフォードまではまだ少し距離があるはずだと見積もっていた。誘拐犯は、もうあの町に到達したのだろうか？　そんなに遠くまで行けるもの？　馬が雪のなかを進めなくなって足を止めたら、誘拐犯はどうするつもりなの？
しんと静まり返った夜の闇を、ガブリエルの鋭い叫び声がつんざいた。シーアはさっと背筋をのばし、外をのぞいてみた。ガブリエルが馬から手を離し、ランプを道の左側に運んでいた。ランプの明かりのおかげで、シーアにも、道から外れて遠ざかる足跡のついた小道が見えた。彼がくるりときびすを返し、背後に雪をまき散らしながら駆け戻ってきた。彼は馬を道から外し、その小道へ向けた。

その小道は片側を生垣で守られているおかげで、積もった雪もさほど深くなかった。ガブリエルはふたたび手綱を取り、馬たちに最後の力をふり絞って走らせた。馬もそれに応え、足を速めた。生垣が途切れたところから、ふたたび雪が深くなっていたが、それでも前進していった。ようやく、雪のなかで目の届くぎりぎりのところに、小さな、ぼんやりとした光が見えてきた。

「明かり？」とシーアがたずねて前方に目を凝《こ》らしたとき、ガブリエルが手綱を叩きつけてかけ声を発し、馬を先へとうながした。

しだいにその光が、背の低い影の塊のまんなかで、四角いぼんやりとした明かりに分かれていった。窓だわ、とシーアは思った。小さな家の、窓の明かり。馬はどんどん進んでいたが、蹄の音は雪にかき消されていた。と、家の周囲の雪のなかをよたよたと進む、ずんぐりとした黒っぽい人影が見えた。その人影がくるりとふり返り、手にしていた荷物をどさりと落とした。ばらばらと弾んで転がり、やわらかな雪の下に消えたところからして、どうやら薪《まき》のようだ。

人影が背中を向けて、ぎこちない足取りであたふたと家の周囲を駆け戻りはじめた。ガブリエルが馬を停め、軽馬車から飛び降りた。彼は雪を蹴散らしながら男のあとを追った。シーアもぎこちないしぐさで馬車を降り、彼のあとを追った。前方で、ガブリエルが勢いよく飛びかかって男を地面に倒すのが見えた。

その瞬間、シーアの耳に、かすかな、かん高い赤ん坊の泣き声が聞こえた。彼女は方向を変え、家に向かって走りはじめた。

12

深い雪のために、なかなか先に進めなかった。足を滑らせ、転びながらも、よたよたと立ち上がっては、走りつづけた。家の扉を勢いよく開け放つと、そこは小さな部屋になっていた。左手のテーブルにランプがひとつおかれ、暖炉には火が入り、赤っぽい輝きを放っていた。暖炉から数フィート離れたところにひじ掛け椅子があり、その上で、毛布にくるまれたなにかがもぞもぞと足を蹴り動かしている。そこから、かん高い、疲れはてたような叫び声が上がっていた。

「マシュー！」シーアは椅子に駆けより、毛布にくるまれた赤ん坊を抱き上げた。いちばん上の重い毛布はほとんどが蹴り落とされ、もっと小さな毛糸編みの毛布がお腹のところまでめくれ上がっていた。マシューは怒りに顔をゆがめ、目をぎゅっとつぶり、口を大きく開けていた。からだを震わせていたが、それが寒さのせいなのか、激しく泣きじゃくっているせいなのかは、わからなかった。抱き上げてあやすような声をかけると、すぐにその泣き声がしゃっくりになり、やがては止まった。マシューは震えるような息を吸いこみ、目を開けてシーアを見つめると、全身を一度ぶるっと震わせた。そのあとふたたび泣きはじめたが、今度のは震える息を吐きだすような泣き声で、先ほどよりも穏やかで、哀れだった。

「よし、よし、わたしはここにいるわ。ガブリエルと一緒に迎えにきたから、もうだいじょうぶよ」

シーアはそういってあやしながらマシューを強く抱きしめ、頭と背中をなでてやった。マシューは泣くと頭を熱くして汗ばむことがあるのだが、いまもそういう状態だった。シーアはマシューにキスをしたあと、ふと、自分も泣いていることに気づいた。ここ数時間の緊張と恐怖が、ゆっくりと、静かな涙となって流れでていく。マシューは彼女の胸に頭を預け、小さくため息をついたあと、ぶつぶつといいながら泣きやんだ。

と、そのとき、外で鋭い銃声が響きわたり、シーアは跳び上がった。ガブリエル！　彼女はふたたび赤ん坊を毛布にくるんで下ろしたあと、暖炉から火かき棒をつかみ取って、玄関に向かった。玄関の前に到達したかどうかというとき、戸口にガブリエルが姿を現わした。彼は彼女が手にした火かき棒に目をやると、にやりとした。

「殴らないでくれ。丸腰なんだから」

彼がそう口にしているあいだにも、シーアは安堵のあまり火かき棒を落とし、部屋を横切って彼の首に腕を巻きつけた。ガブリエルのほうも彼女に腕をまわして強く抱きしめ、彼女の頭に頭をつけた。ふたりはたがいにしがみつくようにしてその場にしばらく突っ立っていたが、ようやく赤ん坊の泣き声に、ふたりしてはっとわれに返った。ガブリエルが彼女を抱く腕をゆるめたので、シーアは赤ん坊のもとへ行った。

「赤ちゃんは無事かい?」ガブリエルがたずね、扉を閉めて彼女のあとにつづいた。

「だと思う。ご機嫌斜めではあるけれど、けがをしているようには見えないわ」彼女がマシューを抱き上げると、即座に泣き声がやんだ。シーアはガブリエルをふり返った。「なにがあったの? 銃声がしたけれど」

「やつに逃げられた。雪のなかで取っ組み合っていたとき、薪でがつんとやられ、帽子をすっ飛ばされた」

「ガブリエル!」シーアは彼の頭にさっと目を注いだ。先ほどまでかぶっていた帽子が消えている。「だいじょうぶなの?」

「ああ。ぼくのことは心配しないでだいじょうぶだ。しかしぼうっとしてる間に逃げられてしまった。なんとかあとを追おうとしたんだが、すでにやつは馬にまたがっていた。だから発砲したんだ。しかしこんな吹雪のなか、命中するはずもないよな」ガブリエルはうんざりしたようにそこで言葉を切った。「やつの顔をちゃんと見ることすらしなかった。暗かったし、相手はやたらに着こんでいた。帽子をかぶって、長いスカーフを顔のまわりに巻いていたから。たしかなのは、やつが男で、ぼくよりもからだが小さかったということだけだ」

「逃げられたのは残念だけれど、肝心のマシューを取り戻すことができて、なによりだわ」

ガブリエルがうなずいた。「馬を見てくるよ」彼は顔をしかめた。「今夜チェスリーまでは戻れそうにないな。馬もすでに限界だし、道の状態も悪くなる一方だ。雪はあいかわらずやみそうにない。どこかで車輪がはまったり、壊れたりする危険を冒すわけにはいかないだろう。赤ん坊が一緒なんだから」

「ええ、そうね。ここまで来られただけでも運がよかった。でも、馬はどうするの？　だいじょうぶなの？」

彼はうなずいた。「家の裏手に家畜小屋がある。どうやら誘拐犯は、そこに自分の馬を入れていたようだ。山羊と子山羊もいた。小さな建物だが、馬を入れておくことはできるだろう。それに干し草と水の入った桶もある。慣れた環境とはちがうが、充分快適に過ごせるはずさ」

「よかった。ということは、少なくともマシューのためのミルクは確保できそうね。ほかにもなにかないか、探してみるわ」

シーアは小屋のなかを確認してみることにした。扉がひとつあり、その先にもうひとつ小さな部屋があった。そこにはベッドが一台と箪笥、そして鏡のついた小さな洗面台が設置されていた。箪笥にタオルとシーツが何枚か入っているのを見て、シーアはうれしくなった。少なくとも顔を洗い、ベッドに新しいシーツを敷くことはできそうだ。

彼女は先ほどの部屋に戻った。暖炉前におかれた椅子のほかにも、低いスツールと一緒に、傷だらけの四角い木のテーブルと椅子が二脚あった。カウンターには水差しと、タオルにくるまれた丸パンがおかれている。そして、かがみこまなければ入れそうにないほど背の低い扉がひとつあり、そこから、家の床より二段低い小さな暗い部屋につながっていた。

ランプを近づけてみると、どうやらそこは家に建て増しされた小さな食料貯蔵室のようだった。ほんの数坪の広さしかなく、小屋の壁から斜めに屋根がかかっていた。外側の壁は薄っぺらい板だけなので、家のほかの部分とくらべればうんとひんやりしている。おかげで食料を保存するには打ってつけの場所となり、ミルク入りの小さな容器のほかにも、ベーコンの塊、布にくるまれたチーズの塊、調理されたローストビーフがたっぷり用意されていた。どうやら誘拐犯は、栄養不足に陥らないよう気を遣っていたようだ。

マシューの機嫌がますます悪くなり、自分のこぶしを吸っては、シーアの肩に目をこすりつけるようになっていた。シーアは彼の頭にキスをしていった。「眠たいのか、お腹が空いたのか、自分でもわからないのかしら、ぼうや？」

彼女はミルクの入った容器を引っ張りだし、食器棚で見つけたコップに少し注いだあと、パンをひと切れちぎり、テーブルの前に腰を下ろしてマシューに食べさせることにした。パンを少しずつちぎってはミルクに浸し、赤ん坊の口に持っていく。どうやらお腹を空かせていたようで、マシューはむしゃむしゃと食べた。

ガブリエルが、予備の毛布を詰めこんでいた赤ん坊のかごを軽馬車から運んできてくれた。

その顔には笑みが浮かんでいる。「どうやらきみ、この子に食事をさせる技を習得したみたいだね」

シーアは声を上げて笑い、赤ん坊をちらりと見下ろした。彼女はからだのわきで赤ん坊をしっかり抱きよせ、片方の腕をからだで押さえこみ、もう片方の腕には腕をまわしていた。「ええ、ミセス・ブルースターから、抱きかたのコツを教えてもらったの——少し練習もしたしね。それでも、きらいなものを食べさせるときは、気が抜けないわ。きのうなんて、服の前に豆のすりつぶしをべったりつけられたのよ」

ガブリエルがかごをおろし、暖炉に近づいた。火かき棒で炎をかきまわし、手袋を外して両手を火にかざす。「まだ雪が降っている。馬は家畜小屋でだいじょうぶそうだ。精いっぱいからだをこすってやったし、干し草を与えてきた」

「よかった。ここにも食料がたっぷりあるみたいよ」

ガブリエルが近づいて彼女のすぐわきにしゃがみこみ、親指と人さし指でマシューのあごをつかんだ。「それで、ご機嫌はいかがかな、マシュー殿？」

「まるで兵士のようにがっついてるわ」シーアがにこにこしながら答えた。「この子、ほんとうに問題なさそうよ。この子に一枚余分な毛布をかけてくれたことには、犯人に感謝しないと。わたしが入ってきたとき、マシューはひどく泣き叫んでいたけれど、痛い思いをしていたわけじゃなくて、怖くて機嫌が悪かっただけだと思う」

「熱もないみたいだな」ガブリエルが赤ん坊のやわらかな頰を指でなでると、マシューが口を大きく開けてにっこり笑ったため、ミルクとパンがあごまでこぼれ落ちた。ガブリエルはふくみ笑いをもらして立ち上がり、シーアが赤ん坊のあごを拭いているあいだに、ふたたび手袋をはめた。「もみ合っているときに犯人が落としていった薪を運んでくるよ。いま炉床におかれているのだけでは、足りそうにないから」

シーアはうなずいた。ガブリエルが動きかけたところで、彼女は衝動的に手をのばして彼の手を取り、頰にぺたりと押しつけた。「ありがとう」

彼がかがみこんで彼女の額にそっと唇をつけた。そのあと彼女の手をぎゅっと握ってから、出ていった。シーアはマシューの食事をつづけた。部屋が暖まってきたので、彼女は外套を脱ぎ、頭からニット帽を取った。ガブリエルが何度か往復しながら薪を運びこんだあと、寒さと侵入者を防ぐために扉にかんぬきを下ろすころには、シーアは赤ん坊の服を着替えさせていた。着替えをちゃんと持ってきたことを、天にそっと感謝した。

ガブリエルがケープが何枚もついた御者用の外套を脱ぎ、乾かすために台所の椅子のひとつにかけた。彼は暖炉わきの椅子に腰を落ち着け、赤ん坊を抱こうと手をのばした。シーアは感謝の笑みを浮かべてマシューを彼に預けた。彼女は椅子のわきの炉床に腰を下ろし、ほんの一瞬、炎の温もりに身を浸すという贅沢を味わいつつ、ガブリエルをちらりと見やった。マシューが眠たげに頭をひょこひょこさせていたが、やがてため息をひとつもらすと、頭をがくんと横たえた。大きな青い目はまだ開いていたものの、その視線がとろんとしはじめたところからすれば、ものの数分で眠りにつきそうだ。

シーアはのびをしてため息をつくと、暖炉わきの石壁によりかかった。

「疲れた？」とガブリエルがたずねた。

シーアはうなずいた。「たいへんな夜だったもの。幸せだけど、へとへとだわ――でも神経が高ぶっているから、まだ眠れそうにない」

シーアは、肩にふわりと落ちかかっていた大量の巻き毛をうしろになでつけた。いつものように寝る前に三つ編みにしていなかったのと、あわてて興奮していたこともあり、髪は下ろしたままの状態だった。湿った天気のせいで、まるでコークスクリューのようにくねっている。シーアは櫛《くし》も鏡も使わずに、精いっぱい髪をまとめ、三つ編みにしようとした。

「だめだ」ガブリエルがそっといった。「編まないで、そのままにしておいてくれ」

シーアは彼に向かってまゆをつり上げた。「だって、ぼさぼさでしょ。乱れに乱れてしまっているわ」

彼がにやりとして、黒い目をきらめかせた。「ぼくは、きみの乱れたところが好きなのかもな」

その言葉が、前日の午後、彼にさらした反応をシーアの脳裏によみがえらせた。彼にひどく親密な箇所を触られ、強烈な悦びで応えてしまったときのことを。頬がかっと熱くなり、シーアは髪から手を放してすばやく立ち上がった。「わ――わたし、顔を洗ってこようかしら」

「ここに洗面台があるのかい？」

「ええ、あるの。必要なものはすべて揃っているわ」彼女は肩越しにそう答えつつ遠ざかり、さりげない、のんきな声を出せたことにほっとした。

しかし心のなかは、まるでちがっていた。心のなかはふつふつとした感情にわき立ってい た。今夜の出来事にさんざん怖い思いをさせられ、ぎりぎりのところまで神経を引きのばされたあと、マシューを無事発見できたという安堵の波にさらわれたのだ。自分がか弱いと同時に不思議なほど強く思え、いまだにひどく脚を震わせ、ひざをがくがくいわせていると同時に、はつらつとして、生命に満ちあふれているような気がする。

シーアは寝室に入り、扉を閉めた。タオルと手ぬぐいを手にすると、洗面台に水を注いで顔を洗いはじめた。彼女の視線は、すぐわきのベッドへとさまよってばかりいた。どういうかたちで寝るのか、いくら考えまいとしても無理だった。今夜、なにが起きるのだろう？ ガブリエルは紳士としてふるまうはずよ、と自分にいい聞かせる。もちろん彼は、あちらの部屋で寝てくれるだろう。しかしシーアは、自分が本心から彼にそうしてほしいと思っているのかどうか、よくわからなかった。

そう考えただけでも、息切れしそうになる。いったいわたし、どうしちゃったの？ この一週間、わたしにいったいなにが起きたのだろう？　わたしは牧師の妹なのよ！　わたしは高潔な人間。道を踏み外すことなどなく、すべきことをする。規律にしたがう人間だ。

少なくとも、ガブリエルに会うまではそうだった。彼が来てからというもの、自分がことごとくなおざりにしてきたしきたりについては、考えたくもない。しかし、全部を彼のせいにするわけにはいかなかった。たしかに誘惑したのは彼のほうかもしれないが、わたしが道を踏み外したのは、すべてみずから望んでのことだったのだから。いまわたしが、複雑に絡み合う感覚と感情に困惑しているとしても、それはすべてわたし自身が生みだしたことであり、ほかのだれかに押しつけられたものではない。

きのうの午後のような感覚を抱いたことは、それまで一度もなかった。いま、過去の年月を思い返さずにはいられない――ガブリエルの甘い口づけや、彼の手に触れられたときの悦びをいっさい味わうことなく過ぎていった、月日や時間を。わたしは、求めている……そう、かつては考えられなかったほど強烈に、求めている。生まれてからこのかた、わたしはずっと地味な存在だった。どうということのない、平凡な人間だった。ところがガブリエルに口づけされたとたん、彼の腕に抱かれ、からだを押しつけられたとたんに、はちきれんばかりの美を放ったのだ。いまシーアは、自分が平凡な人間だとは、とても思えなかった。

彼女は両手を組み合わせながら、小さな部屋を行ったり来たりした。こんなふうに考えるなんて、ばかもいいところだわ。わたしたちのあいだには、なにも起きるはずはないのだから。ここにふたりきりでいるからといって……誘惑にいとも簡単に身をまかせられるような状況にはまりこんだからといって、自分たちがそうするとはかぎらない。

考えていることが顔に出ていたらどうしよう、と恐ろしかったので、シーアはベッドのシーツを変えることで時間稼ぎをすることにした。そしていよいよこれ以上ぐずぐずしている理由がなくなると、肩を怒らせ、先ほどの部屋に戻っていった。ガブリエルが暖炉わきの椅子でくつろいでいた。長い脚を前にのばし、黒っぽい頭を椅子の背に預けて、目を閉じている。彼の胸で、マシューがすやすやと眠っていた。それを見たシーアは、胸に甘美な痛みをおぼえ、はたと足を止めた。

ガブリエルが目を開き、眠たげな顔でにこりとした。「もうこの子をベッドに寝かせてもだいじょうぶだな」と低い声でいう。

シーアはうなずいて赤ん坊のかごのところへ行くと、予備の毛布をわきに取りだした。ガブリエルが赤ん坊をかごまで運び、そのなかに下ろした。

シーアがはっとあえぐような声を出した。「ガブリエル！　あなた、けがをしているじゃないの！　頭に血がこびりついているわ」

彼は背筋をのばし、片手を頭にやった。「ああ、これか。なんでもないよ。いっただろ、薪でがつんと一発やられたって」

「帽子を飛ばされたといっただけでしょう」シーアはいらだったように切り返した。「血が出ているなんて、いっていなかったわ」

「自分でも気がつかなかったんだ」

シーアは彼の腕を取ってテーブルの前まで引っ張っていった。彼を椅子に押しこめるようにしてすわらせ、ランプを掲げて頭の傷を詳しく調べてみる。

「まあ、それほどひどい傷でもなさそうね。切れているというよりは、すり傷がついているだけだわ。それでも、洗っておかないと」

シーアは水差しの水をボウルに注ぎ、そこに手ぬぐいを浸した。手ぬぐいを絞ったあと、彼の傷にそっとあてた。ガブリエルは身をひるませたものの、じっとしていた。髪に血がこびりついていたので、シーアは濡れた手ぬぐいを頭に押しつけて髪を湿らせた。彼のすぐ近くにいることを、意識せずにはいられなかった。彼のからだが発する温もりが感じられる。彼の横顔が彼女の胸と同じ高さにあり、シーアは思わずもう片方の手で彼の乱れた髪をなでつけた。ガブリエルがはっと身をこわばらせ、シーアは、いきなり彼の体温が上昇するのを感じた。彼女はすぐに手を下ろした。自分のしたことを恥じながら、傷口を洗い終えた。

「食器棚にジンの瓶が入っていたから、それを使って傷口を消毒したほうがいいわね。ウイスキーで傷口を洗うという話を読んだことがあるけれど、ジンでも同じことよね？」

「ぼくはどちらかといえば、ジンを胃におさめたいな」と彼は反論したものの、肩をすくめた。「やってみようか。痛みを知るといい人間になれるというし」

シーアは食器棚からジンの瓶を引っ張りだしてコップに少量注ぎ、ガブリエルの目の前においた。そのあと手ぬぐいにも少し染みこませ、傷口にあてた。彼がすっと息を大きく吸いこんだ。

「なんの本に書いてあったんだい？」と彼がたずねた。「傷口を洗う物語か？　牧師館にそういう本があるとは思えないが」

「手に入る本は、ほとんどなんでも読むことにしているの」シーアは正直に答えた。彼女は彼の右側に腰を下ろした。「ウイスキーの話は、たしか、植民地を旅した牧師さんの回顧録で読んだんだと思う」彼女は瓶を手ぶりで示した。「どんな味がするの？」

「安物のジン《ブルー・ルーイン》の味かい？　ひどいものさ、ほんとうに。それでも役には立つ。ほら」彼はそういって彼女のほうにコップを滑らせた。「試してみるといい。からだが暖まるよ」

シーアはコップを手に取り、中身を少しだけ口にふくむと、その味に顔をしかめた。「いやだ！　すごく苦いじゃないの！」かっと燃えるような液体がのどから胃に流れ落ちるのを感じながら、ぶるっと身を震わせる。「まるで香水みたいな味ね」

ガブリエルがくっくと笑った。「なんと、シーア、香水を飲む習慣があるのかい？」

「つまり、香水を飲んだらこんな味がするだろうな、と思うような味ということよ」彼女は手をのばし、もうひと口のどに流しこんだあと、身震いしてコップを下におき、彼のほうに戻した。「どうしてこんなものを飲む人間がいるのかしら？」

「ブランデーやウイスキーよりも安いからね。それに、期待どおりの結果をもたらしてくれる」

「結果って？」シーアは興味津々といった面持ちで身を乗りだし、テーブルの上で腕を組んだ。

彼がにこりとして手をのばし、彼女の鼻筋に指を走らせ、あごをかすめつつ下ろした。

「きみはよくそういう顔をするね――得られる知識はひとつ残らず吸収しよう、という顔」

「父ですら、わたしは感心な生徒だといっていたわ。わたしはただ……ものを知りたいの。得られる知識を、すべて手に入れたい。どうしてそうなるのか、どうやってそうなるのか、どこでそうなるのかを、知りたいの。わたしのように田舎に住んでいる人間がそんなふうに思うなんて、おかしなことなんでしょうね」

「だからこそなんじゃないかな。牢獄に入れられた人間が、外の世界で起きていることをすべて知りたいと思うのと同じだ」

「ほんとうね！」シーアは顔を輝かせた。彼にわかってもらえたことがうれしかったし、少し驚いてもいた。「見たことも、したこともないことが、この世にはたくさんある。この前あなたが話してくれた、お芝居のこととか。オペラや、ミュージカルとか」

ガブリエルがコップにジンを注ぎ足し、くいっとひと口あおった。「ロンドンにいたら、きみを連れていくのにな。まあ、芝居とオペラだけだけれど。ミュージカルはだめだ。ひどく退屈だから。でも芝居は、きみにぜひ観てもらいたい」「それに、博物館！」シーアは目を輝かせていった。「博物館にはぜったいに行きたいわ。姉が、旦那さまにブロック博物館に連れていってもらって、ナポレオンの馬車を見たんですって。ああ、それにロンドン塔にも——逆賊門……略奪品……幼い王子が消えたという塔……」

ガブリエルが笑った。「どうやらたいへんなことになりそうだな。きみをロンドンに連れていったら。アストリーズやヴィクソール・ガーデンズにも、きっと行きたいんだろうね」シーアはうなずき、愁《うれ》いをおびたため息をもらした。「なにもかも、見てまわりたいわ」

彼女はコップをちらりと見やった。「あなたのいった意味、わかるような気がする——これを飲んだ結果がどうなるかということ。なんだかからだがぽかぽかしてきたし、それに、なんていうか、肩の力が抜けてきたわ」彼女はめがねを取ってテーブルにおき、手を顔から頭に滑らせた。そのあとコップを手にし、もうひと口飲んだ。

「気をつけて」ガブリエルが手をのばして彼女からコップを取った。「酔っぱらったらたいへんだぞ」

「お酒ね」シーアはにこりとした。「青い廃墟《ブルー・ルーイン》だなんて、ずいぶんはでな名前ね。でもわたしが酔っぱらう心配はないわよ。だって、こんなのまずすぎるもの。どうしてこんなものを飲めるのか、わからないわ」

「癖になる味なんだ」彼がいったん言葉を切った。「牧師の妹がおぼえるような味じゃない」

「牧師の妹は、なにもしてはいけないのよね」シーアが切り返した。「部屋の隅に腰を下ろして、編みものをする以外は」

「きみがそんなことをしているところは、想像もつかないよ」

「わたしだって編みものくらいできるわ」シーアは少々むっとして答えたものの、正直にこうつけ加えた。「ものすごく得意というわけではないけれど。姉のヴェロニカは、そういことが昔からわたしより得意だった。ヴェロニカはいつもちゃんと練習しているのに、あなたは本に鼻を突っこんでばかりいるからよ、と母によくいわれたわ。もちろん、そのとおりなんだけれど。でも編みものは読書とくらべて、うんと退屈なんだもの」

「たしかに、傷口の洗いかたについて読むほうが、よっぽどおもしろいだろうな」とガブリエルが目をきらめかせていった。

「ええ、そうですとも！」シーアはあごをくいと持ち上げた。「父には、おまえが女に生まれたのはいかにも残念だ、といわれたわ」

ガブリエルの口角が持ち上がり、まぶたがわずかに下がった。「その意見には同意しかねるな」

彼の声は低く、いかにも意味深で、シーアの体内の奥にあるなにかを刺激した。彼女は椅子のなかでわずかにからだをずらした。「父がいいたかったのは、男だったら受けられる教育を、女であるがゆえに受けられないのは残念だということよ。知性のむだ遣いだから」彼女はふと顔を背けた。いきなり目に熱い涙がこみ上げてきたことに、われながら驚いたのだ。

「でももちろん、父も意地悪でそんなことをいったんじゃないのはたしかよ」

シーアは席を立とうとしたが、ガブリエルの手が彼女のウエストをつかみ、その動きを押しとどめた。「きみに」とこわばった声でいう。「むだなところなど、ひとつもない」

彼女は驚いて彼を見やった。ガブリエルはいかめしい、頑なな表情をしていた。シーアはにこりとした。彼の言葉が、心のなかに暖かいものを広げてくれた。

「そんなふうにいってくれるなんて、ほんとうにいい人ね」とシーアはいった。

彼が首をふった。「いい人だからじゃない。事実をいったまでだ」ガブリエルがシーアの手を掲げてそのてのひらに口づけし、自分の頬にあてた。ひとつため息をつき、彼女の手を放す。「ああ、シーア。ぼくはいけない男だな」

てのひらに感じた彼の頬の刺激が、シーアの腕から胸へと広がっていった。からだの内側がざわめき、欲望と欲情が激しくのたうちまわる。「そんなことはないわ。あなたは、とてもいい人だもの」

ガブリエルがまともに向けた視線にふくまれる熱気を目にしたとき、シーアははっとした。

「いまの状況を利用したとしたら、ぼくはいい人じゃなくなるな。きみをほしいままにしたら」

シーアは彼をまじまじと見つめ、やがてささやくような声でいった。「わたしがそれを望んでいるとしたら？」

彼が目を見開いた。「シーア……だめだよ。きみは自分のいっていることが、わかっていないんだ」彼はせき払いをして顔を背け、立ち上がった。「きみにジンを飲ませるんじゃなかった」

「わたし、酔っぱらっているわけじゃないわ」シーアはすっくと立ち上がって抗議した。「ふた口飲んだかどうかというくらいなのよ」彼女はテーブルをまわって彼の前に立ちはだかり、彼と無理やり視線を合わせようとした。「わたしが、自分の気持ちもわからないような人間だというの？」

彼がかすかにほほえんだ。「そんなことはない。でも、それがどういうものだか、きみにはわかっていないんだ」

「この前のことは、どういうことだかちゃんとわかっている」

彼がごくりとのどを鳴らし、顔をわずかに赤らめた。「あれはちがう。家にいたのはぼくたちふたりだけではなかったし」

「そちらのほうが、よほど人目に触れる危険も、うわさの的にされる危険もあったはずだわ」

「でも、きみが立ち去ることもできたはずだ」彼の声がかすんできた。どこか自暴自棄の響きがある。

「わたしが立ち去りたくなかったとしたら？」

「やめてくれ、シーア、これ以上ぼくを悩ませないでくれ。ぼくはきみを危険な立場に追いこんでいるんだ。このうえ――ぼくがしたくてたまらないことをほんとうにしてしまったら、ひどく卑劣な男になってしまう」

「いままでは、そんなこと気にもしていなかったでしょ！」シーアは辛辣に応じた。「ずいぶんいきなり、良心の呵責を感じるようになったみたいね」

「そんないいかたはないだろう」

「そうね。あなたのいうとおりだわ」彼女はくるりと背を向けた。「あなたを困らせるのはよくないわね。相手が……その気になれないのは、しかたのないことだもの」シーアはテーブルの前に戻った。恥ずかしさに胃までが熱くなっている。どうしてあそこまでいってしまったのだろう？　どうしてここまでこだわってしまったの？　ジンのせいで口が軽くなっていたんだわ。彼女はテーブルの上をしきりに片づけはじめた。瓶にコルクの栓をして、食器棚に戻す。

「ぼくがきみに欲望を抱いていないとでも思うのかい？」ガブリエルが背後からしゃがれ声でいった。「これが簡単なことだとでも思うのか？　ぼくが気にもかけていないとでも？」

「もういいの」シーアはあいかわらず彼を見ようともせずに、肩をすくめた。「わたしはただ――」

「ちっともよくない！」ガブリエルが部屋を横切って彼女に近づき、その腕を取ると、くるりと自分のほうにふり向かせた。「ぼくにはどうでもよくない！」彼は顔をしかめてあごを引き締め、目をぎらつかせて彼女をぬっと見下ろした。彼は彼女のもう片方の腕も取り、一瞬、ふたりはそこで息もほとんどできずにたがいを見つめ合った。と、彼がシーアを強く抱きよせ、唇を合わせた。

シーアの体内を熱気が駆け抜けた。突如として強烈な活力がわき起こり、ありとあらゆる神経が刺激される。欲望が体内をかき鳴らし、血を煮えたぎらせ、息を奪う。ガブリエルの手が彼女の背中を滑るように下りていき、やがて尻をつかんでそのからだをぐっと持ち上げて抱きよせた。そのときシーアは、まちがいようもない彼の欲望の衝撃を感じた。メッセージは明らかで、渇望は否定しようもない。シーアは彼の首に腕をまわし、ありったけの情熱をこめて彼の口づけに応えた。

ようやくガブリエルが彼女を放し、頭を上げた。顔が欲望にゆるみ、のどから荒い息がもれ、謎めいた目が大きく見開かれている。「こんなことをしては――」

「人からあれをするな、これをするなって指図されるのは、もううんざり！」シーアが鋭い言葉で応じた。「一度でいいから、自分のしたいことをさせて」

シーアは両手で彼の顔を包みこむと、つま先立ちになって彼の口に唇を押しつけた。一回、二回……すると彼がぶるっとからだを震わせ、ふたたび彼女のからだを強く抱きよせてその唇を貪った。

シーアが息苦しさをおぼえ、血流がすさまじく駆けめぐるようになってもなお、口づけはつづいた。このままでは気絶してしまいそう。そう思いながらも、彼の腕から解放されたとき、シーアは思わず抗議のつぶやきをもらしていた。しかし彼が手を離していたのは、かがみこんで彼女を腕にさっと抱き上げるまでのことだった。シーアはよろこびのため息をもらしてその肩に頭を預け、彼の首のうしろで両手を組み合わせた。彼の腕のなかにいると、自分が小さくて大切な存在に思えてくる。自分は求められている、と感じられる。男たちがだれひとりふり向きもしないような、ひょろりとしたぶざまな行かず後家ではなく、男の血をかき乱し、その口づけで男を欲情させられるような、そんな女に思えてくるのだった。

ガブリエルが彼女を小さな寝室に運び、背後で扉を閉めた。彼は彼女を下ろして、その足が床に着くとすぐに、口づけを再開した。彼の唇が、彼女の顔、首、そして耳へと移動していった。敏感な耳たぶを噛み、舌で耳のらせんをたどっていく。シーアは、最初こそ驚いたような小さな声をもらしたが、やがて彼の愛撫が全身の震えをもたらすころには、それが小さなあえぎ声に変わっていた。まるでからだが内側から溶けていくようだ。下半身のあたりがずっしりと重く、とろけそうな気分だった。

ガブリエルが彼女の巻き毛に手をぐっと埋めた。唇をふたたび彼女の口に戻し、深く、長々とした口づけで、彼女を震わせ、言葉を奪った。脚に力が入らず、床に崩れ落ちそうになったシーアは、彼のシャツの前にしがみついた。ガブリエルの手がドレスの背後にまわり、慣れた手つきで留め具を外していった。彼女が部屋でとっさにはおったのは、飾りひもがついただけの着やすいドレスだったので、脱ぐのも簡単だった。ガブリエルの手が、背中が開いたドレスのわきから下に滑りこんできたとき、シーアはそのドレスを選んだ自分に満足した。

ガブリエルの手が心地よい温もりを与えてくれたので、冷たい空気は気にならなかった。彼がふたたび彼女を味わうかのように口づけしながら、その背中を指でなぞっていった。両脚のつけ根から発する低く執拗なうずきとともに熱気がいっきに駆け上がり、シーアは彼の指と口が呼びさました感覚の洪水におぼれそうになった。

ガブリエルの手を、服の上からではなく、素肌に感じたくてたまらなかった。シーアがさっとからだを離したので、ガブリエルが少し驚いて問いかけるように見つめ、手を下ろした。しかしシーアが袖から腕を抜き、ドレスを床にはらりと落とすと、彼の口もとにゆっくりと官能的な笑みが広がっていった。ガブリエルはシュミーズのリボンのひもをつかみ、引っ張ってほどいた。薄い綿の下着がするりと落ち、あとは彼女の胸を覆う下着だけが残された。彼はその下に指を入れて襟をさらに押し開げ、拷問のようなゆっくりとした動きでそれを下にずらしていった。

彼の指の関節が彼女の胸のやわらかな先端をかすめ、下着の生地と一緒にそのまま滑るように下に進み、やがて彼女のペチコートとパンタレットのウエスト部分にかかった。彼はいったん生地から手を離し、彼女を見つめながらそれぞれの下着のひもをほどいていった。そのあとふたたび、彼の手がゆっくりと下がっていった。下着をずらしながら、さらけ出された素肌に指を広げつつ、彼女の裸体をどんどんあらわにしていく。

シーアの息づかいが荒くなり、彼の前に肉体が少しずつさらけ出されていくにつれ、入り乱れたさまざまな感情に満たされていった——期待と悦び、そしてますます高まる渇望と、彼に気に入ってもらえなかったらどうしようという不安な気持ちとが、入り交じり、衝突する。彼の手が背中にまわり、やわらかな尻のふくらみを包みこむ。うなるような、うめくような、のどからもれる低い声が聞こえてくる。シーアは内心笑みを浮かべた。ガブリエルがいまなにを感じていようが、それは不満ではなさそうだ。

彼はもはや待ちきれなくなったのか、たがいの情熱をじらすのはやめ、シーアの下着をいっきに引き下ろした。下着が彼女のハーフブーツに引っかかったので、彼はブーツを脱がせるために床に片ひざをついた。彼に足を持ち上げられてブーツを脱がされるあいだ、シーアは彼の肩に手をおいてからだを支えた。ガブリエルが彼女を見上げ、その新たな視点からながめる光景を楽しむかのように、にやりとした。

反対側のブーツも瞬く間に脱がされ、シーアは服の山から足を抜いた。しかしガブリエルは立ち上がろうとせず、彼女の片脚に両手をかけ、最後に残ったストッキングを丸めて下ろしていった。ガブリエルは反対側の脚のストッキングも同じようにくるくると下ろしながら、彼女の曲線美を時間をかけて指で味わった。そのあと大胆にも手を上に滑らせ、ふくらはぎから太腿へと、さらにはシーアの熱気の中心部へと移動させていった。

シーアはのどを詰まらせたような声を発した。ついこの前、彼の指がそこを発見し、愛撫したときの記憶が、脳裏に鮮明によみがえる。こんなことをされれば、恥ずかしくなってあたりまえなのに――あのときのように彼に触れてほしいと切に願うなんて、意志が弱く、罪深い証拠だ。しかしいまのシーアにとって、そんなことはどうでもよかった。いまの彼女の関心は、体内の震えるようなうずきであり、熱気だった。ところが彼は動きを止め、まだ渇望が燃えさかっている最中だというのに、立ち上がってしまった。

「これじゃ不公平だよな。きみだけ裸になるなんて」ガブリエルはしゃがれ声でそういいながら、ズボンからシャツの裾を引っ張りだし、首もとのひもをほどいた。そのあと手を下ろしてシャツの裾をわしづかみにし、なめらかな動作ひとつで、頭からするりと脱ぎ去った。

シーアの目は、彼の裸体に釘づけになった。その広い肩幅と、平たい筋肉質の胸、肌の下の筋肉のうねりから、胸からV字を描くように先細りになってズボンのウエストバンドの下へと消えていく黒い縮れ毛にいたるまで、その詳細をいちいち目におさめていく。彼の肉体は硬くて男っぽく、シーアのからだとはまるっきりちがっていた。そのからだを見つめていると、シーアは心がかき乱されるようだった。あのがっしりと盛り上がる筋肉と、骨張った鎖骨の線、肩の鋭い突起に触れたくてたまらず、指がうずうずしてくる。あの肌の感触を味わってみたい。肋骨のうねりに手を滑らせてみたい。

ガブリエルの両手がズボンのボタンにかかるのを見て、シーアはすっと息を吸いこんだ。彼が手早くいちばん上のボタンを外すとズボンがずり下がり、まるでじらすかのように、腰骨と、幅を広げて下に向かう細い毛の線が見えきた。彼はそこで手を止めてベッドの端に腰を下ろし、ブーツを脱ぎはじめたが、シーアはそんなふうに待たされても気にしなかった。彼がブーツとストッキングを脱ぐあいだ、弓なりの背中と筋肉の動きをながめているのもまた、心奪われることだったから。やがてガブリエルが立ち上がって残りのボタンをすべて外してズボンを脱ぎ去り、彼女と同じように素っ裸で目の前に立った。

男性の一糸まとわぬ姿を前に、シーアは目を見開いた。こんな光景を目にするのは、はじめてだ。いや、一生見ることはないと思っていた。男性のからだがどうなっているのか、漠然としたイメージは抱いてはいたが——なんといっても、きちんと服を着こんだ男性を見ても、女性よりも胸が広く、腰幅が狭く、脚が長く、より筋肉質だということはわかったから——まさか実物を目にするとは思ってもいなかった。その力強さと大きさ、圧倒されるほどの男らしさ。ガブリエルの引き締まった肉体をながめていると、シーアのからだまで反応して引き締まってくるようだった。ガブリエルの裸体は、少々衝撃的だった……そして、大いに興奮させられた。

彼がシーアの前に戻り、彼女の腕を取った。「考え直したとか？」そういって、シーアの腕に手を滑らせる。

シーアは名残り惜しげに視線を上げ、彼の顔を見つめた。「なんだかちょっと、その、気になって。あなたって、少し――つまり、正確にはどういうふうになるのかは知らないけれど、わたしたち、ええと、大きさのちがいに問題はないのかしら？」

彼がふくみ笑いをもらした。その低く響く声に、シーアは不思議と心が静まるのを感じた。「ああ、ぼくたち、まちがいなくぴったりだよ」彼が身をかがめて彼女の髪に鼻をすりよせた。「それに、きみがうんと楽しめるよう、精いっぱい努力すると約束する。でももし不安なら、いまここでやめてもいいんだよ」

「だめよ！」シーアは即答した。「やめたくない」彼女は彼を見上げてにこりと笑いかけた。いつもは真面目くさった灰色の目が、色気を放っていることには気づきもせず。「知りたいの。わたし、ほしいの……」彼女の声が消え入った。体内からふつふつとわき起こる欲望、欲求、欲求不満といった激しい感覚をどう表現したらいいのか、よくわからなかった。

ガブリエルが彼女の裸の肩から首に手を滑らせ、あごに親指をかけた。「ああ、ぼくもほしい」彼は頭を下げて彼女の唇に唇をかすめた。「ものすごく」

彼はもう一度、シーアの唇に軽く触れた。そのあと顔を上げてほほえみながら彼女の目をのぞきこみ、ふたたびかがんで唇を奪った。今度は、まるで彼女を飲みこもうとするかのような口づけだった。シーアもつま先立ちになり、彼の欲望に応じた。こんなふうに彼と口づけしていると、裸の肌をたがいに押しつけていると、どうしようもなく興奮してしまう。シーアは彼の欲情が、硬く、どくどくと脈打つように押しつけられるのを感じた。それに応えるかのように、彼女の脚のつけ根の熱気がうずき、しきりに花開こうとした。

口づけを中断することなく、ガブリエルが彼女の背中に手をまわし、指先でからだの全体を軽くなぞっていった。あまりに軽く、繊細な触れかただったので、まるで羽根でからだをなでられているようだった。シーアはそれに反応してぶるっとからだを震わせ、口づけにさらに熱をこめた。彼の指が彼女の尻の丸みへと、腿のつけ根へと移動し、脚のあいだの割れ目へとじりじりと近づいていった。シーアの体内のうずきが深まり、肌が敏感になり、欲望の高まりとともにちりちりしてきた。脚のあいだに潤いが押しよせているのが感じられ、シーアは恥ずかしさをおぼえながらも、両脚を開きたくてたまらなくなった。彼の指をあそこに感じたい。そしてわれながらショックをおぼえつつも、彼の脈打つ長い男性自身をあそこに受け入れてみたくなった。

ガブリエルがふと唇を離し、ふたたび彼女を抱き上げてベッドに運び、自分も隣りに横たわった。片ひじをついてからだを支えながら、また口づけを開始する。まずは口に、そのあと耳に、顔に、首に。もう片方の手を彼女の胸におき、包み、愛撫し、親指と人さし指で乳首をやさしく転がした。やがて彼はからだを下にずらし、唇で彼女の枕のようにやわらかな胸をなぞっていった。舌先をやわらかな胸の上で躍らせ、さらにからだを沈めて乳首を口にふくむ。シーアはすっと息を飲み、からだの下にある上掛けをぎゅっとつかんだ。彼は吸ったり離したりをくり返し、シーアは吸い上げられるたびにスリルに満ちた悦びがからだを駆け下り、下半身に集中してねじ曲がるのを感じた。彼の舌が、硬くなった小さなつぼみに、激しく、そしてやさしく、円を描いていった。

彼は口を使って胸を愛撫する一方で、指を彼女の平たい腹から下腹部へと、さらにその先へと、じりじりと下げていった。彼女はベッドの上で脚を落ち着きなく動かし、彼に触れてもらおうと、開いた。しかし彼はすぐにそこに触れることはせず、いったん腿まで下りてはまた戻り、腿と胴のつけ根をなぞったあと、ふたたび下腹部まで上がってからだの反対側に向かった。彼女の腰が、まるでみずからの意志があるかのように動き、彼を求めはじめた。が、彼はあいかわらず燃えるような芯《しん》に到達することなく、羽根のように軽く触れてじらしながら、前進と後退をくり返した。そうしながらも口で彼女の胸を味わい、左右の胸のあいだを移動していた。そのなめらかな舌で愛撫されるたび、シーアの体内で欲求が高まっていった。

シーアは、口からもれるあえぎ声を抑えることができなかった。肌に感じる彼の唇から、彼がにやけているのがわかった。ついに彼の手が彼女の脚の谷間に滑るように入ると、シーアは身を震わせた。ところが前回とちがって、彼はあの強烈な絶頂へとすぐには導いてくれなかった。指で探求し、開き、なで、驚いたことになかに挿入している。しかしそれも、彼女の欲望の炎をさらにあおるだけだった。

シーアは、自分がここまで感じ、求めることになろうとは、想像もしていなかった。白熱の炎と化し、からだ全体をじんじんとしびれさせ、満たされることを切に望むほど、体内の熱情が高まることになろうとは。しかしガブリエルがなにかするごとにその熱情があおられ、やがてシーアは、体内の欲望とともに自分が爆発してしまうのではないかと怖くなった。

ガブリエルがシーアの脚のあいだにからだを入れ、ついに彼女は、はちきれんばかりになった彼の男の部分を股間に感じた。しかしそこにあてがわれているだけでは、満足できない。彼の硬くなった一物《いちもつ》をそっと押しつけられるのもまた、じらされているようなものだ。彼女は小さく哀願するような声を発し、彼の背中にしがみついた。その動きに、ガブリエルもうめき声をもらした。

「もうすぐだよ」彼がそうつぶやき、彼女の首に口づけした。「きみの準備を整えたいんだ」

「もう準備は整っているわ」うなるような声になってしまったため、彼が息を吐きながら小さく笑った。

「わかった」

ガブリエルが手を下にのばして体勢を整えると、シーアは彼の先端が押しつけられるのを感じた。彼女は脚をさらに広げて腰を傾けた。と、彼がなかに押し入り、彼女のなかを満たしていった。シーアは一瞬、あわてふためいた――彼のは大きすぎる、わたしではだめなんだわ、これではうまくいかない、わたしは満たされることなく、渦を巻く欲望とともに取り残されてしまうんだわ。そのあと、強烈なひと突きで貫かれ、シーアのからだを激痛が走った。

ガブリエルが息を切らして動きを止めた。からだがじっとり汗ばんでいる。彼が必死に自制心をはたらかせようとしていることは、その顔を見ればわかった。彼は必死の形相《ぎょうそう》で動きを食い止めている。彼は、がまんしているんだわ。これ以上わたしに痛い思いをさせまい、と。そこでシーアはからだを動かして両脚を彼のからだにまわし、さらに深く彼を受け入れようとした。ガブリエルはかがみこんで彼女の首に口づけしながら、ふたたび腰を前後に動かしはじめた。最初はゆっくりと、やさしく。そのあと情熱に突き動かされたかのように、徐々に速度と力を増していった。シーアは彼にしがみついた。体内で欲求がこみ上げるにつれ、からだ全体が震えてくる。欲望が渦を巻き、ねじ曲がり、彼に突き上げられるたびに、弓なりに高まっていく。

まるで崖っぷちに向かって、よろめきながら進んでいるような気分だった。胸に心臓が激しく叩きつけられ、息をするたびにしゃがれたすすり泣きのような声がもれる。シーアは求めていた。渇望していた。いま突き進んでいる極みに到達することを。そしていきなり、そこに到達した……勢いよく前に倒れこみ、断崖から滑り落ちながら悦びを炸裂させる。熱情が駆け抜け、からだの隅々まで満たしていくのを感じながら、シーアは叫び声を上げた。悦びに打ち震え、心を解き放つ。同時にガブリエルもからだを震わせ、ふたりしてからだを絡み合わせたまま、らせんを描いて底知れぬ深みへと落ちていった。

13

シーアは温もりに包まれて目をさました。目を瞬き、ちりぢりになった思考をまとめようとする。自分がいまどこにいて、硬い男性のからだに絡みつかれているのはどうしてなのかを思いだすのに一瞬かかったが、いったん思いだしたあとは、顔にゆっくり笑みが広がっていった。ガブリエルが背中により添い、彼女の腰に腕をかけていた。ごわごわとした上掛けの下は裸だったが、寒くはなかった。背中により添うガブリエルのからだが、暖炉のような熱を発していた……それ以上に、ぴったりより添っている状態が、とても快適だった。

彼女は、尻に硬いものが軽くあたっていることに気づいた。ガブリエルが眠りながらも欲望をたぎらせているとは、驚きだった。彼は、また最初からしたがるかしら？　そう考えると頬が熱くなった。腿の内側がひりひりしているというのに、ガブリエルにふたたび満たされるという期待にすでにからだが反応していることに気づき、シーアはさらに頬を燃え上がらせた。シーアは試しに彼のからだに向かって身をよじらせてみた。と、彼の男の部分がぴくりと反応した。耳の上のほうから、低く、温かなふくみ笑いが聞こえてくる。

「あばずれめ」ガブリエルの声は、決して不愉快そうではなかった。片手を彼女の腹に滑らせ、そのからだをさらに強く抱きよせたところからしても、彼が不愉快に思っていないのは明らかだ。

彼の手が、独占欲もあらわに彼女の腰の丸みをたどっていった。腿のわきまで下りたあと、今度は上に戻ってからだの前面に向かい、けだるそうに胃のあたりを通過して胸のあたりで時間をかけた。それに反応して、シーアの肌がしびれてきた。前夜の愛撫が、彼女のからだをさらに敏感にしてしまったようだ。これこそがよこしまな行為の落とし穴にちがいない、とシーアは思った。いったん蜜《みつ》の味を知れば、さらに多くを求めてしまうのだ。しかしいまこのときのシーアは、そんなことは心配していなかった。ひどく親密なしぐさで彼に愛撫されるのが、楽しくてしかたがなかった。

「するつもりなの？――つまり、その――もしかして――」レディにあるまじき質問をどう表現したらいいのかわからず、彼女は口ごもった。

「ああ、したい」彼がもぐもぐと応えて彼女の耳を吐息でくすぐり、耳たぶにそっと噛みついた。

シーアは震えるようなため息を小さくもらした。下半身が、すでにとろけつつあった。

「ものすごく、したい」と彼がつづけ、舌で彼女の耳をなぞっていった。「じつは」――指で彼女の乳首をもてあそびながら、髪に鼻をなすりつける――「このまま数時間ほど過ごして、きみにさらなる教育を施す以外のことは、なにもしたくないくらいだ」ガブリエルは彼女の髪の幕をわきへ押しやり、身をかがめてやわらかな首もとに口づけすると、顔を上げて先をつづけた。「でもここは紳士になって、きみを寝かせておくつもりだよ」

いかにも残念そうなため息をついたあと、ガブリエルはからだを離してベッドから滑るようにして下りた。シーアはふり返り、彼がわずかに背中を向けているのをいいことに、その背中や脚の筋肉が引き締まったりゆるんだりするのを、どん欲な目つきで堂々とながめた。肉づきのいい彼のあの尻に歯を埋めたい、という衝動に襲われ、シーアはわれながらショックを受けた。

「なにをするつもりなの？」と彼女は小さな声でたずねた。ゆうべ、愛を交わしたあと、ガブリエルが眠気とけだるさに抗って赤ん坊を部屋に運びこみ、かごをベッドの足もとにおいてくれていたので、シーアはマシューを起こしてしまわないよう、用心した。

「馬を見てくる」ガブリエルもささやき声で答えた。「それに、ちょっと考えがある——ゆうべ見つけたものがあるんだ。もしぼくの考えが正しければ、いまのきみがなにより求めているものになるかもしれない」

シーアとしては、いまこの瞬間になにより求めているのは、彼にベッドに戻ってきてもらうことだとわかっていたので、彼の考えが正しいとはとても思えなかった。それでも彼女は、なにもいわずに上掛けのなかにもぐりこんだ。

「マシューは？」あくびを抑えきれずにたずねる。

「ぐっすり眠っているよ。まだ数時間しかたっていないから。まだお昼にもなっていない。この子もゆうべ、たいへんな目に遭ったもんな」

ガブリエルが身をかがめて、彼女の唇にそっと口づけした。彼が身を引こうとした瞬間、シーアが腕をするりと彼の首にまわして押しとどめ、ふたりはさらに深く、長々と口づけを交わした。ようやく彼が身を引いた。「女ギツネめ。ぼくの善意が吹き飛ばされるところだったじゃないか」彼は最後に彼女に短く口づけすると、からだを起こし、ブーツを拾い上げながら忍び足で出ていった。

シーアは、彼がこそこそと扉から出ていく光景をにこやかに見守った。けっきょくのところ、もう少し寝るのも悪くないかもしれない。彼女は目を閉じた。ガブリエルが自分に気を遣ってくれていると思うと、うれしかった――そんな彼のことを、かつては自分勝手な道楽者と決めつけていたなんて。そんなことを考えながら、シーアはふたたび眠りに落ちていった。

どれくらいうとうとしていただろうか。ガブリエルがもうひとつの部屋で立てる物音が、ときおりまどろみのなかにぼんやりと入りこんできた。ようやく彼女は目をぱっちりと開いた。もう眠れそうになかった。がたがたという先ほどの音はなんだったのだろうと思いつつ、ベッドからするりと下りた。

空気は冷たかったが、まだ服は着たくなかった。まずはできるだけからだをきれいにしなければ。そこでシーアは水差しと手ぬぐいを手にからだを洗いはじめたが、水のあまりの冷たさに思わず身をひるませた。終わるころにはからだが冷えきっていたので、ベッドから上掛けを引っ張ってからだに巻いた。そのまま忍び足でかごに近づき、なかのマシューをのぞきこんでみる。口をかすかに開いてすやすやと眠っていた。

ガブリエルのいうとおりだわ、とシーアは思った。ゆうべさんざん恐ろしい思いをしたために、かわいそうな赤ちゃんはひどく疲れているのだろう。まだ寝ていても、ちっとも不思議はない——いつもの夜とくらべて、まだまだ睡眠は足りていないはずだから。それでも彼女は赤ん坊の額にそっと手をあて、熱がないことをたしかめた。熱がないことに安心したあとは、からだを起こし、服を拾いにいった。

そのとき、隣りの部屋からどすんという音が聞こえ、つづいて小さく悪態をつく声、そしてなんともとらえどころのない音が聞こえてきた。好奇心をおぼえたシーアは、上掛けをさらにしっかりとからだに巻きつけ、扉を開けてのぞいてみた。彼女のまゆが、さっと弓なりに持ち上がる。

暖炉の目の前に、大きな縦長の木製の槽がでんとおかれていた。どう見ても、えらく場ちがいな光景だ。馬に餌をやるか、水を与えるための槽のようだが、そこに三分の二ほど水が満たされていた。ガブリエルがその上にかがみこみ、そのなかにやかんから沸騰したお湯を注ぎ入れている。ガブリエルがちらりと視線を上げて彼女に気づき、にこりとした。

「やあ、起きたのか。起こしに行かなきゃいけないかと思っていたところだ。ちょうどいい湯かげんになったから」彼はテーブルのわきにおかれた手桶からやかんに水を満たし、暖炉のフックに戻した。やかんが炎にあたってぶらりと揺れた。

シーアは背後で扉を閉め、近づいた。驚いたような声でいう。「お風呂？　お風呂を引きずってきたの？」

彼がいかにも得意げな笑みを浮かべた。「ゆうべ、家畜小屋に空っぽのままおかれているのを見つけたんだ。今朝起きたとき、いまのきみはまさしくこういうものを求めているんじゃないかと、ふと思ってね」

たしかにそのとおりだわ、とシーアは思った。熱い湯に浸《つ》かり、からだの痛みを癒《いや》し、全身を暖められたら、さぞかしすてきだろう。「ありがとう」涙でのどが詰まり、しゃがれ声になってしまった。「あなたって、ものすごく――ああ、もう！」彼女はこみ上げる涙を瞬きで押し戻した。

ガブリエルがふくみ笑いをもらした。「感動的な感謝だな」彼はシーアの腰に手をまわし、陽気に口づけしたあと、彼女の尻を軽く叩いた。「ほら、上掛けを取って、風呂に入るんだ」

彼女はためらった。上掛けを落として彼に一糸まとわぬ姿をさらすと思うと恥ずかしく、頬が熱くなる。彼が、問いかけるようにまゆをつり上げた。

「どうした？　まさか照れているわけはないよな。ゆうべ、あんなことがあったのに？」

「だって、いまは明るいんだもの」と彼女は抗議した。

「明るくても、きみは変わらないさ。保証するよ。いいことを教えてあげよう」彼が上着を脱ぎ、片脚立ちでバランスを保ちながら、ブーツを片方ずつ脱いでいった。「ぼくも入る。だから裸になるのは、きみだけじゃない」

「わたしからお風呂を横取りするつもり？」彼女は憤慨して切り返した。「そんなのだめ！」

「横取りはしない。一緒に入るんだ」彼は頭からさっとシャツを脱いで床に落とした。

シーアは浴槽を見つめた。「冗談よね。ふたり一緒に入るなんて、無理だわ」

「もちろん、無理じゃないさ。うまいことからだを合わせればいいんだ。パズルみたいなものさ。パズルは好きだろう？」

シーアはいらだったように彼をきっと見やったが、彼がズボンを下ろし、長く、筋肉質の脚と、それ以外のものすべてをさらけ出していると なっては、そんな顔をいつまでも保っていられなくなった。ガブリエルが彼女の手から上掛けをぐいと奪い、浴槽のわきに落とした。

「ガブリエル！」

彼はそんな抗議を無視して浴槽に入り、しゃがみこんだ。じっさい彼のからだは、彼女の予想に反して浴槽におさまった。もっともそのためには、ひざをぎゅっと折って引きよせなければならなかったが。ガブリエルが、女性が敷居をまたぐとき、もしくは馬車に乗りこむときに粋《いき》な男がするように、シーアにさっと手を差しだした。彼女はその手を取って浴槽に加わり、彼の脚のあいだに慎重に足を下ろすと、ガブリエルにうながされて彼に背中を向けた。ウエストをつかむ彼の手に導かれるまま、ゆっくりと腰を下ろしていく。

シーアが彼の胸に背中をくっつけ、浴槽の端に足をのせることで、なんとかふたりのからだは浴槽におさまった。じっさい、ぴったりおさまったといってもいい。湯がふたりの下半身を覆うように持ち上がり、彼女の胸もとあたりでぴちゃぴちゃと波だっていた。シーアは頭のうしろで髪をまとめてくるりとひねり、うなじのところで結ぼうとした。

「だめだ」ガブリエルが彼女の手を制した。「下ろしているほうが好きなんだ」

「ぼさぼさだし、不愉快でしょう」

「ああ、ぼさぼさだ。でもちっとも不愉快じゃないさ」彼は、シーアの豊かな長い髪を両手に取り、いったん自分の首のうしろにまわしてから顔の前に掲げ、その香りを吸いこんだ。「やわらかくて、香りが――きみの香りがする。この巻き毛に包まれると、われを忘れてしまいそうだ」彼が彼女のうなじに鼻をすりよせた。

「びしょ濡れになってしまうわ」

「そうなったら、暖炉の前でとかして乾かしてあげよう」彼に鎖骨から肩にかけて口づけされるうち、シーアは抗議をあきらめた。

彼の手が、お湯でなめらかになった彼女のからだの上をゆっくりと動いていく。シーアは頭をのけぞらせて彼の胸に預け、目を閉じて、彼の手がもたらす悦びに浸った。

「きみはきれいだ」彼は歯で彼女の首筋をやさしく愛撫しながらつぶやいた。

「ばかなこといわないで」

「ぼくの言葉を疑うのか?」

シーアは鼻を鳴らした。「もちろんだわ。わたしを口説《くど》き落とすために、そんなふうにおだてる必要はないのよ。わたし、あなたが求めるものはもう捧げたんだし、わたしがそういうたぐいの女でないことは、おたがいわかっているでしょう……わたしは、男の人を悦ばせるような女じゃないわ」

「なんだって? ぼくは男で、きみにはこのうえなく悦ばせてもらっているんだがな」彼は口をわずかにゆがめて先をつづけた。「本気でいわせてもらうけれど、ぼくはきみを口説き落とそうとしているわけではない」彼はそこで言葉を切ると、わざとらしく手を動かしながら、つけ加えた。「いや、たしかにきみを口説いているようなものだけれど、お世辞を口にしているわけじゃない。きみのことをほんとうにきれいだと思うから、いっているんだ」

シーアは感情がのどにこみ上げてくるのを感じ、ごくりとつばを飲みこんだ。

「きみの乱れた巻き毛には心を奪われる」彼が低い声でつづけた。彼の息が、彼女の髪と顔をくすぐっている。「その髪がきみの顔のまわりにはらはらと落ちかかっているのを見たときから、そのなかに両手を埋めて、狂ったようにきみに口づけしたいと思っていた」

「もちろん、わたしを黙らせるためよね」彼女は辛辣に応じた。

ガブリエルがくすりと笑った。「それもおまけになるのはまちがいないけれど、それが動機じゃないことはたしかだ。ぼくが教会できみに口づけしたのは、どうしてだと思う？　なにも全能の神に挑もうとしていたわけじゃない。口づけせずにはいられなかったからだ。きみも気づいているだろうけれど、きみに口づけせずにはいられなかったことが、何度もある」

「あなたがもともとそういう男性だからじゃないかしら。あなたが……なんというか、女性を相手にする達人？……であることは、おたがいわかっているはずでしょ」

「白状するよ、たしかに何人かの女性に、その魅力を楽しませてもらってきた。でもそれこそが、ぼくの正しさを証明しているようなものじゃないか——女性の美にかんして、ぼくはまちがいなく目が利くほうなんだ。きみがいうように、達人だよ。だから、そのぼくに反論するなんて、意味がない」

「あなたは口もおじょうずだものね」

「ああ、それもあたっている」彼が舌先で彼女の耳をくすぐり、シーアを笑わせた。「もっとおしゃべりしてもいいかな？　きみがどんなふうにぼくを魅了したかについて？」

シーアは、彼の言葉はからだを包みこむ湯よりも暖かいと認めるのがいやで、ただ肩をすくめた。まるで、心に花が咲いたような気分だった。頭のどこかで、そんな自分をばかにする声が聞こえたが、それでも彼の言葉に浸らずにはいられなかった。

「きっときみは驚くと思うけれど」とガブリエルが真面目くさった声で先をつづけた。「きみのやさしい話しかたや従順な態度に魅せられて、この数日、夜にきみを夢見て、疾走した馬のごとく汗まみれになって、胸をどきどきいわせて、からだをこわばらせて目をさますはめになったわけじゃない」

シーアはのどで息を詰まらせた。いまやすっかりおなじみになったうずきが体内の奥深くで生まれ、首にベルベットのような感触で口づけされたときと同じくらい、彼の言葉に心をかき乱された。

「ぼくが気になってしかたがなかったのは、きみの胸と、それを手で包みこんだときの感触だ。きっとぼくのてのひらにすっぽりおさまるんだろうな、と思っていた」彼は両手で彼女の胸を包んでみせた。人さし指でなぞられ、乳首がぴんと立つ。シーアの下半身の熱気が高まり、ふくらみ、脈打ち、広がっていく。

「それに、そのすらりとのびる長い脚も夢見ていた。とりすましたドレス姿の下がどんなふうになっているのか、ずっと想像していた。きみが歩く姿を見るたびに、ぼくのこの手でその長さを測りたいと思ってばかりいたんだ」彼の声がしゃがれて深くなり、手がシーアの腿に滑り下りてきた。「きみが一歩足を踏みだすごとに、きみの脚に巻きつかれるところを想像してしまう」

ガブリエルの手が彼女の腿のあいだの割れ目をさっと走り、いったん内腿まで下がったあとで戻り、脚のつけ根のあたりをじらしはじめた。彼女はそこがふくれてうずくのを感じ、彼に触れてもらいたくてたまらなくなった。彼の指が羽根のように軽くからだをなぞり、割れ目をいじり、秘密のひだを探求しはじめた。彼の指にさすられるうち、シーアはぎりぎりのところまで追いつめられていった。ガブリエルは彼女の首に口づけし、歯と舌を使って快楽の震えを引きだした。

シーアは息を切らし、浴槽の端で足を突っ張って両脚を広げ、無言のまま彼を招き入れた。ガブリエルが、無防備にさらされた、彼女の欲望が脈打つうずきの硬い中心を探りあてた。彼は指を挿入し、リズミカルに動かし、彼女の悦びをますます押し上げていった。シーアは熱情が波のように押しよせてはせり上がるのを感じた。その波がからだの上でついに砕け、シーアはこらえきれずにか細く鋭い叫び声を上げた。快感がさざ波となってからだを駆けめぐるのを身を震わせながら堪能し、やがて肩の力を抜いて、深く、満足げなため息をついた。

充足感に満たされたシーアは、ガブリエルにもたれかかり、ぼうっと心をさまよわせた。からだに彼の男の部分が押しつけられ、当然ながら彼のほうはまだ満足していないことに気づいたものの、動くことができなかった。からだじゅうの骨が、体内で蜜蠟《みつろう》のごとくとろけてしまったかのようだ。

ガブリエルが息を荒く弾ませながら、彼女の首から鎖骨にかけて口づけしていった。「きみを味わわずにはいられない」とつぶやく。

彼がいきなり立ち上がり、シーアのからだをぐっと引き上げた。シーアは驚いて彼をふり返ったものの、彼はすでに浴槽から出て、暖炉の前の床に、先ほど彼女が巻いていた上掛けを広げていた。シーアは、彼のたくましくてしなやかな肉体、長く硬くなってからだから突きだした男性自身から、目を引きはがせなくなった。そこに触れてみたい。しかしからだが温まってすっかり満足したいまでも、そこまで大胆なことはできそうになかった。

ガブリエルが古い木の浴槽から彼女を抱え上げて上掛けに横たえ、その上に覆いかぶさってひじをついた。シーアは脚を開き、女の秘密の入口に押しつけられる彼の感触を楽しんだ。彼はしばらくのあいだ、強烈な、燃えたぎるような視線でシーアを見つめていたが、やがて頭を傾けて彼女の唇を奪い、彼女を飲みこまんばかりの勢いで口づけをはじめた。何度も何度も口づけし、ようやく口を離したと思ったら、今度は彼女のからだの下に向かい、あますところなく口づけしていった。

彼はシーアの胸を口にふくみ、そこに全神経を注いだ。シーアは、彼の愛撫にからだが反応するのを感じて驚いた。体内で、またしても熱気と緊張が高まってくる。先ほど悦びを炸裂させたとき、からだじゅうの熱情がすべて吐きだされたと思っていたのに。ところがまだ体内に潜んでいたようで、彼の唇が触れるたびに、もだえ、弾み、ふくれていくのだ。

ガブリエルがもう片方の胸に移り、同じようにこのうえなく丹念に愛撫しはじめた。彼はそのまま下に移動しつつ、シーアには聞きとれない、低く、やわらかな声を発していたが、そこに渇望と欲望がふんだんにふくまれているのはまちがいなかった。彼の舌がへそのくぼみに入り、そこから模様を描くかのように進んでいった。彼がさらに下に向かい、シーアは手が尻の下に差しこまれ、からだが持ち上げられるのを感じた。そのあと信じられないことに、彼の口が彼女のいちばんプライベートな部分に触れた。彼に突かれたりじらされたりするうち、シーアはかつて想像したこともないかたちで欲情を突き上げられていった。

「ガブリエル！」熱情がさらに強烈さを増してからだを突き抜け、白熱の極みへと燃え上がっていく。シーアは上掛けを握りしめ、ガブリエルにもてあそばれながら、ぎゅっと閉じた唇からあえぎ声をもらした。彼の舌が、それまでのどんな愛撫よりも激しく、高く、彼女を燃え立たせていった。シーアはからだを弓ぞりにのけぞらせてかかとを強く床に押しつけ、からだをぴんと張り、手が届きそうで届かない場所につり下げられた解放感を、必死に求めた。

と、それが体内で激しく解き放たれ、シーアは全身を震わせた。一瞬、頭がまっ白になり、口がきけなかった。世界が狭まり、そこにあるのはからだをめぐる至上の解放感だけだ。ガブリエルがそっと彼女の腰を下ろし、隣りに横たわった。シーアは息を整える以外、ほとんどなにもできなかった。胸に心臓が叩きつけられている。

それから何時間たったのか、あるいはほんの数秒しかたっていないのか、シーアは時間の感覚を失っていた。ガブリエルに顔を向けると、彼はこちらを見つめていた。細めたまぶたからのぞく目は、あいかわらずぎらついたままだ。

「ガブリエル……」彼女は手を彼の胸においたものの、自分がなにをいいたいのか、よくわからなかった。心のなかでは何百という感情が渦巻き、それを整理して言葉にすることができなかった。「でも、あなたはまだ満足していないわ」ようやくそれだけ口にする。

「楽しませてもらったよ。それにきみは、ゆうべはじめてだったんだ。きみに痛い思いはさせたくない」

「必ず痛いとわかるの？」

「いや」彼が意地の悪そうな笑みを浮かべた。「処女の相手をしたことはほとんどないから」

「わたし、試してみたい。だってあなたは、もっと望んでいるみたいだし……」彼女は、彼の欲求不満を歴然と示す証拠を見つめ、手を下げていった。

「そうだが」彼女の手がするすると下に向かうにつれ、ガブリエルはすっと息を吸いこんだが、彼女がためらいがちな視線を送ると、いった。「いや、やめないでくれ」

「こういうの、好き？」シーアはかすかに笑みを浮かべて手をさらに下げていった。

「そんなこと、わかっているくせに。きみ、女ギツネのようににやついているじゃないか」

　シーアはくすくす笑った。こんな気持ちになったのははじめてだ。ものすごく幸せで、自由で、開放的な気分だった。「でもわたし、あなたに大胆すぎるって思われるかもしれないと不安だったの」

「大胆な娘は好きだ」彼女の指が目的地に到達し、止まった。男の部分の根もとにごく軽く触れてみる。ガブリエルが低いうなり声をもらし、下唇に歯を食いこませた。

「どうしたらいいのかわからないの」シーアは、今度は真剣な声で認めた。

「きみが……してくれることなら……なんでも……気持ちいいと思う」と彼が息を荒らげていった。

シーアは指で根もとから先端までをかすめ、硬い芯を覆う表面がしゅすのようになめらかなことを知り、驚くと同時にうれしくなった。指をゆっくりと上下させ、それが引き起こす彼の低いうなり声を耳にするうち、下半身が熱くかき乱されていくのを感じた。

今回は、またしても欲望が脈打ちはじめたことに、それほど驚かなかった。ことのなりゆきをいちいち楽しむことにしたのだ。彼と戯れ、じらしてそそのかしながら、手をさらに滑り下ろして彼の脚のあいだにある袋を包みこむ。ガブリエルが身を震わせた。彼は目を閉じ、骨張った顔の皮膚を引きつらせ、唇から荒い息をもらしている。シーアが彼をやさしく指で包みこむと、彼はからだをびくんとさせたが、彼女が手を止めると、首をふった。

「やめないでくれ」

シーアは、ゆっくりと、もの憂いほどの動作で彼をさすり、てのひらで彼のなめらかな皮膚の滑りぐあいを味わった。彼ののどもとの脈が激しくなり、激しい呼吸に合わせて胸が上下しはじめた。彼の熱情が高まる兆候に、シーア自身もそそられた。「わたしのなかに入れて」と彼女はささやきかけた。「あなたのを入れてほしい」

ガブリエルがぱっと目を見開いた。強烈な、ぎらつくような視線だ。彼が手をのばして彼女の腰をつかみ、自分の脚のほうに引きよせた。「上になってくれ」

「え？　ああ」彼女はわずかに目を見開いたが、すぐに彼にまたがり、彼の弾むような男性自身に触れるまでからだを沈めていった。手を下にのばしてふたたび一物をつかむと、自分のなかへと導いていった。彼女の敏感な箇所が硬くなった彼のものに触れ、興奮に打ち震える。シーアは彼の先端を入口にあて、双方をじらすことで楽しみはじめた。ゆっくりとからだを沈めてはふたたび戻し、それによって生みだされる新鮮な感覚を探求する。その極上の摩擦は、もどかしくもあり、よろこばしくもあり、ふたりを手招きしては期待を高めた。

ガブリエルがからだをぎりぎりのところまで持ち上げ、彼女の腰をがっしりつかむと、激しく、強烈に突き上げはじめた。シーアも彼のリズムに合わせるうち、官能的で荒々しい悦びがさらに高まっていった。そしてついにそれが炸裂し、ふたりを崖っぷちから快楽の深い谷底へと突き落とした。

どれくらいそこに横たわっていただろう。シーアはガブリエルの広い胸を枕にまどろみながら、心からの平穏を感じていた。しかしやがて寝室から聞こえる泣き声が、その平穏を打ち破った。耳もとで、ガブリエルのくぐもったような笑い声がした。

「少なくとも、あの子の肺が寒さにやられていなくてよかったよ」ガブリエルが彼女の下からそっとからだを抜いて立ち上がり、ズボンをはいた。「ぼくが連れてこよう」

シーアも立ち上がって上掛けをからだに巻き直し、彼につづいて寝室に入っていった。ガブリエルがマシューを抱き上げると、すぐに泣き声がやみ、泣き顔があっという間に笑顔になった。シーアは、ガブリエルが赤ん坊にかける魔法を見ても、もう驚かなかった。なんといっても、彼女自身ガブリエルの魅力の虜《とりこ》になったのだから。ガブリエルが赤ん坊をもうひとつの部屋に連れていっているあいだに、シーアは服を着た。

シーアは、ブラシか櫛があったらいいのにと思いながら、髪に手を走らせた。三つ編みにしようとしたところで、ふと手を止める。ガブリエルの言葉を思いだし、髪は下ろしたままにしておくことにした。鏡の前に身を乗りだして、自分の姿をつくづくながめてみる。ほんとうにこのわたしを、ガブリエルは美しいと思ったの？ 乱れに乱れた赤みがかった茶色のこの巻き毛が、ほんとうにそこまで魅力的なのかしら？ ほかの男の人には見えないなにかを、ガブリエルはわたしの冷静な灰色の目のなかに見たのだろうか？

シーアは頭を片方に傾げたあと、反対方向に傾げた。たしかにきょうのわたしはいつもとはちがう――肌は輝き、顔つきもどこかやわらかい。そもそもやわらかさなどというものが自分の表情にあるなど、いままで気づきもしなかった。人は幸せになると、美しくなるものなの？　もしそうなら、いまのわたしは目を見張るほどの美女にちがいない。いまこの胸に満ちるほどのよろこびは、いままで感じたこともないのだから。

うしろめたさや罪の意識を感じるべきなのはわかっていたが、そんなものは感じられなかった。もう無理だと思っていたことを、経験できたのだ。しかも、想像を絶するほど、すばらしい経験だった。ほんの束の間のよろこびにすぎないかもしれない——数週間、いや、ひょっとしたら数日もしないうちに、ガブリエルが——おそらくはマシューを連れて——この地をあとにすることはわかっている。それが認められないほど、わたしは現実を直視できない人間ではない。それでも、どんなにはかない幸せだとしても、シーアはそれを楽しむつもりだった。そのあと悲しみが訪れるというのなら、それはそれでしかたがない。よろこびが無償で手に入るはずもないのは、経験からわかっている。

シーアが先ほどの部屋に戻ると、ガブリエルがテーブルの前で赤ん坊に食事を与えているところだった。彼女は前夜からテーブルにおきっぱなしにしていためがねを取り、鼻の上にかけた。ガブリエルが彼女を見上げてにこりとしたあと、マシューも同じことをした。髪や目の色はちがっても、このふたりは似ている。シーアは、この子は彼の妹の子どもにちがいないと思わずにはいられなかった。それにしても、どうして彼の妹がこの子を捨てたのかが理解できない。ガブリエルのことをよく知ったいま、シーアにも、ジョスランがガブリエルの怒りや罰を恐れるとは思えなかった。

「あの人、どうしてマシューを誘拐したのかしら？」シーアは思考の流れから必然的にそうたずねた。「それに、あの人はだれなの？」

「わからない」ガブリエルは目の前のパンをふたたびちぎってミルクに浸し、赤ん坊に差しだした。マシューはそれを手にすると口に押しこみ、なにやら秘密のリズムに合わせてからだを弾ませた。「もみ合っているとき、顔はよく見なかったけれど、知った顔じゃないのはたしかだ。それにしても、捨て子を誘拐しようと思う人間が、そうそういるとは思えない」

「わけがわからないわ」シーアも同意し、手をのばしてパンを小さくちぎり、自分の口に放りこんだ。「だれかにこの子を盗まれたから、取り戻そうとしたのかしら」

「しかしこの子の正式な保護者なら、真夜中にきみの家にこっそり忍んでさらってくる必要もないだろう。ロードンのいうとおり、父親なら法的に子どもを取り戻せるのだから。しかも、マシューは捨て子なんだ。ほしいという人間が現われれば、たいていの者がよろこんで引きわたすだろう」

「ほんとうね。ということは、あの人はマシューの父親ではないということだわ」

「そうだな」

シーアはガブリエルを見つめた。「いまでも、ロードン卿がこの子の父親だと思っている？」

ガブリエルはため息をついた。「どう考えたらいいのか、よくわからないんだ。妹がこの子の母親かどうかも、わからないんだから」

「さっき、この子とあなたが似ているなと思っていたところなの」

「そうかい?」ガブリエルが子どもを見下ろし、考えこむように頭を傾けた。まさにその瞬間、マシューが唇をぶるるといわせてミルクの泡を吹きだしたので、ガブリエルとシーアは声を立てて笑った。「たしかにこの子には、ぼくと同じような洗練された魅力が備わっているな」

「ほんとうだわ」

ガブリエルが真面目な顔でいった。「なんだか——この子とつながりがあるような気がするのはたしかだ。たんなる思い過ごしかもしれないが。だがもしこの子がほんとうにジョスランの子どもなら、父親が婚約者以外の人間だと思うと、つらい。マシューを連れ去ったのがロードンでないことはまちがいないしな——もっとも、あいつがだれかを雇ってそうさせた可能性はあるが」

「でもついさっき、彼ならそんな必要はないといっていたじゃないの。法廷で争えば子どもは取り戻せるはずなんだから」

「たしかに」ガブリエルはため息をついた。あいかわらずその考えをきっぱり捨てきれずにいるようだ。「そうだな、ロードンがマシューを誘拐するのに手を貸したとは考えられない。しかしだからといって、やつがこの子の父親ではないともいいきれない。非嫡出子《ちゃくしゅつし》を要求する男はそういないだろうが、ぼくらの敵対関係を考えれば、ぼくにいやがらせをしたいがために、この子を連れ去ったとも考えられる」

「たぶん誘拐犯は、あなたの妹さん――妹さんじゃないにしても、とにかくこの子の母親から、この子を奪って、身代金を要求していたんじゃないかしら。ところがどういうわけか、赤ん坊が聖マーガレット教会で拾われたんで、なんとか取り戻そうとしていたとか」

「つまり、母親からこの子を盗み、そのあとだれかがその誘拐犯からこの子を盗み、そのあとだれかが人のいない教会のかいば桶にこの子をおき去りにしたということかい？」

シーアは顔をしかめた。「まあ、そんなふうにいわれると……」彼女は肩をすくめた。「マシューの身にいったいなにが起きたのか、わかるときが来るのかしら」

「そうだな」ガブリエルは赤ん坊の口を拭って立ち上がり、肩にかついで背中を軽く叩いてやった。そのままのんびり窓際に近づいた。「しかし、この子をだれかにさらわせるようなことは、もう二度と許すつもりはない」

「きょうからは、毎晩必ずわたしの部屋で一緒に過ごすようにするわ。それに、玄関の扉だけでなく、わたしの寝室の扉にもまちがいなく鍵をかける」

「うちの使用人を夜警につけよう。いっておくが、きみがいとも簡単にいなした、あの使用人じゃないぞ。ピーターが適任だ――いかにも頑丈そうな男だから」

「用心棒ということ？　まさか、ガブリエル、ぜったいにそんな必要はないわ」

彼がきっと彼女を見やった。「うむはいわさないよ、シーア。きみとマシューを危険にさらすつもりはない。ほんとうなら、ぼく自身が無事をたしかめるためにそこにいたいくらいなんだが、さすがにそれはできないだろうから。それに、マシューをプライオリー館に連れて帰ったとしても、やはりきみの身が危険であることに変わりはない」彼の顔はいらだちのあまり頑なになっていた。「きみたちふたりを守るためにぼくにできるのは、うちの使用人を夜、見張りにつけることくらいなんだ。だからそれだけは譲れない」

いつもなら、そんな彼の命令口調にシーアも反論するところなのだが、彼がこの状況で自分の無力さにひどくいらだっているのがよくわかったので、彼女はただうなずくだけにしておいた。シーアも立ち上がって窓際に行くと、ガブリエルが彼女の肩に腕をまわし、わきに引きよせた。それからしばらくのあいだ、ふたりは無言のまま立ちつくし、目の前の雪の風景をながめていた。ガブリエルが身をかがめ、彼女の頭に口づけした。「正直なところ、家に帰るより、ここにいたい」

シーアはにこりとして、彼に頭をなすりつけた。「そのほうがずっと楽しそうね。でも、いつまでもここにいるわけにはいかないわ。なにより、ミルクが少なくなっているもの」

「裏にいる山羊の乳を搾《しぼ》ればいい」

シーアが頭を傾けて、疑り深げに彼を見つめた。「つまり、あなたが山羊のお乳を搾ってくれるということ?」

彼がむっとした顔をした。「ぼくにはできないとでも？」

シーアは笑った。「あなたに挑みかかるほど、わたしもばかじゃないわ」彼女は外の雪をしみじみながめた。ガブリエルのいうとおりだ。ここにマシューと三人だけでいられたら、さぞかしすてきだろう。そうすれば、その気になればいつでもガブリエルに笑みを向けられるし、人の目を気にすることなく彼の腕に触れられるのだから。ここにはなんの規律もなければ、うわさ話も、他人の目もない。あるのは、彼の手と口によって生みだされる甘美な興奮と、彼が彼女のなかで頂点に達するときの、形容しがたいほどの充足感だけだ。

知らず知らず、シーアは小さなため息をもらしていた。ガブリエルが身をかがめて彼女の耳もとにささやきかけてきた。「ここで、ぼくたちだけのクリスマスをお祝いしてもいいな」

彼女はからかうような視線を彼に向けた。「ほんとうに？」周囲を見わたす。「ここで？」

「もちろんだ。必要なものは、すべて揃っている」

「へえ、そうかしら？　ここにクリスマスのなにがあるっていうの？」

「まずは、いちばん大切なものがある。ぼくたちふたりへの贈りものだ」彼がマシューを差しだした。「マシューを見つけただろ」

シーアは笑って赤ん坊を受け取った。「たしかにそうね」

「でも、これはまだはじまりにすぎない」ガブリエルが暖炉の前に行き、わきに積み重ねられた薪を突いて、なかからいちばん太い薪を取りだした。それを勝ち誇ったようにふりながら、いった。「クリスマス用の台木もある」

「あら、それにろうそくも」シーアはカウンターの皿に立てられた、一本の太くて短いろうそくを指さした。

「ほんとうだ。それに……ごちそうだってある」

「ごちそう？」

「もちろんだ」ガブリエルがうやうやしくシーアに腕を差しだし、彼女をともなってテーブルの前に戻ると、気取ったしぐさで彼女のために椅子を引いた。

そのあと食料貯蔵室へ向かい、チーズの塊とローストビーフを手に戻ってきた。彼はテーブルにパンを加え、両手を背後にまわして一歩あとずさった。

「すごい。ほかにはなにがあるかしら？」

「デザートだな」彼が背後から手を出し、もったいぶったしぐさで少ししなびたリンゴをひとつ差しだした。

シーアは笑った。「ほんとうにごちそうだわ」

ふと、お腹が空いていることに気づき、シーアは彼と一緒に目の前の食料をぱくぱくと食べはじめた。いままでのどんな食事にも負けないくらいおいしいわ、とシーアは思った。お腹が空いていたからそう思うのか、あるいは食事のおともののおかげなのかはわからなかったが、この食事のことは生涯忘れないだろう。

そのあとシーアは、マシューを暖炉から少し離れた床に下ろして遊ばせてやった。ガブリエルが暖炉わきのひじ掛け椅子に腰を下ろし、シーアをひざに抱きよせた。彼女は彼の胸によりかかって遊ぶ赤ん坊をながめた。ガブリエルは彼女に腕をまわし、頭に頭を重ねた。彼の温もりに包まれながら、シーアは耳にどくどくと規則正しく響く彼の鼓動に聞き入った。ときおり彼に腕を指先でなぞられたり、腰をなでられたりして触れられるたびに、熱気が花開いた。またしても欲望が頭をもたげてきたことに、シーアは驚くばかりだった。

「なんだかわたし」と彼女はいった。「ふしだらな女になってしまったみたい」

彼が胸のなかで笑い声を響かせた。「だとしたら、とてもうれしいね」首に鼻をなすりつけられ、シーアはからだを軽く震わせた。

「レディがこんなふうに感じるなんて、はしたないわ。それだけはたしかよ」

「こんなふうにというのは、どんなふうに？」彼の親指が腕を上がってきた。

「あなたに触れられるたびに、ざわざわとして、熱くなってしまうこと」

「ああ。じゃあ、こんなふうにしたときは、どうかな？」彼が彼女のからだの前に手を滑らせ、指で乳首に円を描いた。

「マシューはいつお昼寝してくれるかしらって、考えてしまうわ」

彼がくすりと笑ったが、シーアは、からだの下に彼の脈打つ反応を感じ取った。

「それから、これも」彼女はそういって、彼のひざの上でからだをわざとくねらせ、彼の反応をふたたび味わった。「ありとあらゆる罪深いことを思い浮かべてしまうの」

「ふむ。きみの考えかた、好きだな」彼が顔を下に向け、長々と、激しい口づけをした。ようやくシーアは口づけを中断させた。「だめよ。赤ちゃんの前じゃないの」

ガブリエルはマシューをちらりと見やった。マシューは、ひっくり返った鍋を木のスプーンでしきりに叩いている。「この子には気づかれないと思うよ」

「わたしが気づくもの」シーアがうむをいわさぬ口調で応じた。「わたし、そ、そ、そこまでふしだらじゃないわ」

ガブリエルがにやりとした。「なら、もっとふしだらになってもらうよう、ぼくが努力しなくちゃならないな」

彼の目の表情を見て、シーアはわずかに頬が赤らむのを感じた。彼がふくみ笑いをもらして彼女の頬に指を滑らせた。「きみが赤くなるところが好きだ。きみの頬をそんなふうに燃え上がらせるようなことを、もっとたくさんしなければ」

「ガブリエルったら！」一瞬ののち、シーアはどうしてもこうたずねずにはいられなかった。「それって、たとえばどんなこと？」

彼がげらげらと笑い声を上げ、彼女にすばやく、激しく、口づけをした。「よろこんで教えてあげよう。マシューが眠ってくれたら、すぐにでも」彼はふたたび赤ん坊を見やった。マシューは手を激しくふりまわしたためにスプーンを落とし、うなるような声を上げて拾い上げようとしていた。ガブリエルはため息をついた。「どうやら、すぐには寝てくれそうにないな」

「そうね。わたしたち、もっとほかの話をしたほうがいいのかもしれないわ」

「チェスリーのクリスマスについて、教えてもらいたいな」

「ほんとうに?」シーアは彼を見上げた。

ガブリエルはうなずいた。「きみがいちばん好きなものは、なんだい?」

「モリスダンスね」彼女は即答した。

「モリスダンス? あれは田舎では春の催しかと思っていたけれど」

彼女はうなずいた。「そうよ。でもここではクリスマスの日にもするの。あなたの領地ではちがうの?」

「ぼくはたいていロンドンにいる。でも子どものころ、領地で春に行なわれていたのを見たおぼえがある。ただしあそこでは、コッツウォルズほど熱心じゃないと思うよ」

「ここの町の人間は、変化を好まないからね」シーアはため息をもらし、一瞬のち、悲しげな声でいった。「わたしたち、もう帰らなくては」

「そうだな」彼のほうも、あまりうれしそうではなかった。

「クリスマスに顔を出さなければ、みんな、わたしたちがどこにいるのか不思議に思うでしょう。ものすごい醜聞になってしまうわ」

ガブリエルがシーアを抱きよせる腕に力をこめ、かがみこんで彼女の頭のてっぺんに口づけをした。「ああ、きみのいうとおりだ」彼は立ち上がり、彼女のことも立たせた。「ちょっと外を見てくるよ。どんな状態か確認してみる」

シーアはうなずいて顔を背けた。目にこみ上げてきた涙を見られたくなかったのだ。もう帰るべきなのはわかっていたが、帰りたくなかった。醜聞になれば、傷つくのはガブリエルではなく自分の評判なのだから、こんなことを考えるのはばかげているとはいえ——ガブリエルもあそこまで簡単に同意してくれなくてもよさそうなものなのに、と思えてならなかった。こちらの意見を否定したり、反論したり、もう少しここにいようといいくるめたりしてほしかったのだ。

シーアは、帰宅する可能性を心から締めだそうと、小屋のなかを掃除することにした。散らかっていたものを片づけ、食料を貯蔵室に戻す。窓の外をちらりと見やると、雪のなか、ガブリエルが鞍をつけていない馬二頭を引いて道路に向かっていた。彼らの姿が視界から消えたあと、シーアは片づけに戻った。そのあとはほとんどすることがなくなってしまった。もっとも赤ん坊がぐずつきはじめたので、彼を抱き上げて歩きまわり、背中を叩き、なだめることにしばらく時間を費やした。腕のなかの赤ん坊がずっしり重くなってきた。どうやら眠りに落ちたらしい。

「もっと早く寝てくれたらよかったのに」シーアは赤ん坊にそうつぶやきかけたあと、かごのなかの小さなベッドに横たえ、周囲を毛布でくるんでやった。

数分後、ガブリエルが入ってきた。彼女は警告するようにさっと手を掲げ、眠っている赤ん坊を指さした。彼はうなずき、近づくと、彼女の腕を取って寝室に導いた。扉を閉め、彼女に顔を向ける。

「道路まで出られるよう、馬で地面を踏み固めておいた。そのほうが、馬車を走らせるのに楽だろうから。考えられる最悪の事態は、車輪が壊れて、雪のなかに取り残されてしまうことだ」

「ちゃんと帰れるかしら？」

彼が顔をしかめた。「ほかになにもなければ、もう一日待ちたいところだが。ぼくの希望をいえば、あと一週間は待ちたいところだ」彼がさらに近づいて手をのばし、彼女の頬を包みこんだ。「でもきみのいうとおりだ。待っていたら、きみの評判に傷がついてしまう。ゆうべときょうだけのことなら、なんとか秘密にしておけるかもしれない。でもきみがクリスマスの日に顔を見せないとなれば、みんなに気づかれてしまう。牧師が全員を納得させられるだけのうそをつけるとは、とても思えないしな」

シーアは悲しげな笑みを向けた。「ダニエルのことをよく知っていたら、ますますそう思うはずよ」

「町の連中のうわさ話で、きみを傷つけるわけにはいかない。チェスリーまではおそらく戻れると思う。ゆうべ思ったほど、遠くまで来ていないはずだ。ゆうべは二時間かかったけれど、いまは風も吹いていないし、雪もやんだから、もっと早く戻れると思う。さっき街道まで出てみてわかったんだが、あそこの道は踏み固められていた——荷馬車か乗合馬車か、それ以上のものが通ったんだろう。だから街道まで出られれば、あとはそれほどむずかしくはないはずだ。そこまで行けば、きっとだいじょうぶ」

シーアはうなずいた。「わかったわ。もう出発の準備はできているの。あとはマシューにもう一枚毛布をかけてやるだけ」

「待って」ガブリエルが手をのばして彼女の首のうしろにまわした。邪悪な笑みが顔に広がっている。「帰る前に、することがあるだろ」

シーアの全神経を強烈な刺激が駆け抜けた。彼女はからかうような視線をちらりと彼に向けた。「ほんとうに？　なにかしら？」

「ああ、ほんとうだ」彼が彼女の顔からめがねを外した。「いまから教えてあげよう」

14

今回、シーアは甘く愛を交わした。もはや抗うこともできないほどに熱気が高まり、砕け散るような悦びの激発に身をまかせるまで、ふたりの情熱の炎を燃やしつづけた。しかし太陽は無慈悲にも空で移動をつづけ、ふたりはうしろ髪を引かれる思いでベッドを離れた。ガブリエルが馬に鞍をつけているあいだ、シーアは服を着て反抗的な髪を二本の長い三つ編みにし、ペチコートから切り取ったリボンで結んだ。鏡で確認したところ、きちんと整った髪型にはほど遠かったものの、上からニット帽と外套のフードをかぶればだれにも見られないからだいじょうぶ、と自分を納得させた。持参した予備の毛布をすやすやと眠るマシューのまわりに押しこめ、途中でお腹を空かせたときのために、残りのパンを包んだ。

部屋を最後に見まわしたとき、うっかり涙がこぼれそうになった。悪天候のために滞在を余儀なくされたこのなんの変哲もない家に、ここまで感傷的になってどうするの、と自分にいい聞かせる。ここはロマンチックな逢い引きの場でもないし、いずれにしてもわたしはロマンスを夢見るようなばかな女ではないのだから。それでも、ここで過ごした夜は人生でももっともすばらしい時間だった、と思うと胸に迫るものがあった。

ふたりは馬車の自分たちの足もとに設置したかごにマシューを入れたうえで、そのかごの上を覆うようにふたりのひざにぶ厚いひざ掛けをわたした。シーアはもう一枚の毛布をふたりのあいだに入れて、赤ん坊になるべくすきま風があたらないよう工夫した。

ガブリエルの予想どおり、街道に出るまでがたいへんだった。馬に踏み固められたとはいえ、雪はあいかわらず深く、シーアはずっと手をきつく握りしめ、隠れた石かわだちに車輪が取られるのを緊張の面持ちで覚悟した。一度、車輪がはまったために馬車を止め、降りて押さなければならないことがあったが、なんとか乗りきってついに街道に到達した。そこにはすでに荷馬車か乗合馬車が車輪の跡を残していたので、先ほどよりもスムーズに馬車を進めることができた。ガブリエルは氷を踏まないように用心深く手綱を握っていた。途中、マシューが目をさましてベッドにひとり取り残されていることに不平の声を上げた以外は、とくに問題に遭遇することもなかった。

旅路は不気味なほど静かで、だれとも行き合わなかった。雪をかぶった木々や低木は美しく、ときおり鳥がさっと飛び立つときだけ景色が変化した。この新鮮な世界にいるのはわたしたちふたりだけ、と思いこむのは簡単だった。太陽があと少しで地平線に沈むというころ、軽馬車が教会と牧師館の見慣れた風景に近づき、シーアは大きな落胆をおぼえた。いつもの生活がまたはじまろうとしている。ガブリエルのいない、田舎の生活がふたたびはじまるのだ。

シーアは途中から赤ん坊を抱いていた。ガブリエルが彼女を馬車から降ろしたあと、赤ん坊のかごを家のなかまで運んでくれた。厨房に足を踏み入れたとたんに、シーアは温もりと明かりと香辛料の香りに包まれた。ロリーが大きな暖炉の前でしゃがみこんでいた。彼女はシーアを目にすると、わっと声を上げて跳びはねた。

「ああ、お嬢さま！　赤ちゃんも！　見つかったんですね！」彼女が駆けよってきたので、シーアはマシューを手わたした。

「ええ。けがはなさそうよ。でもお食事と着替えが必要だわ」

「はい、お嬢さま。すてきだわ！　ほんとうにようございました！」ロリーがしきりに揺さぶり、顔じゅうにキスをしたので、赤ん坊がきゃっきゃとはしゃいだ。彼女はほとんど踊るような足取りで部屋をあとにすると、着替えをさせるためにマシューを二階に連れていった。

シーアはガブリエルをふり返った。いきなりこみ上げてくる寂しさをこらえ、にこりと笑みを浮かべる。べつにこれが永遠の別れになるわけではない、と自分にいい聞かせた。すぐにまた会えるのはまちがいない。しかしいまとなっては、会えたとしてもいままでとはまるっきりちがう状況になるのではないか、と思えてならなかった。

ガブリエルが手を差しだし、彼女を見下ろして顔をしかめた。「まいったな。いつ何時きみの兄上やほかの人間が入ってこないともかぎらないとなっては、きみにきちんとしたお別れのあいさつもできないじゃないか」彼は家のほかの部分へと通じる扉を用心深く見やったあと、身をかがめてさっと彼女に口づけした。「ああ、もうどうにでもなれ」そういうと、彼女を腕に引きよせ、さらに深く、貪るような口づけをした。

ようやく彼が彼女を放した。「家に戻らなければ。これ以上、馬を外に放っておけない」

「そうね。もう行ったほうがいいわ。馬を暖かな厩舎で休ませて、麦をたっぷり与えてやってちょうだい」

「ああ、そうしてやるから安心してくれ。厩番の頭から、それなりの小言をいわれるだろうな」

彼はためらいつつ、彼女の手を最後にぎゅっと握りしめると、くるりときびすを返して前に進んだが、戸口のところでふり返った。「家に戻ったら、すぐに夜警をこちらによこすよ」

シーアがうなずくと、彼は去っていった。彼女はため息をもらし、外套と手袋を脱ぎはじめた。

「シーア！」扉が開き、ダニエルが入ってきた。「戻ってよかった。今朝ロリーからおまえのおき手紙をわたされたときは、信じられなかったよ。まったく、シーア、いったいなにを考えていたんだ？」

「マシューのことよ」

「だれだって？」

「マシュー。赤ちゃん。ねえ、お兄さま、まさかそこまで忘れっぽいとは」

「ああ、いや、もちろんそんなことはないんだけれど——おまえがあの子を引き取ってからというもの、なんだかてんやわんやだったから」

「どんなふうに？」シーアは、ここは辛抱しなければ、と自制心をはたらかせた。ダニエルは決して悪い人間ではない。自分の世界からちょっとでも秩序が欠けると、機嫌を悪くするだけだ。

「あしたのために、説教を書いていたところなんだ」彼が悩ましげな顔を彼女に向けた。

「おまえの案をあちこち探してみたんだが、見つからなくて」

「ごめんなさい。でもお兄さまなら、わたしの助けがなくてもちゃんとクリスマスの説教を書けたはずだわ」

「ああ、もちろんだとも。きょう、まさにそれをしていたんだ。ところが、食べものを求めて、ひっきりなしに人が訪ねてくるものだから」

「クリスマスイヴには、いつも貧しい人たちに食べものを分けているでしょう」

「ああ、わかっている。しかし、いつもはおまえが相手をしていただろう。だからみんな、おまえの姿を探してばかりいて」

「その人たちに、なんといったの？」

「この天気のせいで体調を崩しているといったさ。でも問題はそこじゃない。みんなにうそをつくはめになったということだ」

「お兄さまがうそをつくのがきらいなことはわかっているし、それについてはほんとうに感謝しているわ」彼女はそこで言葉を切り、兄がマシューの無事をたずねてくれるのを待ったが、なにもいわないようなので、少々きつい口調で先をつづけた。「赤ちゃんは無事見つけて、連れ戻してきたわ。試練をなんとか乗り越えたみたいよ」

「そうか。それはよかった」ダニエルの声は、納得しているようではなかった。彼がさらになにかいおうとしたとき、ロリーがマシューを抱いて厨房に戻ってきた。

「さあ、あなたがこの子の夕食を準備しているあいだ、わたしが抱っこしているわ」とシーアは声をかけ、赤ん坊を受け取った。彼女が手慣れたようすで腰のところに赤ん坊を落ち着かせるのを見て、兄が顔をしかめた。

裏口をノックする音がしたので、ダニエルが不機嫌そうにいった。「今度はいったいだれだ？　もの乞いはみんな帰ったはずだが」

「あら、でも〝貧しい人々はいつも一緒にいる〟んじゃなかったの？」シーアはしたり顔で兄にそう指摘し、いかにも体調を崩しているという顔を装って扉を開けにいった。こんな髪型をしているとなれば、病の床から起きたばかりだという話に信憑性《しんぴょう》が加わるというものだ。

ところが扉を開けると、戸口に背の高い金髪の男が立っていた。どうやら仮病は使わずともすみそうだ。「ロードン卿、どうぞお入りください」

「ミス・バインブリッジ」彼は足を踏み入れると、礼儀正しく帽子を取った。彼の視線が赤ん坊に注がれた。「怪しい人物は見つからなかったと報告にきたんですが――吹雪で足止めを食らった貧しい行商人以外は。しかし、どうやら赤ん坊を見つけたようですね」

「ええ、そうなんです。誘拐犯が避難していた家で追いつきました。ガブ――ええと、モアクーム卿がその男ともみ合いになりましたが、けっきょく逃げられてしまって」

「その男から、なにか聞きだせたんでしょうか？」

「いいえ、それはできませんでした。なにか聞きだす前に、その男がモアクーム卿の頭を薪で殴りつけたんです」

「ほう」ロードンの顔に、ほんのかすかな笑みが浮かんだ。「でも、モアクームに大けがをさせるほどではなかったんでしょうね」

シーアはそれを聞いてふくみ笑いをもらした。彼女の背後で、ダニエルが仰々しくせき払いをした。

「あら！　失礼」シーアはロードンにいった。「兄をご紹介するのを忘れていました、ロードン卿。こちらが兄の、ダニエル・バインブリッジ牧師です。ダニエル、こちらロードン伯爵」

ロードンはダニエルに礼儀正しくうなずきかけたものの、まったく関心のなさそうな視線をちらりと投げただけで、シーアに向き直った。「では、クリスマスでもありますし、そろそろ失礼します。その子を見つけられて、ほんとうによかった。それに、どうやら無事のようだし」

ロードンがぎこちなく手をのばし、マシューの輝く巻き毛に触れた。マシューは彼を真面目くさった視線でしばらくながめていたが、やがてロードンが手を引っこめると、例によって太陽のような笑みをぱっと浮かべた。それを見て、ロードンが驚いたようにくすりと笑った。

「かわいい子どもだ。ジョスランの面影がある」

ロードンの角張った顔に一瞬わびしさがよぎったのを見て、シーアの心のなかでなにかが動いた。彼はあの宿屋でひとり寂しくクリスマスを過ごすのだろうかと思うと、ついこんなことを口にしていた。「あした、クリスマスのお祝いに、何人かお客さまをご招待しているんです。あなたもご一緒にいかがかしら……もし、ほかにご予定がなければ」

彼が少し驚いた顔で彼女を見やった。「そうですか。ええと……ええ、ご親切にどうも。よろこんでご一緒させてもらいます。では、またあした」彼はダニエルにうなずきかけた。

「失礼します」

ロードンの背後で扉を閉めてくるりとふり返ると、兄が驚いた顔でシーアを見つめていた。

「いまの人は、いったいどこのだれなんだ？」ダニエルの声は、金切り声に近くなっていた。

「ほかにも、四六時中わが家にずかずかと出入りする貴族がいるのか？」

「いいえ、ふたりだけだと思うわ」シーアは赤ん坊をロリーに戻し、兄の腕を取って、一緒に部屋から出るよううながした。「あのね、お兄さま、考えてもみて。伯爵が加われば、クリスマスの晩餐《ばんさん》に箔《はく》がつくというものじゃないの。ミセス・クリフが地団駄踏んで悔しがるわよ」

「ミセス・クリフが嫉妬しようがなにをしようが、どうでもいいことだ。まったく、シーア、あんな貴族連中とつき合うのはやめておけ。連中がどんな人間か、おまえにはわかっていないんだ。ぼくは知っている。あの手の男たちと一緒に学校に行ったからな。おまえはどうやら、爵位があれば紳士だと思っているようだが、信じられないほど取るに足らない快楽主義者のほうが、よっぽど多いんだ。連中は女性の評判など、気にもかけない。相手が自分と同じくらい高貴な生まれでもないかぎりな——いや、その場合でも、つねにそうとはかぎらない」

シーアは兄にほほえみかけ、思わず手をのばして彼を抱きしめた。「お兄さまったら、わたしが傷つくんじゃないかと、すごく心配してくれているのね」

「あたりまえだろう。いままで、ぼくがなんの話をしていたと思っているんだ？」

シーアは、兄の話のほとんどが、彼女のせいで牧師としての仕事に支障を来されたことにたいする愚痴《ぐち》ばかりだったという点は指摘せず、ただにこりと笑ってこういった。「心配しなくてもだいじょうぶよ。高貴な殿方の倫理観は、ちゃんと心得ているから。それに、あの人たちのなかに紳士の風上にもおけない人間がたくさんいるということくらい、わかっている。でもロードン卿は、わたしの評判に傷をつけたりしないから、安心して。あの人のことはほとんどよく知らないし」

「なのに、彼をクリスマスの晩餐に招待したのか」

「なんだか……気の毒になって」

「気の毒？」ダニエルが目を丸くした。

「だって、ひとりぼっちなのよ。それに、モアクーム卿が彼のことをどんなに悪党あつかいしようが、クリスマスにひとりきりにされていい人間がいるはずはないわ」

「悪党？」そんなことが可能だとしたらの話だが、ダニエルの表情がますます険しくなっていった。「シーア、本気で理解できないよ」シーアが口を開きかけたので、彼があわてて手をふって制した。「しかし、いちばんの問題はそこじゃない。ぼくが心配しているのは、おまえがモアクーム卿と過ごす時間のことだ」

「モアクーム卿は、わたしの評判のことをきちんと心配してくださったわ」シーアはとりすました表情でいった。

「それは大いにけっこうなことだが、彼が心配してくれたからといって、おまえを陰口から守ることはできないんだぞ。シーア……」ダニエルが声を低めた。「ゆうべ、じつはおまえがここにいなかったことがみんなに知られたら、どうする？　彼と夜を過ごしたことが知れたら、どうするんだ？　もちろんなにごとも起きなかったのはわかっているが、そうだとしても、おまえの評判に傷がつくのに変わりはないんだぞ」

シーアの貞操にかんするダニエルの確信は、シーアの倫理観を信頼しているからというよりは、モアクーム卿が彼女に興味を抱くはずがないという考えにもとづいてのことのような気がしたが、彼女はこう応じただけだった。「それは、ゆうべわたしがここにいなかったという話が外に伝わった場合にかぎりでしょ。わたしはだれにもいうつもりはないし、モアクーム卿がそんなことを口にするはずもない。だから、お兄さまさえこの話を外にもらさないでいてくれれば……」

「もちろん、そんなことをするものか！　しかしロリーはどうだ？　ミセス・ブルースターは？　彼女には、おまえは体調がすぐれずに休んでいるからかまわずにおくようにといっておいたが、不審そうな目つきをしていたから、きっと疑っていたはずだ。たぶん二階に上がって、おまえのようすをたしかめにいったことだろう」

「たぶんそうでしょうね。でもミセス・ブルースターが、わたしを傷つけるようなことをなにか口にするとは思えない。それにロリーは、赤ん坊が行方不明になったことで職を失いはしないかとびくびくしているから、うわさ話を広めるようなことはしないでしょう。彼女にはその点をちゃんといい聞かせておくから」

ダニエルが顔をしかめた。「その話も不思議でしかたないんだ、シーア。この家に忍びこんで捨て子を誘拐しようとした人間がいたなんて、どういうわけだ？」

「わからない。でもガブリエルが、二度とこんなことが起きないように、夜警として使用人をひとり送りこんでくれるといっていたわ」

「この家に、またひとり赤の他人を住まわせるのか？」ダニエルはため息をつき、両手を投げだした。「いや、知りたくもない。ぼくは書斎に行くよ。きょうは一日じゅう、心が安まる暇がなかったから」

ダニエルが重い足取りで去っていった。シーアはそのうしろ姿を見送ったあと、ふり返って玄関と勝手口の扉の鍵をかけにいった。勝手口の鍵を見つけるのに、少し時間がかかった。最後にここに鍵をかけたのがいつだったか、思いだせなかった。プライオリー館から従僕が到着した。寒そうにしてはいたが、意欲はありそうだ。ピーターという男で、猟場番人の息子として育ったのでねらいは外さない、と請け合ってくれた。毛布一枚持って階段の踊り場で眠ることなど、ちっとも気にしていないようすだった。どうやらガブリエルからそうするよう指示されてきたらしい。

「旦那さまは気前よく、賃金を二倍にしてくれましたんで」彼が子どもっぽくそんなことを打ち明けてくれた。「どっちにしても、食事を出したり、銀食器を磨いたりするより、よっぽどおもしろそうだし」

「よかったわ。わたしの部屋は、階段からいちばん近い部屋よ。なにかあったら、起こしに来てね」

シーアはようやく自分の部屋に上がっていった。顔を洗い、着っぱなしだった服を着替えられることがうれしかった。シーアの指示どおり、ロリーが赤ん坊とかごを寝室に運んできた。ロリーが去ったあと、シーアは扉に鍵をかけた。マシューはすでに顔をこすり、髪を引っ張って眠そうにしており、彼女がろうそくを消す前には寝入っていた。

シーアは窓際に行き、カーテンの隙間から夜の闇をながめた。雪が月明かりを受けて、青っぽく光っている。木々の先の教会に視線をやった。あの先に、プライオリー館がある。いまガブリエルはなにをしているのだろう、わたしのことを考えているだろうか。

もちろん、彼のほうはこちらと同じというわけにはいかないだろう。彼女は、驚嘆、よろこび、そして彼がいない切なさをしみじみ感じていた。しかし彼にとっては、はじめてのことではない。シーアにしてみればひどく新鮮だったあの悦びも、彼にしてみれば慣れきったことなのだ。それに昔から、男は女とはちがうものだと聞いている。男はいっさい愛情のない相手でも、女であれば欲望や肉欲を抱くものなのだ、と。自分がガブリエルに愛されているなどと考えるほど、わたしはばかではない——もちろん、わたしだって、彼のことを愛しているわけではないのだから。愛しているはずはない。

ほんとうに？

シーアは落ち着かない気分でカーテンを放して窓際を離れた。わたしはガブリエルのことを愛してはいない。愛せるはずがない。ばかばかしい。なんといっても、彼のことはまだ数週間しか知らないのだ。最初に思っていたよりもずっといい人間だったとしても。彼が魅力的でハンサムで、誘拐犯の小屋にいたときの三人がまるで家族のようだったとしても。それでも、わたしが彼を愛していることにはならない。愛していないのだから。

ほんとうに？

シーアは教会の鐘の音で目をさました。ベッドに横たわったまま、胸の高まりを感じて笑みを浮かべた。前夜感じた困惑は、クリスマスの朝の淡い金色の光のなかに消え去った。片ひじをつき、ベッドのわきにちらりと目をやる。かごのなかのマシューはすでに目をさまし、上掛けをすべて蹴り飛ばして自分のつま先で遊びながら、ばぶばぶいっていた。

シーアはベッドからするりと下りてカーテンを開き、しばらくその場に突っ立ったまま、雪にきらめく陽射しを愛《め》でた。鼻歌をうたいながら箪笥に向かい、茶色い毛織りのかぶり式のドレスを引っ張りだす。食事と着替えをさせるためにマシューをロリーに引きわたしたあと、先週ビンフォードの服飾小物店で購入した金色のレースを取りつけるだけの時間を捻出できるかもしれない。そうすればこのドレスも、もっと祭りにふさわしい雰囲気になるだろう。

一時間後、シーアは自分の作業に満足し、クリスマスの礼拝に出かけた。ドレスの色はあいかわらずさえなかったが、高襟と袖口につけたレースのおかげで、印象がやわらいでいた。髪はいつものように編んでまとめるのではなく、頭のてっぺんでピンで留めて髪先を垂らし、短い巻き毛は顔のまわりにふわふわと漂わせておいた。

彼女のなかの挑発的な悪魔が、教会に赤ん坊を連れていけとささやきかけてきたが、しばし思い悩んだ末、理性が勝利をおさめた。それでなくともマシューは、悪天候にさんざんさらされてきたのだ。それでも病気にならなかったのは、運がよかっただけ。いくら自分が住民の陰口など気にしないところを見せつけたいからといって、この寒空のなかにふたたびこの子を連れだすのは、あまりいいことではないだろう。そこでマシューは暖かな厨房で、ロリーとミセス・ブルースター、さらにはピーターに見守ってもらうことにしたあと、シーアは外套とボンネット帽を身につけ、信者たちに加わるべく、さっそうと出かけていった。

シーアは、兄がすばらしい説教を書いただけでなく、書いた言葉をいつもより感情をこめて伝えているような気がして、誇らしくなった。礼拝のあと、妙に陽気にふるまっているところからして、どうやらダニエル本人も同じ意見のようだ。彼が伝統にしたがってワッセル酒の準備に取りかかる一方、シーアは厨房でミセス・ブルースターとロリーを手伝った。

しばらくすると玄関の扉をノックする音がし、シーアが開けてみると、ダマリスが玄関前の階段でロードン卿と並んで立っていた。シーアの驚いた顔を見たダマリスが、にこやかに説明した。「ハイ・ストリートでロードン卿とばったり出くわしたの。わたしたちの目的地が同じだと知って、わたしがどんなに驚いたかわかるかしら」

ダマリスの大きな青い目がきらめいているのは、おもしろがっているからなのか、それともいらだっているからなのか。シーアの記憶では、先日はじめて顔を合わせたとき、ロードン卿はどちらかといえばダマリスに無礼な態度をとっていた。もちろん、彼はだれにたいしても比較的無礼な態度をとるのだけれど。彼を招待したことがまちがいでありませんように、と彼女は祈った。

ダニエルも、ロードンとあいさつを交わすときはどこか用心深げだったが、宿屋でも最高級のブランデーをおみやげとして差しだされると、すっかり打ち解けたのか、書斎に行って一緒に一杯やらないか、とロードンを誘った。シーアはダマリスのペリースとマフを受け取り、彼女を居間に案内した。そこでは台木があいかわらずのんびりと燃えていた。

「ロードン卿から、こちらに来る途中だといわれたときは、言葉を失いかけたわ」ダマリスがシーアにからだをよせて小声でいった。「あの人を招待するなんて、あなた、どうしちゃったの？」

「よくわからないの。兄も、そのことにひどく驚いたみたい。でもわたし――クリスマスなんだから、そうすべきだと思っただけなの。あの人、あなたになにか失礼なことをした？」

ダマリスはしばし考えこんだが、やがてためらいがちに首をふった。「失礼ではなかったわ、ほんとうに。ただ――あの人の目って、なんだかものすごく冷たいし、どういったらいいのか、どうも油断ならないっていうか。あの人がなにを考えているのかさっぱりわからなくて、それが少しいやなの。あの人を見ていると、なんだかあの高慢な鼻をへし折ってやりたくなるのよ」彼女がくすりと笑った。「わたしって、ひどい人間よね」

「あの人はたしかに高慢だわ。それは否定しようがない。でもわたしが思うに、ガブリエルが考えているほど悪党でもないんじゃないかしら」シーアはマシューの誘拐事件と、ロードン卿が協力を申しでたことを話して聞かせた。

「あの吹雪のなか、赤ちゃんを捜しに馬を出してくれたの？」ダマリスがまゆをつり上げた。「それは感心だわ。モアクーム卿の彼にたいする感情を考えれば、なおのこと」彼女はそこで言葉を切った。「あの人は、赤ちゃんの父親ではないのかしら？」

「わからない。髪と目の色が似ていることは見逃しようもないけれど、彼がいっていたように、金髪碧眼の男性はほかにいくらでもいるわ。それにマシューの髪は、ロードン卿のほど薄くはない。目の青の色合いもちがう」

「そういう人は、めったにいないでしょうね。ロードンの目は、氷のようだもの」ダマリスがぶるっと小さくからだを震わせた。「それに、赤ちゃんのときの目の色は、おとなになると変わることが多いし」

「ゆうべ、ロードン卿が赤ちゃんを見たとき、その目になにかが浮かんだの。愛情ではないんだけれど、悲しみのような、孤独感のような、なにかが。よくわからなかった。ほんの一瞬のことだったから。わたしの考えすぎかもしれない。でもマシューを見つけるために協力を申しでてくれたのに、クリスマスをひとり宿屋で過ごさせるなんて、なんだかまちがっているような気がして」

「そうよね、よくわかるわ。それよりも、話のつづきを聞かせてちょうだい。赤ちゃんは見つけたのよね」

「ええ、恐ろしい誘拐犯から取り戻したわ。でも犯人は逃げてしまった」

「あの吹雪のなか、赤ちゃんを見つけて連れて帰れたなんて、神に感謝だわ」

「ええ、ほんとうに幸運だった」シーアは、自分たちがあの吹雪のなか、赤ん坊を連れて戻ったという友人の思いこみは、訂正せずにおいた。ダマリスなら秘密を守ってくれるのはわかっていた。彼女以上に信じられる人間は、ほかにはいない。それでも、ガブリエルと過ごした時間のことは、だれにも明かしたくなかった。いちばんの親友にすら。自分の胸ひとつにおさめておきたかったのだ。

晩餐会は、シーアの期待以上にとどこおりなく進んだ。ふたりでブランデーとワッセル酒をたしなんでいるとき、ダニエルはロードン卿の祖先の故郷がハドリアヌスの防壁からそう遠くない場所であることを知ったという。ダニエルは灰色の目を輝かせながら、ロードンの領地にはローマ時代の城塞《じょうさい》の遺跡まであるのだ、とみんなに話して聞かせた。それだけで、彼にしてみれば伯爵は招待する価値のある客の地位に押し上げられていた。

食事が終わりかけ、全員がまだ食卓についておしゃべりを楽しんでいるとき、外の通りから連続砲撃のごとく騒々しい音が聞こえてきた。

「あれはいったい――」ロードン卿がまゆをつり上げた。

シーアがくすりと笑った。「子どもたちが行進しているんだと思います」

「子どもが？」

「ええ。あなたの領地では、こういうことはしないのかしら？　クリスマスの日、子どもたち全員が太鼓を叩きながら通りを練り歩くんです。太鼓でなくても、鍋とか、とにかく騒々しい音のするものなら、なんでもいいんです。ふつうは、もっと早く、午前中に行進するんですけれど。たぶんお天気のせいで遅れたのね」

彼女が窓際に行くと、ほかの者もそれに倣い、不揃いの列となって騒々しく進む子どもたちをながめた。先頭を行く男の子は、ずいぶん使い古された小さな太鼓を首にぶらさげ、リズムに合わせてというよりは、情熱にまかせて打ち鳴らしていた。彼のうしろには、なんとなく列を保ちながら子どもたちが飛んだり跳ねたりしながらつづいている。小さな角笛を吹く子もいれば、棒や手などで太鼓や平鍋を叩く子もいる。彼らは教会まで進んだところで、道を戻りはじめた。

「そろそろモリスダンスの時間だわ」とシーアがいった。

「ここで踊るんですか？」とロードンがたずねた。

「ええ。教会の目の前の道で。ほら、教会の庭に広場があるから、みんなそこに立って見物するんです」とダニエルが説明した。

「ほう」ロードン卿がかすかな笑みを浮かべた。「それを見逃すわけにはいきませんね」

そこで全員、外に出ることにした。それまでミセス・ブルースターとその夫と一緒に厨房でクリスマスの宴会をしていたロリーと赤ん坊、そして護衛のピーターも一緒だ。教会に通じる橋の前あたりに、すでにたくさんの人だかりができていた。そこへつぎからつぎへと住民が到着し、道路の両側に集まっていった。シーアは何人かの顔見知りと言葉を交わし、離れた場所にいて声が届かない相手には手をふった。

ふと、みんなから少し離れた場所に立つロードン卿をちらりと見やった。彼の顔には、かすかに困惑した表情が浮かんでいる。いったいなにを考えているのだろう。シーアはふり返ってロリーとマシューの姿を確認した。家族で外に出てきてからというもの、数分ごとにつ いそうしてしまうのだ。いつになったら、マシューがいきなり姿を消してしまうのでは、と心配せずにすむようになるのだろう。

群衆から歓声がわき起こり、シーアは町の中心部へとつづく通りの先に目をやった。男たちの一団がこちらに近づいてくる。全員が長袖の白シャツと、明るい緑のチョッキを身につけていた。腕に結んだ緑のリボンが翻《ひるがえ》っている。ズボンのひざ上にも、じゃらじゃら鳴るベルと一緒にリボンが結びつけられていた。全員が短い棍棒を手にし、この寒さだというのに、だれも上着を着ていなかった。おそらくは酒場で、そしてここに来るまでの各家でふるまわれた酒で景気づけをして、すでにすっかり暖まっているのだろう。ダンスが終われば、ダニエルが彼らに手づくりのワッセル酒をふるまうことになっていた。

踊り手たちは、親しげに大声を発し、棍棒をふりまわして、群衆の拍手喝采に応えていた。彼らは二列になり、三人の仲間が奏でる笛と太鼓の陽気な音楽に合わせて伝統的な踊りを開始した。踊りながら前後に動き、足を踏みならし、棍棒で地面を叩き、たがいの棍棒を打ち鳴らしながら、複雑なステップを踏んでいく。その陽気で騒々しい彼らの熱い動きに誘われ、見物人もついつい浮かれていた。シーアがロードン卿に目をやると、彼ですら、にこやかに笑っていた。

彼を招待してよかった、とシーアは思った。期待以上にいい一日になりそうだ。あとは……いえ、だめよ。彼女は自分を厳しくいさめた。ガブリエルがここにいないからと、この幸せな気持ちに水を差すようなまねは、ぜったいにさせないわ。

そう思ったまさにそのとき、顔を上げると、仕着せに身を包んだ御者があやつる優美な馬車が通りをこちらに向かってきた。このあたりであんなりっぱな馬車に乗っている人間といえば、かぎられている。シーアの胸のなかで心臓がふくれ上がった。ガブリエルが来たんだわ。

クリスマスの朝、ガブリエルは目をさますと、シーアのからだを手探りしたあと、プライオリー館の自分のベッドに戻ってきたことを思いだした。彼女と過ごしたのはほんのひと晩だけだというのに、いま隣りに暖かくてやわらかな彼女のからだがないというのが、ひどく不自然に感じられた。彼は目を閉じ、ついいましがた見ていた夢のせいで高まった鼓動が鎮まり、熱くなった血が冷めるのを待った。もちろん、シーアの夢だ。もうあの夢の詳細は思いださないほうがいいだろう。さもないと、情けない一日のはじまりになってしまいそうだ。

彼はベッドからさっと下りて従者を呼んだ。からだを動かせばシーアを頭から追い払えると期待してのことだった。ばかげたことに思えるが、前夜、牧師館で彼女と別れて以来、なにかが欠けているという気分がずっと拭えなかった。ゆうべは帰宅と同時に二階の自室に向かった。だれかと顔を合わせたり、ことのいきさつを説明したりするのがいやだったのだ。しかし風呂を浴びて服を着替えて横になったとたんに、不思議なことになかなか眠りにつけなかった。問題はわかっていた。ベッドの隣りにシーアがいないのが寂しかったのだ。

さらに奇妙なのは、朝になってもその気持ちが消えていないことだった。朝食を終えたら彼女のようすを見にいこうと決めたものの、ふと、きょうがクリスマスであることを思いだした。ということは、彼女は家族や友人たちとお祝いをしているにちがいない。それに今朝は、当然ながら教会に行っているはずだ。なんといっても、牧師の妹なのだから。だから彼女のもとを訪ねたいなら、午後まで待たなければならない。クリスマスの日に彼女を訪ねていったりしたら、町でうわさされてしまうだろうか。彼は、自分がこの町でなにをしようが、けっきょくのところほとんどがうわさ話にされてしまうのではないかという気がしてきた。
祝いの宴《うたげ》がはじまるまでのあいだ、空腹をごまかすためにと、従者が紅茶とトーストを運んできた。ガブリエルは食べながら、遠くにある修道院の廃墟のほうを窓からながめていた。そのあとひげを剃ってバーツが用意した服を着こんだ。時計をチョッキにつけたあとでそれにちらりと目をやり、時間がほとんどたっていないことにぎょっとした。こんなぐあいでは、いつまでたっても午後になりそうにない。

その朝は遅くまで眠っていたうえ、着替えるのにもたっぷり時間をかけていた。バーツがガブリエルのネッカチーフを、みずから考案した入り組んだデザインにきれいに結ぼうと異常なまでにこだわったために、よけい時間がかかったのだ。ネッカチーフ結びにかんしては、他に負けない、いや、他をしのぐ新しいスタイルを生みだすことに、バーツは心血を注いでいた。そのスタイルにみずから命名できれば、さぞかし満足することだろう。田園暮らしを送っているおかげで、バーツとしては、上流階級の厳しい批判にさらされることなく数々の実験を行なう機会に恵まれていた。ガブリエルがその長々とした作業をいやがらないかぎり、ことあるごとに彼を実験台にしていた。きょうのガブリエルは、彼に好きなだけさせておくことにした。そうすれば、シーアを訪ねていけそうな時間になるまで、暇をつぶせるだろうから。

そんなぐあいだったので、彼が階下へ向かったころには正午近くになっていた。友人たちはすでにお祭り気分に浸っていた。間髪を入れずに、ミス・バインブリッジが真夜中に姿を現わし、玄関の扉を激しく叩いた晩の出来事について、ガブリエルは矢継ぎ早に質問を浴びせられることになった。その場面がくり広げられたときは不在だったアランとマイルズも、翌日、ことの次第を詳しく聞かされており、全員が、ガブリエルの身になにが起きたのかを推測することにクリスマスイヴを費やしていた。

しかしガブリエルは、エミリーが輪に加わるまでは話をせずにおくのが礼儀というものだ、といって時間稼ぎをした。おかげで、シーアが赤ん坊の救出に同行したことにいっさい触れずに話を頭のなかで組み立てるだけの余裕が生まれた。けっきょくクリスマス晩餐会の席で、ガブリエルは、宿屋にロードンを訪ねていったときから、誘拐犯ともみ合ったときにいたるまでを、みんなに詳細に語り聞かせることになった。

「それで、その男に見おぼえはなかったのか？」マイルズが顔をしかめてたずねた。

「ああ。もっとも、前に一度も見たことがないとはいいきれないが。帽子をかぶって、その上からスカーフを巻いていた。それに、顔の下半分にもスカーフを巻いていた。しかもあたりはくそ――いや、失礼、エミリー――あたりはまっ暗闇だったしな。そいつの顔はよく見えなかった」

「しかし、そのあとどうしたんだ？」アランが肉を切る手を止めてたずねた。「つまり、赤ん坊を見つけたあとは、どこに行っていた？」

「誘拐犯を見つけた小屋に泊まったんだ。食料がたっぷり貯蔵されていたんでね」

「つまり、赤ん坊とふたりきりでということか？」アランが目を丸くした。「どうしたんだ？」

「赤ん坊をか？　世話したさ。ほかにどうしようもないだろ？　ほとんどは寝ていたし」

アランが頭をふった。どうやら、ガブリエルがあの吹雪のなかで誘拐犯を追いかけたということよりも、一日赤ん坊の世話をしたことのほうに感心しているようすだった。

「まあ、少なくともこれで、アレックが関与していないことがはっきりしたな」とマイルズがいって皿を押しやり、ワインをひと口飲んだ。

「それはどうかな」とイアンが反論した。「ロードンがだれかを雇って、赤ん坊をさらわせたのかもしれないぞ。そうすれば、自分は宿屋にいたというアリバイが成立する一方で、赤ん坊を連れだせるんだから」

「へえ、イアン、それだといくらなんでもひどく入り組んだ話にならないか？」とマイルズ。

「ガブリエルが赤ん坊の行方不明を知って、夜の夜中にどかどか出かけていって、ベッドでくつろぐアレックを見つけるだなんてこと、どうしたらアレックにわかるんだ？　ガブリエルが赤ん坊の行方不明を知ったのは、ミス・バインブリッジが目をさまして、ここに来たからなんだぞ。ロードンがそうなることを見越していたとは思えない。可能性としては、マシユーが連れ去られてからかなり時間がたってからガブリエルに責められるというほうが高い。しかし時間がたったら、どうして彼がひと晩じゅう宿屋にいたと証明できるんだ？」

「証明はできないかもしれないが、赤ん坊の痕跡ひとつない宿屋の部屋にいれば、無実だということにはなるだろう」

「つまりきみは、彼がプライオリー館に来てから数時間後には誘拐計画を練って、男を雇って、赤ん坊をさらわせたといいたいのか――だれひとり知り合いもいない町で？」マイルズがあざけった。

「たぶん、来る前から計画していたんだろう。そもそも、それこそがやつがここに来た理由なんだよ」

ガブリエルが身をこわばらせた。「きみのいうとおりだ。騒ぎのなかで、そのことをすっかり忘れていた」

「彼が赤ん坊をさらったと思うのか？」とマイルズがたずねた。「たったいま、きみは――」

「いや、あいつがマシューを誘拐したとは思っていない。誘拐を指揮したとも思っていない。それについては、あいつはほんとうのことをいっていると思う。もしそうしたいと思えば法廷で争ってマシューを奪うといっていたが、そのとおりだ。そのあとでどんな醜聞が起きようとも、やつならきっとそうするさ。しかし、ロードンがここに来たのには、なにか理由があるはずだ。ただあいさつするだけのために、プライオリー館に立ちよるわけがない。できればその理由を探りたいと思っていたのに、誘拐事件のせいですっかり頭から抜け落ちてしまった」

「どういう意味だ?」とアランがたずねた。「あいつがここに来たのは、赤ん坊のためじゃないのか。あの子がここにいると、だれかから聞いたにちがいない」

「だれから聞いたんだ?」とガブリエルが指摘した。全員の顔がマイルズに向けられた。

マイルズが顔をしかめた。「どうしてぼくを見るんだ? ぼくは話していないぞ」

「マイルズがやつに手紙を書き送ったとしても、ロードンがその手紙を受け取ってからここに来るほどの時間的余裕はなかったはずだ」とガブリエルはいった。「赤ん坊がチェスリーに現われたのは、そんなに前じゃないんだから」

「それに」とマイルズ。「アレックはマシューのことを知らなかったんだと思う。あの子がジョスランの子どもだと聞いたとき、心底驚いていたみたいだからな」

「でも、まさにそこじゃないかしら」エミリーの言葉に、全員がはっとなった。それまで、彼女はずっと押し黙っていたからだ。男たち全員が彼女をふり返った。彼女はいきなり注目を浴びたことに少し気おくれしたようすだったが、あごをほんのわずかに持ち上げて、先をつづけた。「あの子がほんとうにジョスランの子どもかどうか、わからないでしょう。唯一の証拠は例の宝石だけれど、あんなもの、だれにでもあの子の服につけることができたはずだわ。だからわたしは、信じられない。あなたの妹さんのことはよく知っているわけではないけれど、ガブリエル、でも彼女のことは、しとやかでいい娘さんだと思っていたわ。彼女は、そういうたぐいの女性ではないと……」エミリーは狼狽したように口ごもった。

「まったくそのとおりだよ」と彼女の夫が同意した。「ぼくたちは、想像力をふくらませすぎている。あの赤ん坊は、だれの子でもありえるんだ。ぼくは、だれかがきみにいたずらをはたらいているんじゃないかと思う、ガブリエル。あの男の子は、まちがいなく身分の低い生まれだよ。母親がなんらかの方法であのブローチを手に入れ、きみに知らせが届きそうな場所にあの子をおき去りにしたんだ。その母親が願ったとおりのかたちで、きみは反応した――あの子を妹の息子と思いこみ、引き取ろうとしているんだから」

「イアンのいうとおりだ」とアランが同意した。「なにもかもペテンだよ。あの子は孤児院に引きわたすべきだ」

「マシューがジョスランの子どもだという可能性が少しでもあるなら、ガブリエルにそんなことはできないさ」とマイルズが反論した。「きみがすべきことは、赤ん坊をプライオリー館に連れてくることだ。ここならまちがいなく安全だ。どこかの男が忍びこんで、あの子を連れ去るなんてまね、きみならさせないだろう。ぼくたち全員がいるし、使用人だっているんだから」

「そりゃそうだな」イアンが乾杯するようにグラスを掲げていった。「あのちびをここに連れてくればいい。なんといってもぼくら、いまは家に女性をおくほど、まともな生活を送っているんだから。エミリーも、赤ん坊がいればうれしいだろう、ちがうかい?」

ガブリエルは笑い声を上げてしまわないよう、唇をきゅっと結ばなくてはならなかった。エミリーが苦虫を嚙みつぶしたような顔をしたからだ。それでも彼女は果敢にも笑みを浮かべていった。「ええ、もちろんだわ。それがいいんじゃないかしら。家に子どもがいるなんて、きっとすてきなことですもの。もちろん、わたしたちがあとどれくらいここにいるのかはわからないけれど。それでなくとも、あなたにはお世話になりっぱなしですし」

「とんでもない。好きなだけいてもらってかまわないんですよ」ガブリエルが機械的に礼儀正しく応じた。

昔だったら、そんな言葉を心からいえた――少なくとも、イアンにたいしては(エミリーの存在が、この集まりを比較的つまらないものにしているのは事実だ)。しかしいまは、口からすらすらと歓迎の言葉を発しながらも、それがたんなる社交辞令にすぎなくなっていた。本音をいえば、客たちの存在が、彼の生活をいやでも複雑にしているのだった。プライオリー館にひとりでいれば、シーアと会うのももっと簡単だっただろう。友人たちをつねに楽しませることに、気を遣わなくともすむのだから。牧師館に赴《おもむ》いてシーアと話をしたいと思いながらも、ここでカードをしたり、おしゃべりをしたりしなくてもすむ。現にいま、とにかく馬を走らせてシーアを訪ねていきたいと思っているのに、それができずにいるではないか。客たちと一緒にお祝いをしなければならないからだ。それに無事シーアに会えたとしても、クリスマスという状況にうまく合わせなければならない。

生まれのいいガブリエルにしてみれば、まさかそんな思いを言葉にするわけにもいかず、口あたりのいい社交辞令をもごもご並べたのち、マイルズに向き直り、マシューをプライオリー館に移すという考えについて答えた。「もちろん、いつかはマシューをここに連れてきて、一緒に暮らすつもりだが、いまのところはミス・バインブリッジのもとにいるほうがいいと思うんだ。あの子は彼女に慣れているし、あそこで幸せに過ごしている。それに、いまあの子をここに移す理由もとくにない。牧師館には、用心のために護衛を送りこんでおいたから」

ガブリエルは、いま自分の頭をいちばん占めていることについては、黙っておいた。すなわち、早々にマシューを奪ってシーアを嘆き悲しませたくないということだ。それに赤ん坊がここで暮らすとなれば、牧師館を訪ねていく便利な口実がなくなってしまう。

「いずれにしても、ここに住まわせるのは、あの子にとってあまりよくないだろう。なにしろぼくがほとんどの時間、外出することになるんだから。なんとしても、赤ん坊を誘拐した犯人をこの手で捕まえたい。そいつを捕まえれば、そこから、マシューを教会におき去りにした人物の手がかりが得られるかもしれないんだ。それがジョスランだったのかどうかを、どうしても知りたい。もし妹でないとしても、あの子をおき去りにした人間が、妹のことを知っているかもしれない」

「でもその人は、もうきっと町を離れているのではないかしら」とエミリーが指摘した。

「残念ながら、ぼくもそう思います。それでも、試さないわけにはいかない。ジョスランのもとへたどり着く可能性は、どんなものでも無視できないんです」

「もちろん、そうでしょうね」エミリーも同意してうなずいたが、ガブリエルは彼女の目に哀れみが浮かんだのに気づいた。そんなことをしてもけっきょく落胆させられるはめになる、と思っているのは見え見えだった。「できることは、なんでもすべきですわ」

テーブルを囲んでいた全員が、そのあとしばらく押し黙った。新しい会話をはじめたのは、例によってマイルズだった。

「ところで、クリスマスはどんなことをして遊ぶつもりだ、ガブリエル？」彼がにやにやしながらたずねた。「シャレードかな？　ゲームか？」

「きみは、姉君たちの子どもと時間を過ごしすぎたみたいだな」イアンが気落ちしたような声でいった。

「そうだな」ガブリエルはテーブルを見まわした。「町でモリスダンスが行なわれるようだが」

「モリスダンス？」エミリーがそういって、鼻の頭にしわをよせた。「ほんとうに？　殿方が棒を持って踊るのを、見物したいとおっしゃるの？」

マイルズが笑い声を上げ、テーブルをぴしゃりと叩いた。「そいつがよさそうだ」

「ただし、出かける前にブランデーを一杯もらうぞ」とアランがいった。

「いや、二杯かも」とイアン。

全員に上着を着させて準備を整えさせるまでには、しばらく時間がかかった。出発前にブランデーをまわし飲みしたことを考えれば、なおさらだ。それでもようやく、みなエミリーの優雅な馬車に乗りこみ――全員が乗りめるほどの広さがあるのは、厩舎のなかでその馬車だけだった――出発した。道中、マイルズがクリスマス・キャロルを歌いはじめ、それまでにブランデーをしこたま消費していたアランもそれに加わった。エミリーですら、みんなと声を合わせて素直に歌っていた。

彼らが到着したとき、町はがらんとしていたが、遅れを取ったとおぼしき人間のあとについて牧師館へとつづく道を進むうち、まもなく人だかりと踊り手たちが見えてきた。馬車が群衆の少し手前で停車したので、全員がそこで降りた。ガブリエルは最後に馬車から顔を出し、降りる前に一瞬足を止め、群衆にさっと目をやった。

シーアの姿はすぐに目についた。外套のフードを下ろし、帽子もかぶっていないので、陽射しがその豊かな髪をきらめかせ、赤い光彩を浮かび上がらせている。顔の周囲に巻き毛がかかり、頭のてっぺんからも豊かな巻き毛が舞い落ちていた。彼女がふと馬車を見やり、ふたりの視線が合った。胸に温もりと切望がこみ上げ、ガブリエルはにやりとした。ところが馬車から降りるとき、シーアの背後に立つ男に目がいった。

、、、ロードン。嫉妬がナイフのごとくぐさりと鋭くからだを貫通する。ガブリエルは顔をしかめてふたりのほうに突き進んだ。

15

ガブリエルがシーアのほうに向かうと、ロードンがすっと彼女のわきに歩みでた。まるで彼女を守ろうとするかのようなそのしぐさに、ガブリエルは怒り心頭に発した。

「ここでなにをしている？」ガブリエルがからだのわきで両手をこぶしに固めながら、ロードンに詰めよった。

ロードンはすました顔でまゆをつり上げた。「町の祭りを見物しているんだが。きみも同じだろう」

「わたしがロードン卿をご招待したの」とシーアが割って入った。

「きみが招待した？ ぼくの知らないところで――」ガブリエルはふと言葉を切った。シーアにたいして理不尽な態度をとっていることに気づいたのだ。

「なぜご招待したかといえば」シーアは腕を組んでガブリエルをにらみつけながら説明しはじめた。「ロードン卿は、雪のなかにもかかわらず、夜、マシューを捜しにわざわざ出かけてくれたからであり、クリスマスは平和と善意のお祝いだからよ。そこのところを、あなたも思いだしたほうがいいんじゃないかしら」

ガブリエルの脳裏に怒り混じりの反論がつぎからつぎへと浮かんできた。ロードン卿ことアレック・スタフォードをとにかくシーアに近づけたくないというのがその理由のほとんどだったが、ガブリエルは良識を守って口を閉ざしておくことにした。怒りをぐっと飲みこみ、握りしめたこぶしをほどく。「そうだな」彼はシーアに笑いかけたが、そのあとロードンに向けた顔はそれほど穏やかではなかった。

ロードンがかすかに愉快そうな顔をしたあと、ガブリエルのあとを追ってきたほかの仲間に向き直った。「レディ・ウォフォード」といって会釈する。「みなさんお揃いで」

「きみには、モリスダンスなどおもしろくもなんともないんじゃないか、ロードン卿」とガブリエルがいった。

「ほう、それこそが、きみがぼくのことをいかに知らないかという証拠じゃないか?」

エミリーは踊り手たちが複雑なパターンでステップを踏みながら列を入れ替わるのをながめていた。たがいの棍棒をぶつけ合いながら、ジグのようなステップを踏んでいる。「すごく……変わっているのね」彼女がマイルズに愉快そうな笑みを向けた。「パリのオペラ座バレエ団とは、ずいぶんちがうわ」

「ええ。でも田舎町では、こうやってせいぜいふざけて気晴らしするしかないんです」シーアがエミリーに鋭い笑みを向けた。

マイルズが、シーアのこわばった顔からエミリーの驚いたような顔を見やり、笑みを嚙み殺した。そこへダマリスが割って入り、陽気な声でいった。「あのステップは代々受け継がれてきたものなんですって。だからいまわたしたちは、何世紀も前のイングランドをかいま見ているようなものなのよ」

「そうなんですか、ミセス・ハワード?」マイルズがダマリスの和平調停的な提案によろこんで調子を合わせた。「もっといろいろ知りたいですね」

ガブリエルがロードンをふり返った。「話がある」

「そうか」ロードンは一瞬ガブリエルを考え深げに見つめていたが、やがて家のほうに移動し、ほかの見物客には話を聞かれないところまでくると足を止めた。

ガブリエルは彼についていった。歩きながら群衆をざっと見まわし、ロリーの腕に抱かれたマシューの姿をとらえた。そのすぐわきにはガブリエルが送りこんだ従僕、その反対側には不屈のミセス・ブルースターが立っている。彼は少し肩の力を抜いた。

「いまのところ、あの子に近づこうとする人間はいない」ロードンがいきなりそういった。「あの女中頭と護衛のあたりには、さっきからずっと監視の目を向けておいた」

ガブリエルはわずかに驚いて彼を見やった。「ありがとう」

ロードンは肩をすくめただけだった。「話があるといったな」

「ああ。先日、きみがプライオリー館に来たときのことをずっと考えていたんだが、そもそも、どうして訪ねてきたんだ?」

ロードンがいままで以上によそよそしい表情をした。「どうしてそんなことを知りたがる?」

「とにかく知りたい。きみを攻撃しようというんじゃない。どうしてきみがプライオリー館を訪ねてくることにしたのか、その理由を知りたいだけだ」

ロードンがあごを引き締めたので、ガブリエルは、きっと答えを拒むつもりだろうと確信した。しかしそのあと、ロードンは唇を苦々しくゆがめ、こう口にした。「自分でもばかだとは思うが、ジョスランに会いたかったからだ。彼女の口から、直接聞きたかった」

「聞くとは、なにを?」

「真実だ」

ガブリエルは顔をしかめたが、とりあえず彼の言葉の意味を追及するのはやめておき、最初の疑問に戻った。「しかしジョスランはここにはいない。どうして妹がここにいると思った?」

「彼女から、きみに会いに行くと聞かされたからだ。最初はロンドンに行ったんだが、きみの行きつけのクラブで、ここにいることを教わった」

「ジョスランと話をしたのか?」ガブリエルが身をこわばらせ、ロードンを見つめた。

「いや、彼女から手紙が届いた」

「ジョスランは、きみと手紙のやりとりをしていたのか？」ガブリエルの周囲で世界が傾いたようだった。

「いや、もちろんそんなことはない。昨年姿をくらましてから、彼女からはなんの連絡もなかった。ところが数日前、彼女から手紙が届いたんだ」

「どうして？　どうして妹がきみに手紙を書くんだ？」

「それはな、きみとはちがって、ジョスランはぼくを憎んでいないからだ」ロードンが辛辣に切り返した。「もし知りたければ教えてやるが、彼女は手紙でぼくに謝罪してきた。そしてきみに会うために出かけて行くつもりだ、とも」

ガブリエルは、かつての友人から胸にげんこつを食らった気分になった。「赤ん坊のことは、知っていたのか？」

「あの子を見るまでは、知らなかった」

「なら、ジョスランはどこに？」ガブリエルが両腕をわきに放り投げた。「どうしてここにいない？」

「わからない。ここに来たときは、きみが彼女をぼくから隠しているのかと思った。だから彼女が町でひとりきりになったときをねらって声をかけようと、この町に滞在することにしたんだ。しかし、ミス・バインブリッジの家から赤ん坊がさらわれたと知ったとき、ここにジョスランがいないことを確信した」

「なんということだ」ガブリエルはつぶやき、ロードンに目を向けた。これまでずっとこの男をいみきらってきたというのに、彼とここでこうしてふたたび話をするというのが、しゃくなほどふつうのことに思えてきた。「ということは、やはりジョスランがここに来て、教会に子どもをおき去りにしたんだな――ジョスランがそんなことをするなんて、信じられない！」

「赤ん坊と一緒にブローチを残しておけば、だれかがきみのもとに届けてくれると考えたんだろう。人を信じるにもほどがあるというものだが、ジョスランは、心のやさしい、うぶな娘だから」ロードンが言葉を切った。「少なくとも、あのころはそう見えた」

「どうしてぼくのもとをまっすぐ訪ねてこなかったんだろう？」

「おそらく、恥ずかしかったんだろう。もし結婚していなかったとしたら……」

「しかし、ぼくが追い返すはずがないことは、ジョスランにもわかっていたはずだ。ぼくなら、妹を非難するようなことはしないと。ぼくは妹を決めつけるようなまねなど、ぜったいにしないというのに」

ロードンがまゆをきゅっとつり上げ、ガブリエルを長いこと見つめたあと、つぶやいた。「ぼくは、その言葉に反応するのに適した相手ではないな」

ガブリエルが頰を赤らめた。「ぼくは、きみのことをあわてて決めつけてしまったんだろうか？　しかし、どう行動すればよかったというんだ？　妹がきみから逃げたことは、はっきりしているんだぞ！」

「ほう！」ロードンが身を固め、こぶしをコートのポケットに突っこんだ。「ぼくが悪者だということが、どうしてはっきりしているんだ？」

ガブリエルの怒りが、ふたたびふつふつとこみ上げてきた。目の隅で、人にちらちら見られているのがわかったが、燃えたぎるような怒りのあまり、礼儀作法などにこだわっていられなかった。「きみが紳士にあるまじきふるまいをしたことが、わかっているからだ。きみがしたことは、ちゃんと聞いている」

「〝聞いた〟だと？〝わかっている〟だと？　ぼくにかんするうわさや中傷は、当然ながらすべて鵜呑《うの》みにしたんだろうな。ぼくを信じるという選択肢は、一度も思い浮かばなかったんだろう、ちがうか？　あるいは、ぼくに事情をたずねてみるとか！」ロードンはくるりときびすを返すと歩き去ろうとしたが、やがてふたたびふり返った。彼はコートの上のふたつのボタンを外すと、なかに手を入れ、折りたたんだ紙切れを取りだした。「ほら。自分で読んでみろ。ぼくはかまわん。いずれにしても、ぼくにはプライドなどもうひとつも残っていないんだから」

彼は紙切れをガブリエルの手に押しつけると、背中を向けて去っていった。

シーアはふたりの男性の対決を用心深く見守り、いつでも仲裁に入る覚悟をしていた。ロードンが唐突になにかをガブリエルに押しつけて去ったあと、彼女は急いでガブリエルのもとに駆けよった。彼はロードンが立ち去った場所に突っ立ったまま、手のなかにある折りたたまれた紙切れを見下ろしていた。

「ガブリエル？　だいじょうぶ？」

彼が顔を上げ、ぼうっとした目を向けた。「ジョスランはあいつに手紙を書いていた。ぼくの妹は――あいつに手紙を書いたんだ」

シーアは手をのばしてガブリエルの腕を取った。「さあ、なかに入りましょう。家のなかで読んだほうがいいわ」

ガブリエルはうなずき、彼女に案内されるまま家に入っていった。シーアは彼を家の裏手にある兄の書斎に連れていった。そこならじゃまも入らないだろう。彼を小さなソファにすわらせ、自分もその隣りに腰を下ろした。「なんて書いてあるの？　妹さんはイングランドにいるの？」

「わからない。いま読むけれど、読むのが怖い気もする」ガブリエルがシーアにゆがんだ笑みを向けた。そのあと手紙に視線を戻し、折り目を開いた。「ジョスランの筆跡だ。ぼくにはわかる」

彼は読みはじめた。読み終えると、しばしあ然としていたが、やがて言葉もなく手紙をシーアにわたした。彼女はそれを受け取り、ジョスランがしたためた言葉に目を通しはじめた。

親愛なるアレック

いまでもまだアレックと呼ばせてもらえることを祈っています。あなたにたいするわたしの仕打ちにもかかわらず、あなたが寛大な心でこのわたしからの手紙を読んでくださることを、心から願っています。あなたに許してもらいたいとも、許してもらえるとも、思っておりません。それでも、わたしの心からの謝罪を受け取ってもらえることを、切に願います。

あなたは家名というすばらしく貴重な贈りものを差しだしてくださったというのに、わたしはそれに欺瞞《ぎまん》と裏切りで応えてしまいました。なんのいいわけもできません。わたしは若く、愚かでした。わたしは、ある人を愛していたのです。そしてその人からも愛されていると、信じていました。そんなわたしの気持ちが欺《あざむ》かれたからといって、わたしがあなたを欺いてもいいということにならないのは、わかっております。けっきょく最後には、あなたにも、わたしが大切に思う人たちにも、うそをつき通すことができなくなってしまいました。

愛のためならすべてを失ってもかまわないと思っていました——このわたしの名前でさえも。あなたは、わたしがいないほうがいい人生を歩める、と自分にいい聞かせたのです。せめてこれだけは真実であることを願っています——あなたがいまでは前よりも幸せな日々を送り、妻としてふさわしい人を見つけたことを。

申しわけありませんでした。あなたに心痛と恥をもたらしてしまったこと、そしてわたしの家族にたいして、心から申しわけなく思っています。大陸に逃げれば、わたしの醜聞のせいでほかのみなさんにご迷惑をかけることもないのでは、などと期待しておりました。でもいま、戻らなければならないことに気づいたのです。心やさしい兄が、悔い改めた罪人に神が見せたのと同じやさしさで、わたしを受け入れてくれることを信じようと思います。

草々
ジョスラン・M

シーアはガブリエルのこわばった顔を見つめた。「ガブリエル……」

「いままでずっと、あいつのことを誤解していたのか？　妹があいつから逃げたのだとばかり思っていた。しかしこれを読むと、妹のほうがあいつに謝罪している」

「あなたがそう考えていたとしても、なんら不思議はないわ。妹さんは彼との結婚を拒んで姿を消したんだから、ほかには考えようがないでしょう？」

「この手紙を読んだいまでも、どう考えたらいいのかわからない」とガブリエルは認めた。

「以前からスタフォード家は人のうわさになっていた。そういうたぐいの一族だ、と。ぼくも、うわさの大半は真に受けなかった。しかしジョスランが婚約してからは、それまで以上にうわさ話が耳に入るようになって、しかもその内容がより具体的になっていったんだ。ロードンが過去に女性を傷つけたという話だった。それでも、ぼくはあいつがそんな男だとは信じられなかった。だから聞く耳を持たなかった。だがジョスランが逃げたとき、アレックのことをすっかり信じきっていた自分がばかだったのかもしれない、と思うようになった。やつがある高貴な女性を無理やり自分のものにしようとしたという話が耳に入ってきたときのことだった。女性のほうにうそをつく理由がなかった――なにがあったのかが世間に知れれば、彼女の名誉のほうがひどく傷つけられるのだから」

「だったら、彼のほうが妹さんを傷つけるか、少なくとも怖がらせて、そのために彼女が逃げだしたと思うほうが合理的というものだわ」とシーアは同意した。

「いままでずっと、妹は死んだのではないかと恐れていたというのに、じつは大陸にわたっていたとは！」ガブリエルは信じられないとばかりに頭をふった。「私立捜査員を雇って港を調べさせたんだが、足取りはつかめなかった。しかしいずれにしても、まさか妹がそこまで遠くに行っているとは、思っていなかった。妹がそこまで周到に計画を練っているとは、夢にも思わなかったんだ。妹にそんな資金があったとも思えない」

「彼女ひとりではなかったのかもしれないわ」

「女中を連れていた可能性はある。女中も同時に姿を消したんだが、彼女がジョスランについていったのか、ジョスランが逃げたことを責められるのが恐ろしくて姿を消したのか、わからなかった」

「いえ、女中のことをいったわけじゃないの。ほかの男性のことをいったの。ある人のことを愛していて、自分もその人に愛されていると思っていた、と書かれてあるから」

「そうだな」ガブリエルは頭をふった。「どうもきょうは頭がまわらない。ロードンが父親でないなら——この手紙を読んだいま、彼が父親だとはまったく考えられなくなった——ほかの男が父親だということになる」

「妹さんは、欺かれたと書いているわ。たぶん愛しているから結婚しようといわれて、一緒に大陸まで逃げたのでしょう。じっさい、結婚まではしたのかもしれない」

「それなら筋が通る。ジョスランはロードンと婚約していたが、彼のことは愛していなかった。ぼくに無理やり彼を押しつけられたと感じていたんだろう」

「あるいは、最初は彼を愛していたけれど、あとになってやはり愛していないことに気づいたとか。たしか、まだ十九歳だったといっていたわよね？　あるいは妹さんも、あなたが耳にしたのと同じうわさを聞いて、決断を後悔したのかもしれない」

「いずれにしても、妹はべつの男と恋に落ちた——どういういきさつだったのかは、神のみぞ知るだが。彼女にはつねに付添いがついていたはずなんだ」

「でも妹さんも、パーティや舞踏会に出かけていたでしょう。そういう場所には、いつもたくさんの若い男性がいるもの」

「そうだな。だれかと出会って、恋した気分になるのは簡単だろう。それにしても、その男とふたりきりになって、そんなことをする時間を――」ガブリエルは、シーアの意味ありげな視線に気づき、言葉を切った。「そうか。方法はいくらでも見つけられるものだ」

「妹さんの女中も一緒に消えたといったわよね。たぶんその女中が妹さんの外出に同行して、お買いものをしたり、人を訪ねたり、ということをしていたんじゃないかしら」

「そのあいだジョスランひとりで、恋人に会っていたのか。ジョスランがいなくなったとき、同時にハンナが姿を消したのも無理はない。女主人がぼくたち全員をだますのに、手を貸していたとなれば。それでその男がジョスランをフランスだかイタリアだかに連れていったんだな。ところがそのあと、妹の夢が砕けちった。欺かれたと書いているところからして、その男が妹と結婚したとは思えない。察するに、その男は財産ねらいだったんだ。ジョスラン本人が金を持っているとかんちがいしたんだろう。もちろん、彼女にはたっぷり持参金があったけれど、それはぼくが管理していたし、ぼくが彼女の財産をつけねらうような男を受け入れるはずもない。それ以外は、彼女は一文無しだ――少なくとも、彼女の母親が亡くなるまでは。それにはまだまだ長い年月がかかるだろう。そいつは、妹が財産を持っていないことに気づくと、ジョスランを捨てたんだ。子どももろとも」

「だから妹さんは戻ってきたのね。あなたのもとへ」

「だが、じっさいは戻ってきていない」ガブリエルはため息をついた。「そこから、袋小路に逆戻りだ。どうしてジョスランは、教会に赤ん坊をおき去りにしたんだろう？」彼はシーアの手を取り、そのまましばらくその手を見下ろしていた。「ロードンは、ジョスランがぼくに会いに来なかったのは、恥ずかしかったからじゃないかといっていた。きみもそう思うかい？　ぼくに非難されることを、妹は恐れていたのだろうか？」

「妹さんのことは知らないから、なんともいえないわ」

「しかし、ぼくという人間は、そこまでわからずやで、強情に見えるだろうか？」彼が顔を上げて彼女を見つめた。その黒い目に、苦悩の表情が浮かんでいる。「ぼくはそこまで堅物だろうか？」

「あなたのことを思い浮かべるとき、堅物という言葉はまず思い浮かばないわね」シーアはそっけなくいった。

彼がにやりとして身を乗りだし、ささやきかけた。「それは、きみと一緒にいるからだよ。きみと一緒にいると、とても堅物ではいられなくなってしまう」

シーアは頬がかっと熱くなるのを感じた。ガブリエルがふくみ笑いをもらして彼女の唇に軽く口づけした。「きみが赤くなるところを見るのが、大好きだ。きみを赤くさせるのが、楽しくてたまらない」

「そうでしょうとも。でなければ、ここまでしょっちゅうするはずがないものね」シーアはふくれ面をしてみせたものの、彼のひざに引きよせられ、今度は本格的な口づけをされても、抵抗することなく彼に腕をまわして応えた。ガブリエルが彼女の首に鼻をなすりつけ、つぶやいた。「ものすごく会いたかったよ。ゆうべ、この家をあとにしてから、きみのことしか考えられなかった」彼は顔を上げて笑みを浮かべ、彼女の目をのぞきこんだ。「どうしてこんなことになったんだろう、ミス・バインブリッジ？　どうやって、ぼくの頭を完璧に独占したんだ？　きみが魔法使いに思えてくるよ」

「まさか」シーアとしてはここで気の利いた返答をしたいところだったが、のどのやわらかな肌をガブリエルの唇がさまよっているとなっては、頭を回転させるのはむずかしかった。

「どこにいらっしゃるの？　モアクーム卿？　ミス・バインブリッジ？」女性の声が、家の表のほうから漂ってきた。

シーアは彼のひざから飛び退《の》き、それでなくともピンクに染まっていた頰をまっ赤にした。斜めにゆがんでいためがねを直し、スカートをなでつける。

「エミリーだ！」ガブリエルがつぶやき、小さく悪態をついた。「あの女、ほんとうにいまいましい」彼は立ち上がった。「いま行きます、レディ・ウォフォード」彼はシーアに顔を向けた。「きっとみんな、もう帰りたいんだ。この町の催しは、レディ・ウォフォードの娯楽の範疇《はんちゆう》には入らないらしい。ぼくだけここに残って、みんなを帰らせてもいい。あとで修道院の廃墟を通って歩いて戻ればいいから。きみが道案内をしてくれるなら」

「廃墟への案内は、またべつの機会にしましょう」とシーアはいった。「いまは、帰ったほうがいいと思うわ。兄もダマリスも全員がここにいるから、いずれにしても、ふたりきりになる時間はないし」

「わかった」彼は戸口に行くと、扉から廊下をのぞき、ふり返った。「レディ・ウォフォードは居間のほうに行ったらしい」彼はシーアを抱きよせ、唇に短く激しいキスをした。「あした訪ねてくるよ」

シーアは言葉を口にできる自信がなく、うなずいた。いま口を開けば、もっとここにいてと彼に求めてしまいそうだ。

ガブリエルが扉から勢いよく出たあと、彼の言葉が聞こえてきた。「ああ、そこにいましたか、エミリー。牧師の図書室を見せてもらっていたんですよ」

イアンが答えた。「はとこのダニエルは、昔から本好きだったからな。まあ、この一家全員がそうだが」

「そうね。あなたのご親戚を侮辱するつもりはないけれど、はとこさんたちって、なんだか変わっているわよね。ものすごく……こんな言葉を使いたくはないけれど、田舎くさいというか……」

「そういいながら、けっきょく使うんですね」ガブリエルがそっけなくいった。

「あら」エミリーが小さく笑った。「どうやらあなたには、クリスマスの陽気な雰囲気が必要みたいだわ。ここはさっさとプライオリー館に戻ったほうがよさそうね、じゃなくて、イアン？」

「ぜひそうしよう」

「そうだな。プライオリー館に戻れば、みんなが楽しめるというものだ」ガブリエルがそういったあと、足音が廊下の先に消えていき、やがて玄関の扉が閉まる音がした。

翌日の贈りものの日《ボクシング・デイ》の午後、シーアは牧師館がいつも世話になっている肉屋やその他の商店に贈りものを届けに行った。牧師館に戻りかけたとき、驚いたことに宿屋の庭先からガブリエルが姿を現わした。彼は顔をしかめていたが、シーアに気づくとその表情を消し、帽子を脱いで優雅に頭を垂れた。

「ミス・バインブリッジ。これはうれしい偶然だ」言葉そのものはありきたりだったが、彼の目に笑みが浮かんでいるのを見て、シーアは胸が熱くなった。

「モアクーム卿。ここでお会いするとは驚きだわ」

「じつは、いま訪ねて行こうとしていたところなんだ。宿屋の厩に馬を預けてきた」彼は彼女に視線を投げると、つけ加えた。「馬を寒空の下につないだままにしておくのが心配になるほど、長居させてもらえたらと願っていたものだから」

「そうなの？　人にうわさされてしまうわ」

「もうとっくにうわさされているよ」とガブリエル。「どうやらぼくも、チェスリーでの生活にどんどんなじんでいっているようだ。いまこの瞬間も、少なくとも四人の目がぼくたちに向けられているほうに賭けてもいい」

シーアは笑った。「それではたぶん、見積もりが少ないわ」

ふたりは歩きつづけ、しばらくのち、ガブリエルがいった。「宿屋によったのは、ロードン卿と話すためでもあった」

「ほんとうに？　どうして？」

「謝罪するためだ。彼にかんするどんなうわさを耳にしたところで、彼が妹の逃亡に責任がないことはまちがいない。ぼくの誤解だった」

「それで、どうだった？」シーアは彼を見上げた。「謝罪を受け入れてもらえた？」

「もういなかった。ホーンズビーによれば、きのうの午後、支払いを済ませて出ていったそうだ」

「まあ」

「もうこれ以上ここにとどまっている理由はないと考えたんだろう。彼がここに来たのはジョスランに会うためだったのに、ジョスランはいないんだから」

「でも、残念だったわね――最後に仲直りできなかったなんて」

「ぼくたちがまたうまくつき合えるようになるとは思えないな。こんなにあれこれあったんだから——まあ、だからといってどちらかが傷ついたわけでもなし。それでも、ちゃんと謝るまでは気持ちがおさまりそうもない。しかしそれは、ロンドンに戻るまで待つしかなさそうだ」

その言葉を聞いて、空気の冷たさとはべつの寒気がシーアの背筋を走った。彼がこの地をあとにするまで、あとどれくらいあるのだろう？　ガブリエルのような男が、都会からそう長いこと離れているとは思えない。シーアはそんな考えを押しやるためにも、すぐにこういった。「ほかのお仲間はどう？　お祭り騒ぎから回復した？」

「だろうと思う。ほとんど顔を合わせていないんだ——ぼくはひどいもてなし役だと白状するよ」彼が彼女を斜めに見下ろした。「ほんとうのことをいえば、連中にはマキューシオ（『ロミオとジュリエット』に登場するロミオの親友）のいまわの際のせりふをぶつけてやりたい気分なんだ。〝両家に疫病を！〟」

シーアがくすりと笑った。「まさかそんなこと！」

「連中の存在が、最近はなんだかやっかいになってしまって。ぼくのしたいことといえば、きみと一緒にいることだけなのに、礼儀正しいもてなし役を演じつづけなければならないんだから」

シーアはその言葉にすっと息を吸いこんだ。胸のなかで、心臓がいきなり陽気なリズムを刻みはじめる。彼にそんなことをいわれたからといって、期待してはだめ、と自分にいい聞かせるものの、心のなかからふつふつとわき上がる熱っぽい幸福感を抑えることはできなかった。ふたりが牧師館に到着しても、シーアは外でぐずぐずしたまま、家をちらりと見やった。ここで家に入ってしまえば、もうふたりきりでいられなくなってしまう。いつ何時、だれが顔を出すともかぎらないのだから。

「このまま散歩しよう」ガブリエルが彼女の考えを読んだかのようにいった。「修道院の廃墟を見せてくれるといっていたよね」

シーアはにこりとした。「もちろんよ。見たい？」

「ぜひ」

「ではそうしましょう」シーアは川にかかった橋に向かった。「教会のなかは、前にも入ったことがあるはずよね」

「昼間はない」

「じゃあ、まずは教会から見ましょう。いずれにしても、そこで少し暖まりたいし」

まだ雪が深く積もったままだったので、教会と墓地の景色は絵のように美しかった。ガブリエルが教会の重々しい木の扉を開け、ふたりして入口の間とその先の内陣へと入っていった。通路を進んでいるとき、ガブリエルがシーアの手を取り、指を絡み合わせてきた。手袋越しではあったものの、シーアは彼との触れ合いをひどく意識し、ほかの場所はどこも触れていないというのに、彼のすぐ近くにいると思うとつい期待が高まり、からだじゅうがじんじんとしてきた。

シーアは教会を案内しながら、聖ドゥワインウェンの伝説と修道院とのつながりについて、途切れることなく話しつづけた。なにより、彼女自身の気を散らすために。

「ご利益《りやく》はあるのかい？」とガブリエルがたずねた。「聖ドゥワインウェンに祈ると？　試したことはある？」

シーアは、ほんの一週間前にこの礼拝堂で心の底から祈ったときのことを思いだし、頬を赤らめた。その直後にマシューの小さな金髪頭がひょっこり現われ、それにつづいて、それまでは退屈そのものだった彼女の人生に、ガブリエルが騒々しく入りこんできたのだった。

「どうかしら」彼女はそういってごまかしたあと、さっと彼の横をすり抜けた。

そのあと彼を教会のわきの扉に案内し、そこから墓地に抜けた。小さな動物や鳥の足跡がいくつか残っているのをのぞけば、雪は汚されることなく、まっさらなままだった。墓地は白い丘となり、雪が墓石をこんもりと覆っている。

「聖マーガレット教会は、修道院の礼拝堂だったの。修道院の廃墟は、あちらのほうよ」彼女は廃墟へと通じる、教会の背後を指さした。半分崩れ落ちた壁が並ぶ荒涼とした風景が、白い毛布のおかげでやわらいでいた。

ふたりは手をつないだまま廃墟を目ざしはじめた。寒空の下、ぴったりとより添いながら、ゆっくりと歩いていった。いまこの瞬間は、世界が遠ざかり、周囲の雪の海で隔てられているかのようだった。だれの姿も見えなければ、だれの声も聞こえない。ガブリエルが肩に腕をまわしてきたので、シーアは彼に身をよせ、頭を預けた。

「ここを見逃すなんて、もったいないわ。こんなにきれいなんだもの」と彼女はいった。「あそこに低い壁があるでしょう？」シーアは右のほうを指さした。「あれがかつては修道院の建物だったの。ほとんど全壊状態で、石はさんざん使い古されていたわ。ここがハーブ園で、その隣りに薬を調合する部屋がある。その先には、病室。手前にあるのが集会場。この先にあるのが、修道女たちが使っていた回廊」

シーアは目の前にある石のアーチを指さした。回廊には柱がずらりと並び、片側は柱があるだけの開放空間で、反対側には壁があった。回廊の上を覆う屋根は、ほとんど無傷のまま残っていた。

「この向こう側に部屋があるのかい？」ガブリエルが、回廊の壁に開いた戸口のひとつを指さした。

「ええ。いまは屋根がなくなって、壁が何枚か残っているだけだけれど」彼女は彼を連れてその戸口を抜け、部分的に崩壊した部屋に入っていった。

残っているのは二枚の壁だけだったが、その壁のおかげで、部屋はある程度雨風から守られていた。隅には、雪の積もっていない部分もある。ガブリエルがにやりとしてシーアを抱きよせ、彼女のからだを腕で包みこんで見下ろした。

「やっと人目のつかない場所に来たね」彼が身をかがめて彼女に口づけした。「また教会で口づけしなきゃいけないのかと思っていたよ」

ガブリエルはシーアの頬に口づけしたあと、歯で耳たぶを挟み、微妙な動きで愛撫した。「どうにかしてきみとふたりだけになれないか、ずっと考えていたんだ。今朝は、またきみをあの小屋にさらっていけないものかと考えていた」

シーアは笑みを浮かべた。うっとりとした、官能的な顔だ。「あそこに戻るのも悪くないわね」

ガブリエルが低いうなりを発した。「そんな顔で見つめられたら、きみをここの床に押し倒さずにいるので精いっぱいだ」彼はふたたび長々と口づけし、ようやく唇を離したときは、のどで荒く速い呼吸をしていた。「うちの客たち全員を、家に送り返したいよ」

シーアは小さなふくみ笑いをもらした。「そんなことをしたら、失礼だわ」

「正直いって、そんなのはどうでもいい。プライオリー館にひとりでいたら、あそこをぼくたちふたりだけで占領できるのに」

「それはそそられる話ね」シーアは彼の首に腕をまわし、つま先立ちして彼の唇に軽く口づけした。「でもね、わたしがひとりきりであなたの家に行くというのは、とんでもなくはしたないことだわ」

「礼儀作法なんて、悪魔にくれてやるさ」彼がいがむようにいって、ふたたび彼女を抱きよせ、その首もとに顔を埋めた。「ずっと、きみのことばかりを考えているんだ。家にいる連中にも、頭がどうかしたのかと思われているにちがいない。みんなが話をしても、ぼくはうわの空なんだから、なにか問いかけられても、なんと答えたものかさっぱりわからない。なにもかも、きみのせいだぞ」

「わたしのせいですって！」シーアは笑った。「うれしいこと！」

「ぼくはこうすると、うれしいな」と彼が切り返し、またしても彼女の唇を奪った。

しばらくしてガブリエルが顔を上げ、ほほえみながら彼女の目をのぞきこんだ。「じつはわたしたいものがあるんだ」

「なあに？」シーアは頭をのけぞらせた。

彼は厚手のコートのポケットに手を入れると、小さな箱を引っ張りだし、てのひらにのせて差しだした。シーアはその箱を見下ろしながら一歩あとずさり、やがて視線を彼に戻した。

「なに？」

彼がにやりとした。「開けてみなよ」

「でも――」

「きょうはボクシング・デイだろ。だから、贈りものをしなきゃ」

「ボクシング・デイというのは、商店や、炭とかなにかを届けてくれる人に贈りものをする日のことでしょう」

「そうだな」彼が肩をすくめた。「きのうは持参していなかったから、わたそうにもわたせなかった。この前ビンフォードに行ったとき、目をつけておいた店があったんで、今朝馬を飛ばして、きみのために買ってきたんだ」

「でも、わたしは——わたしはなにも用意していないわ」

「きみは、ぼくが望める以上にすばらしい贈りものを、もうくれたじゃないか」彼が彼女の顔の前で箱をゆすった。「開けてくれよ。きみは好奇心が旺盛だから、中身を知りたいに決まっている」

シーアは笑って箱を受け取り、開けてみた。なかには繊細な細工が施された金のイヤリングが入っていた。まんなかには、血のように赤い卵型の石がはめこまれている。シーアははっと息を吸いこんだ。「ガブリエル！」驚嘆したような顔で彼を見る。「こんなの、だめよ」

「気に入らないのかい？」

「もちろん気に入ったわ。ものすごくきれいだもの！」シーアは人さし指で宝石をなぞってみた。「でも、高級すぎる贈りものだわ」

「そんなことはないさ。たんなるガーネットなんだから。見た目がはでなだけだ。ほんとうはルビーにしたかったんだが、あの店ではこれがいちばんの高級品だった。ビンフォードの宝石店には、あまり在庫がないらしい。じっさい、これを手に入れられただけでも幸運だったんだ。赤い宝石はこれだけで、ぼくとしては、きみの赤毛に合うものを贈りたかったたから」

「でもガブリエル、こんなの受け取れないわ！」そういいながらも、シーアは箱を握りしめる手にさらに力をこめた。「宝石の贈りもの？　男性から宝石なんて受け取れないわ——もちろん、兄以外の男性からという意味だけれど。あるいは——親族の男性以外から」彼女はそのあと、〝婚約者でもないかぎり〟とつけ加えようとしたが、最後の最後にその言葉を飲みこんだ。結婚をほのめかしているなどと思われたくはない。「こんなの、礼儀正しくないわ」

彼が笑った。「ぼくたち、いつ〝礼儀正しい〟ことをしたっけ？」

「少なくともわたしは、礼儀正しいふりをしなくては」シーアはイヤリングに目を戻した。知らず知らずのうちに、ガーネットを指でなでてしまう。やっとのことで彼女は箱の蓋を閉じ、ガブリエルに差しだした。「だめよ。受け取れない」

「じゃあ、これをどうしろと？　ほしくないのなら、捨ててくれればいい」

「だめよ！」シーアは小箱をぎゅっとつかみ、胸もとに引き戻した。「こんなにすてきなもの、捨てられるわけがないでしょう。宝石店に返して」

「それでまぬけに見られろとでも？　それはいやだな。イヤリングを店に返すなんて、ふられた男だけがすることだ。ご存じのように、ぼくは女性にもてると評判の男なんでね」

シーアはいらだった顔を彼に向け、口を開きかけたが、ガブリエルが人さし指を彼女の唇に押しあてて黙むらせた。「だめだ。なにをいおうとしていたのかは知むないが、頼むからいわないでくれ。みんなには、ほかの人間からもらったものだといえばいい——おばあさんが遺《のこ》してくれたものだとか。もし身につけられないと思ったら、つけないでいいさ。引き出しのなかに隠しておいてもいい。でも、きみにこれを持っていてもらいたいんだ。たとえきみが身につけてくれなくても、きみがこれを持っていてくれると思うだけで、ぼくはうれしいから」

シーアは、彼に贈りものを返すだけの気丈さをすでに一度奮い立たせてしまった。それをもう一度奮い立たせるだけの気骨は残っていなかった。たとえ一度も身につけることがなくとも、そのイヤリングがほしかった。ガブリエルがいったように、彼から贈られたと思うだけで、充分だ。彼女の髪の色に合わせて、彼がこれを選んでくれたと思うだけで。

「わかった」シーアは小箱を外套の下のドレスのポケットに滑りこませた。「じゃあ、いただくわ。ありがとう」涙がこみ上げてきたが、なんとかこらえた。「あなたからの贈りものは、大切にする。ずっと」彼女はつま先立ちになって、彼に口づけした。

彼の腕がからだにぎゅっとまわされた。この二日間離れていたこともあって、ふたりはまるで飢えたかのように、何度も口づけをくり返した。シーアは彼にぴったりからだをよせながら、ふたりを隔てる分厚い服の層にいらだちをおぼえた。どうやらガブリエルも同じ気持ちのようで、彼女の外套の下に手を滑りこませ、からだをまさぐりはじめた。

ガブリエルがののしりの言葉と同時に、彼女から口を離した。「ここに屋根があったらいいのにな」彼は彼女の頬、耳、首と口づけしていきながら、合間に言葉を挟んでいった。「それに、扉も。もう少し暖かければ」

「わたしはなんだか暖かくなってきたわ」

「たまらない。いまここできみの服を脱がせられるものなら、人を殺してもいい」彼がいがむようにいって、両手を彼女のやわらかな尻の肉に食いこませ、腰をぐっと引きよせた。彼の硬く大きくなった股間をからだに押しつけられ、シーアの体内の奥深くが、それに応えるかのように熱くなっていった。「この下に貯蔵室があるのよ」と彼女はいった。「地下になるんだけれど、少なくとも屋根は落ちていないので、無傷のままだわ」

「ほんとうに？」彼が興味を惹かれて頭を上げた。「どこ？」

シーアは小さな笑い声をもらして彼の手を取り、部屋を出て石づくりの回廊を進んだ。柱の突きあたりに、階下へとつづく風化した階段があった。地下室の天井の一部が崩れ落ち、かすかに光が差しこんでいた。廊下は狭く、かびくさかった。ふたりは最初の部屋の廃墟をのぞきこんだあと、廊下を進んでつぎの部屋に向かった。

「ね？　部屋になっているでしょ――それに地下だから、比較的暖かいわ。住もうと思えば住める。さて、あとは――」シーアの頭にある考えが浮かび、彼女は唐突に言葉を切ると、彼をふり返った。その目を見るかぎり、彼も同じことを考えていたようだ。「もしかして

「──」

「きみも、ここに避難していた人間がいたかもしれないと思う？」と彼が言葉を継いだ。

シーアはうなずき、ふたりして廊下の先に目を凝らした。廊下の突きあたりに光が差しこんでいた。廃墟のほとんどが下に崩れ落ちているために、地下室が封じられ、その一帯に光が差しこんでいるのだ。しかしふたつの陥没箇所のあいだの廊下のまんなかは、屋根が無傷のまま残っているため、かなり暗くなっていた。視界を確保するためには、もっと光が必要だろう。

「教会の裏の部屋に、古いランプがあるわ」とシーアがいった。

教会まで行ってランプを手に戻ってくるのに、さほど時間はかからなかった。ふたりはランプを高く掲げながら古い廊下を進み、通過する戸口をいちいちのぞきこんでいった。三つ目の戸口に来たとき、ついにランプの光ががらんとした石の部屋以外のものを映しだした。一枚の壁の前に毛布がこんもり積まれ、反対側の壁の前にも、やはり毛布が積まれていた。その粗雑なベッドのわきに平らな小石がおかれ、その上に一本の太いろうそくが立っていた。ベッドから数フィートほど離れたところには水差しがあり、部屋の片隅には手桶がおかれていた。目の前の床にはパンくずが落ちている。ここにだれかが住んでいたことはまちがいなさそうだ。

「妹さんかしら？」とシーアはたずねた。

「だとすれば、どうしてだれも妹の姿を見かけていないのか、説明がつく。しかしジョスランがこんなところで暮らしていたとは、想像もつかない――たとえ一日二日のことだとしても」ガブリエルは頭をふり、部屋から出た。「ここにいるうちに、ほかのところも確認しておいたほうがいいだろう」

上には空以外なにもない、天井と壁が一緒になって崩れ落ちている廊下の突きあたりに、小さな焚き火の跡が見つかった。ガブリエルがブーツの先で燃えかすを丹念に突いていった。

「ジョスランにこんなことができたのだろうか？　火をおこすとか？　ここまで原始的な生活を送るとか？　女中の助けを借りなければ、ドレスを着ることすらできなかったんだぞ」

「ここに住んでいたのがあなたの妹さんとはかぎらないわ」

「たしかに。しかし、ぼくは偶然は信じない」

「妹さん、まだここに住んでいると思う？　待っていたら、もしかして……」

ガブリエルは首をふった。「ここにだれがいたにせよ、少なくとも二日は戻っていないようだ。回廊周辺の雪は踏み荒らされていなかったろう？　人の足跡はなかった」

「そうね」

「見張りの人間をここにおくよ。少し離れた場所に小さな隠れ場をつくって、小型の望遠鏡で監視させればいい。だれかが戻ってきた場合のために。しかしジョスランがチェスリーに来たのは、マシューをおき去りにするためだけだったんじゃないかと思う。ここにいたのは、あの子がぼくの手にわたったことを確認するまでのあいだだけだろう。妹がここにいたとしても、とっくの昔に出ていったのはまちがいなさそうだ」

16

そのあとの数日間、シーアは服の手直しに時間を費やした。かつていちばんのお気に入りだった明るい青のドレスを収納箱から引っ張りだし、最近の流行に合うように手を入れはじめたのだ。ウエストラインを下げて細身のデザインにするのに少々手こずったものの、そのおかげでできた余分な布で縁におしゃれなひだをつけることができた。ベルト代わりに新しい青のリボンを取りつけると、印象が明るくなっただけでなく、ウエストラインの下手な手直しを覆い隠すことができた。これがあの古いドレスを手直ししたものだということをだれにも気づかれなければうれしいのだが、だれかに気づかれたところで、べつにどうでもいいことだった。ガブリエルがこのドレスを見たことは一度もないうえ、いま彼女が持っているドレスのなかで、いちばんきれいなのだから。

それが終わると、ほかのドレスにも、レースやリボンをつけるなどして精いっぱい手を加えていった。屋根裏部屋まで上がって古着の入ったトランクのなかを引っかきまわし、古いボンネット帽にまっ赤なさくらんぼの塊をかたどった木の飾りを見つけたので、冬用のダークブルーの帽子に色を添えるためにそれを利用することにした。

あとは、ダマリスの家でまもなく開催される十二夜のパーティのために、優雅なドレスを手に入れたいところだった。クリフ家のクリスマス舞踏会に着ていった、あのさえないイブニングドレスはもう着たくない。ビンフォードの服飾小物店なら、イブニングドレスを仕立てられそうな生地を売っているかもしれないし、がんばれば一着縫い上げるだけの時間はあるだろう。裁縫の腕に自信はなかったが、技術不足は意欲で補えるはずだ。やる気だけは満々なのだから。ダニエルからクリスマスプレゼントとしてお小遣いをもらっていた。最初はそれで本を買おうと思っていたのだが、いまは舞踏会のドレスのために費やすほうがよほどいいと思えてきた。

しかし、ポニーが引く兄の軽馬車でビンフォードの服飾小物店まで行くのは、長く寒い旅になるだろうし、理由を話せば兄にばかにされてしまいそうだ。でもダマリスならよろこんでつき合ってくれるかもしれない、とふと思い立った。翌朝、シーアはさっそく友人の家を目ざした。

ダマリスの家は、てんやわんやの大騒ぎになっていた。使用人が床の敷物を巻き上げて外で埃をはたき、銀食器を磨き、クリスタルの食器を洗い、家の隅々にいたるまでをごしごしと磨き上げている。

ダマリスに二階の小さな居間に案内されながら、シーアはいったいなんの騒ぎかとたずねてみた。ダマリスがくすりと笑った。「すごい騒ぎでしょ。執事と女中頭が張り合っているんだと思う。グリーヴスが臨時の従僕をふたり雇ったから、ミセス・クレモンズが対抗して新しい女中をぞくぞくと手に入れているの。そうなれば当然、その全員を手際よくはたらかせるところを証明しなくてはならないでしょ。おかげでみんなで家じゅうをひっくり返して掃除したり、磨いたりしているというわけなの。少しでも心安らかに過ごしたいと思ったら、こうして二階に逃げるしかないわ。しかも、これから飾りつけが待っているのよ」

「じゃあパーティのときは、さぞかしすてきになっていることでしょうね。文具店から絵札は届いた？」

「そうそう、届いているわ。お見せしなければね。あなたにまっ先にご希望の役を選ばせてあげる」彼女が箱を持ってきたので、ふたりは頭をくっつけるようにして絵札をのぞきこみ、それぞれの名前に笑い声を上げたり、各人物像について話し合ったりした。

「〝率直な貴婦人〟は、わたしには危険すぎるわ」とシーアはいった。「そんな誘惑を与えられたら、自分の口からなにが飛びだすのか、考えるだけでもぞっとするもの」

「わたしは最初、〝うぬぼれレディ〟にしようかと思ったの」とダマリス。「ひと晩じゅう手鏡を持って、自分の姿を称賛してまわるの。でもね、そんなのはずるいわ、と考え直した。主催者のわたしがそんな楽しい役を取ってしまうわけにはいかないもの。サー・マイルズには、〝茶目っ気ジャック〟がぴったりじゃないかしら」

「ほんとうだわ」シーアは笑った。「あの人なら、きっと役になりきるでしょうね」

「残念ながら、〝美男子卿〟というカードはないわね。あなたのモアクーム卿にぴったりだったでしょうに」

シーアは驚いたようにダマリスを見やり、頬が赤くなっていませんようにと祈った。「モアクーム卿は、わたしのものではないわ」

「あの人が、ほかの人の家を訪ねていったという話は聞いたことがないわよ」

「そうね……」シーアは、いまや顔がまっ赤になっていることを確信していた。「うちには、赤ちゃんを見にきているだけよ」

「そうでしょうとも」友人はおどけたような顔をしたが、すぐに話題を変えた。「〝高慢ちき王子〟ならぴったりの人がいるわ。ロードン卿よ。どう思う？」

「あの人もご招待したの？」シーアは驚いてたずねた。

「ダニエルがクリスマスの晩餐でそのことを持ちだしたから、話をしておきながらご招待しないのは失礼にあたると思ったの」ダマリスは肩をすくめた。「あの日は、彼もけんか騒ぎは起こさずにすんだけれど――でも、モアクーム卿とのあいだは一触即発だったといわざるをえないわね」

「あのふたりの関係は……入り組んでいるから」

「そうみたいね。あの人、ほんとうにマシューの父親なの？」

「ちがうと思うわ。似てはいるけれど」シーアは首をふった。

「なるほど——あなたの口からあれこれ話すわけにはいかないのね」

「そうなの」シーアは、友人の鋭い洞察力に感謝した。「いずれにしても、ロードン卿はパーティには来られないと思うわ。モアクーム卿が、彼はもう町にいないといっていたもの」

「あら」

シーアは、友人がひどくしょげたことに驚いた。「残念なの？　どちらかといえば、あなた、ほっとするんじゃないかと思ったんだけれど」

「そうね、たしかにあの人は……パーティにご招待したら、やきもきさせられるお客さまでしょうけれど」とダマリスがいたずらっぽい笑みを浮かべていった。「でもね、あの人がいたら、それなりに盛り上がると思っていたの。それに彼、美男子だし」

「あなた、あの人が美男子だと思うの？」シーアはまたしても驚かされた。

「そりゃ、そうよ。そう思わない？」ダマリスのほうも、驚いた顔でシーアを見た。

「とくに考えたこともなかったわ」シーアはそれについて考えてみた。ロードン卿を、髪の黒いガブリエルのくっきりとした顔立ちと比較するのはむずかしいが、たしかにロードン卿に魅力を感じる女性がいそうなことは想像がついた。「あの人、めったにいないタイプよね。あんなに淡い金髪と、薄い青の目をしているんだもの」

「そうね。あの目って、すごく明るいでしょ——いちばん熱い、炎の中心を思わせる。あの人にうそをつくのはむずかしそうね」

「たしかに」

「申しわけないけれど、一緒にいて気楽な人とはいえないわ」ダマリスがほほえみながらいった。「でも、とても惹きつけられる顔立ちをしている」

「ダマリス！　あなた、ロードン卿のことが好きなのね？」

ダマリスは笑った。「そんな、まさか。あの人は、だれかに好かれるたぐいの人ではないと思うんだけれど、どう？　でも……興味深い。まあとにかく、あの人がいなくてもパーティは成功すると思うわ」

「ぜったいに成功するわよ。じつは、パーティのために新しいドレスをつくろうと思っているの」シーアは友人にほほえみかけた。「きょう、あなたを訪ねてきたのには、秘密の動機があったことを白状するわ。今週、ビンフォードの服飾小物店までつき合ってもらえたらいいなと思っていたのだけれど。あの店なら、イブニングドレスにできそうな生地がいくつかあるから」

「もちろんご一緒したいわ。お天気さえよければ、チェルトナムに行こうかしらと考えていたところなの。あなたも一緒にいってくれるなら、最高よ。でもドレスについては、わたしにもっといい考えがあるの。クリスマスに思いついていたんだけれど、あなたに話す機会がなくて。じつはあなたに、わたしの舞踏会用のドレスをひとつお譲りしたいの。ほんの少し手直しすればすむわ。それにそれは、うちのエディスがやってくれる」

シーアが遠慮してもダマリスは頑として譲らず、シーアの手を取って廊下を進み、自分の部屋まで引っ張っていった。彼女が女中を呼ぶと、女中がまもなくそのドレスを出してベッドに広げてみせた。シーアは息を飲んだ。そのなめらかなダークレッドのサテンドレスは、豪華でありながら、同時にシンプルな上品さがあった。

「ああ、ダマリス……すてきだわ。でも、あなただってまだ着たいでしょう?」

ダマリスは首をふった。「ピーコックブルーのドレスがあるの——わたしの仮面にぴったりの色だから、そちらを着るわ。このドレスには一度しか袖を通していない。ほんとうのことをいえば、この色はわたしにはあまり似合わないのよ。これはどちらかといえば赤茶色だけど、わたしの場合、青みがかった赤のほうが似合うの。だからこそ、あなたにどうかなと思って。あなたの髪の色にぴったりだもの。とにかく、見てちょうだい」

ダマリスが女中に合図すると、女中がそそくさとドレスを掲げてシーアの肩に合わせ、彼女を鏡に向けさせた。鏡に映る自分の姿をひと目見た瞬間、シーアはどうしようもなくこのドレスがほしくなった。ダマリスのいうとおりだ。琥珀《こはく》色を基調にした深い赤が、彼女の茶色い髪が放つ赤っぽい光彩を拾い、肌に温もりを与えている。そしてシーアは、ガブリエルにもらったあのガーネットなら、このドレスにぴったりだ、と思わずにいられなかった。もちろん、だからといってあのイヤリングをつけるわけにはいかないが。ガブリエルからもらったものであることをたとえだれも知らないとしても、そんなはしたないまねはできない。

「でもこれ、高級すぎるわ」シーアは口では遠慮しながらも、ドレスのウエストに腕をまわし、もう片方の手で襟を胸もとまで引き上げていた。シーアがひとりで鏡のなかの自分を見つめられるよう、女中のエディスがさっと引き下がった。「それに、またべつの機会にあなたが着られるんじゃないかしら」

「いいえ、もう着ることはないと思う。ほんとうに、わたしには似合わないの。だから、衣装箪笥の肥やしになるしかない運命なのよ」

シーアはいま一度自分の姿を見つめ、おずおずとつけ加えた。「でも、赤って、ほんとうはふさわしくないわよね」

「赤を着るのが、ということ?」ダマリスがまゆをさっとつり上げ、かすかに横柄な表情を浮かべた。「わたしは着たわ。わたしも、この色を着るのにふさわしくないと思うの?」

「ちょっと、やめてよ。なにもそんな気取った態度をとることはないでしょ」とシーアは切り返した。「あなたなら、この服を着ても文句なしにすてきだから、それについて人がどうこういうわけがないわ。でもあなたは、牧師の妹じゃない。牧師の妹であるわたしがこんな色のドレスを着たら、人からはしたないっていわれてしまうのよ。襟もとが開きすぎている、って」

「人から、人から、っていうけれど……」ダマリスがすねたようにそういうと、シーアのすぐ隣りにやって来た。シーアの肩に腕をまわし、一緒に鏡をのぞきこむ。「人がなんといおうと、だれが気にするの？　嫉妬に狂うのは老いぼれ猫だけよ。肝心なのはね、モアクーム卿がこれを見たとき、どう思うかなの」

「ああ、ダマリス……」シーアは鏡のなかの友人と目を合わせた。「無理よ……つまり、わたしは……そんなふうには考えないもの」

「どうして？」ダマリスが横目でシーアを見やった。「あのね、シーア。目の玉がふたつついている人間なら、だれが見ても、彼があなたにぞっこんだということがわかるわ」

「いえ、ちがうわ。ぜったいにそんなことはない。わ――わたしは彼に協力しただけで、彼が気にかけているのはマシューであって、わたしがマシューの世話をしているから、そのことで感謝しているだけに決まっているわ」

「くだらないことを。わたしがそんなたわごとを信じるなんて、思わないでちょうだい」ダマリスがさらにまじまじとシーアの顔をのぞきこんだ。「そんなことを本気で信じているだなんて、いわせないわよ！　シーア……モアクーム卿のような男性は、自分の妹が産んだのかどうかもはっきりしないような非嫡出子の世話をしてくれたからといって、ダンスを申しこんだりしないわ。赤ん坊の世話は、だれかを雇ってさせることもできるんだもの――じっさい、彼は女中を雇ったでしょ、ちがう？」

「ええ」

「それなら、どうして最初にいっていたように、彼は赤ん坊を自分の家に連れていかないの？　ミセス・クレモンズに聞いたけれど、彼は最初に推薦された女中頭をすぐに雇ったそうじゃないの。その女中頭が、すでに三人の女中を雇っているのよ。いまはレディ・ウォフォードもあそこにいるのだから、彼女が少々気取り屋なのはともかくとしても、いまやあの家は完璧なまでにたしなみのある住処になっているはずだわ。もし彼がそうしたいと思えば、きょうにでも、ロリーとマシューをあの家に移すことだってできるのよ」

「彼は、マシューがわたしと一緒のほうが幸せそうだと考えているの」

「もちろんそうでしょうとも。でもわたしは、むしろモアクーム卿はあなたを不幸にしたくないからこそ、そうしないんじゃないかと思っているの。それにもちろん、そうしておくほうが、彼があなたを訪ねていく口実ができるというものだしね——いまでは一週間以上も、毎日通っているそうじゃないの」

シーアは、友人のぶしつけな言葉に顔が熱くなった。「たしかにガブリエルは、わたしに関心があるそぶりを見せてはいるけれど」

「やっぱりね！」ダマリスがにやりとして、目をきらめかせた。

「でも、そんなのいつまでもつづかないわ。そんなはずはないもの。ああ、ダマリス、わからない？　わたし、期待するわけにはいかないのよ！」

「でも、どうして？」ダマリスがシーアの両手をぎゅっと握りしめた。

「わたし、モアクーム卿の結婚相手になるような女じゃないもの！」シーアは苦悩の声を発した。

「どうして？　シーア、あなたはとてもりっぱな家の出じゃないの。ほら、あなたのはとこなんて、伯爵なのよ——しかもその息子は、モアクーム卿の友人でもあるわ。過去に醜聞もなければ、なにかうしろめたいことがあるわけでもないし。彼にヒルのように吸いつこうとする文無しでやっかいな親戚がいるわけでも、屋根裏部屋に閉じこめられた頭のおかしなおじさんがいるわけでもない。それにモアクーム卿なら、持参金もそれほど必要としないはずよ」

「ダマリスったら……わたし、十人並みの器量なのよ！　そりゃ……モアクーム卿が田舎で数週間を過ごすあいだのお相手をするくらいならできるかもしれないけれど。でも彼は、上流社会の美女たちのもとに戻っていくわ。数日もすれば、わたしなんて忘れ去られてしまう。ガブリエルは、どこかの洗練された愛らしい女性と結婚するのよ。レディ・モアクームと呼ぶにふさわしい女性。コッツウォルズの野暮ったい行かず後家ではなくて」

「シーア！　鏡を見てごらんなさい」ダマリスがシーアをふたたび鏡に向かわせ、もっと近くに連れていった。「モアクーム卿が、あなたを十人並みの器量だと思うはずがないわ。それにもし彼が美貌だけを求めているのなら、いちゃついたり——その先までさせてくれるような身分の低い娘がいくらでもいるでしょう。おぼえているかしら、チェスリーの住民全員が、彼がまさにそういうことをしているという事実について、あれこれうわさ話をしていたのを。彼は相手をしてくれる女性にこと欠いているわけじゃないのよ。ロンドンに戻るまでのあいだ、暇つぶしの相手をしてもらうだけなら、なにもあなたでなくてもいいわけでしょう。でも彼は、あなたと一緒にいることを選んだ。あなたを求めているの。あなた自身も指摘したように、彼は上流社会の美女たちを熟知している。あえていわせてもらうけれど、つまり彼は、美女にかんしては目利きのようなものだわ。それなら、あなたの容姿にかんする彼の眼識を、どうして信じようとしないの？」

シーアは目を大きく見開いて鏡を見つめた。たしかにこうして自身の姿を見てみると、思っていたよりもうんと魅力的な女であることを認めざるをえない。どこかやわらかで柔軟な印象が加わり、それまで見たこともないほど顔が輝いている。これまではぶざまとしか思えなかったからだつきにも、ある種の優雅さが宿っている。すぐ隣りにいるダマリスほどの官能的な肉体美とはいえないまでも、自分の長い手脚にもそれなりの魅力がある。なんといっても、ガブリエルがそう教えてくれたではないか——言葉ではなく、欲望で。髪型や服装に手を加えたおかげで、ある程度はそんなふうにちがって見えるのかもしれないが、シーアにも、それだけではないとわかっていた。幸福、感情、自信、そのすべてが漠然とした魅力として加わっているのだ。それに、もしかしたら、ひょっとしたら、いままでは、公明正大な目で自分のことを見ていなかったのかもしれない。自分のことを、ほんとうに見ていなかったのかもしれない。

牧師の娘でも妹でも、美人の姉と正反対の不細工な娘でもなく、ただたんに、シーアというひとりの女性として。そうしたものとはいっさいかけ離れた、ひとりの女性として。そして、彼女自身の人生を歩む資格のある、ひとりの女性として。

彼女はダマリスをふり返った。その顔には、茶目っ気たっぷりの笑みが広がっている。

「あのね……やっぱりこの赤いドレスにしようかしら」

ドレスの譲渡が決まったとたんに、ダマリスの女中がシーアに合わせて手直しするために、あちこち測ったりピンで留めたり、という作業が延々と行なわれることになった。おかげでシーアがいとまごいをして家路につくころには、一時間近くが過ぎていた。ところが町の中心部に達してもいないところで、ガブリエルがすたすたとこちらに歩いてくるのが見えた。

シーアは笑みを浮かべずにはいられなかった。じつは、自分が留守にしているあいだにガブリエルが訪ねてきて、けっきょく会えずじまいになってしまうのではないかと焦っていたところだったのだ。クリスマス以来、彼は毎日のように午後、訪ねてきていた。そんなときは、うれしいと同時に、いらだちも募った。ガブリエルと会って話をしたり、たとえ短いあいだでも一緒にいたりすると、欲望がめらめらとわき起こってくる――しかしいらだたしいことに、その欲望が満たされることはない。

ソファで隣り合って、あるいはべつべつの椅子で向かい合っておしゃべりをしているとき、シーアはガブリエルのすぐ近くにいるということをひどく意識してしまう。彼との距離は、ほんの数インチだ。手をのばせば、彼の腿に触れることも、その頰をなでることもできる。彼のほうも、彼女の肌を愛撫し、口づけすることができる。しかしいつ何時、だれが部屋に入ってくるともわからない状況とあっては、そんなことはなにひとつ許されなかった。ローリーと赤ん坊、シーアの兄、ミセス・ブルースター、昼間の女中、そしてもちろん、日々牧師館を訪ねてくる信者たちなど、侵入者の候補はつきることがなかった。だからといって、プライオリー館で会うのもかなわなかった。そんなことをすれば醜聞の種をまくようなものだし、プライオリー館にも、同じくらいの数の客や使用人がいるのだから。それに冬の気候を考えれば、どこかの湿地帯でぶらぶら時を過ごすのは、どう考えてもありえない。

マシューをわたすときにガブリエルの手がシーアの手をかすめたり、彼の視線が大胆にも彼女のからだをたどり、それに反応して熱気が立ち上ったりすることはあっても、その先に進めないことはふたりともよくわかっていた。体内でこみ上げる渇きを癒す機会はないのだ。結果として、ガブリエルと会うたびにシーアの欲望はますます募り、それと同じだけ強烈な欲求不満の波に襲われるのだった。現にいま、通りを歩いてくる彼を見ているだけで、その長い脚が両者を隔てる距離を縮めるのを見ているだけで、シーアの血が熱くなってくる。そんな反応を抑えようと、彼女はレティキュールをつかむ指につい力を入れていた。

「ミス・バインブリッジ」

「モアクーム卿」ふたりの視線が合った。町の通りのまんなかで表現することはかなわない感情がこみ上げ、目に温もりが宿る。

「いま、牧師館に行ったところなんだ」とガブリエルはいうと、くるりと方向転換して彼女と並び、いま来た方角に戻りはじめた。「きみがミセス・ハワードを訪ねていると聞いたから、家までお送りしようかと思って」

「それはご親切に」シーアの目が彼の口もとに注がれた。あの唇が、のどに……胸に……腹に触れたときのことを、考えずにはいられない。

ガブリエルの目の色が深まり、彼はさっと視線を背けた。シーアは、いま頭のなかにあることとはいっさい関係のない話題を口にしようと、必死に頭を回転させた。

「あの……その……あなたのところのお客さまが、なおざりにされているように感じていなければいいんだけれど」

「連中も、冬のさなかにぼくがたびたび馬で出かけることを、おかしいなとは思っているだろう」ガブリエルがにやりとした。「ほんとうの理由を察しているのは、マイルズだけだが」

「理由って、あなたが甥御さんに会いにきているということ？」

彼の笑みが広がった。「ぼくがそれを口実に、きみに会いにきているということだよ。イアンとアランは、たぶん、生まれの卑しい他人の子どもにぼくが理性をなくしたとでも思っているんだろう」

「あの人たちは、マシューが妹さんの子どもだとは思っていないの？」

「思うに、彼らは赤ん坊のことなんて、そもそもこれっぽっちも考えたくないんじゃないかな。レディ・ウォフォードは、ジョスランみたいな身持ちのいい娘が非嫡出子を産むなんてありえないといい張ってくれたんで、少しうれしかったけれど、あれは事実にもとづいた確信というよりは、彼女が世間知らずだということなのだろう」

ふたりは町の中心部に到着した。シーアの家の方角に角を曲がろうとしたとき、ガブリエルが通りの反対側をちらりと見やった。道の向かいにあるパン屋の前を通り過ぎるひとりの女性を見つめるうち、彼の足取りが重くなり、やがて止まった。その女性はふたりの姿に気づくと、さっと背中を向けて足早に去っていった。ガブリエルはそのうしろ姿をながめながら、顔をしかめた。

「ガブリエル？」シーアが問いかけるように彼を見上げた。「どうしたの？」

「いまの女性、知っている人だ――しかし、だれだったか――？　あ、しまった！」彼がいきなり駆けだした。

一瞬あっけにとられたシーアだが、すぐに彼のあとを追いかけた。彼が建物の角を勢いよく曲がり、視界から消えた。シーアが追いついたとき、彼は通りのまんなかに突っ立って、いらだちを浮かべた表情であたりを見まわしていた。

ガブリエルが小声で短いぶっきらぼうな悪態をついた。「見失ってしまった。遅すぎたんだ。彼女を思いだすまで、時間がかかりすぎた」

「だれだったの？　どうして追いかけたの？」

「ジョスランの女中、ハンナだ。まちがいない」

シーアが彼をまじまじと見つめた。「ということは……」

「ジョスランはまだここにいる。いるはずだ」

ふたりは通りをさらに進み、ガブリエルがパン屋の前で見かけた女性の姿がないか、あちこち捜してみた。シーアは女性の顔を見ていなかった。黒っぽい外套を着た、背の低い女性ということだけしかわからない。それでも、こんなふうにがらんとした通りにいれば、どんな女性でも目につくはずだ。しかしそこにはだれもいなかった。

やがて商店が住宅に取って代わり、まもなく町のはずれまで来てしまった。途中、通りを一本わたったものの、左右を見てもだれの姿もなかった。ハンナが入ったかどうかをたしかめるために、店のなかもいちいち確認し、何軒かの住宅の玄関を叩いてもみた。しかし件《くだん》の女中を見かけた者はひとりもいなかった。最初にその女中を目にしたあたりの店からも、同じ答えが返ってきた。その日、見知らぬ人間が店を訪ねてきたことはない、と。

「これでチェスリーじゅうの人間に、ぼくの頭がどうかしたにちがいないと思われてしまうだろうな」ふたりして戻りながら、ガブリエルがいった。「彼女を取り逃がすなんて、信じられない！　もっと早く気づけばよかったんだ」ガブリエルはいらだちのあまり、ポケットにこぶしを突っこんだ。

「まちがいなく、妹さんの女中だったの？」

彼はうなずいた。「あんなふうに彼女がすぐに逃げだしたりしなければ、多少は疑ったかもしれない。しかし彼女はぼくの顔を見たとたんに、きびすを返して走り去った。見ず知らずの人間が、そんなことをするかい？　彼女を見たとき、どこかで見たことがあると確信していた。見おぼえのある顔立ちだった。そりゃそうだ。彼女は何年もぼくと同じ家に暮らしていたんだから。しかし、どこで見た顔だったのかを思いだすまでに、少し時間がかかってしまった。まさかこんな場所で彼女を見かけるとは、驚きもいいところだ」

「つまり、妹さんがここにいるということだわ、でしょう？　だとすれば、やはりマシューは妹さんの子どもだということになるかしら？　そのふたつが関係してないと思うのは、いくらなんでもおかしいわよね」

「同感だ。それに、妹がハンナの助けを得ているなら、あの廃墟で野宿していたのもわからなくはない。焚き火で料理していたのは、ハンナだろうから」

「ハンナが赤ちゃんを妹さんからさらって、ここに連れてきたんじゃないかしら」とシーアは考えをめぐらせた。

「なんのために？　どうしてジョスランの赤ん坊を誘拐して、彼女のブローチを盗み、その両方を捨てたんだ？」

「たしかにそれじゃおかしいわね」とシーアも認めた。

「ジョスランの捜索をあきらめるんじゃなかった」ガブリエルはふたりして牧師館に戻りながらいった。

「でも、あなたにはなにもわからなかったんだから。もう何日も廃墟に人が戻っていないのは、はっきりしていたわ。それにわたしたち、あのあたりはくまなく捜しまわったじゃないの」

「もう一度捜索しなければ。さっき彼女を見かけたあたりの家に、ふたりが滞在している可能性はあるかな？」

「家に戻ったら、地図を描くわ。ミセス・ブルースターやロリー、それにわたしの知識を合わせれば、知らない人が住んでいる家はそうはないはずよ」

たしかにシーアのいうとおりだった。厨房で、シーアは鉛筆と紙切れを取りだし、町の通りの略図を描くと、住宅には〝×〟、商店には〝○〟で印をつけていき、ガブリエルが例の女中を見かけた地域をとりわけ丹念に描きだしていった。ロリーは赤ん坊に食事を与えながら、目をまん丸にしてふたりの話を聞き、ときおり人の名前や場所を答えていった。

シーアはその作業に懸命に意識を集中させようとしたが、すぐ隣りにガブリエルがすわっているとあっては、なかなかむずかしかった。彼が地図を見ようとかがみこんできたときなど、彼の吐息がときおり耳や首や顔をくすぐるのだ。そんなみだらな自分をシーアは叱責した――こんなときに、ガブリエルの口づけを想像するなんて、どういうこと？　しかし下半身をよじらせ、ねじらせる熱気には、そんな叱責の言葉もほとんど効果がなかった。

「このあたりの住宅のどこかにいるとは思えないわ」ついにシーアはそういって、鉛筆をおき、椅子の背にもたれた。「よその人間をふたり滞在させている住民がいたら、そのことがわたしたちの耳に入らないはずはないもの。そうでしょ、ミセス・ブルースター？」

女中頭がうなずいた。「そうですよ。チェスリーで、あたしの知らないことはほとんどありませんからね。ブッチャーズ・レインに暮らす人でないことだけは、たしかでしょう」

「彼女がその通りを下っていったのは、そうすればぼくの視界からいちばん早く逃れられるからだと思うんだ。あそこから横道にそれて、ぐるりとまわってもとに戻ってくることも考えられる。だから彼女はどこにでも逃げられたはずだ」

シーアはざっと描いた地図を手に取り、ガブリエルと一緒に居間に移動してさらに話し合うことにした。ガブリエルが石炭を突いて火をよみがえらせ、炎を勢いづけるために一本薪をくべた。彼はしばし突っ立ったまま、ふさぎこんだようすで燃え上がる炎をながめていた。

「自分を責めてはだめよ」シーアはそういって彼のところへ行った。

ガブリエルがふり返り、悲しげな笑みを向けた。「最悪なのは、ジョスランがぼくに会いたがっていないということなんだ。いままでは、妹がここにマシューを連れてきたあと、また逃げたにちがいないと思っていた。妹は恥辱のあまり、あるいは恐ろしさのあまり、ぼくと顔を合わせられなかったんだ、と考えようとしていた。最初はぼくに会いにくるつもりだったのが、最後になって勇気を奮い起こせなかったんだ、と。時間がたてば、後悔するか、あるいはぼくが赤ん坊を歓迎したのを見て、戻ってくるんじゃないかと思っていた。少なくとも、ぼくに手紙を書いてくれるんじゃないかと――妹と接触できる方法を、なにか与えてくれるんじゃないかと。ところが、これだ……ここ数週間、妹はここにいながら、ぼくから隠れていたなんて！」

ガブリエルがくるりとふり返り、シーアに腕をまわしてそのからだをぎゅっと抱きしめ、頭を彼女の頭に預けた。「きみが一緒にいてくれて、ほんとうによかった。こんなことにひとりで立ち向かうなんて、きっとたまらなかっただろう」

「もちろん、わたしは一緒にいるわ」シーアは彼の腰に腕をまわし、抱き返した。町の住民の半分がいまこの部屋に入ってきて、彼女がガブリエルの腕に抱かれているところを見たとしてもかまわない、と思った。いまはとにかく、ガブリエルには慰めが必要なのだから。

「あなたの力になれるなら、できることはなんでもするわ」

ガブリエルが彼女の頭のてっぺんに口づけした。「きみは、きみが思っている以上にぼくの力になっているよ。ありがとう」髪への感触から、彼がほほえんでいるのがわかった。「いまきみに口づけがしたくてたまらない。きちんと、という意味で」彼の唇がふたたび彼女の髪をかすめたが、やがてため息とともに彼がからだを離した。「妹を見つけなければ。今回のことについて、せめてジョスランと話をするまでは、心安らかにいられない」

「どうするつもりなの？」

「どうやらジョスランは、ぼくが思っていた以上に劣悪な環境で暮らすのもいとわないようだ。だから彼女が町なかにいないなら、町の周辺を捜すべきだと思う。妹とハンナが身を隠せるような、廃墟となった小屋や納屋や、離れ屋のようなものがどこかにあるんだろう。こんな寒空の下で妹が屋外で過ごすなど考えられないが、一時的なら暮らせるような、人里離れた場所かあばら屋がどこかにあるにちがいない」

「そうなると、長くてむずかしい捜索になるわ」

彼はうなずいた。「わかっている。しかし友人たちが捜索を手伝ってくれると思う。地域を分割して、手際よく捜索するよ。女中がチェスリーを行ったり来たりしているなら、町から歩ける範囲の場所にいるはずだ。そうなれば、捜索範囲が大幅に狭められる」

シーアはうなずいた。「わたしもなにかお手伝いできたらいいんだけれど」

「きみはもう充分手伝ってくれたよ。あとは、町によそ者が来たといううわさがないかどうか、聞き耳を立ててくれるだけでいい。なにかうわさが流れれば、きみやきみの女中頭の耳に入るはずだから」

「たしかにそうね。そこが奇妙なところなんだけれど――こんなにあれこれあったというのに、町でそれらしいよそ者が見かけられていないというのが」シーアはそこで言葉を切った。「マシューを誘拐した男が、あなたの妹さんと女中とどう関係しているのか、不思議でならないわ」

「ああ。ぼくにも、なにがなんだかわからないよ」

「どうかしら――あの男がマシューの父親だという可能性は？」

ガブリエルがぎょっとした顔で彼女を見つめた。「その可能性はあると思う。あの男がマシューとつながっているのなら、筋が通る」

「彼は、妹さんが赤ん坊をあなたのもとに連れていくのをいやがったのかもしれないわ。彼がマシューを奪おうとしたから、妹さんは隠れているのかも」

「妹がぼくを避けているのは、ぼくをきらっているわけでも、恐れているわけでもないという理由を思いついてくれるなんて、きみはほんとうにやさしいな」彼がシーアにほほえみかけた。「しかしたとえそうだとしても、どうしてジョスランはぼくからも隠れているんだ？その男に対抗するためにも、ぼくの助けを求めてくるほうが自然だと思うが」

「たしかに筋が通らないわね」

「今回のことすべてに、筋が通らない」ガブリエルがそっけなくいった。

「なにか理由があるはずよ。わたしたちには、それが見つけられずにいるだけだわ」

「ものごとをなんでも合理的に見ようとするきみの態度は、称賛に値するな。きみが正しいことを願っているよ。でもぼくはそろそろ行かなければ。あしたから捜索を開始できるよう、みんなと相談する必要があるから」彼がシーアの手を取り、唇に持っていくと、通常の別れのあいさつとは思えないほど熱烈に口づけした。「あしたは、ほとんど一日じゅう馬に乗って出かけていると思う」

「わかっているわ」シーアは、翌日は彼に会えない落胆を顔に出すまいとした。

ガブリエルが彼女の手を取ったまま、一歩近づいた。彼が身をかがめようとしたので、シーアはそれに合わせて顔を上げた。その瞬間、廊下でダニエルがサリーに話しかける声がした。ガブリエルが小さな悪態をつきながら引き下がった。

「もしなにか進展があったら……」シーアがとりすました声で礼儀正しくいった。

「すぐに訪ねてくるよ」とガブリエルは約束した。そのあと彼は軽く一礼して、最後にちらりと彼女を見やったあと、部屋から出ていった。

その後の二日間、ガブリエルは三人の友人の助けを借りながら、チェスリー周辺の土地をくまなく捜してまわった。そうしながらも、捜索が終わったあと、夜にシーアを訪ねていく時間を捻出した。残念ながら初日の夜は、形式ばった短い訪問になってしまった。というのも、ガブリエルが到着したとき、居間にはシーアの兄ダニエルのみならず、ミセス・クリフと、彼女の上のふたりの娘が一緒にいたからだ。地主一家の存在に気づいたとき、ガブリエルの目に一瞬よぎった恐怖の表情を見て、シーアは笑みを噛み殺さねばならなかった。そしてほんの二十分ほど意味のない社交的なおしゃべりをしたあとでガブリエルがあわただしく立ち去っていくのを見ても、驚かなかった。

翌日の夜、シーアが玄関に応えたとき、扉の外でためらいがちな顔をして立っていたガブリエルが、彼女の背後の廊下に用心深い視線を投げかけてきた。シーアは笑って彼の手を取り、なかに引き入れた。

「だれもいないわ。兄はミセス・ブレナムを訪ねていっているし、ミセス・クリフはちゃんとご自宅にいらっしゃる——ことを切に願っているわ」シーアは彼を居間に案内した。「さあ入って、進捗《しんちょく》状況を教えてちょうだい」

「報告することはなにもないんだ。少なくとも、うまくいっていないということ以外は。このあたりの土地は、くまなく捜索したと思う。なのに、ジョスランもしくはハンナの痕跡は、なにひとつ見つからない」

「残念だわ」

ガブリエルはため息をつき、いちばん近くの椅子に腰を下ろした。「ぼくに見つけられないほどうまく身を隠しているのか、ここにはいないのかのどちらかだな」

「これからどうするつもり？」

「捜しつづけなければ。前は、簡単にあきらめすぎたからね。しかしおそらくジョスランはこの町周辺にはいないんじゃないかという気がしてきた。ここに赤ん坊をおき去りにして、近隣の町のどこかに行ってしまったとしたらどうだろう？　この前、たぶん彼女はハンナだけをここに送りこんで、赤ん坊のその後を確認させようとしたんじゃないだろうか。よくはわからないけれど、ジョスランはじつはずっとべつの町にいて、ハンナだけを赤ん坊と一緒にチェスリーに送りこんだんじゃないかな。ジョスランは廃墟で過ごしていなかったのかもしれない。ぼくの知るジョスランなら、そのほうがありえる」

「彼女本人がここに来る前に、あなたがマシューをどう受け入れるか、しばらくようすを見守っているのかしら？」

「そのあと妹が戻ってくると思いたいところだけれど、それをあてにはできない。いずれにしても、もっと捜索範囲を広げなければ」

「ビンフォードのときと同じように、ナイボーンにも馬車で一緒に行ってもいいわ」

彼が燃えるような目で彼女をふり返った。「そのことを考えていたんだ。レディ・ウォフォードの箱馬車を借りることまで考えた。そうすれば、だれに見られることなく、きみとぼくと一緒に乗っていけるから」

「ガブリエルったら！」シーアはショックをにじませた声を出しながらも、笑みを隠しきれなかった。閉ざされた馬車のなかでなにが起きるのかを考えただけで、腹の奥深くで熱気が渦を巻きはじめた。

「なんだい？」彼が無邪気に目を見開いた。「ぼくはべつに、なにかけしからぬことや、ふしだらなことを提案したわけじゃないだろう？　ミス・バインブリッジ、レディ・ウォフォードの箱馬車のなかで、なにかみだらなことが行なわれるとでも思ったのかな」

「わたしが？」シーアは笑い声を上げげた。「それはあなたでしょ！　その目を見れば、あなたの考えていることなんてお見とおしだわ」

「ミス・バインブリッジ、頼むから……」彼がいかにも高潔ぶった顔をした。「ご自分のよこしまな考えを、ぼくのせいにしないでほしいなぁ。ぼくたちが馬車のなかでふたりきりになったとき、なにが起きると思ったのかは知らないけれど」

彼が手をのばして彼女の両手を取り、からだを引きよせて自分のひざにのせた。

「ガブリエル！」シーアは抗議の声を上げながらもがき、身をよじらせ、腰をがっしりつかむ彼の腕を押しやろうとしたが、本気でそうしているわけではなかった。「だれが入ってくるかわからないでしょ」

「さっき、兄上は出かけているといったばかりじゃないか」彼が言葉の合間に彼女の首のわきに口づけした。「もう遅いから、ミセス・ブルースターも帰ったはずだ」今度は彼女の耳に心を奪われたようで、そこに口づけし、軽く嚙みつきながら、手で彼女の胸をまさぐりはじめた。

「でも……ああ……」彼の指が乳首に巧みな円を描きはじめ、シーアの頭がまっ白になった。

「ああ、ガブリエル」

　彼がもらすふくみ笑いの吐息が肌にかかり、シーアの体内をさらなる震えが走った。彼の舌が耳の曲線をなぞり、手がするりと下りてスカートをたくし上げ、そのなかへもぐりこんでいく。指が腿の内側をじりじりと上がってくる。彼女の熱くなった秘部の中心を探りあて、そこがすでに欲望に潤っていることを知ると、ガブリエルは低い声をもらした。

「シーア……」吐息とともに彼女の名前を呼び、彼女の首と肩のつなぎ目に顔を埋めた。「きみを一緒に連れていきたい。旅のあいだずっと、一時も手を休めないと誓うよ。宿屋で長い昼食をともにするのもいいな」

　彼の指がそっと、ものうげといっていいほどの動きで彼女をなで、彼女の体内にあからさまな渇望をかき立てた。シーアは本能的に彼に抱きつくと同時に、からだの下に硬くなったものを感じた。ここで彼にまたがってみようか。そうしたら、彼はどんな反応を見せるだろう。

　と、二階から足音が聞こえ、シーアはいらだちのうめき声をもらした。

「ロリーだわ。ロリーがマシューと一緒にいるの。それにもちろん、あなたが送ってくれたピーターも」

「くそっ。扉に鍵をかければいい」

「鍵はかからないの」シーアが残念そうにいった。「そんなことをすれば、とんでもない醜聞になってしまうのはもちろんだし」

ガブリエルはしぶしぶシーアを放した。シーアは立ち上がって彼から離れ、服が乱れていないことを確認したうえで、頬から赤みが引くのを待った。

「無理だな。一緒にナイボーンに行くという話のことだけれど」ガブリエルがぽつりとそういい、立ち上がって暖炉の前に行って必要以上に荒々しいしぐさで火をかきまわした。「きみと一緒に旅したいのは山々だけれど、のんびりしている暇はない。できるだけ多くの土地を捜索しなければ」

「そうよね」シーアもぼんやりした顔で認めた。

「チェスリーの周囲の町を、ひとつずつめぐっていくつもりなんだ。そのほうが、毎日戻ってくるよりも早くすむ」

「そうなの」シーアの胸がさらに沈んだ。「ということは、何日か留守にするのね」

「そうなるな」彼がいかにも残念そうにいらだった表情をしたので、シーアも少しは気持ちが救われた。

「ちゃんと帰ってきてくれる？」

「もちろんだ！」ガブリエルが大股で彼女のもとへ行き、その腕をわしづかみにすると、怖い顔で彼女を見下ろした。「ぼくを信じてくれ、きみのもとへ帰ってくること以上に、ぼくにとっての楽しみはないんだ。それにそのときは、ふたりきりでひっそり過ごせる方法を、なにか考えだすと約束するよ」

「三十分以上という意味？」シーアは生意気な口調でいった。

彼が返した笑みは、どこかどう猛だった。「数日以上、という意味だ。それくらいないと、ずっときみにしようと想像していたことをすべてするだけの時間がないだろうから」

ガブリエルはシーアの背後の廊下にちらりと視線をやったあと、彼女を抱きよせて激しい口づけをした。ようやく彼女から唇を離すと、一瞬、そのからだをぎゅっと抱きしめ、やがて放した。

「これでしばらく生きていけるといいんだけれど」彼がかすかに笑みを浮かべた。

「捜索にはお友だちも同行するの？」

「マイルズがそう申しでてくれたんだが、彼にはここにとどまって、きみとマシューの身になにか起きないよう見張っていてくれといったんだ。マシューを誘拐した男が、また試みないともかぎらないからな。だから、なにかが必要になったり、怖くなったり、どんな理由であれ不審に思ったりしたら、プライオリー館にいるマイルズに伝言を送ってくれ」

「わかったわ」シーアは、ガブリエルが自分とマシューの身の安全をちゃんと考えてくれたことに、胸が熱くなった。「でも、きっとピーターだけで充分だと思う。あれからなにも起きていないし。たぶん犯人は、あなたのことが怖くなったのよ」

「そうかもしれない。それからアランだが、どうやらロンドンの明かりが恋しくなったらしい」ガブリエルがにこやかに先をつづけた。

「チェスリーが退屈になったのかしら?」

ガブリエルの笑みが広がった。「というよりも、レディ・ウォフォードがプライオリー館の生活を洗練させたことに関係しているんじゃないかな」

「ああ、なるほど」

「しかし彼も、ロンドンに戻る途中、最初のいくつかの町で、ジョスランがいないかどうか、宿屋を調べると約束してくれた。イアンは北に向かう街道を担当してくれる……十二夜にはフェンストーン・パークに戻りたいという奥方の決意に逆らえればの話だが」

「あなたは十二夜までに帰ってくる?」

「必ず戻ってくる。きみとのダンスを逃すつもりはないよ。仮面をつけたきみが、どれほど魅力的かを確認するためにも」

「ばからしい」

「ちっともばからしくないさ」彼がふたたび口づけし、ため息とともに彼女のからだを放した。「さあ、もう行かないと」

ガブリエルはいったん戸口に向かったものの、くるりときびすを返して戻ってくるとふたたび口づけし……それを三回もくり返した。ようやく彼はシーアをわきにやり、意を決したように足音を響かせて部屋から出ていった。シーアは彼が厨房に向かい、ピーターに最後の指示を出すのを聞いたあと、二階に上がって窓際に行き、ガブリエルが馬に乗って通りを遠ざかるのをながめた。やがてため息をもらしてくるりとふり返り、これからの数日間、彼なしで過ごす寂しさについては、考えまいとした。

ほどなくすれば、ガブリエルがチェスリーから永遠に去ってしまうことはわかっていた。彼の本来の家はロンドンであり、彼の領地なのだから。プライオリー館とチェスリー――そしてシーア――は、彼にとってほんの気晴らしでしかない。貴族が退屈を紛らわす手段でしかないのだ。それ以上のことを図々しくも望んだりしたら、あとでみじめになるだけだ。

シーアは箪笥の引き出しを開け、ガブリエルから贈られた小さな箱を取りだした。箱のなかのガーネットのイヤリングをながめ、そっと指先で触れてみる。ガブリエルにとって、この贈りものはなにを意味するのだろう？　これを贈られたという事実に、あまり大きな期待を抱くのは恐ろしかった。小さな町に暮らす牧師の妹といえども、裕福な独身男性が愛人にした女性に宝石を贈ることがよくあることくらいは知っていた。このイヤリングが、彼女が彼に身を捧げたことへのたんなるお返しである可能性は、充分ある。洗練されたかたちの、感謝の印のようなものだ。あるいは、ガブリエルのような男性が、別れの痛みをやわらげるために、することなのかもしれない。

彼女はイヤリングを箱から取りだし、耳につけてみた。これをじっさいつけて出かけるつもりはなかったが、試しにつけてみるくらいなら害はないだろう。シーアは頭を動かし、その深紅の宝石と金色が光り輝くところを愛でた。ダマリスが貸してくれたあのドレスに合わせれば、さぞかしすてきだろう。

シーアはもどかしげに頭をふった。そんなふうに考えてはだめ。耳からイヤリングを外して箱に戻すと、蓋をきっちり閉めた。これはいつまでも隠しておかなければ。ガブリエルとの関係と同じように。彼女とモアクーム卿の関係はうわさ話や醜聞のネタでしかないという事実以上に、彼との将来を雄弁に語っているものはない。なぜなら、ふたりが結婚する可能性などないことは、万人の知るところだから。彼がシーアにつきまとっているとしても、それは妻を探してのことではないのだ。

最初からそんなことはわかっていた。おそらくダマリスのいうとおりだろう。わたしは自分で思っているほど、十人並みの器量ではないのかもしれない。でも、ガブリエルがシーアに長期的な関心を少しでも抱いているのではないかというダマリスの意見は、まちがっている。ガブリエルは世間慣れした男性だ。それにたいしてシーアは、教会のねずみのようなもの。彼女にとっていまは人生の頂点で、刺激に満ちた時間だとしても、ガブリエルにしてみればほんの短い幕間でしかなく、すぐに忘れてしまうたちのものだろう。

シーアはため息をもらして箪笥に背を向けた。これからの数日間は、まもなく彼女が直面することになる生活の予行練習のようなものだ。そう、ガブリエルのいない生活の。

17

二日後、ノックに応えて玄関の扉を開けたシーアは、戸口にレディ・ウォフォードが立っているのを見て、ひどく驚いた。目を疑ってつい凝視してしまったため、あとずさるのに一拍よけいにかかってしまった。「レディ・ウォフォード。どうぞお入りになって」

「ありがとう、ミス・バインブリッジ」レディ・ウォフォードはうなずいてするりと戸口を抜けたあと、毛皮のマフから手を出して、期待するような目であたりを見まわした。

シーアは、彼女が上着を受け取る使用人を待っていることに気づき、笑いを噛み殺してマフを受け取ろうと手を差しだした。「さあ、こちらへどうぞ」

「あ、あら、どうも」エミリーは、まずはマフを、つぎに毛皮で縁取りされたペリースを手わたしつつも、訪問先の女主人にそんな卑しい仕事をさせることに気おくれを感じているようだった。それでも彼女はにこりと笑いかけてきた。「やはり田舎では、あまり……形式張らないみたいですわね？」

「さあどうでしょう、レディ・ウォフォード、わたしには比較のしようがありません。生まれてからずっとここに暮らしていますので」

「そうですか」エミリーの笑みが少し揺らいだが、彼女は先をつづけた。「生まれたときから町の全員と顔見知りというのは、さぞかし……安心できるものなのでしょうね。ご存じのように、わたしはロンドンで生まれ育ったものですから。ここにいるとなんだか場ちがいな感じがしてしまいますの。そのせいで、あなたによくない印象を与えてしまったのではないかと思っています。だから、できたら最初からやり直せないかと思って。だってわたしたち、なんといっても、はとこ同士ですもの。でしょう？」

シーアは態度をやわらげた。たしかに彼女のことを厳しく評価しすぎてしまったかもしれない。チェスリーとロンドンとでは、ひどく勝手がちがうはずだ。レディ・ウォフォードがシーアと出会った状況も、ふつうではなかった。だからこちらに不信の目を向けたからといって、彼女を責めるわけにはいかない。

「おっしゃるとおりね」シーアは、その意外な訪問客に、先ほどよりも心のこもった笑みを向けた。「紅茶はいかが？」

シーアは彼女を居間に案内し、厨房に顔を出してミセス・ブルースターに紅茶を運ぶよう頼んだ。レディ・ウォフォードにしてみれば、シーアが使用人をベルで呼びつけなかったことも、奇妙に感じたにちがいない。シーアは彼女の正面の席に腰を下ろした。ふたりを静寂が包みこんだ。

ようやくシーアが口を開いた。「チェスリーでの滞在を楽しんでらっしゃればよいのだけれど」

「ええ、モアクーム卿のおもてなしはすばらしいわ。あのかたとウォフォード卿は幼なじみですものね。お家柄もとてもよろしいし」

シーアは同意の言葉をもごもごと口にした。

「あのかたのご家族をご存じ?」短い沈黙のあと、エミリーがたずねた。

「いいえ、残念ながら」

「あのかたの妹さんは、それは愛らしいお嬢さんですの。彼女がロードン卿と婚約したときは、とても驚いたわ。もちろん、先方も長い歴史を誇る一族ではあるけれど、それでも、なんというか……少々うさんくさい一族でもありますから。わたしのいっている意味、おわかりよね。なんといっても、あなたもバインブリッジ家の一員なんですもの」

「遠い親戚のひとりにすぎませんけれど」シーアはそれ以上辛辣な言葉は加えまいとした。

「あら、いやだ、お気に障《さわ》ったかしら? あなた、ロードン卿のお友だちなの?」

「わたしには、あのかたをきらう理由はとくにありません。あまり存じ上げないし」

「そうよね」レディ・ウォフォードがきょろきょろしはじめたので、シーアは、失礼にならない範囲で辞すための時間を計算しているのだろう、と察した。じつはシーアのほうも、それを計算していた。

幸い、ミセス・ブルースターがお盆にのせた紅茶を運んで入ってきたので、ふたたび気まずい沈黙が舞い降りる前に、紅茶の儀式に数分ほど費やすことができた。

「それで……あの……赤ちゃんは元気？」とレディ・ウォフォードがたずねた。「教会で見つけたという赤ちゃん。ほんとうに信じられないことだわ。そんな話、聞いたことありませんもの」

「ええ、ほんとうに考えられないことですね。あの子は元気です。連れてきましょうか？」

レディ・ウォフォードの顔にかすかな警戒心が浮かんだが、すぐに覆い隠された。「あら、いいえ、いいんです、それにはおよびませんわ。ところで、あの子をおき去りにしていった人物を見かけた人はいないんですってね」

「ええ。そのようです」

「あら、こんな不愉快な話題をいつまでも引きのばすのはよくありませんわね。ところで、ミセス・ハワードが主催する十二夜のパーティには出席なさるつもり？　サー・マイルズもモアクーム卿も、ずいぶん楽しみにしてらっしゃるみたいだけれど」

「ええ、兄と一緒に出席するつもりです。あなたもご主人と一緒にいらっしゃいますか？」

「そのころまだここにいたら、行くと思います。とても楽しそうですものね。でもフェンストーン卿が、わたしたちが一刻も早く屋敷に戻ることをお望みなんです。あそこは、冬でもとても快適な場所ですものね。あなたもいらしたことあるわよね？」

「ええ、何度か」

「とても美しい場所だわ」レディ・ウォフォードの笑みは、先ほどシーアが目にしたのよりも、よほど心がこもっていた。「ほら、優雅な舞踏室があって、長い回廊があって――あそこをお散歩しながら、かつての伯爵や伯爵夫人の肖像画をながめるのが大好きなんですの」

シーアにしてみれば、そういう時間つぶしは奇妙に思えたが、それを口にするのは差し控えた。そのあと彼女は、まだ町にいた場合に十二夜の舞踏会に着ていくつもりのドレスについて、こと細かに語るエミリーに、ひたすらほほえみかけ、うなずきかけた。数分後、エミリーが礼儀正しく別れのあいさつをしたとき、シーアは大きな安堵に包まれた。彼女は椅子から立ち上がりながら、この動作がよろこびいさんで跳び上がったように見えていないことを祈った。エミリーを玄関まで見送り、ペリースをつけるのを手伝い、マフと帽子を手わたした。レディ・ウォフォードがいよいよ馬車に向かって通路を歩きはじめるのを見届けたあと、シーアは扉を閉め、そこにもたれかかって安堵のため息をもらした。

レディ・ウォフォードは、いままでになく愛想がよかった。それはたしかだ。それにしても、退屈な時間だった。レディ・ウォフォードのような会話の流儀が、上流階級のレディの典型なのだろうか。レディ・ウォフォードは、そういう人たちの典型なのかしら？　もしそうなら、自分とガブリエルの世界のあいだには途方もない溝があることになる。それをつくづく実感させられ、シーアは落胆した。この町にいるあいだは、ガブリエルもわたしとの時間を楽しむかもしれないけれど、彼のほんとうの生活、すなわちロンドンで待ち受けている生活に、わたしの居場所はなさそうだ。

ガブリエルは修道院の廃墟を足早に通り過ぎた。宿屋の主人に話を聞くとき以外は、三日連続で馬に乗りっぱなしだったので、馬を下りられたことがとにかくうれしかった。彼は、プライオリー館に到着して馬を厩に入れ、手短に身だしなみを整えると、すぐさま牧師館に向けて出発した。からだじゅうがちがちだったし、疲労困憊していたが、だからといって、シーアに会いたいという気持ちを抑えることはとうていできなかった。

もし一年前に、ここ数日シーアを恋しく思っているほど、どこかの女性のことを恋しく思うようになるといわれたとしても、きっと笑い飛ばしていただろう。女性と過ごす時間は楽しいが、どこかの女性と会えなくなったからといって、ほんの少し残念な気持ちや孤独感をおぼえる以上の感情が引き起こされたことは、いまだかつてなかった。なにしろ、その代わりとなる女性はいくらでもいたのだから。それがレディだろうが、卑しい身分の女だろうが。夜、暖炉の前に腰を下ろし、ひとりの女性のことをうっとり考えるなどということは、かつて一度も経験したことがなかった。そんなことをする暇があったら、酒場に出かけて酒やカードゲームを楽しみ――そして酒場の女中をベッドに連れこんでいた。

旅のあいだは毎晩、宿屋のラウンジに行ってエールを飲み、ジョスランもしくはハンナを見かけなかったかどうか、客たちにたずねてまわった。しかし決まって、ふとした瞬間、シーアだったらこの酒場の客についてなんというだろうか、とか、それにたいして自分はどう答えるだろうか、というようなことを想像してしまうのだ。きょうはこんなことをしたとか、あんなことがわかった、と彼女に報告したかった。カードやさいころで遊ぼうにもすぐに飽きてしまい、酒場の女中は頭が鈍すぎて相手をする気にもなれなかった。だからできるだけ情報を集めたら、すぐに上の階のベッドに向かっていた。

こんなことをいったら人にばかにされるかもしれないが、ガブリエルは、シーアとの時間を過ごしたがゆえに、もうほかのだれと一緒にいても楽しめなくなってしまったようだ。寂しさと退屈さだけでもうんざりなのに、最悪なのは、彼女に肉欲をおぼえてばかりいるという点だった。町から町へと移動しているあいだ、考える時間がたっぷりあった。そんなときは、シーアと愛を交わした短すぎる時間の記憶をたどってばかりいた。その記憶をいちばん頻繁に遮《さえぎ》っていたのが、この先、彼女とからだを重ねるときの想像図だった。それと、彼女とふたりきりになるための、数少ない革新的なアイデアについてだ。結果として、旅の大半、彼は満たされない欲望に悶々と苦しむはめになった。

乱れて広がる彼女の巻き髪や、それが肩や胸にふわりと落ちかかるところ、その隙間からのぞくピンクの乳首を想像しまいと、必死になった。彼女が彼の腰にまたがり、じらし、誘いながら、絶頂へと高まっていく姿を。痛みにも似た強烈な、熱い欲望に駆り立てられ、彼女のなかに深く沈みこんでいるとき、枕に広がる彼女の髪、まるで扇のように頭から広がるあの髪のことも、なんとか考えまいとした。それでも、口づけで濡れてきらめく彼女の乳首が忘れられなかった。指で探ったときの、絹のようになめらかな、彼女の下半身の唇。裸の肌にごくそっと触れる、彼女の指先。彼女の舌の感触。耳もとに響く、情熱の小さなあえぎ声。

そんなぐあいだったので、毎晩なかなか寝つけなかった。酒場でそれなりの娼婦を選んで、そんな渇きは癒してしまえ、と自分にいい聞かせもした。いままでは、どこかのレディに満たされない欲望を抱いたときはいつもそうしていたし、それで充分うまくいっていた。ところがもはや、それもかなわないようだった。目につく女のだれひとりとして、魅力を感じられないのだ——彼女は背が低すぎる、彼女は品が悪すぎる、彼女は熟《う》れすぎている。そうした女たちのなかに彼の欲望を刺激する者はおらず、彼女たちと寝たところで、シーアを求める渇望が癒されることがあるとは思えなかった。ガブリエルが求めていたのは、シーアの長い脚をこのからだに絡みつかせ、彼女の唇を肌に感じ、彼女の甘い秘部を開いてもらうことだった。

それに気づくと、ぎょっとした……と同時に、少し恐ろしくもあった。

このまま一生、こんなふうに欲望の刃《やいば》を突きつけられる運命にあるのだろうか？　ほんの二、三週間前はほとんど目にも入らなかった女性を求めて、自暴自棄になり、渇望し、息を切らせるなんて。こんなのはどうかしている。ばかげている。

いま自分がすべきことは、この狂気が去るまでロンドンに戻ることだ、と彼は自分にいい聞かせた。あそこで都会の美女たちに囲まれていれば、あの冷静な灰色の目や、その目がおもしろそうにきらきら輝いているところなど、忘れられるだろう。彼女の髪に指を埋め、髪を無理やり下ろし、ピンをそこらじゅうに飛ばしたくてたまらなくなることもなくなる。起きている時間ずっと、彼女のなかでわれを忘れ、あの暗く、至福の深みへといっきにはまっていくことを、夢見ずにすむはずだ。

しかし、ひたすら彼女に会いたいと思っているとき、無理やり彼女から身を引きはがすというのは、もっとばかげた話だ。ほんとうに必要なのは、ずっと彼女と一緒に過ごすための方法を見つけることではないか。夜、長く、熱く愛を交わし、この肉欲をすっかり吐きだして満足するためにも。そのためには、一週間……あるいは二週間……いや、三週間ほど、彼女とふたりきりにならなければ。要するに、そう……蜜月のように。

そう考えたところで、はっとした。まさか本気で、結婚を考えているのか？　そんなはずはない。いまは独身生活を謳歌《おうか》しているのだから。いつかは子孫を残すためにも結婚はするだろうが、いますぐというわけではない。ひとりの女性にたいして、狂おしいまでの欲望をおぼえたというだけで、結婚するなんておかしい。それ以上のなにかがなければ……たとえば、一緒にいて楽しいとか、共通の趣味があるとか。運がよければ、愛があるとか。ガブリエルはふと足を止め、つくづく考えこむと、あたりを見まわした。教会の墓地に到達していた。黒っぽい牧師館が建つ、川向こうに目をやった。窓から、暖かな明かりがもれている。シーアの寝室にも明かりが灯っているかどうかをたしかめようと、二階を見上げた。と、ここのところ頻繁に頭をもたげている欲望が、いっきに噴出した。この三日間頭を離れなかった女性がすぐ目と鼻の先にいるというのに、墓地に突っ立ったまま、ぼくはいったいなにをしているのだ？

彼は足早に教会を過ぎ、橋をわたった。玄関を壊しそうな勢いで扉を叩く。彼は待った。生焼けの神経のまま、扉が開くのを待った。扉が開き、シーアが戸口に立っていた。すぐわきのテーブルにおかれた、枝つき燭台の明かりを一身に浴びて。黒っぽい地味な服を着て、頭にスカーフをかぶっている。

彼女はこのうえなく美しかった。

「シーア」ガブリエルは家のなかに足を踏みいれると同時に彼女を抱きしめ、唇を合わせた。シーアも彼の首に腕をまわし、激しく応じた。ぶ厚いコートがじゃまに感じられ、彼はふたりのあいだに手を入れてボタンを外し、前をさっと開いた。からだに彼女の胸のふくらみが押しつけられる。ぴんと張った、乳首が。ガブリエルはシーアの頭からスカーフを引きはがし、彼女の髪に手を埋め、その頭をつかんでふたたび唇を合わせた。

ガブリエルの口づけは、彼女を食べてしまいそうな勢いだった。口を離すのはキスの角度を変えるときだけで、同時に両手で飢えたように彼女のからだをまさぐり、背中に手を下ろして尻をなでつけた。シーアがからだを離したので、彼は本能的にふたたび引きよせようとした。しかし彼女が彼の手を取り、廊下から居間へと連れていった。

シーアはドアを閉めてから口を開いた。「ダニエルは留守よ。しばらくは戻って――」

ガブリエルが彼女の言葉を唇で遮った。彼はコートを脱いで床に落とし、ふたたび彼女を腕に抱いた。「ほかのみんなは？」彼女の顔や首にキスの雨を降らせながら、ガブリエルはだみ声でたずねた。

「厨房で夕食の準備をしている」

彼は彼女の背中を扉にぺったりつけたまま、口づけをつづけた。彼女のスカートをたくし上げ、ペチコートの下へと、腿のあいだへと手を滑らせ、下着の生地越しに愛撫する。パンタレットのひもを見つけると、それを勢いよく引っ張ってほどき、押し下げて脱がせ、手でやわらかくなめらかな肉のひだを探った。シーアが息をのどに詰まらせ、ガブリエルの欲望がさらに高まった。

「ああ、会いたくてたまらなかった」彼が息づかいも荒くいった。「きみのことしか考えられなかった」

彼の指にじらされ、さすられ、欲望の極みに導びかれているとあっては、シーアも小さなあえぎ声で答えるよりほかなかった。彼がズボンのボタンを外し、大きく硬くなった男の部分をあらわにした。シーアが指で包むと、さらに全体が硬くなる。ガブリエルは必死になってこらえた。彼をゆっくりと愛撫する彼女の指は、狂おしいほどにやわらかい。彼の情熱がいちだんと高まっていった。

ガブリエルはシーアの尻に手をあて、そのからだを持ち上げた。彼女のほうも熱望するかのように両脚を開いて彼の腰にまわした。ひと突きでいっきに彼女のなかに滑りこんだガブリエルは、そのあまりの快感に、下唇を噛みしめて叫び声を抑えなければならなかった。彼は彼女を扉で支えたまま、腰を動かしはじめた。顔を彼女の首もとに埋め、その肌に向かって、かすれた小声でもぐもぐとつぶやきかける。あまりに激しい欲望に、自分のからだが爆発してしまうのではないかと思えるほどだった。それなのに、欲望はさらに高まり、崖っぷちへと押し上げられていくようだ。いま世界には、この瞬間しかなかった。シーアのからだに包まれ、彼女の長い脚に絡みつかれ、駆り立てられた欲望が、彼女のやわらかな肉に深く埋まり、白熱のなかで溶け合っていく。

彼女の締めつけを感じ、のどから小さな声がもれるのを耳にした瞬間、世界が悦びのなかへと崩れ落ちていった。ガブリエルはからだを合わせたまま全身を震わせ、大きな情熱の波にさらわれるのにまかせて、彼女のなかに種を放出した。

理性を取り戻すまでにどれくらい時間がかかったのか、ガブリエルにはよくわからなかった。ふたりしてずっしりとした扉にからだを押しつけたまま、一分、あるいは一時間が経過したかもしれない。どちらも、彼にしてみれば同じだった。彼がゆっくりとからだを離すと、シーアが滑るように床にしゃがみこんだ。

「ここは謝罪すべきところなんだろうけれど」と彼は息づかいも荒く、しゃがれ声でいった。

「しかし、後悔はしていない」

「わたしもよ」彼女の声も、ささやき程度だった。

「いつもなら、もっと自制心が効くんだけれど。きみのなにかが、ぼくを狂わせてしまうようだ」ガブリエルはにこりとして彼女の両頰に軽く口づけした。「きみに、ここまで……感情的なあいさつをするつもりはなかったんだ」

シーアはくすりと笑って手を上げ、髪の乱れを確認した。髪の束が何本かほどけて落ちている。「わたし、ひどい顔してるでしょ。あなたが通りを近づいてくるのを見たとき、二階の部屋を掃除していたの」

「きれいだよ」かつて自分がシーアの容姿を十人並みだと思っていたことが、信じられなかった。いまの彼女は、目もくらむほどに輝いている。

シーアがその言葉に、愛らしく頰を染めた。「あの……」彼女はなんとなく服を手ぶりで示した。

彼はくるりと背中を向け、彼女が服の乱れを直すところを見ないようにすると同時に、自分の身だしなみも整えた。ふたたびふり返ったとき、シーアは反対側の壁にかかった鏡の前で、ピンを手に髪の乱れをしきりに直しているところだった。ガブリエルは椅子にどすんと腰を落として彼女をながめ、その親密な光景を楽しんだ。ここ数日感じていなかったほど、幸せな気分だった。

シーアは最後にもう一度髪をなでつけたあと、彼に向き直った。ふたたびきちんとした身なりに戻っていたが、頰の赤らみと唇のやわらかな曲線が、秘密を物語っている。ガブリエルが大きな笑みを向けると、彼女の頰がさらに赤らんだが、彼に向けたきらめくような表情は、決して不愉快そうではなかった。

彼女は戸口に行って扉を開け、廊下をさっと確認し、ふり返ってから口を開いた。「ダニエルはきょう、ロワー・ラックバリーに行っている。あそこにも小さな教区があって、週に一度訪ねていくことになっているの」

「チェスリーよりも小さな町？」

「ええ、あなたには信じられないかもしれないけれどね。そこにも教会があって、昔はここのよりも少し大きかったのよ。でも牧師がいなくて。だから兄は、遅くなるまで戻ってこないわ。夕食は厨房のテーブルでいただこうと思っていたんだけれど、もしよければ、あなたも一緒にどう？　ものすごく略式ではあるけれど」

ついいましがたあんなことをしたあとだというのに、彼女が礼儀正しく世間話をしようとしていることに、彼は思わずにこりとした。「ぜひご一緒したいな、ミス・バインブリッジ」

シーアはにやりとして、彼の向かいの椅子に腰を下ろした。「旅はどうだった？　なにか情報は得られた？」

「いや」彼はため息をついた。「酒場で食事をしていた男が……町の名前は忘れたけれど、オックスフォードに向かう途中の町だった。その男が、一週間か二週間前、宿屋に赤ん坊を連れた女性がいたような気がするというんだ。どうやら彼はそこで食事をすることが多いらしい。はっきりとした日にちはおぼえていなかったが、クリスマス前だったことはたしかだそうだ。ただ、女性がふたりいたかどうかははっきりおぼえていなかった。それに、その女性の髪が茶色だったか金髪だったかも、はっきりしない。だからその男の話はあまり信用できないな」

「残念ね」

「ありがとう。それでも、決してむだではなかったと思う。ジョスランもハンナも、いま現在は、この近くの町の宿屋に泊まっているわけではなさそうだ。ということは、当然ながらチェスリーか、この周辺の田園地帯のどこかにいるということだ。近辺の土地はすべて調べたつもりだが」

「いまになにかわかるわよ」シーアは慰めるようにいった。「ふたりがどこかにいるのはまちがいない」

「きみのほうはどうだった？　マシューは元気かい？」

「いま連れてくるわね」シーアはさっと立ち上がると部屋をあとにし、数分後に赤ん坊と一緒に戻ってきた。

マシューはガブリエルを見るとうれしそうな金切り声を上げ、ガブリエルはそれから数分間、マシューを頭上に高く掲げては笑わせていたが、やがて絨毯に下ろした。シーアがマシューに木のがらがらを手わたしてやった。しかしがらがらには関心がないようすで、マシューはすぐに四つんばいになり、からだを前後に揺すりはじめた。そのあと、本人もふくめてそこにいた全員が驚いたことに、マシューは片手を前においたあと、もう片方の手を出し、つづいて脚も動かした。

「見て！　はいはいしてる！」シーアが叫んだ。

赤ん坊がはっとして動きを止めたあと、ふたたび前進をはじめたのを見て、ガブリエルは笑い声を上げた。「いいぞ！」

ガブリエルは立ち上がって、シーアを腕に引きよせた。不可解なほど、誇らしくてたまらなかった。シーアは笑い、彼を抱き返した。「いままで、出発するぞとばかりにからだを揺らしていたけれど、じっさい進んだのははじめてだわ」

「これからは、一時も心が安まらないぞ」ガブリエルが、はいはいしながらすでに絨毯の端近くにまで到達している赤ん坊を見ながらいった。

その瞬間、玄関をノックする音がして、シーアとガブリエルはぎょっとしてたがいに顔を見合わせた。シーアが玄関に向かい、ガブリエルもマシューを抱き上げながらあとにつづいた。ガブリエルが廊下に足を踏みだしたとき、玄関の扉が開き、ロードン卿の声が聞こえてきた。「こんばんは。おじゃまでなければいいのですが。ちょっと顔を見ようかと思って、マ――」

ロードンの視線が、シーアから、赤ん坊と一緒に廊下に突っ立っているガブリエルへと注がれた。「おや」

「ロードン」

ロードンがガブリエルに向かってかすかに頭を傾けた。「モアクーム」彼はシーアに顔を戻した。「申しわけありません、ミス・バインブリッジ。出直したほうがよさそうですね」

「いや、待ってくれ」ガブリエルがさっと前に歩みでた。「いてくれ。きみと話がしたいんだ」彼がシーアを見やった。「もし、ミス・バインブリッジさえかまわなければ」

「どうぞ」シーアはふたりの男をたがいに見やった。「さあ、コートをお預かりしますわ、ロードン卿。おふたりとも、居間でお話ししたらどうかしら」シーアはロードンのコートをラックにかけ、ガブリエルから赤ん坊を受け取った。「わたしは、ええと、紅茶をいれてきます」

そういうとシーアは赤ん坊を連れて廊下を進み、厨房の戸口を抜けた。ガブリエルは一瞬ロードンを見つめたあと、先に立って居間に入っていった。なかに入ると、ロードンが手を暖めようと暖炉に向かった。

ガブリエルはしばらく立ちつくしていたが、やがて意を決したように身をこわばらせた。

「きみに謝らなければならない」

ロードンが彼を見上げた。驚いた顔をしている。

「先日、ジョスランの手紙を読んだあとできみと話をしようとしたんだが、きみはすでにチェスリーを離れていた。ジョスランがきみのせいで姿を消したというのは、ぼくの誤解だった。きみがあの子の父親だというのも。きみが妹を無理やりものにしたにちがいないという思いこみから、どんどん誤解が大きくなってしまったようだ。きみに心から謝罪したい」

ガブリエルはロードンを見つめながら待った。ロードンの顔色を読むのは昔からむずかしかったが、いまの彼は、まったくもって不可解な表情をしていた。

「ぼくがきみの立場でも、きっと同じように考えただろう」ロードンが無頓着に肩をすくめていった。「スタフォード家が悪党だということは、世間に知れているからな」

「きみがその一族の一員だからということで、決めつけたわけじゃない」

「そうなのか？」ロードンは上着の袖についた糸くずを取ることに注意を傾けた。「じゃあ、ぼくがきみにたいして行なった悪事をもとにそう思ったんだな」彼が顔を上げてガブリエルを見据えた。彼の薄い青の目がぎらついている。

ロードンの言葉に暗にふくまれる意味が、ガブリエルの胸に刺さった。「きみがよき友人だったことは、よくわかっているよ。きみの誠実さについても」ガブリエルはこわばった顔で応じた。「でも、ちゃんとした理由もなしに、きみのことを決めつけたりはしない」

「ほう？」ロードンの口角が皮肉に持ち上がった。「ああ、なるほど、ぼくの悪行にかんする、例のうわさやあてこすりのことか」

「きみは品位を持って謝罪を受け入れる人間じゃないみたいだな、ちがうか？」

「品位なんてものには、あまり興味がない。むしろ、率直さに夢中なものでね」

「率直？　率直にいってほしいのか？」ガブリエルは静かにロードンに迫りながら、身を固めた。「よし、いいだろう。きみの家族については、いろいろとうわさを耳にしてきた。しかし、そんなものは気にしなかった。なにしろ、ぼくはきみという人間を知っていたから。きみが女性にたいして紳士にあるまじきあつかいをしたといううわさを聞いたときも、無視した。きみという人間を、知っていたから。男として、友人として、きみを信頼していた。妹をきみに差しだすほど、きみのことを信頼していた。きみなら妹を大切にして、尊重し、守ってくれるはずだと信じていた。しかし、イギリスでもっとも理想的な結婚相手だと評判の男との婚礼の数週間前になって花嫁が逃げだせば——故郷や家族やそれまでの生活を捨てて逃げだしたとなれば、その男が女性に乱暴をはたらいたといううわさ話も、無視できなくなるというものだろう！」

「女性に乱暴をはたらいたことなど、一度もない！」ロードンが吠えた。目はぎらつき、両手をこぶしで二倍にふくれ上がらせ、さっと一歩大きく前に足を踏みだした。

ガブリエルは引き下がるどころか、ぬっと彼のほうに迫った。「ぼくだって、きみのことを信じたかもしれない——もしきみが、愛していると打ち明けてくれた十九歳の娘の身を案じてくれたり、心の痛みを見せてくれたり、ほんの少しでも気遣ってくれたりしていればな。ところがきみに会いにいって、妹がどこに行ったのか、どうして逃げたのかを知っているかとたずねたとき、きみは例によって醒めた顔をして、どうでもいいとばかりにカードに興じていたじゃないか。きみは肩をすくめた——肩をすくめたんだぞ。まるでジョスランなど、時計の鎖につける飾りのひとつかなにかのように、大切でもなんでもないとでもいわんばかりに。しかも、〝どこかの娘に拒まれた〟からといって、嘆き悲しむつもりはない、とほざいたじゃないか。あのとき、友人だと思っていたきみに裏切られたと気づいたんだ。妹をゆだねられるだけの男だと信じていたのに」

「きみは、訊きもしなかったじゃないか！　責めただけだろ！　ぼくがジョスランを傷つけた、ぼくのせいで彼女がいなくなった、とわめきちらした。なにがあったのか教えろ、と迫るばかりで。ぼくになにがいえた？　彼女がぼくの胸から心臓を引き抜いて、足で踏みつけたとでも？」ロードンの目が青に燃えていた。青白い顔のなかでぴりぴりと緊張している。

「きみはプライドを傷つけられたんだな」ガブリエルの唇がゆがんだ。「きみが愛した女が姿をくらましたというのに、プライドを地に落とされたがために、彼女を捜そうともしなかった」

「もちろん捜したさ。なにをいう？　思いつくかぎりの場所に男たちを送りこんだ――代理人や厩番、私立捜査員まで。彼女を捜すために、みんな送りこんだ」

「きみ自身は捜しに行かなかったんだな」

「ああ、ぼくは行かなかった」ロードンがこわばらせたからだを少し沈みこませ、わきで固めていたこぶしをゆるめた。「最初はな。ぼくを捨てようというのなら、彼女の好きにさせてやろうと思ったんだ。女性に結婚してくれ、と泣きつくのはいやだった。たとえ相手がジョスランでも。しかしあとになって……」ロードンは肩をすくめて顔を背けた。「彼女がきみのもとからも逃げたと知ったとき、代理人にも彼女を見つけられなかったとき、ぼくは……彼女を捜しはじめた。ロンドンを出て、ありとあらゆるひなびた道を捜してまわったよ。サウサンプトンにも、リヴァプールにも行った。駆け落ちの地と呼ばれるグレトナグリーンにまで足をのばした」

「つまり、妹がだれかと逃げたと思ったのか」

「あらゆる可能性を考えていた。パリやローマまで問い合わせたこともある。ブリュッセルにも」

ガブリエルは、顔を半分背けたかつての友人を見つめた。ロードンの力強い顔立ちが、どこかみじめに感じられる。ガブリエルはあごを引き締めた。「それなら、グレース・フォートナーの件はどうなんだ？」

「だれだって？」ロードンが彼をちらりと見やった。眉間に困惑を浮かべている。「グレース・フォートナーだ。サセックス州の紳士の令嬢だよ。アン・バントウェルのいとこ。ジョスランが社交界デビューする二年前に、アンと一緒にロンドンに来ただろう。一時、きみの心を奪った女性だ」

「ああ」ロードンの顔が晴れた。「ああ、彼女ならおぼえている。きれいな娘だった。しかしなぜ彼女のことを持ちだす？」

「彼女はどうなった？」

「どうなった？　知らないが」ロードンはそこで言葉を切り、考えこんだ。「彼女は――なにか醜聞を起こさなかったか？　たしかロンドンを去ったよな？　サセックスでだれかと結婚したと聞いたような気がするが」彼の視線が狭まり、またしても眉間にしわがよった。「それがどうした？」

「きみがジョスランの失踪を肩をすくめて切り捨てた数日後、きみのせいでロンドンから逃げだした女性がジョスランだけではないことを知ったんだ。グレース・フォートナーも同じだった。きみは彼女を愛し、つきまとった。彼女とふたりきりになるよう策を講じ、彼女から拒まれても、彼女を解放しようとしなかった。きみは思いを遂げ、彼女は傷ついた。彼女は恐怖のあまり、故郷に逃げ帰ったんだ」

ロードンは長いあいだ、ひたすらガブリエルを見つめていた。「そんな話を、信じたのか?」

「彼女がうそをつく理由はなかった。彼女の名誉が傷つけられるような話なんだぞ。むしろ必死に隠して当然なのに、それが語られたということは、信じないわけにはいかない」

「その話、ミス・フォートナーから直接聞いたのか?」

「いいや。しかしぼくに話してくれた人物は、彼女から直接聞いたといっていた。ぼくが信頼している人物だ」

「もちろん、ぼくのこと以上に信頼している人間なんだろうな」ロードンが近づいた。彼の声はそっけなく、ガブリエルにまともに据えた視線は冷たかった。「きみがほかの男だったら、とっとと失せろというところだ。しかしかつての友情に免じて、これを教えてやろう。ミス・フォートナーのことは、少しは称賛していた。何度かダンスに誘ったこともあるし、一度か二度は彼女のもとを訪ねていったこともある。花束を贈ったこともあったかもしれない。しかし、彼女につきまとってはいない。彼女の名誉を傷つけるような立場に追いこんだこともない。彼女には、どんな害も加えていない。生まれてからこのかた、怒りにまかせて女性に手を挙げたことなど、ただの一度もない。女性に暴力をふるったこともなければ、無理やりものにしたこともない。ミス・フォートナーか、きみの友人がうそをついているんだ。どちらがついているのかは、どうでもいい。しかしぼく自身の妹の命をかけても、いままで一度も女性を傷つけたことはないと誓ってもいい。ぼくが愛した女性はただひとり、ジョスランだけだ。そして神よ、ぼくが犯した唯一のまちがいは、彼女がこちらが想うほどにぼくのことを愛していないのをわかっていながらも、彼女との結婚話を進めたことだ」

ガブリエルはロードンの目を見つめ、そこに、冷酷で厳格な真実が宿っていることを知った。腹の底にむなしさをおぼえながら、思う——ぼくがまちがっていた、ひどくまちがっていたのだ。いくらいかにもありそうな状況だったとはいえ、信頼をおく友人ではなく、赤の他人の言葉を信じてしまったとは、いったいどういうわけだ？

「なんということだ……ロードン。申しわけない」そういいながらも、ガブリエルは、そんな言葉だけではとても足りないとわかっていた。一歩足を踏みだし、手を差しだす。

ロードンはからだを動かして半分そっぽを向き、冷たくよそよそしい声でいった。「もうみんな過去のことだ」

「そうだが……それでも」

ロードンが頭を一度短くふった。「悪いが、ミス・バインブリッジにきみから謝っておいてもらえないか。ぼくはもう行かなければ。またべつの機会に、赤ん坊の顔を見にくると伝えてくれ」

ロードンは大股で歩き去ろうとしたが、戸口で足を止めてふり返った。「先日、いったん宿屋を出たのは、オックスフォードにある男を訪ねていくためだった——昔使っていた私立捜査員だ。ジョスランを捜すために雇った。彼からなにか知らせが届いたら、きみにも知らせるよ」

「ありがとう」

ロードンはひとつうなずくと、部屋から出ていった。廊下でシーアと出くわしたようだ。ガブリエルの耳に、もごもごという話し声が聞こえてきた。シーアの軽やかな口調と、ロードンのきっぱりとした口調。ガブリエルは立ち上がったものの、動こうとしなかった。あいかわらず茫然とし、頭のなかが混乱していたが、それもシーアが部屋に入ってくるまでのことだった。

「ガブリエル?」彼女は戸口を入ったところでいったん足を止め、あわてて駆けよってきた。「どうしたの? なにがあったの? あなたの顔、まるで——いえ、なんといったらいいのかわからないけれど」

「腹を蹴りつけられた男の顔か?」

「なにがあったの?」シーアは彼の腕に両手を滑らせ、心配そうな顔で見上げながらくり返した。「ロードン卿も、少し……動転していたみたいだけれど」

「話をしたんだ。ぼくは——彼の話によれば、ぼくが思いこんでいたことは、すべてまちがっていたらしい。彼の目を見たとき、彼が真実を語っているのが、よくわかった」

「つまり、あの手紙からわかったことのほかに、という意味?」

ガブリエルはうなずいた。「ああ。ジョスランが彼のことを恐れていたわけでも、いみきらっていたわけでもないということだけじゃないし、彼がマシューの父親ではないということだけでもない。彼は、傷つけ、無理やりものにしたとぼくが信じていた女性には、一度も触れていないと誓った。過去に一度も女性に暴力をふるったこともなければ、無理やりものにしたこともない、と。そして……ぼくは彼を信じるよ。もしかすると……もしかすると彼はジョスランのことを、ぼくが思っている以上に愛していたのかもしれない」

「でも、あなたが問いつめたときの彼の言葉はどうなの？　ジョスランがどこに行ったのか、どうでもいいとばかりの冷淡な態度だったんでしょう？」

「見せかけだ」ガブリエルが肩をすくめた。「いわれてみれば、いかにもありそうなことだ。アレックは昔から、いつもプライドがじゃまをする男だった。肉体的な傷だろうが、心の傷だろうが、彼はそれがどれほど深いものか、決してだれかに明かそうとはしなかった。当時も、そのことを考慮すべきだった。あんなふうにまっ向からぶつかるべきではなかった。彼は攻撃されても、ぜったいに非を認めたり、自分の弱みを見せたりしないんだ。むしろ彼は食ってかかってくる――しかも、必ず急所を攻めるんだ」

「残念だわ」

「ぼくもだよ」ガブリエルは後悔が刻まれた顔で彼女を見下ろした。「ぼくはひどいことをしてしまったよ、シーア。ジョスランは、姿を消すことでロードンの心を引き裂いたんだと思う。なのに、ぼくも……ぼくまで、彼に背中を向けてしまった。あのとき、なにより友だちを必要としていたはずなのに。ぼくは彼を疑っていた。信じようとしなかった。彼が悪いと決めつけ、説明する機会すら与えようとしなかった」

「あなたも苦しんでいたんだもの」とシーアは慰めた。「それにあの人だって、ちがう反応もできたはずだわ。自分のことをきちんと説明して、あなたの質問に答えられたはずよ」

「ああ。彼はプライドが高かったし、ぼくは怒り狂っていた。その結果、ぼくらの友情はめちゃくちゃになってしまった」

「修復できるかもしれないわ」

「それはどうかな。ロードンは昔よりも冷たく、苦々しくなっている。それにそもそも彼は、そう簡単に人と友情を育《はぐく》むやつではなかったんだ。ものごとは変わり、一度壊れたものがもとどおりになることはめったにない」

シーアがガブリエルの腰に腕をまわし、胸に頭を預けた。驚いたことに、彼女に触れられると胸の痛みがやわらぐようだった。ガブリエルは身をかがめて彼女の頭のてっぺんに口づけした。腕に抱いたシーアは暖かくてやわらかく、計り知れないほど大切なものに思えた。彼女がおき手紙一通残しただけでどこかに消えてしまったら、自分はどう感じるだろう。そう思うと、胸が苦しくなる。

ガブリエルはふたたび彼女に口づけしたあと、あとずさり、名残り惜しげに彼女を放した。

「しなければならないことがある。もう帰っても、許してくれるかい？」

「もちろんよ。どこに行くの?」

「プライオリー館だ。答えを聞かなければならない疑問がいくつかあるから」

ガブリエルは家の裏手の喫煙室でイアンを見つけ、彼がひとりきりでいることにほっとした。なかに入ると、イアンが顔を上げた。一瞬、用心するような顔を向けたが、入ってきたのがガブリエルだと気づくと安堵したようだ。

「なんだ、きみか。よかった」

「だれだと思ったんだ?」

「エミリーだよ。クリスマス以来、屋敷に戻るといってぼくをせっついてばかりいるから。家のもてなし役がいないあいだは、帰るわけにはいかないといくらいい聞かせても、なかなかわかってもらえなくて」

「申しわけない」ガブリエルはそっけなくいった。彼は扉を閉め、イアンの近くに行った。

イアンはガブリエルのようすをながめ、先ほどから飲んでいたものをわきのテーブルにおいた。「どうした? その顔は――」イアンがはっと身をこわばらせ、立ち上がった。「ジョスランを見つけたのか?」

「いいや。彼女がどこにいるのかはさっぱりわからない。この一年と変わらずだ。きみに、ほかのことを訊きたかったんだ。いつか、ジョスランが消えてからまもなく、ミス・フォートナーとロードンのことを話してくれたのを、おぼえているか？」

「ああ」イアンが顔をしかめた。「それがどうした？」

「あの話、ほんとうのことだと思っているか？」

イアンのまゆが驚いたようにつり上がった。「なんだって？　もちろんほんとうのことだ。あんな話をでっちあげるはずがない。ガブリエル、いったいどうしたんだ？」

「きょうの午後、ロードンと話をしたんだ。彼は、グレース・フォートナーとのあいだにはなにもなかったといっていた」

「そりゃ、もちろんそう答えるだろうさ。彼女を誘惑して、それに失敗したら、無理やり思いを遂げようとしたなんていうことを、自分で認めるはずがない」

「ぼくは彼を信じる」

イアンがガブリエルをまじまじと見つめた。「いや、あいつはうそをついているんだ。そのはずだ。やつがどんな男か、わかっているだろう。やつはミス・フォートナーを傷つけた。ジョスランのことも傷つけた。だからジョスランは逃げたんだ。そのはずだ。そうでなければ……」イアンの声が消え入った。

「そうでなければ、いままでずっと、ぼくらがそのいわれもないのにロードンを責めていたことになる」とガブリエルが言葉を引き継いだ。「彼がジョスランからの手紙を見せてくれたんだ、イアン。ジョスランのほうが、彼に謝罪していた」

「なんだって？　なんて書かれていたんだ？」

「彼に悪いことをした、と。そして自分はだまされた、ある人を愛しているつもりだった、と。どうやら妹は、その愛していたという男に身を捧げたらしい。その男がマシューの父親にちがいない」

「なんということだ！」イアンはぎょっとしたようにガブリエルを見つめた。

「どうやら彼女は、ずっと大陸で暮らしていたらしい。しかし、戻ってくることにした。ぼくの助けを求めるつもりだと書かれていた」

「じゃあ、彼女はほんとうにここにいるのか？　まだ見つからないと、きみはいっていたよな」

「ああ、見つかっていない。妹がどこに行ってしまったのか、わからない。それでもとにかく、妹はロードンに宛てた手紙にそう書いていた。だからぼくは捜索に出かけていたんだ。ロードンに手紙を見せられたあとは、マシューは妹の子どもだという確信をますます強めたよ」

「こんなことって――なんといったらいいのかわからないよ」イアンが顔を手でなでつけた。

「その手紙は、まちがいなくジョスランからのものなのか？　ロードンが偽造したかもしれないぞ」

「この目で読んだ。妹の筆跡にまちがいない。妹からは何百という数の手紙を受け取っているから、筆跡はよくわかっている」

「しかし、どうしてそうなるんだ？　ぼくはてっきり――」イアンの声が、ささやきにまで落ちた。「ぼくはてっきり、あいつが彼女を殺したのかと思っていた。その気になれば、やつは冷酷で、非情な男になることができる。きみもわかるだろう。だからやつが彼女に腹を立てて、殴ったと思ったんだ。殺すつもりはなくても……わかるよな」

ガブリエルはうなずいた。「ああ、わかる。ぼくもそう考えたときもあった。どこを捜しても妹が見つからなかったとき」

イアンが椅子のなかでぐったりと沈みこみ、ふたたびグラスを手にしてその中身を長々とのどに流しこんだ。

「ロードンの話は、ミス・フォートナー本人から直接聞いたのか？」とガブリエルはたずねた。

イアンがぎょっとして彼を見やった。「ぼくは――それがどうした？」

「大切なことなんだ、イアン。きみはそれがほんとうのことだと知っているといった。だからぼくは、ミス・フォートナーがきみに直接その秘密を明かしたんだという印象を受けた。たんなるうわさではなくて」

「たんなるうわさであるものか！」イアンが動揺したようにいきなり立ち上がった。「いや、本人から直接聞いたわけじゃないが、うそをつく理由のない人物から聞いたんだ」彼が顔をしかめた。「だって、ひとりの女性の名誉がかかった話なんだぞ。そんな重要なことなんだから、たんなるうわさであるはずがない」

ガブリエルはため息をついた。イアンがなんといおうと、彼の顔には疑いがはっきりと表われていた。イアンが、ガブリエルに語った話を信じきっていたことはまちがいないが、けっきょくのところ、それはたんなるうわさでしかなかったのだ。なのにガブリエルもそれを信じてしまった。そしてロードンが自分の妹に悪さをしたという結論に飛びついてしまったのだ。そうではないとわかったいま、愛するかわいい妹が、みずからの考えで家族や友人を捨てたことも認めざるをえない。妹は純粋無垢な犠牲者ではなく、彼女を信頼していた人間を裏切った張本人なのだ。

「まさかジョスランがそんな――」イアンはそういったところで言葉を切った。

「そうだな。信じるのはむずかしい。ぼくたちはジョスランのことを、まだ昔のままの小娘で、成熟した女性とは考えていなかった」

イアンがうなずいてふたたび腰を下ろし、いまや空っぽになったグラスを手に取った。

「もう一杯もらおうかな」

「ぼくもつき合おう」

翌日の午後、シーアはパーティ用のドレスを受け取りにダマリスの家に出かけていった。

クリスマスに降った雪はすっかり溶けていたが、風は肌を刺すほどに冷たく、シーアは、マシューを子守のもとにおいてきてよかった、と思った。ダマリスの家はあいかわらず蜂の巣を突いたような状態だったが、いまは掃除よりも飾りつけが熱心に行なわれていた。女中が手直ししてくれたドレスを試着するため、ダマリスにつづいて二階に上がっていく途中、シーアは使用人たちが作業を進めながらたがいにこそこそと耳打ちし合っていることに気づいた。

ダマリスにその理由をたずねたところ、彼女は驚いたようにさっとシーアを見やった。

「知らないの？　ミセス・ブルースターにかかれば、どんな話も筒抜けだと思っていたのに」

「たしかにたいていはそうだけれど、きょうは教会で忙しくしていたから、彼女とはほとんど口をきいていないの。なにかあったの？」

「ここ一日か二日、見かけない顔の男が町をうろついているのを見たという人が、たくさんいるの。薬屋の奥さんは、二、三日前に庭に見知らぬ男がいるのを見たらしいわ。でも……」ダマリスが肩をすくめた。

「ミセス・フォスターは、想像力がたくましいものね」とシーアが代わりに答えた。

「そうなの。でもミスター・ギルクリストも、ベッドに行こうとしたとき、窓から見知らぬ男が通るのを見ているの。それがちょっとした騒動になっていたんだけれど、わたし自身は、肉屋さんがいうように、行商人が横切っただけなんじゃないかと思っていた。でも今朝になって、ひとりどころかふたりも、ゆうべ男の人を見たという人間が現われて。正直いって、集団ヒステリーにすぎないと思いたいところなんだけれど、その男を見たという人のひとりが、うちの女中頭なのよ」

「なんですって? つまり、この家でということ?」警戒心が頭をもたげてくる。マシューを寝室から連れ去った男のことを思わずにはいられず、牧師館まで駆け戻ってマシューの無事をたしかめたいという衝動に必死に抗った。しかしいまは昼間だし、赤ん坊のことは複数の人間が見守っている。ガブリエルが送りこんでくれた、あの頑強な護衛もふくめて。だからマシューはだいじょうぶだ。

「そうなの。わたし自身はその男の人を見ていないけれど、ミセス・クレモンズが見ていて、彼女はだれより冷静沈着な女性でしょ。すぐに興奮したり、騒いだりするたぐいの人ではないわ。彼女によれば、その人は裏庭にいたそうよ。彼女がほうきをふりまわしてわめきながら家から飛びだしたら、生垣を抜けて逃げてしまったんですって」

シーアは思わずくすりと笑った。「わたしでも逃げると思うわ」

そんなふうにおしゃべりしながら、シーアはドレスを脱ぎ、ダマリスの女中がつくり直したドレスを頭からかぶせてもらった。女中にうしろを留めてもらったあと、シーアはくるりとふり返って自分の姿を見つめた。

「まあ」彼女は静かな満足のため息をもらした。想像していた以上に、すてきなドレスだった。腰まわりが彼女の比較的控えめな曲線に合わせて詰められ、丈も背の高い彼女のために多少下げられたおかげで、からだにぴったり合っていた。シーアはあちらを向いたりこちらを向いたりしながら、ドレスが光をとらえて宝石のような色合いにきらめくのを愛でた。

「ダマリス。きれいだわ。ありがとう」

「きれいなのはドレスだけじゃないわよ」ダマリスがにこりとしていった。「わたしが着るより、あなたが着るほうがうんと似合っているわ。あなた本来の美しさを目にできて、すごくうれしい」

シーアはダマリスの家でぐずぐずしてはいられなかった。翌日のパーティの準備のために、ダマリスにはすることが山のようにあるのはわかっていたし、シーアとしても、急いで帰宅し、マシューの無事を自分の目でたしかめたかった。マシューを見守っている人間が何人もいるというのはありがたいことだが、シーアは、自分の目でたしかめ、マシューを抱きしめないかぎり、町で見かけられたという男のことが気がかりでならなかった。誘拐事件があったあと、町に見知らぬ人間がいるという事実は、とても偶然とは思えない。

べつの女中に赤い舞踏会ドレスを箱に詰めてもらい、シーアは見知らぬ男のことばかりを考えながら帰宅の途についた。プライオリー館にあの従僕を送り、町で起きていることをガブリエルに知らせたほうがいいだろうか。ガブリエルはいつも日中に会いにきてくれるが、シーアはこれが緊急事態のような気がしてならなかった。

「ロリー？」家に入り、厨房にひと気がないことに気づくと、警戒心がさらに強まった。

「ロリー？」

シーアはあわてて廊下を進み、足を止めた。ロリーがマシューを抱いて階段を下りてくるのを目にし、安堵のため息をもらした。ピーターが階段の足もとに腰を下ろし、ふたりを待っていた。彼はシーアを目にするとさっと立ち上がり、お辞儀をした。

「お嬢さま」

「こんにちは、ピーター。ロリー。マシューはそこにいたのね」シーアは笑みを浮かべて手にしていた箱を廊下のテーブルにおき、赤ん坊に向かって両手を差しだした。マシューがにこにこしながら彼女の腕に飛びこんできたので、シーアは思わず笑い声を上げた。彼女はロリーに目をやった。「いい子にしていた？」

「少しぐずりました。歯が生えてきたみたいです」

「ほんとうに？」

「ええ。ここを見てください」ロリーがマシューの唇を押し下げ、下の歯ぐきを指さした。白っぽいものがほんの少しのぞいている。

「歯だわ！」シーアはにこりとして赤ん坊のぽっちゃりとした手を持ち上げ、口づけした。

「もう赤ちゃん卒業ね」

ロリーがドレスの入った箱をシーアの部屋に運んでくれるというので、シーアは赤ん坊と遊ぶことにした。彼女は居間に向かい、それから半時間ほど絨毯に腰を下ろして、いないいないばあをしたり、歌ったり、両手を叩いたりしながらマシューを楽しませた。ロリーが戻ってきて、おやつを食べさせるためにマシューを連れていったあと、シーアはドレスをしまうために二階に行った。ロリーはドレスを箱から出して、ベッドに広げておいてくれた。シーアはそれを見て、口もとをゆるめた。これを着たところを見たら、ガブリエルはなんというかしら。慎重な手つきでドレスをたたみ、箪笥にしまった。ふり返って書きもの机に向かいかけたところで、床に落ちていた白くて四角いものを踏みそうになり、足を止めた。かがんで、その紙切れを拾い上げてみる。

紙は折りたたまれ、赤い蠟で封がされていた。反対側には、不揃いな活字体で〈モアクーム卿〉と書かれている。

シーアはそれをまじまじと見つめた。胸に心臓が叩きつけられ、さっとふり返って廊下に飛びだした。「ピーター！　ピーター！」

彼女がまだ階段を下りているとき、従僕が厨房に通じる戸口を駆け抜けてきた。「お嬢さま！　どうかしましたか？」

「これを見た？　だれかがわたしの部屋にこれをおいていくのを見た？」

「いいえ、お嬢さま」彼の背後の厨房の扉から、ロリーが顔を出した。彼女も目をまん丸にしながら、首をふった。

「わたしはロリーと一緒に赤ん坊を見ているわ」シーアはそういって階段の下に到達すると、玄関の鍵を閉めにいった。「ピーター、プライオリー館に戻って、だれかがわたしの家に侵入して彼宛の伝言を残していったと、モアクーム卿に伝えてちょうだい。すぐにこちらに来てほしい、と」

18

シーアはピーターが出ていったあとで勝手口の鍵も閉め、ロリーと赤ん坊の向かいに腰を下ろし、目の前のテーブルに封印された手紙をおいた。外の道路で蹄の音が聞こえるまで、永遠とも思える時間が過ぎたようにも感じたが、じっさいのところは三十分かそこらだっただろう。扉に駆けよって外をのぞいたところ、ガブリエルが馬を柵につないでいるのが見えたので、シーアは扉を大きく開け放って彼に駆けよった。

ガブリエルは低い鉄製の柵を軽々と跳び越え、シーアをさっと抱きよせた。あとで思い返したとき、通りにだれかいてそれを見られたりしていれば、さぞかし大きな醜聞になっただろうと気づいたが、そのときは、ガブリエルが来てくれたということ以外、なにも気にしていられなかった。

「どうした？　なにがあったんだ？」彼が方向転換し、彼女の肩に手をまわしたまま勝手口に向かった。「ピーターから、だれかが家に侵入したと聞いたが？」

「ええ。いつ、どうやったのかはわからないけれど、侵入されたのはまちがいないわ。きょうの午後はダマリスを訪ねていて、戻ったとき、寝室の床に手紙が落ちているのを見つけたの。あなた宛だった。家を出たとき、床になにも落ちていなかったのはたしかよ」

「だれか入ってこなかったかい、ロリー？」とガブリエルがたずねた。

「いいえ」子守は首をふった。「だれにも気づかれずにだれかが入ってくるなんて、わけがわかりません。あたしはマシューーさまと一緒に、何度も階段を上ったり下がったりしていたのに。それにピーターは、いつものとおり廊下にいたので、厨房か玄関からだれかが入ってくれば、見えたはずです」

ガブリエルはうなずいた。「ピーターもそういっていた」

「わたしが出かけていたのは、ほんの一時間かそこらよ」とシーアは思い返しながらいった。「出かける直前に部屋に行ったけど、そのときはぜったいに手紙はなかったわ。でも、戻ってきて階段を上ったときには、そこにあった。ロリー、あの箱を二階に持っていってくれたとき、見かけなかった？」

「箱？　なんの箱だい？」とガブリエルがたずねた。

シーアはつい口もとを小さくゆるめた。「べつに、たんなる箱よ。ダマリスの家から持ち帰ったものというだけ」

「手紙は見かけませんでした、お嬢さま。床に落ちていたんですか？」

シーアはうなずいた。「ベッドと窓のあいだに落ちていたわ。ベッドの反対側にまわらないかぎり、見えなかったかもしれない」彼女は顔をしかめてため息をもらした。「もしかすると、家を出る前からあったのかもしれない。部屋のそちら側に行ったかどうか、おぼえていないから。でも今朝起きたときになかったのは、まちがいないわ。だからきょうの昼間のうちに、おかれたはずよ。わたしが出かける前、教会に行っていたあいだかもしれない」

「とにかく、なんと書いてあるのか読んでみよう」ガブリエルがテーブルに目をやった。

「これか?」彼が足を前に踏みだした。

「あの男でしょうか、お嬢さま?」とロリーがたずねた。「みんながうわさしている、あの男」

「男? だれのことだ?」ガブリエルが足を止め、ロリーをふり返った。「どうしてその男がみんなのうわさになっているんだ?」

ロリーとシーアは、ここ数日、チェスリーの住民が見かけたという見知らぬ男のことを交互に話して聞かせた。ガブリエルがまゆをつり上げてシーアを見つめたので、彼女はうなずいた。

「なんだか、ちょっと……想像がすぎるような気はするのだけれど、ダマリスがいうには、彼女の女中頭もその男を見たそうよ。彼女の女中頭は、ものすごく冷静な人なの。だからダマリスは、その女中頭のいうことならたしかだといっているわ」

「なんてことだ!」ガブリエルが顔をしかめた。「誘拐犯だろうか?」

「わたしもそう思ったわ。ほんとうのところはわからないけれど、どう考えてもあやしいわよね」

ガブリエルはテーブルから四角い紙を取り、表をまじまじと見つめた。「まるで子どもが書いた字だな。それに、インクではなくて鉛筆で書かれている」

「教養のある人間ではないわね」とシーア。

ガブリエルは封を切り、サインに目を留めると、小さな悪態をついた。「ハンナからだ！ジョスランの女中の」

「まるで幽霊のような人ね！　神出鬼没で」

ガブリエルはうなずいてから手紙にざっと目を通した。「あしたの夜、ミセス・ハワードのパーティに来てほしいと書かれている」

「なんですって？　どうして彼女がそんなことを知っているの？」

「わからない――神出鬼没ながら、なぜだれにも見られていないのか、不思議だな」

「でもどうしてここにこっそり忍びこんで、あなたにパーティに来いだなんて急にいいだすのかしら？」

「ほかにも書かれている。ぼくに会って、〝すべてを説明〟したいそうだ。それがどういうことかは、わからないが。彼女は恐れていて、ぼくの助けを求めている。そのあとパーティに来てほしいと書かれていて、そこで会える、と」

「妹さんのことは、なにも？　赤ちゃんのことも？」

ガブリエルは首をふり、シーアに手紙を差しだした。「きみも読んでくれ」

彼女は差しだされた手紙を受け取り、内容に目を通した。ガブリエルがいったとおり、落胆するほど短い内容だった。「どうするつもり？」

ガブリエルは肩をすくめた。「パーティに出席して、彼女からの接触を待つさ。ほかにどうしたらいいのかわからない。きみはどう思う？」

シーアは首をふった。「いいえ、わたしにもわからないわ」

「それにしても、きみの部屋にこっそりだれかが忍びこめたというのが気に入らない」ガブリエルはつづけた。「もうひとり使用人をよこそう。ピーターのほかに」

「ガブリエル、だめよ。そんな必要はないわ。これからは昼間もちゃんと扉に鍵をかけておくようにするから。いままでは夜だけしかかけていなかったの。まさか日中、家に人がいる時間帯に、堂々と入ってくる人間がいるとは夢にも思わなかったから」

「しかしじっさい、だれかがそうしたわけだ」

「そうね。でもこれからは、ちゃんと扉には鍵をかけておくわ」

「そうしたほうがいい。それでも、ここには男の護衛が複数必要だ。交代で見張れば、一日じゅう監視の目を光らせることができる」ガブリエルが足を踏みだし、シーアの腕に手をかけた。「頼む、シーア。そうさせてくれ。きみとマシューを家に連れ帰れば、ぼくがきみたちふたりを守ることができるけれど、それができないのなら、せめてできることをさせてほしい」

シーアは彼を見上げた。彼の目に、温もりと同時に不安が宿っている。「わかったわ。ただ、ダニエルがなんというかは想像できないけれど」

「妹が守られていると知れば、兄上だってよろこぶはずだ」ガブリエルがにこりとしたのを見て、シーアは彼が口づけをするつもりであることを察知した。

そこで彼に警戒するような顔を向けて一歩あとずさりながらも、笑みを返さずにはいられなかった。彼女は、まるで芝居を見ているようにふたりのようすをながめているロリーのほうにちらりと目をやった。「いろいろとありがとう、モアクーム卿」

「どういたしまして」ガブリエルは彼女にウインクしたものの、さっと優雅にお辞儀をした。「ミス・バインブリッジ。あしたの夜、ミセス・ハワードのパーティにご一緒してもらえますか？」

シーアは堂々としたしぐさでうなずいた。「ええ、ぜひ」

「愛らしいだけでなく、心やさしいかただ」ガブリエルは彼女の手を取ると、その手に軽く口づけした。「そろそろ帰らないと。仕事があるので。でもあしたの夜がとても楽しみだよ」

シーアはガブリエルを戸口まで送っていき、彼が出ていったあとで扉に鍵をかけた。ロリーをふり返ると、彼女は気おくれすることなくにやにやしていた。先ほどのちょっとした見せかけの礼儀正しさも、この娘の目はごまかしきれなかったようだ。ロリーがうっとりするようなため息をもらしていった。「お嬢さまのお相手は、たいそうな紳士でいらっしゃいますね」

シーアは、ガブリエルは自分の相手ではないと指摘しようとしたが、やめておいた。一日か二日くらい、そう夢見たって、害はないのでは？「ええ、とてもすばらしい紳士なの」

数分後、ガブリエルは町の宿屋に足を踏み入れていた。宿屋の主人があたふたと前に進みでて、彼を出迎えた。「これは旦那さま。どうもどうも、お晩でございます。なにかお召し上がりになりますか？ブランデーでもいかがでしょう？」

「ロードン卿はいるか？」

主人が見るからに身をこわばらせた。「旦那さま、うちの宿屋はじつに静かなところでして……」

「心配するな。けんかをふっかけるために来たわけではない。ちょっと話がしたいだけだ」

「はあ、もちろんで」ホーンズビーは納得しきっていないようすではあったが、ガブリエルを廊下の先にある、人目につかない居間へと案内した。彼は扉を開けてなかにいる人間に声をかけたあと、あとずさってガブリエルに一礼し、彼をなかにうながした。

主人が部屋を出て扉を閉めると同時に、ロードンが暖炉のそばの椅子から立ち上がった。

「モアクーム」

ガブリエルはうなずいた。「会えてよかった」彼はそこで言葉を切ったものの、すんなり話を切りだす方法を思いつけなかった。「じつはきみに頼みがあってきたんだ」ロードンのまゆがわずかに上がったが、ガブリエルはかまわずにつづけた。「きみがぼくの頼みを聞いてくれると期待する理由などないことはわかっている」ガブリエルはかすかに笑みを浮かべた。「だから、きみの善意に賭けるしかない。あるいは、きみの好奇心に」

ロードンはにこりともしなかったが、目つきをわずかにやわらげた。「そうか。好奇心を刺激するのはすでに成功したようだ。それで、頼みとは?」

「妹にはハンナという名の女中がついていた」

「ああ、おぼえている。彼女が散歩に出かけるとき、いつもつき添っていたよな」

「どんな顔をしていたか、おぼえているか?」

「ああ。小柄で、髪は明るい茶色。少し赤みがかっている」ロードンはかすかにまゆをひそめた。「どうしてそんなことを訊く?」

「どうやらそのハンナが、チェスリーにいるようなんだ」

「あの女中が? 見たのか? 話をしたのか?」

「見かけた」ガブリエルは通りでハンナを見かけ、あとを追いかけたものの見失ってしまったことを簡潔に話した。「そしてきょう、ミス・バインブリッジが家でこの手紙を見つけた。

ぼく宛だ」ガブリエルはポケットから手紙を引っ張りだし、ロードンにわたした。

ロードンは手紙を読むと、ガブリエルに目を戻した。「どういうことなんだ？　なぜ彼女がここに？」

「きみと同様、ぼくにもさっぱりわからない」ガブリエルは手紙を折りたたむとポケットに突っこんだ。

「ジョスランは彼女と一緒にいるんだろうか？」

「わからない。ジョスランのことはまだ見てもいないし、便りもない。この手紙が、いままでのなかでいちばんジョスランに近い手がかりなんだ。ハンナを見つけて話を聞きだせば、少なくともジョスランの居所がわかる」

「それで、ぼくにどうしろと？」

「あしたの夜、ミセス・ハワードの家で開催される十二夜のパーティに来てほしい。たしか、ミセス・ハワードから招待されているはずだ」

「ああ」ロードンの口角が、愉快げにねじり上がった。「ほんとうに招待したいと思っていたかどうかはあやしいものだが、とにかく招待はされた」

「仮面舞踏会だ。だから全員が、顔の一部を隠している。そこで、ほかの目も借りたい――それと、ひょっとしたら、腕っぷしも。ハンナはだれかのことを恐れている。それに、町をよそ者がうろついていると、もっぱらのうわさだ」

「赤ん坊を誘拐した男か？」

ガブリエルは肩をすくめた。「おそらくは。とにかく、なにもわからないところに入っていかなければならない」

「いいだろう」

ロードンがそんなふうに簡単に同意してくれたことに驚いたとしても、ガブリエルはそれを顔には出さなかった。彼はただうなずいただけだ。「ありがとう。ではあすの夜、また会おう」

「ひとつ教えてくれ」ガブリエルはいったん背中を向けたが、ロードンがそう声をかけてきたので、ふたたび彼に顔を戻した。「どうしてぼくに頼むんだ？　ほかの友だちではなくて？」

「いま現在、心から信頼できる男は、きみしかいないからだ」

「ああ、お嬢さま！」ロリーがシーアのドレスを留め終えてあとずさりながら、長々とため息をもらした。「ほんとうにおきれいですわ」

シーアはゆっくりとふり返り、鏡のなかの自分をじっくりながめながら、笑みを浮かべた。ロリーの手を借りてまとめた巻き毛は芸術的で、ろうそくの明かりを浴びたドレスは、彼女の肌に映えて輝いている。

床をはいはいしていたマシューが、シーアのドレスの裾に近づこうとしたので、ロリーがあわてて彼を抱き上げた。「あらあら、だめですよ、おぼっちゃま」彼女に掲げられると、マシューはきゃっきゃと笑い声を上げた。

シーアはふり返ってかがみこみ、赤ん坊の頰に口づけしたあと、そのやわらかな巻き毛に手を走らせた。「今晩、この子をちゃんと見守っていてちょうだいね、ロリー」

「ぜったいに目を離しません、お嬢さま。ベッドに入る前には、ピーターに部屋を確認してもらいます。そのあとは、扉の前の廊下で寝てくれると約束してくれました。新しく来た男の人が、廊下の下で見張る予定です」

「よかった」シーアはにこりとしてマシューに別れの言葉を小声で伝え、最後に軽く口づけした。

ロリーが赤ん坊を部屋から連れていったあと、シーアはもう一度鏡のなかをのぞきこんだ。完璧だわ……というか、もう少しで完璧。ガブリエルに贈られたイヤリングがこのドレスにぴったりだということを、考えずにはいられなかった。箪笥のいちばん上の引き出しを開け、あの箱を取りだした。黒のベルベット地の上で金のイヤリングが輝き、ろうそくの明かりを受けたガーネットがきらめいている。彼女は片方を手に取り、耳にあててみた。そのとき、彼女の内なる苦悩は終わりを告げた。

彼女はイヤリングを耳たぶにつけ、頭を左右にふって効果をたしかめてみた。これで完璧だ。それに、これをガブリエルから受け取るのが淑女としてあるまじきことだとしても、だからどうだというの？　それ以上にあるまじきことを、すでにガブリエルとしてしまっているではないか。自分の贈りものを彼女が身につけているところを目にしたとき、ガブリエルがどんな顔をするのかと思うと、とてもその誘惑に抗えなかった。

いずれにしても、このイヤリングをどこで手に入れたのかなど、だれも知る必要はない。みずからだれかにいうつもりもないし、面と向かって訪ねてくるほど図々しい人間もいないことを祈るのみだ。それでも訊かれたら……まあ、そのときはうそをつけばいい。教区の信者に、いままでさんざんうそをついてきたではないか。ミセス・テンプルトンには、なんてすてきな歌声でしょう、と請け合ったし、トンプソンのところの赤ん坊がとてもかわいらしいと断言したこともある。そのふたつ以上の大ぼらを探せといわれても、なかなかむずかしい。

玄関をノックする音が聞こえ、一瞬のち、ミセス・ブルースターにあいさつする、ガブリエルの低く響く声が聞こえてきた。シーアはひとつ深呼吸すると、仮面と手袋を手にし、階段を下りはじめた。ガブリエルは戸口で立ったまま、シーアが階段を下りてくるあいだ、ダニエルとおしゃべりしていた。彼が足音に気づいて顔を上げた。

彼の顔に浮かんだ表情は、なにもかも彼女の期待どおりだった。

「シーア」彼はため息のような小声でそういうと、階段の下に来て彼女を見上げた。

シーアは自分でも気づかないうちに、顔を輝かせていた。あと数段で下に着くというところでガブリエルが手を差しだしてきたので、彼女はそれを取った。彼の指に力がこもり、彼の目と同じように、兄の前では口にできないことを伝えてきた。

「きみは夢のように美しい」彼は彼女の手を掲げて頭を垂れ、そこに唇を軽くかすめた。

シーアはガブリエルの背後にいるダニエルに気づいた。彼は妹の姿に驚嘆したように目を丸くしている。シーアはこのうえない幸せを感じ、くすりと笑った。「ありがとう、モアクーム卿」

「あとひとつつければ、もっとすてきになる」そういってガブリエルが箱を差しだした。そのなかには白と赤のバラのつぼみでできた、繊細なコサージュが入っていた。

シーアはよろこびに息を飲み、それを手にした。「でも、どうやって――どこで――いまは真冬なのに！」

「チェルトナムの花屋から取りよせたんだ」ガブリエルが彼女の顔を見てうれしそうに笑った。「まさか、きみに花も持たせずに舞踏会に連れていくなんて、思っていたわけじゃないよね。そんなことをしたら、きみの崇拝者として許されないだろう？」

「あなた、そうなの？　わたしを崇拝しているの？」

「もちろんだ」彼が身をよせ、つぶやきかけてきた。「ここで口にするのははばかられる、一切合切をふくめて」

「なんと、シーア、ものすごくすてきだよ」ダニエルが近づき、驚いたことにシーアの頬に口づけした。「今夜の舞踏会で、みんなの顔を見るのが楽しみでたまらないな」彼が彼女の肩を軽く叩いた。「さて、ちょっと失礼して、ぼくは二階に行って急いで着替えてこなければ。ぼくと忘れずに踊ってくれよ。今夜、きみのカードには予約がたっぷり入るだろうから」ダニエルはふくみ笑いをもらすと、階段を小走りで上がっていった。

「兄上のいうとおりだ」ガブリエルがそういって、コサージュを彼女の手から取り、ドレスにつけてくれた。「出かける前に、きみのダンス・カードにぼくの名前を書きこませてもらわないと。さもないと、フロアできみと踊れなくなってしまう」

「ばかなこといわないで」彼が身をかがめ、コサージュを留めながら彼女のドレスの上かぞく素肌に軽く指をかすめたので、シーアは胸をときめかせた。「めがねをしていないかのらとおいうだけよ。だからあなたに先に立って連れまわしてもらわないと」彼女は仮面のひもらをつかんで掲げた。「仮面をつけるから、めがねはかけられないの」

「めがねのことだけじゃないさ。でも、〝きみを連れまわす〟のは、うれしいな」彼が指で彼女のイヤリングの片方に触れ、にこりとした。「思ったとおり、よく似合っている。きれいだよ」

シーアはのどを詰まらせた。泣いてしまいそうだ。

「ほら、仮面をつけてあげよう」ガブリエルが仮面を彼女の手から取り、彼女のうしろに手をまわしてひもを結んだ。「見てごらん」彼がわきにどき、彼女を壁の鏡に向けた。

先週、ダマリスと一緒にチェルトナムに行ったときに買った仮面だった。いつものシーアならぜったいに買わないような大胆な仮面だったが、どうしても誘惑に勝てなかった。両角が小生意気に尖ったその仮面には、小さなラインストーンが軽くあしらわれていた。黒いベルベット地が、彼女の乳白色の肌に官能的なコントラストを描き、エキゾチックな謎めいた雰囲気を与えている。灰色の目が漆黒の縁取り効果で明るく大きくなり、顔の上半分が隠れるために、その下にある口がいやでも強調される。

彼女は鏡のなかのガブリエルと目を合わせた。官能的にゆるんだ唇と、こちらを見つめるその目に浮かぶ熱気が、誘惑の証拠だ。彼が背後に近づき、腕を彼女のウエストにするりとまわした。

「今夜、きみから手を離していられるかどうか、自信がないな」耳もとでそうささやかれ、肌にあたる彼の息に欲望の炎がちらついた。

「じゃあ、そろそろ行かないと」

「ふむ。でもその前に」彼が彼女の肩に両手をおき、そのからだをくるりとふり向かせて口づけした。長く、ゆっくりと。来るべきよろこびを期待させるような、所有欲むきだしの口づけだった。ようやく彼に放されたとき、シーアは一歩ふらりとあとずさった。目を見開き、少しとろんとした顔をしている。

「そんな目で見つめられたら、いつまでもここから出られなくなってしまう」彼はいがむようにいうと、手をのばしてふたたび彼女のからだを抱きよせようとした。

ところがシーアがふざけたようにするりと彼の手をかわし、扉のわきのラックから外套を取った。「あら、だめよ。わたしと踊る約束をしたじゃないの。ちゃんと踊ってもらいますからね」

「いくらでもお相手しよう。シーア……じつは、訊きたいことがあるんだけれど……」

シーアは彼をふり返った。その目には、読むことのできない暗い表情が浮かんでいる。

「どうしたの？」彼女は少し心配になってたずねた。知らず知らず、一歩あとずさる。

「いや、いまはやめておこう」彼が首をふった。「あとだ。パーティが終わったあとにするよ」彼はにこりとして、さっとお辞儀をした。「では、お先にどうぞ、ミス・バインブリッジ」

ふたりしてパーティ会場に入っていったときの、ほかの客たちの反応に驚かずにいられるとしたら、シーアは聖人にちがいない。ダマリスがにっこりと笑みを浮かべて彼女の両頬にキスのあいさつをしながら、会場にいるほかのどの女性よりも輝いているわ、と保証してくれた。会場じゅうから、生まれたときから知っている人たちが驚嘆のまなざしでシーアを見つめていた。レディ・ウォフォードまでぽかんとした顔をしているのを見て、シーアは悦に入った。

「シーア、今夜のきみはやけにすてきじゃないか」イアンが妻よりも早く立ち直り、はとことしてシーアの頬に口づけのあいさつをしようと前に歩みでた。彼が隣りにいるガブリエルに思わせぶりな視線を投げた。「モアクーム。きみにはまたしても驚かされたよ」

「ミス・バインブリッジ」レディ・ウォフォードがうなずきかけ、夫よりも控えめに小さく笑いかけてきた。シーアからガブリエルに移した視線からすると、どうやら彼女も夫と同じようにすばやく状況を値踏みしているようだ。

イアンとエミリーと一緒に立っていたサー・マイルズがシーアの手を取り、明るい金色がかった茶色の目で笑みを向けてきた。「少し前から、どうもガブリエルがあなたのことをわれわれから隠しているような気がしていたんだが、いまその理由がわかったよ。あなたはわれわれのような退屈な男を相手にするには、すてきすぎる」

「まあ、おじょうずだこと」

「本心だよ」彼は臆することなく応じた。「それに今夜は、あなたとたっぷりお近づきになりたい気分だ。白状するけれど、ガブリエルがあの目から嫉妬の矢を飛ばしてくるとあっては、楽しみも二倍にふくれあがるというものだしね」

「なあ、マイルズ」ガブリエルがものうげにいった。「きみが目で満足してくれるだけなら、ぼくとしてはもちろん異存はないが……」

「どの絵札を引いたのかしら?」レディ・ウォフォードが話題を変えるべきころだと決めた

らしい。「わたしは〝歌う奥方〟。だからイアンったら、今夜はひと晩じゅう歌ってまわらなきゃならないぞ、なんていうんですのよ」

シーアは入ってきたときダマリスからわたされたカードを広げてみた。「〝しみったれ令嬢〟ですって」彼女は笑い声を上げた。「これなら簡単だわ」

これがほかの夜だったら、その役割を楽しめたことだろう。みんなの贅沢ぶりをいちいち声を大に指摘し、わたしならあれもそれももっと安く買えたわと宣言してまわればいいのだから。しかし今夜の彼女は、ガブリエルがハンナと顔を合わせるという件で頭がいっぱいだった。現にいま、こうしてほかの人たちと絵札についておしゃべりしながら、ホットワインを飲んでいるときですら、神経がぴりぴりと最大限に引きのばされ、なにが起きるのかと待ちかまえている。

部屋じゅうにちょっとした興奮の波が走った。シーアがふり返ると、ロードン卿が入ってくるのが見えた。仮面をつけていても、ロードンの色の薄い髪と目は、たちどころにその正体を明らかにしてしまう。背の高いよそ者の彼は、すぐさま全員の注目を集め、会場がざわめき、客から客へとささやき声が伝わっていった。シーアは、イアンと彼の妻がロードン卿の登場に身をこわばらせたのがわかった。ロードンがダマリスにあいさつしてガブリエルのいる方向に近づいてくると、夫婦は少し身を引いた。マイルズがガブリエルに用心深い視線を投げたが、ガブリエルがシーアの隣りで落ち着き払ったようすでロードン卿を待ちかまえているのを見ると、それが驚きに変わった。

ロードンが足を止め、一同に軽く頭を下げた。「ミス・バインブリッジ。モアクーム卿」

ガブリエルが礼儀正しくお辞儀をして応えると、マイルズの目がさらに見開かれた。「ロードン卿」

「マイルズ」ロードンがマイルズをふり返ったとき、その硬い唇がわずかに持ち上がった。

「アレック」マイルズは動じずにあいさつを返した。「この町を出たのかと思っていたよ」

「戻ってきたんだ」

「ミセス・ハワードの十二夜を、逃したくなかったんだな」

「もちろんだ」

ロードンとウォフォード卿夫妻のあいだで交わされたあいさつは、もっと冷たいものだったが、礼儀は欠いていなかった。イアンはガブリエルに問いかけるような視線を投げかけたものの、なにもいわなかった。ぎこちない時間がしばらくつづき、沈黙があたりを支配したが、もうひとつの部屋で四重奏団がいきなりダンス音楽を奏ではじめ、場が救われた。イアンがほっとしたように妻のほうを向いてダンスを申しこみ、夫婦は去っていった。

「いったいなにがどうなっているのか、だれか教えてくれないかい？」まもなくマイルズがそう問いかけ、ふたりの男を交互に見やった。

「ガブリエルとぼくが合意に達したことだけを、お知らせしておこう」とロードンがいった。

ガブリエルたちと同じように、ロードン卿も顔の上部を覆う黒い仮面をつけていた。シーアの目には、どことなく残忍な顔に映った。その一方でガブリエルは……シーアは彼を見上げ、からだの奥底で欲望の黒いさざ波が立つのをおぼえながら、まるで海賊ね、と思った。彼が大きくふくらむ長袖のシャツと、はでなスカーフを頭に巻きつけているところを想像し、思わず笑みがこぼれた。

友人たちに好奇心をほとんど満足させてもらえなかったマイルズは、シーアをダンスに誘った。彼女としては、ふたりの男性が女中のハンナを見つけるあいだ、一緒にとどまりたかったのだが、自分が役に立つことはほとんどないとわかっていた。なにしろ彼女は、ハンナの顔をまったく知らないのだから。しかたなく彼女はマイルズの申し出をにこやかに受けた。幸い、ワルツではなく快活なカントリーダンスだったので、踊りながらマイルズからガブリエルとロードンについて探りを入れられる心配はなかった。どうやらガブリエルは、ロードンとのことや、今夜ジョスランの女中と話をするつもりだということを、マイルズには話していないようだ。その理由について頭をめぐらさずにはいられなかったが、いずれにしてもガブリエルが秘密にしておきたがっていることを、もらすようなまねだけはしたくなかった。

マイルズとのダンスが終わると、シーアは屋敷の広い中央廊下に向かい、そこでロードン卿が腕を組み、廊下から玄関の方角をながめているのを見つけた。そこではダマリスが、ふたりの客と立ち話をしていた。

「なにかわかりましたか？」

「なにも」ロードンが答えた。「全員が仮面をつけているのが、少々やっかいですね」彼がダマリスに向かってあごをしゃくった。「われらが女主人——ミセス・ハワード——のことは、よく知っているんですか？」

「数カ月前に越してきたんですけれど、彼女とはお友だちになりました」

「彼女から、〝冷血卿〟の絵札をわたされました」彼がシーアに向かってまゆをきゅっと上げてみせた。口もとに、うっすら笑みが浮かんだような気がする。「わざとだな。どう思います？」

シーアはくすりと笑った。「ミセス・ハワードはユーモアのセンスがある人だから」

「ふむ」彼はしばし押し黙っていたが、やがて彼女を見ることなくいった。「気になっていることがあるんです、ミス・バインブリッジ。先日、クリスマスの晩餐に、どうしてぼくを招待してくれたんですか？　ぼくたちが知り合ったきっかけは、あまり気持ちのいいものではなかったのに」

シーアは彼を見上げたあと、顔を背け、やがて静かにいった。「わたしにはおぼえがあるから……孤独がどんなものだか」

彼がはっとしたようにシーアを見たが、なにかいうより早く、ガブリエルが加わった。「彼女の姿は見あたらないな」とガブリエルがいった。「きみのほうはどうだ？」

「見ていない」

「なんだか雲をつかむような話に思えてきたよ。ハンナが、みんなが仮面をつけているこの場のほうが安心して顔を合わせられると考えたのもわかるけれど、同時にひどく都合が悪い。どうやって彼女を見つけろというんだ?」

「彼女のほうから、あなたを見つけてくるんじゃないかしら」とシーアはいった。

「ぼくだって、ほかのみんなと同じように仮面をつけているんだよ」

シーアは彼に雄弁な視線を向けた。「あなたは、ちっとも地元の人間には見えないもの。あなたたちみんな」

「ぼくたちがなんだって?」マイルズがそう問いかけながら近づいてきた。

「ふつうには見えないといったの」とシーア。

「それは、ぼくたちがめかし屋に見えるというのを、礼儀正しくいいかえた言葉かな? きようのぼくの装いは、とくに目立つこともないと思うんだけれど」マイルズは着ている暗緑色の上着を見下ろしたあと、ガブリエルとロードンに目をやった。「もちろん、だれかさんほど地味ではないがね。紳士諸君、黒ズボンと上着は舞踏会の装いにはふさわしくないと、教わったことはないのかい?」

「このほうが簡単だ」とロードンが答えた。

「相手が色の区別がつかない場合は、とくにそうだな」マイルズがあたりを見まわし、ある客の一団を見つめながら目をすがめた。その客たちは、黒白の衣装を着た女中から飲みものを受け取っていた。「なんだか……あの娘、見おぼえがあるな」

「だれだって？」ガブリエルが背筋をのばし、きょろきょろした。「緑の服の娘か？　あれは地主の娘のひとりだ」

「ちがう、彼女じゃなくて。そのうしろにいる女中だ。待て、またこちらを向くぞ。彼女、似てるよな……」

「ハンナに！」ガブリエルとロードンがほとんど同時にいった。

シーアはその女中に目を向けた。「わかったわ！　彼女なら見たことがある。ダマリスがこのパーティのために、新しく雇った女中のひとりよ。でもあの日、わたしは顔を見ていなかったの、ガブリエル。だから彼女があなたが探していた人物だとは、わからなかった。使用人として背景にまぎれこむのが、いちばんに決まっているわ」

「まさかこの家にいるとは、思ってもいなかった。いままでずっと、目と鼻の先にいたということか」

「それに、あの手紙――あの日、彼女がわたしのドレスに忍ばせたにちがいないわ。ロリーが箱からドレスを出したとき、落ちたのよ」

「だれのことだ――ジョスランの女中のことか？」マイルズが困惑顔でたずねた。「彼女がいったいここで、なにをしているんだ？」

「それをいまから探りだすぞ」ガブリエルが女中に近づき、ほかの者もあとにつづいた。

その瞬間、イアンが廊下の反対側の部屋から出てきた。彼はあたりを見まわすことなく、いきなりハンナの腕をつかむと、さっと角を曲がって長いギャラリーへと連れていった。

「イアンが!」ガブリエルがふと立ち止まった。彼の顔がまっ白になったかと思うと、やがて紅潮し、彼はふたりのあとを走って追いかけた。

シーアとほかのふたりがガブリエルを追いかけるのを、ほかの客たちが何人かふり返って不思議そうにながめた。シーアはあとを追いながら、ダマリスに懇願するような視線を送った。それを見たダマリスはすぐさま彼らのうしろに移動して手を叩き、軽食をご用意していますからあちらのお部屋に移動してください、といってみんなの注意を引いた。

ガブリエルが長い廊下の最初の扉を開くと、なかにいた客人たちがぎょっとして顔を向けた。彼らはテーブルに集まってカードゲームをしていたようだ。彼は一礼して詫びの言葉をもごもごと口にしたあと、引き下がり、廊下のつぎの部屋に向かった。そこは空っぽだったが、つぎのドアに近づくにつれ、なかで男がわめく声が聞こえてきた。

「……ぼくにいわずにか?　ジョスランはいったいどこにいる?」

ガブリエルが勢いよく扉を開き、なかに飛びこんだ。シーア、マイルズ、そしてロードンもあとにつづいた。イアンがくるりとふり返り、彼らを見て口をあんぐりと開けた。と、ことの次第に気づいたのか、いきなり恐怖に襲われたように目を見開いた。

「おまえか！」ガブリエルが吐くようにいった。「いままでずっと、妹をたぶらかしていたのは！」

「ちがう！　ちがうんだ。誓ってちがう！」イアンが取り乱したようにあたりを見まわした。「ゲイブ！　マイルズ！　頼むよ。ハンナの姿に気づいたんで、ジョスランがどこにいるのか聞きだそうとしたんだ。きみのためだ！　きみのために、彼女を問いつめていたんだ！」

「うそばっかり！」ハンナが金切り声を出し、彼の手からさっと逃れた。「お嬢さまをたぶらかしたのは、あなたじゃありませんか。お嬢さまのことを愛している、思いこがれているなんていっておきながら、それでも自分は大金持ちの娘と結婚しなきゃならないからと、うその涙をたんまり流して嘆き悲しんでみせたのは、あなたでしょう！　お嬢さまには注意しようとしたのに、お嬢さまは耳を貸そうともしなかった！　あなたに恋いこがれるあまり、あなたの正体が見えていなかったんだわ。なのにあなたは、お嬢さまを傷つけた。あんなふうにさっさと追い払って。まるでどうでもいいといいたげに。どこかのあばずれ女かなにかのように」

「ガブリエル、やめてくれ、この女のいうことを信じるな！」イアンが叫んだが、すでにガブリエルは雄叫びを上げながら彼に突進していた。

ガブリエルはイアンに勢いよく飛びかかり、ふたりして床に激しく転がった。ガブリエルのこぶしがイアンの顔に命中し、彼の唇を切った。

「ガブリエル！」シーアはマイルズに、そしてロードンに顔を向けた。「なんとかして！」

「どうしろとおっしゃるのかな？」ロードン卿が丁寧にたずねた。

「彼を止めて！　イアンを殺してしまうわ」

「ええ、そうなる前には止めますよ」ロードンは目をきらめかせてそういうと、仮面を額に持ち上げた。

「マイルズ！」シーアはマイルズに険しい顔を向けた。「協力して！」彼女は駆けよってガブリエルを引きはがそうとした。

マイルズが彼女につづいたので、ロードンもため息まじりに加勢し、ガブリエルの両腕をわしづかみにして引きずり立たせた。ガブリエルはもがくのをやめたが、イアンの顔をにらみつけた視線は外さなかった。「わかったよ。もう殴らない。いまはまだな」

マイルズがイアンのもとに行き、まっ白なハンカチを彼の手に押しつける一方で、ガブリエルは袖をさっと引っ張って上着を直した。イアンが戸口をちらりと見たので、ロードンがさりげなく扉の前に立ちはだかった。イアンは肩をがっくり落とし、顔にハンカチをあてて、唇と鼻から流れでる血を軽く叩いて拭った。

「いままでずっと、うそをついてきたんだな」ガブリエルが低く辛辣な声でいった。「自分の身を守るために、卑怯にもアレックにかんするうそをさんざん聞かせ――」

「ちがう！　誓うよ！　ロードンのことはうそじゃない。あれはみんな聞いた話だ。やつはほんとうにミス・フォートナーを襲ったんだ」ロードンが、低くうなるような声を発したので、イアンはマイルズににじりよった。「ほんとうのことをいうよ。ああ、わかった、ぼくはロードンに嫉妬していたんだ——だって、ぼくが愛した女性と結婚することになったんだから！　だが、きみに話したことは、全部ぼく自身信じていたことだ。あれはみんな、ほんとうの話だ。ちゃんと聞いたんだ。ぼくは——」イアンはロードンをちらりと見るとごくりとつばを飲みこみ、やがてガブリエルとマイルズのほうを向いた。

「ジョスランはどこだ？」とガブリエルがたずねた。「妹になにをした？　妹をどこにやった？」

「ぼくはなにもしていない！　ほんとうだ！」イアンが両手を激しくふった。「頼む、信じてくれ。ほんとうなんだ。ぼくはジョスランを愛していた。愛しちゃいけないと思ったけれど、どうしようもなかったんだ。彼女はとてもきれいで、みずみずしくて、明るかった」

「妹の明るさを、おまえがすべて奪ったんだ！」ガブリエルが吠えた。「妹を愛していたなら、ぼくのもとに来て、結婚の許しを乞うものだろう。ロードンがしたように。おまえのことを信じていたのに！　なのにその裏で、妹を辱めていたとは！」

「ぼくはジョスランと結婚したかったんだ！　ほんとうだ！　彼女がぼくの子どもを身ごもっていると知っていたら、彼女と結婚したさ。誓ってほんとうだ。でも彼女は教えてくれなかった。だからぼくは知らなかったんだ。だからこそ、彼女はロードンの求婚を受け入れたんだろう。あのあと彼女と話をしようとしたんだが、彼女は泣くばかりで、ぼくを追い返した。自分はこうするべきだ、といっていた。そのあとは、彼女からなんの連絡もない。絶望的な気分だったよ」

「おまえの首根っこをへし折ってやるべきだな」

「ガブリエル、誓うよ――彼女が消えてしまうなんて、なにも知らなかったんだ。ぼくもきみと同じように、途方に暮れ、頭を混乱させていた。ぼくはてっきり――」イアンがそこで言葉を切り、すぐわきでぬっと彼を見下ろすロードン卿にこわごわ視線を向けた。「ロードンに、ぼくとジョスランの関係を気づかれたにちがいないと思ったんだ。彼が彼女を脅して、醜聞を避けるために彼女をどこかにやってしまったんじゃないかと。ぼくは……」イアンの声が落ちた。「ぼくは、彼が、自分と家名の名誉を守るために、彼女を殺したんじゃないかと思っていた」

「だれもかれもが、おまえみたいな腰抜けと同じように考えるわけじゃない」とロードンがいった。

イアンはロードンには目を向けず、ガブリエルのことだけをひたすら見つめていた。「ジョスランがどこに行ったのかも、どうして消えたのかも、ぼくは知らないんだ。彼女がここに戻ってきたことも、赤ん坊のことも、なにも知らない。あの子がぼくの子どもかどうかすら、よくわからないんだ」

「いま思いだした」マイルズがいきなり背筋をのばしていった。「きみは子どものころ、金髪だったな。ちがうか、イアン？　歳を取るにしたがって、黒っぽくなっていったんだ。マシューのように、青い目の持ち主だった」

「そんなことわからないじゃないか」イアンが機嫌を取ろうとするような口調でいった。

「だからこそ、ハンナと話をしていたんだ。ジョスランがどこにいるのか聞きだして――」

「あら！　みなさんこちらにいらしたのね！」戸口から明るい女性の声がした。

「まずいな」マイルズが小声でつぶやき、全員が戸口から笑みを向けるエミリーに顔を向けた。

「まあ！」彼女が狼狽したように、さっと口もとに手をやった。「イアン！　あなた、なにがあったの？」彼女は眉間にしわをよせ、男たちにつぎつぎと視線を向けていった。「いったいどうなっているの？」

「いや……」男たちがたがいに視線を交わした。

イアンからガブリエルへと視線を動かしたシーアは、はっと身をこわばらせ、息を飲んだ。

「ガブリエル！　彼女がいないわ。女中が消えてる！」

「女中？」エミリーがたずねた。「どの女中のこと？」

「なんてこった！」ガブリエルがくるりとふり返り、空っぽの部屋を見まわした。「逃げられてしまった」彼はイアンに短く鋭い視線を投げた。「今夜のうちに出ていってもらおう。

おまえの顔は二度と見たくない。二度と」彼はきびすを返した。「失礼、レディ・ウォフォード」

ガブリエルが部屋を飛びだし、そのすぐあとにマイルズとロードンがつづいた。あ然としたレディ・ウォフォードとその夫を残したまま。シーアはもう少し落ち着いた足取りであとを追った。パーティ会場に戻る途中、「いやっ！」という鋭いエミリーの叫び声につづき、なにかが割れるような音、そしてつかつかという女性のヒールの音が聞こえてきた。どうやら彼女のはとこは、妻からもほとんど慰めてもらえなかったらしい。

シーアは屋敷の広い中央廊下に戻り、あたりを見まわしながら、消えた女中を見つけるにはどうしたらいいのかを考えた。男三人が手分けしてそれぞれ客のいる部屋を探してまわる姿が目に入った。

しかしシーアは、あの娘が客のなかに隠れるとは思えなかった。ハンナは直感的に、逃げようとするはずだ。すでにイアンの秘密を暴露したとはいえ、彼がふたたびあとを追いかけてこないともかぎらないので、恐れているかもしれない。ハンナがなぜ最初からまっすぐガブリエルのところに行かなかったのかはよくわからないが、とにかくいまのところ彼女は、逃げてばかりいる。それはつまり、夜の闇にまぎれるということだ。

シーアは足早に小さなクロークに入って自分の外套を取りだすと、家の裏手に向かった。ハンナがあのままこの寒空の下に飛びだしたのではなく、まずは二階に上がって自分の上着

——そしておそらくは自分の荷物——を取ってくるというほうに賭けたのだ。直感にしたがえば、女中はいったん二階に上がって部屋に行き、そのあと家の裏手にある使用人専用の階段を使って下り、裏口のひとつから出ていこうとするはずだ、と彼女は考えた。

シーアは、お盆を運ぶ使用人のあとにこっそりついて、裏手の廊下を進んだ。使用人が厨房に入るために左に折れた突きあたりには、裏手の階段へとつづく短い廊下があった。その階段の下に、屋外への出口がある。シーアがその廊下に到着したまさにそのとき、外套に身を包んだ女性がひとり、裏口からこっそり外に出るのが見えた。シーアの興奮がいっきに高まった。

彼女はくるりとふり返り、満杯のお盆を運んでこちらに向かってくる使用人をひとりつかまえた。「急いで、モアクーム卿を呼んできて！　早く！　ものすごく重要なことなの。彼女が外に逃げたと伝えて！」

その使用人がいうとおりにするかどうかを見届けることなく、シーアはハンナのあとを追って扉から勢いよく飛びだした。幸い、家の周囲に間隔をおいて華々しくたいまつが植えこまれていたので、夜といえどもまっ暗闇ではなかった。先のほうで女中が家の角をするりと曲がるのが見え、シーアは走ってそのあとを追った。ここで叫んで彼女の足をさらに速めさせるようなまねはしたくなかった。

しかしハンナはかなり先のほうにいた。シーアが彼女につづいて角を曲がるころには、家の正面に到達しようかというところだった。ハンナはほとんど駆けるような足取りで家の前の庭に入り、通りに抜ける通路を進みはじめた。ところがハンナが通りに出た瞬間、ひとりの男が低木からいきなり飛びだして背後から彼女につかみかかり、彼女が悲鳴を上げる前にその口を手でふさいだ。

「やめて！　彼女を放して！」シーアは叫び、ふたりのほうに向かった。「ガブリエル！　助けて！　助けて！」

と、目の隅で、なにかが動いた。はっとして半分ふり返ったところで、ずっしりとした棍棒が叩きつけられ、シーアは地面に倒れこんだ。

19

幸い、棍棒はシーアの頭ではなく肩に叩きつけられた。だからその一打で地面に倒れたとはいえ、気を失うことはなかった。シーアは地面を転がり、からだをねじって襲撃者につかみかかろうとした。自分が手をのばした先に男のくるぶしではなく女のスカートがあることに気づいてショックを受けたものの、そこで動きを止めることなく、スカート越しにその女の脚をわしずかみにして思いきり引っ張った。女が棍棒で何度も何度もシーアを叩き、それが背中を強打しても、シーアはしぶとく食い下がり、這うように前進して襲撃者の脚にさらに強くしがみついた。

女がかん高い悲鳴を上げて、パニックに陥ったかのようにじたばたし、シーアから逃れようと脚を蹴り、引き抜こうとした。それが災いして女は地面にどすんと倒れこんだ。女は這って逃げようとしたが、シーアが勢いよく前に飛びかかり、女の肩をむんずとつかんで顔をこちらに向かせようとした。女がふたたび悲鳴を上げて抵抗し、激しく手をふりまわした。

そのときはじめて、シーアは女の顔を見た。

「レディ・ウォフォード!」シーアは驚きのあまりうっかり手をゆるめてしまい、その拍子にエミリーの手がシーアの顔にぴしゃりと叩きつけられた。

シーアはお返しにとこぶしを固め、エミリーのあごにパンチを食らわせた。もう一度殴りかかろうと腕を引いたとき、男の腕が彼女のからだを包みこみ、彼女は地面から抱え起こされた。

「そのくらいにしておこうか」ガブリエルの愉快そうな声が耳もとで聞こえた。「さっきのはみごとなパンチだったけれど、これ以上殴り合うこともないだろう。なにもかもだいじょうぶだ。すべて終わったよ」

「ガブリエル! あの女中! ハンナ! 男が――」シーアは、逃げる女中につかみかかった男がいた通りを指さした。

「だいじょうぶだ。もう捕まえたから」

ロードン卿が先ほどハンナに襲いかかった男をがっちりつかんでいるのを目にしたシーアは、ようやく肩の力を抜いた。一方、ダマリスと彼女の女中頭がハンナの両側に立ち、家に連れて入ろうとしていた。

マイルズが、あいかわらずじたばたしていたレディ・ウォフォードを引っ張って立たせた。彼女が立てつづけに悪態をついたので、マイルズはまゆをつり上げた。「なんてしゃくに障るあばずれなの!」彼女がシーアに向かって叫んだ。「おせっかい焼きの老いぼれ猫! その頭から髪の毛全部引っこ抜いてやる！」彼女は、マイルズの腕から逃れようとからだをぐいと引っ張った。「放しなさいよ、このまぬけ！」

「いや、まだだめだ」ガブリエルがいかめしい顔でいった。「すっかり片がつくまでは、だれもここから出すわけにはいかない」

二十分後、全員が図書室に集められた。パーティはいきなり中止となり、ダマリスが使用人と一緒に、好奇心をあらわにする客たちを丁寧に送りだした。カードゲームに興じていた地主は地元の治安判事でもあったので残り、いまは判事然とした面構えで、テーブルの前に身を落ち着けている。ロードン卿はギャラリーへと通じる閉ざされた扉の前に陣取り、出口をふさいでいた。

エミリーが地主の正面の椅子にふくれ面をして腰を下ろし、その隣りに夫のイアンがすわっていた。イアンは殴られた顔に、茫然とした表情を浮かべている。唇から出ていた血は乾き、残りは拭い去られていたが、鼻は腫れ上がって片方の頬が赤らみ、その上の目も腫れぼったく赤くなっていた。エミリーのほうは、髪やドレスに葉っぱやら干し草やらをへばりつけ、髪は片側にはらりとほつれ、ひどく薄汚れた見てくれになってはいたが、態度はふてぶてしかった。シーアがパンチをお見舞いしたあごの部分がぷっくり腫れていたものの、それも彼女をますます挑発的に見せるばかりだった。

ガブリエルが腕を組んでその夫婦のわきにぬっと立ち、冷酷な表情を浮かべていた。エミリーから数フィート離れたところに、ハンナを襲った男がすわっていた。彼は両手を縛られ、その縄の端は椅子の腕に縛りつけられていた。マイルズが彼のすぐうしろにつき、地主とエミリーとイアンの右手には、四角形を完成させる位置に女中のハンナがすわっている。彼女の顔は涙のしみだらけで、いずれあざとなって残りそうなまっ赤な跡がついていた。男が口を封じようと、彼女の顔に指を食いこませた結果だ。

シーアは少し離れた場所で、ダマリスとダニエルのあいだにはさまれて腰を下ろし、見守っていた。エミリーに引っぱたかれた頬がまだひりひりしていたし、翌日には背中が黒と青のあざだらけになるのはわかっていたが、エミリーのあごも同じくらい痛んでいるはずだと思うと、内心ほくそ笑んだ。

「さて」治安判事のクリフが重々しい声を発し、全員を裁判官の目でにらみつけた。「今夜は、いったいなにがあったんだね？」

「あなたが心配するようなことはなにも」エミリーはそういって地元の地主をお払い箱にすると、ガブリエルをふり返った。「ねえ、ガブリエル、こんなのばかげているわ。地元の裁判所はこの件とはいっさい関係ないはずよ。こんなふうにみんなを引っ張りこむなんて、全員が赤っ恥をかくだけじゃないの」

「もしきみが、ミス・バインブリッジを襲った事実や、そこにいる悪党を雇ってハンナを急襲させた事実、そしてぼくの甥を誘拐した事実を、ぼくが無視するとでも思っているのなら、それはとんでもない思いちがいというものだぞ。いいか——」

「誘拐！」判事が椅子に縛りつけられた男をにらみつけた。

「おれはしてねえ」男が短く答えた。

「いいや、誘拐した」とガブリエル。「丸太でぼくを殴りつけたじゃないか！　雪のなかでもみ合ったはずだぞ。おまえは、ミス・バインブリッジの家からマシューをさらった男だ」

「あんな男、わたしは知らないわ」エミリーがきっぱりといった。「それにあなたがいったいなんの話をしているのか、さっぱりわからない」

「よくもそんなことを！」誘拐犯がさっと背筋をのばし、エミリーをにらみつけた。「おれに押しつけようったって、そうはさせねえ。もう二年もあんたのために汚い仕事に手を染めてきたんだぞ。それをみんな、おれひとりでやったことにしようとしても、そうはさせねえからな。おれはまちがいなくあんたに雇われたし、あのちびをさらえといったのも、あんただ。おれひとりで、そんなことを思いつくとでもいうのか？」

「このわたしが、どうしてどこぞの私生児をどうにかするために、あなたを雇わなくてはならないのよ？　ミス・バインブリッジが」——エミリーが悪意に満ちた目でシーアをきっとにらみつけた——「教会で見つけたっていう、私生児を」

「きっと、自分の夫の息子だからだろう」ガブリエルが辛辣な声でいった。「ただ、そんなことをしてどうするつもりだったのかは、想像もつかないがな」

「この人が隠しとおそうとしたからです、そうなんです！」ハンナがしゃがれ声を上げた。「この人は、あの赤ん坊が、夫がよその女に産ませた子どもだということを、世間に知られたくなかったんです。それに、ご自分があたしのお嬢さまをこの国から追いだした張本人だということも！」

「なんだって！」イアンがさっと妻から身を引いた。先ほどまでのぼうっとした表情から、目がさめたような顔をしている。「きみはジョスランとのことを知っていたのか？」

「あたりまえよ、このとんま！」エミリーがぎらつくような目で夫をふり返った。「わたしはばかじゃないのよ！　あなたの友だちとはちがって」彼女はさげすむような目をガブリエルとロードンに向けたあと、夫に向き直った。「わたしはあなたにすべてを差しだしたのに！　あなたのことも、あなたの借金も、すべて受け入れるつもりだった。父は、あなたのお父さまの負債まで肩代りしてくれた。あなたには、りっぱな馬車も、猟馬も、高級服も、ほしいものはなんでも与えたわ。その見返りにわたしが求めたのは、あなたの愛情だけだったのに！　わたしにたいする敬意だけよ！　ところがあなたはわたしを小ばかにした。あのあばずれジョスランに惑わされて！　あの女を身ごもらせたんだわ！」彼女の唇がゆがんだ。「知っていたのよ。なにもかも、知っていたの！」

「でも、どうしてわかったんだ？　ぼくですら、彼女がぼくの子どもを身ごもっているなんて、知らなかったのに！」イアンが大声を出した。

「それは、あなたが抜けているからよ」エミリーが苦々しくいった。その声から怒りが消え、侮蔑が取って代わった。「あの女があなたに書き送った手紙を横からかすめとってやったの。わたしのお金でいい思いをしているのは、あなたひとりじゃないわ。あなたの従者も、よろこんでわたしのお金を受け取った」

「ジョスマンに袖の下をわたしたのか？」

「賃金を支払ったの。あなたが支払っていたはした金以上の額をね。あなた、わたしの祖父のことをたびたびうれしそうに平民呼ばわりしていたわね。でもね、おじいさまは従業員に高賃金を支払う価値というものを教えてくれたわ。おかげで、あなたが愛人と交わしていた秘密の手紙の内容を、すべて知ることができた。あなたになりすましてあの女に伝言をわたすのも、簡単だった。ジョスマンはあなたの筆跡をまねるのがとてもうまいから」

「それにもせいぜい大金を支払ったことなんだろうな！」

「支払いましたとも」

「もういいかげんにしろ！」ガブリエルのしわがれた声が上がった。「そんな痴話げんかなどうでもいい。ぼくが知りたいのは、妹がどうなったかだ！　ジョスランはどこにいる？」

「知るもんですか」エミリーがいい返した。「わたしにはどうでもいいし。最後に会ったのは、イアンとの結婚は無理だと彼女にいいわたしたときだったわ」

「妹が国をあとにするほどの、なにをいった？」

「あのばかな娘は、自分がわたしの婚約者と一緒に逃げられると思っていたのよ！」エミリーがかっとなったように吐きだした。「あの女は夫に、自分が彼の子を身ごもっていることを書き送ってきた。その恥辱を隠すために、ロードンと結婚するつもりだと書いていた。だからわたしも、それでがまんしようと思っていた。いずれイアンが彼女に飽きるか、彼女がロードンかほかの男に恋するようになるだろう、とわかっていたから。ところがあの女はイアンに、やはり愛のない結婚はできない、一緒に逃げてくれ、そうすればイアンと自分と子どもが家族になれるから、と書き送ってきた。イアンは彼女にぞっこんだったから、それがどんなにばかげたことだとしても、そのとおりのことをしてしまうかもしれないと思った。だからジョスマンにイアンの筆跡で、一緒に逃げようと書かせたの。でもあの女を待っていたのは、夫ではなくてわたしだった」

「なんてことを！」イアンは、はじめて見るような目つきで妻を見つめた。「彼女になんていったんだ？」

「あなたが彼女と結婚することはないといったのよ。あなたは借金まみれだったから、わたしと結婚しなければ数カ月のうちに牢獄行きだったじゃないの。あなたには、彼女と結婚する意思もなければ、私生児を認知するつもりもない、だからこのわたしが、親切にも助けてあげましょう、といったの。彼女に生活費をわたしたわ。ペンダーグラフトを使って、彼女をイギリスから出国させてイタリアに送りだし、そこの快適な家で暮らせるよう手配した。彼女と女中と子どもを支えるために、月々充分なお金をわたしてもいたわ」

条件つきで！」ハンナが泣き叫んだ。「お嬢さまが、二度と愛する人たちと接触しないという「そうよ！」あなたがお嬢さまの心を引き裂いたんだわ。イアンさまのことをあきらめさせただけじゃない。いずれにしても、お嬢さまのようなすばらしい女性が、あんなかたに愛をむだ遣いするのはまちがっていたけれど。でもあなたは、お嬢さまに、お兄さまやお母さまに手紙を書かせるのも禁じたじゃありませんか！　お嬢さまは、ずっとみなさんを恋しがって、さめざめと泣いてばかりいらっしゃいました。それがなければ、お嬢さまだって、ご病気になることはなかったでしょうに」

「病気！　どういうことだ？」ガブリエルが大股で近づき、ハンナを椅子から引っ張り上げた。「ジョスランになにがあった？」

「わかりません。赤ちゃんを産んでからというもの、ずっとお加減が悪かったんです」

「病気だったのか？」ガブリエルはまっ青になり、口もとをこわばらせた。「どういう意味だ？　ジョスランは……死んだのか？」

ハンナがうなずき、シーアはロードン卿がはっと息を飲む音を聞いた。部屋の完璧なまでの静けさのなかで、それが唯一の音だった。ガブリエルがたまらないようすで顔を背けたので、シーアは跳び上がるようにして立ち上がり、彼のもとにいった。ガブリエルが彼女のからだにぎゅっと両腕を巻きつけた。

「お嬢さまは、赤ん坊をあたしに託して、ここにいるあなたさまに届けるようおっしゃいました」しばらくして、ハンナが先をつづけた。

「じゃあ、どうして、あの子をわたしに売りつけようとしたの？」エミリーが辛辣な言葉を飛ばした。

「売ろうなんてしていません！」ガブリエルがさっとふり返って鋭い視線を向けてきたので、ハンナが反論した。

「じゃあ、なにをしたんだ？」と彼がたずねた。

「あの子を引き取って、自分で育てるつもりだったんです。そうするつもりだったんです。生まれてからこのかた、あたしがずっとあの子のお世話をしていたんですから。お嬢さまにはできませんでした。乳母とあたしだけしかいなかったんです。だから、赤ん坊と一緒に飢え死にしないためには、お金が必要だった、それだけです」

「そんなたわごとを！　それじゃたかりじゃないの、わかりきったことだわ」とエミリーがいった。「だれにもいわないと約束したはずよ。ジョスランにいわれたとおりにモアクームのところに赤ん坊を連れていく必要はないといったじゃないの——どうやらそれがジョスランの遺言だったみたいだけれど。赤ん坊を連れ去れば、だれにも知られることはない、と。

それに、わたしがお金を出さなければ、赤ん坊をモアクームのところに連れていって、なにもかもぶちまけるともいったわよね。わたしを破滅させると、脅しつけたじゃないの！」

「あたしだって、少しは権利があるはずだわ！　お嬢さまと赤ちゃんのお世話をしたのは、このあたしなんですもの。あれこれ手をつくしたのは、あたしなのよ。赤ん坊をお兄さまのもとに届けたとしても、なにを受け取れるというの？　なにも！　運がよければ、また雇ってもらえるかもしれないけど、そうでなければ、そもそもお嬢さまを逃がしたことを責められるかもしれないでしょ！　だから、なにか手に入れなきゃ、割に合わなかったのよ！」

「ええ、そうよ、赤ん坊を連れてきさえすれば、それが手に入ったっていうのに！」エミリーが勢いよく立ち上がってぴしゃりといった。「そこにいる堅物女に見つけてもらうよう、あの子を教会におき去りにさえしなければね！」

「あの子を隠しておかなければ、あなた、あたしの頭を殴って倒して、子どもだけ奪ったくせに！　だからこそ、そこにいる男を雇ったんでしょう。あたし、ばかじゃないのよ。赤ん坊を一緒に連れていくほど、まぬけじゃないの。あなたがあたしを捜していたことはわかっているし、それがあたしにお金を支払うためでもないってこともわかっていた。この人たちに止められなければ、今夜、あたしを殺すつもりだったんでしょ。あのときも、そうするつもりだったのよ。彼女から赤ちゃんを奪うよう、あの男をし向けたときも、同じことをしようとしてたんでしょ！」

「もうやめろ！」ガブリエルが吠えた。「もういい争いはうんざりだ！　おまえたちのあくどさを競ったところで、ぼくにはどうでもいい。おまえたちふたりとも、人間性のかけらもない」彼はエミリーに視線を据えた。「真実が明らかになったいま、ハンナのいうとおりだろう。あんたは上流階級の面汚しだ。あんたが牢獄に行くかどうかは治安判事の決めることであり、ミス・バインブリッジが告訴するかどうかにかかっている。ぼく自身は、あんたにも、あんたの亭主にも、もう一生涯顔を合わせずにすむことを願っている」

ガブリエルはつぎにきっとハンナに向き直った。「そしておまえだ。おまえもおそらく、牢獄行きになるべきだろうな」

「あたしはお嬢さまのお世話をしたんです！　ほんとうです。ジョスランお嬢さまは、あたしを頼っておいででした」

「われわれ全員が、おまえに頼っていた。なのに、裏切られたんだ。いまおまえから聞きたいのは、ジョスランがどこにいるのかということだけだ。妹はどこで息を引き取った？」

女中は落ち着きなくからだを動かし、うつむいた。「オックスフォードです、旦那さま。そこまで来て、ついにお嬢さまは力つきてしまったんです」

「わかった」ガブリエルはシーアに顔を向けた。「ぼくは行かなければ。妹をきちんと葬ってやるために」

「もちろんだわ」シーアは彼を見上げた。彼の心の苦悩を思うと、目に涙があふれてくる。

ロードン卿が足を踏みだした。「ぼくも一緒に行こう」

ガブリエルが彼をふり返った。「恩に着るよ」

ガブリエルはシーアの両手を取り、ぎゅっと握りしめたあと、口もとに持っていった。

「必ず戻ってくる」

シーアはうなずいた。涙が頬にこぼれ落ちる。ガブリエルが身をかがめて彼女の額に口づけし、シーアは彼のからだに腕をまわした。まわりの人間がどう考えようが、なにをいおうが、気にすることなく、いつまでも彼にしがみついていた。やがてシーアはあとずさり、ガブリエルはロードン卿と肩を並べて部屋から出ていった。

聖ドゥワインウェン像の前で祈りを捧げたあと、シーアは立ち上がった。この二週間、ずっと捧げてきた感謝の祈りを終えると、教会をあとにした。修道院の廃墟に向かい、墓地を抜けていくつもりだった。墓地の端で足を止め、かつて修道院だった場所に積み上げられた石に目をとめた。回廊のアーチを見上げ、ガブリエルと一緒にそこで過ごした午後のことを、壁の内側で交わした口づけのことを、思いだす。甘さと同じくらいの切なさが胸を突き刺し、彼女は廃墟から木立へと視線を動かした。その先にある、プライオリー館のずっしりとした姿を想像しながら。

いまのプライオリー館には、使用人たちをのぞけばだれもいなかった。ガブリエルの客は、彼がロードン卿とともに立ち去った日、帰っていった。サー・マイルズはシーアに別れのあいさつをしに立ちよってくれた。彼はロンドンに戻り、ガブリエルとロードンにふたたび合流するのだという。イアンとエミリーがどこに行ったのか、シーアにはわからなかった。地主のクリフは、レディ・ウォフォードが雇った男は投獄したものの、貴族の妻に罪を問うつもりはなかったようだ。いずれにしても、エミリーのことをいかにきらっていたとはいえ、シーアも訴訟を起こすつもりはなかった。マシューは元気そのものでとくに被害もなく、秘密が明かされたいまとなっては、エミリーにもマシューをどうすることもできないだろう。それに、あの夫婦がガブリエルと彼の妹に大きな苦痛を引き起こしたとはいえ、それが法律で裁かれるたぐいのものかどうか、疑わしかった。レディ・ウォフォードが法廷に引きずりだされるようなことがあれば、ガブリエルとその家族に醜聞をもたらすだけだ。それに、ロンドンの上流社会から追放されたことが、イアンとエミリーには充分な罰に値するだろう。

ガブリエルと最後に会ってから、二週間が過ぎていた。最初は、彼に同情する気持ちが強かったので、彼がこの町をあとにしたことの意味についてとくに考えなかったのだが、しだいに、なんの便りもないむなしい日がいつまでもつづくにつれ、ガブリエルとの時間が終わりを迎えたことを実感するようになっていった。もちろん、ほんの短期間なら戻ってくることはわかっている。マシューは彼の甥なのだから。ガブリエルは自分の領地で育てるため、彼を連れにチェスリーに戻ってくるはずだ。

そう考えると、苦しみは募る一方だった。ガブリエルだけでなく、マシューまで失ってしまうのだ。あのふたりを失ったあと、生きていけるのだろうか、と恐ろしくなることがあった。シーアはマシューを愛していた。あの子が出現してからのほんの短い時間で、すっかり心を奪われてしまったのだ。それは、ガブリエルにたいしても同じだった。かつて、自分がガブリエルと恋に落ちているかどうかを疑ったこともあったが、あんなことを考えるなどばかげていた。いまとなっては、火を見るよりも明らかなことなのだから。

彼と赤ん坊が、人を愛する心を彼女のなかに花開かせてくれた。彼女の人生を花開かせてくれたのだ。あのふたりは大切なものを与えてくれた。ふたりが去ったあとも、そのよろこびと充足感は、いつまでも残るだろう。シーアは、かつて歩んでいた、乾ききった狭い道に戻るようなことはしないつもりだった。いまでは人生に加わった豊かさに感謝しているし、マシューやガブリエルと出会ったことを、決して後悔していなかった。

それでも、ひとりきりでいるとき、それを思うとひどくつらくなることがあった。

シーアは廃墟の風景から目を背け、こみ上げてきた涙を瞬きで引っこめると、墓地を抜けて戻りはじめた。もの思いにふけりながら教会の角を曲がり、顔を上げた。と、橋をわたってこちらに向かってくるガブリエルの姿が目に入った。

シーアは足を止めた。息が詰まりそうだ。そして一瞬、口をきくことも、考えることもできなくなった。ガブリエルは一心に、なにかに向かってひたすら歩いていた。ふと彼女の姿に気づくと、彼の表情がとたんに明るくなった。彼が足を速め、シーアも彼を目ざして歩きはじめた。その足取りがどんどん速くなっていく。彼のほうもますますスピードを速め、やがて駆け足になった。シーアも駆けだした。

ふたりは教会の庭で行き合った。彼が両腕を差しだし、シーアはためらうことなくそのなかに飛びこんだ。彼の腕に包まれ、強く抱きしめられる。周囲で世界がくるくるとまわっていた。唯一、現実的なのは、ここにガブリエルがいるということだ。鉄のように硬い腕、暖かなからだ、髪に埋もれてくぐもる声。

「ああ、会いたかった！」彼がその言葉を強調するように、シーアをさらにぎゅっと抱きしめた。「どれくらい会いたくてたまらず、頭がどうにかなってしまいそうだった。ここ数日は、きみに会いたくてたまらず、頭がどうにかなってしまいそうだった。あんなふうにあわててここを立ち去るんじゃなかった。自分がなにをしているのか、わかっていなかったんだ。あとになって、きみと一緒じゃないと事態はさらに悪くなることに気づかされたよ」

「かわいそうに」シーアは彼にしがみついた。彼がここにいるということが、まだよく信じられなかった。まだ自分の人生がすっかり奪い去られたわけではないということが。これがどれくらいつづくのかはわからないが、少なくともいまこの瞬間は、ガブリエルはまだ進んでわたしを抱きしめてくれている、わたしと一緒にいたいと思ってくれている。「さぞかしつらかったでしょうね。妹さんの死に直面しなければならなかったなんて」

　ガブリエルがからだを離して少しあとずさったが、彼女を見つめたまま、握った手は放さなかった。「つらかった。最悪だったのは、ジョスランの母親に事情を告げなければならないときだった。ずっとロードンが一緒にいてくれたおかげで、ずいぶん助かったよ」ガブリエルは頭をふった。「ぼくたち、また友だち同士に戻ったとはいいきれないかもしれないが……彼も妹のことを愛してくれていた、ぼくと同じように喪失感と困惑を味わっている、この一年間、ふたりとも宙ぶらりんの状態で、ひたすら待ちながら、頭を悩ませていたんだと思うと、なんだか気持ちが少し楽になった。領地で行なわれた葬儀には、マイルズも参列してくれた。それに、アランも。しかし、なんだか妙な気分だった……」彼はため息をつき、あいかわらず彼女の手を握ったまま、教会に向かいはじめた。

「イアンがいなかったから？」シーアは彼と歩調を合わせてたずねた。

　ガブリエルはうなずいた。「長いあいだ友だちだったからな。だれより昔から知った仲だった。あいつの母親は、ぼくの母の友だちだったし。やつが完璧な人間じゃないのはわかっていたが、まさかあんなことをするとは思ってもいなかった」ガブリエルは肩をすくめた。「まあ、たしかに昔から気の弱い男ではあった。ロードンのようなたくましさがない――まったく、ばかだよな。ロードンのそういうたくましさゆえに、彼がジョスランを傷つけたと信じこんでしまうとは。むしろイアンの弱さが原因だったというのに」

　ふたりは教会の外にある長椅子にたどり着き、腰を下ろした。ガブリエルがシーアの手を両手に包みこんだ。

「牧師館によってきたんだ」彼がかすかにほほえんだ。「ちょっと出かけているあいだに、マシューは大きくなったみたいだね」

「新しい歯が生えているの、見た？」

「ああ、見たよ」ガブリエルはにこりとしたものの、その笑みはすぐに消えていった。「あの子の母親が、そういう成長を目のあたりにできないなんて、残念だ」

「ものすごく悲しいことよね」

「もし……いろいろなことがちがっていたら、と思わずにはいられない」ガブリエルがため息をついた。「もうずいぶん前から、ジョスランは死んだものと思ってきた。最後に妹の手紙を読んでから、だいぶ時間がたっていたから。しかしいま……傷口がまた開いてしまったような気分だ」

「でも少なくとも、妹さんがマシューをあなたのもとに連れてこようと思っていたことはわかったわ。彼女がいつまでもあなたのことを信じ、愛していたということも」

ガブリエルはうなずいた。「妹は家に戻ろうとしていた。そう思うと、少しは救われる。ようやく、ことの次第が明らかになった。どうしてジョスランが姿を消したのか、どこに行ったのか。これでもう、あれこれ頭を悩まさずにすむ。それに、彼女がどうしてぼくに秘密にしていたのかも、理解できた」

「あなたを恐れていたからではなく、愛する人を守ろうとしていたからなのね」

「ああ。妹はまちがった男に心を捧げてしまったんだ」ガブリエルはシーアをちらりと見やってから、やがて視線を背けた。彼は長椅子の上で、もぞもぞとからだを動かした。なんだかそわそわしているみたい、とシーアは少し驚いて思った。と、いきなり彼が立ち上がった。

「シーア、きみに訊きたいことがあるんだ」

シーアの心臓が胸のなかで固まった。いよいよだわ――もう故郷に戻るから、マシューを連れていく、というつもりなんだわ。彼女の短い幸せは終わりを告げたのだ。彼の言葉を耳にすることなく、顔を背け、走り去りたい気分だったが、シーアはこらえた。昔から、なにがあってもそれに直面すべきという主義を貫いてきたじゃないの。そこで彼女はひざの上で両手を固く握りしめ、彼を見上げて、待った。

「十二夜のパーティの夜、話すつもりだったんだ」彼が彼女に目を向けずにいった。「あの晩、仮面舞踏会に出かける直前にいいかけたんだけど、おぼえている？」

「パーティのあとで話があるといっていたことは、よくおぼえているわ」シーアはこわばった口調で答えた。あのときから、もう去る予定にしていたの？

「ああ。そのあと、あれこれ起こったものだから。それで、その……」驚いたことに、彼がさっと片ひざをついてシーアの手を取った。「ミス・アルシーア・バインブリッジ。あなたと結婚する名誉を、ぼくに与えてはくれませんか？」

シーアは彼をまじまじと見つめた。言葉が出てこなかった。

ガブリエルがまゆを一本つり上げた。「シーア？　頼むから宙ぶらりんの状態にしないでくれ。いまきみにたずねているんだけれど」

「ガブリエル！」シーアは、涙がこみ上げてくるのを感じながらも、なぜか笑い声を上げ、口にさっと両手をやった。「ああ、ガブリエル！　まさか本気じゃないわよね！」

「なにをいうんだ、シーア！」彼が立ち上がった。「もちろん本気に決まっているだろう。きみに結婚を申しこんでいるんだぞ」

「でも、わたし――でも、あなたは――」

「どうやらきみから言葉を奪ってしまったようだね」彼がくすりと笑って彼女を引っ張って立たせ、両手を彼女の背中で絡み合わせた。「さあ、ぼくが手伝ってあげよう。こういうだけでいいんだ。『いいわ、ガブリエル』」

「でも、あなたは貴族で、わたしは何者でもないわ。あなたが牧師の娘と結婚するなんてことになったら、きっとみんなショックを受けてしまう。しかも、わたし、この歳なのよ」

「他人がどう考えるかをもとに、妻を選ぶつもりはないよ」

「でもあなたはすごくハンサムで、どんな娘もあなたのことをよだれを流して見ているのに、わたしは十人並みの器量だわ」

「きみはずいぶん不愉快な状況を思い描くんだね」彼は身をかがめて彼女の額に軽く口づけ

したあと、鼻先、あごの先、と移動していった。「それにきみは十人並みなんかじゃないさ。その美しくて荒々しくて絹のような髪に、埋もれたくてたまらない。それに、とても生き生きとした灰色の目をしている。それに、どうしようもないほどすばらしい、長い脚の持ち主だ」

「ガブリエル！」シーアは笑い声を上げた。「もうやめて。変なことばかりいって」

「そんなことはない。こっちを見て」彼がいかめしい顔を装い、人さし指で自分のあざやかな黒い目を指さした。「ぼくは鷹のような視力の持ち主だ。一方のきみは――」彼が手をのばし、彼女の鼻からめがねを取り上げた――「これがないと見えない。さて、ぼくたちふたりのうち、どちらのほうが視力がいいと思う？」彼がかがみこんでふたたび彼女に口づけし、そこからなかなか離れようとしなかった。「さあ、いってごらん。『いいわ、ガブリエル』って」

「あなたはほんとうにそれでいいの？」

「生まれてこのかた、これほどなにかを確信したことはない。きみこそが、残りの人生をともに歩みたい女性だ。一緒にマシューを育てたい女性だ。ぼくの子どもを産んでもらいたい女性だ。きみなしで歳を取るなんて、想像もつかない。ぼくが求めるのは、きみだけだ。愛しているよ、シーア」

「わたしも愛しているわ。ものすごく、愛してる！」

「それなら、なにをぐずぐずしているんだい？　ひと言いえば——」

「いいわ、ガブリエル」シーアはにこりとした。「ええ、いいわ——」

彼に唇を奪われ、シーアの言葉はそこで途切れた。

訳者あとがき

イングランドの景勝地コッツウォルズ。

クリスマスを間近に控えた、ある冷えきった晩、その静かな丘陵地帯の田舎町チェスリーが、にわかに活気づいていました。ロンドン社交界でも名うてのプレイボーイで、罪深いほどの美男子として知られる独身の貴族ガブリエル・モアクームが、チェスリーにある広大な屋敷「プライオリー館」を購入し、しばらく前から友人たちと滞在していたのですが、その晩、ついに地主の主催する舞踏会への招待を受け、町の人々の前にその麗しい姿を現わすことになったのです。

舞踏会に集まった町の人々は、老若男女を問わず、話題の貴公子の到着をいまかと待ちわびていました。そしてそのなかには、自他共に認める〝行かず後家〟、シーア・バインブリッジの姿もありました。

教会区牧師の兄ダニエルの助手として牧師館を切り盛りしつつ、町の人々の相談ごとを一手に引き受けていたシーアは、二十七歳という〝比較的高齢〟な女性にふさわしく、浮かれることのない冷静沈着な人物だと評判なのですが、この夜ばかりはほかの人たちに劣らず、いえ、ほかの人たち以上に、どきどき、そわそわと、すっかり落ち着きを失っていました。シーアがそうなってしまうのには、じつはそれなりの理由があったのですが……。そしていよいよガブリエルが登場し、全員の注目を一身に浴びながら舞踏室をめぐりはじめます。やがて地主夫人にともなわれ、胸を高鳴らせるシーアの前にやって来たガブリエルは、シーアをひと目見るなり――

人気ロマンス作家キャンディス・キャンプによる、聖ドゥワインウェン・シリーズ三部作の第一作をお届けいたします。

聖ドゥワインウェンというのは恋人たちの守護聖人で、彼女に祈れば恋が実るといわれています。主人公シーアは、自身が管理する聖マーガレット教会の片隅に位置する聖ドゥワインウェンの礼拝堂が、子どものころからお気に入りの場所でした。そして乙女のご多分にもれず、白馬の騎士の登場を聖ドゥワインウェンに祈りつづけたのですが、彼女の願いはいつまでたっても聞き入れられず、結婚適齢期を大きく過ぎてもなお、花婿候補はいっこうに現われません。

もうそろそろ女としてあきらめるべきでは？　いや、まだその気にはなれない。それではいつになったらその気になるの?――とあれこれ思い悩んでいたところに登場したのが、国じゅうの独身女性の垂涎の的、ガブリエル・モアクームでした。

自称〝十人並みの器量の行かず後家〟シーアには、とても手の届かない存在だと思われたのですが、そこへとてもかわいらしい愛のキューピッドが登場しました――謎の赤ん坊、マシューです。

マシューがどのように登場し、どんなふうにふたりの愛のキューピッド役をはたすのかは、読んでのお楽しみにしていただくとして、牧師の妹として清く正しく地味に生きることを自分に課していたシーアが、ガブリエルと出会うことで殻を破り、ひとりの女性として花開いていくさまは、読んでいてかなり爽快なものがあります。こんなことをしても無駄だと思いながらも、彼の目に少しでも愛らしく映ろうと、髪型を変えたり、服にあれこれ装飾を加えたりと、じつにほほえましい奮闘ぶりを見せてくれます。

その一方で、愛する妹の身に起きたことで自分を責めるガブリエルに、分別のある、心のこもった言葉をかけて慰めるなど、十代の小娘にはとてもまねできないような、大人の対応ができる頼もしい女性でもあります。

しかし作品を通じてなにより際だっているのが、マシューの愛らしさではないでしょうか。もちろんまだ赤ちゃんなので、ばぶばぶいうばかりで、なにか言葉を発することはないのですが、そのあどけないしぐさと笑顔で、登場人物のみならず、読者の心をもがっちりつかむことはまちがいありません。

また、本書の舞台となっているイングランドのコッツウォルズは、その美しい風景と蜂蜜色の石でつくられた家並みで有名な土地です。ぜひ、コッツウォルズの風景写真などをながめつつ、そこを舞台にくり広げられる、コミカルでスリリングでホットなロマンスをお楽しみください。


最後に、本国アメリカですでに刊行されているシリーズ第二弾のこともご紹介しておきましょう。

第二弾では、本作品でシーアの友人としてその美貌と知性を際だたせるダマリスと、ガブリエルの敵にしてかつての友人ロードン卿とのロマンスがくり広げられます。今回はクリスマス前後の凍えるようなチェスリーの町が舞台でしたが、第二弾では、登場人物たちがチェスリーを飛びだしてロンドンまで足をのばす、ホットな夏の恋物語のようです。

恋愛経験のない清純なシーアと熱血漢ガブリエルにたいし、ミステリアスでセクシーな未亡人ダマリスと、感情を表に出すことのない〝冷血卿〟ロードンのロマンス。どんな展開になるのか、いまからとても楽しみです。

二〇一二年十月

ザ・ミステリ・コレクション

唇《くちびる》はスキャンダル

著者　キャンディス・キャンプ

訳者　大野晶子《おおのあきこ》

発行所　株式会社 二見書房
東京都千代田区三崎町2-18-11
電話　03(3515)2311［営業］
03(3515)2313［編集］
振替　00170-4-2639

印刷　株式会社 堀内印刷所
製本　株式会社 関川製本所

落丁・乱丁本はお取り替えいたします。
定価は、カバーに表示してあります。

ISBN978-4-576-12136-9
http://www.futami.co.jp/

英国レディの恋の作法
キャンディス・キャンプ
山田香里［訳］

一八二四年、ロンドン。両親を亡くし、祖父を訪ねてアメリカからやってきたマリーは泥棒に襲われるも、ある紳士に助けられる。お礼を申し出るマリーに彼が求めたのは彼女の唇で…

英国紳士のキスの魔法
キャンディス・キャンプ
山田香里［訳］

若くして未亡人となったイヴは友人に頼まれ、ある姉妹の付き添い婦人を務めることになるが、雇い主である伯爵の弟に惹かれてしまい……!? 好評シリーズ第二弾！

ハイランドで眠る夜は
リンゼイ・サンズ
上條ひろみ［訳］

両親を亡くした令嬢イヴリンドは、意地悪な継母によって〝ドノカイの悪魔〟と恐れられる領主のもとに嫁がされることに…。全米大ヒットのハイランドシリーズ第一弾！

その城へ続く道で
リンゼイ・サンズ
喜須海理子［訳］

スコットランド領主の娘メリーは、不甲斐ない父と兄に代わり城を切り盛りしていたが、ある日、許婚が遠征から帰還したと知らされ、急遽彼のもとへ向かうことに…

真珠の涙にくちづけて
キャサリン・コールター
栗木さつき［訳］

衝突しながらも激しく惹かれあう勇み肌の伯爵と気高き〝妃殿下〟。彼らの運命を翻弄する伯爵家の秘宝とは……ヒストリカル三部作、レガシーシリーズ第一弾！

月夜の館でささやく愛
キャサリン・コールター
山田香里［訳］

卑劣な求婚者から逃れるため、故郷を飛び出したキャサリン。彼女を救ったのは、秘密を抱えた独身貴族で!? 謎めく館で夜ごと深まっていくふたりの愛のゆくえは……